NALINI SINGH
Geheime Versuchung

Weitere Romane von Nalini Singh sind bei LYX in Vorbereitung.

NALINI SINGH

Geheime Versuchung

Ins Deutsche übertragen von
Nora Lachmann und Petra Knese

LYX

EGMONT

Die Originalausgabe von »Must Love Hellhounds« erschien 2009
bei The Berkley Publishing Group, New York, USA.

Die Originalausgabe von »Wild Invitation« erschien 2013
bei The Berkley Publishing Group, New York, USA.

Deutschsprachige Erstausgabe Oktober 2013 bei LYX
verlegt durch EGMONT Verlagsgesellschaften mbH,
Gertrudenstraße 30–36, 50 667 Köln.
»Engelsfluch« erschien 2009 unter dem Titel »Angels' Judgement«
in der Anthologie *Must Love Hellhounds*
Angels' Judgement © 2009 by Nalini Singh
»Pakt der Sehnsucht« erschien 2013 unter dem Titel
»Declaration of Courtship« in der Anthologie *Wild Invitation*
Declaration of Courtship © 2013 by Nalini Singh
»Im Netz der Sinnlichkeit« erschien 2012 unter dem Titel
»Texture of Intimacy« in der Anthologie *Wild Invitation*
Texture of Intimacy © 2013 by Nalini Singh
Copyright © der deutschsprachigen Ausgabe 2013
bei EGMONT Verlagsgesellschaften mbH
Alle Rechte vorbehalten
All rights reserved including the right of reproduction
in whole or in part form.
This edition published by arrangement with the Berkley Publishing Group,
a member of Penguin Group (USA) Inc.

1. Auflage
Redaktion: Angela Herrmann
Satz: Greiner & Reichel, Köln
Printed in Germany (670421)
ISBN 978-3-8025-9258-4

www.egmont-lyx.de

Die EGMONT Verlagsgesellschaften gehören als Teil der EGMONT-Gruppe zur
EGMONT Foundation – einer gemeinnützigen Stiftung, deren Ziel es ist, die sozialen,
kulturellen und gesundheitlichen Lebensumstände von Kindern und Jugendlichen zu
verbessern. Weitere ausführliche Informationen zur EGMONT Foundation unter:
www.egmont.com

ENGELSFLUCH

Gilde der Jäger

Der Kader der Zehn

Die mächtigsten Erzengel der Welt, der Kader der Zehn, trafen sich in einem Bergfried mitten in den schottischen Highlands. Niemand, weder Mensch noch Vampir, würde es wagen, in das Territorium der Engel einzudringen, und sollte dennoch jemand so lebensmüde sein, wäre sein Bemühen vergebens. Der Turm war von Engeln errichtet worden, und ohne Flügel gelangte niemand hinein.

Natürlich ließe sich der Nachteil mit Technik wettmachen, doch die Unsterblichen waren selbst alles andere als technologisch rückständig, ansonsten hätten sie sicherlich nicht Äonen von Jahren überlebt. Der Luftraum um den Bergfried wurde sowohl von einer Spezialeinheit von Engeln als auch einem hochentwickelten, computergesteuerten Abwehrsystem überwacht. Die Sicherheitsmaßnahmen für den heutigen Tag hatten den Himmel in ein Meer von Flügeln verwandelt, denn es kam nicht oft vor, dass die zehn mächtigsten Geschöpfe der Welt an einem Ort zusammenkamen.

»Wo ist Uram?«, fragte Raphael und warf einen Blick auf den leeren Platz im Halbkreis.

Michaela antwortete: »In seinem Territorium gab es Probleme, um die er sich sofort und persönlich kümmern musste.« Ihre Lippen verzogen sich zu einem leichten Lächeln. Sie war schön, vielleicht sogar die schönste Frau auf Erden … solange man nicht in ihre Seele sah.

»Uram tanzt nach ihrer Pfeife.« Die Worte waren kaum hörbar, und Raphael wusste, dass sie nur für ihn bestimmt waren.

Mit einem Seitenblick auf Lijuan schüttelte er den Kopf. »Dafür ist er viel zu mächtig. Vielleicht hat sie im Bett das Sagen, aber mehr auch nicht.«

Lijuan lächelte, und dieses Lächeln war bar jeder Menschlichkeit. Sie war die Älteste der Erzengel und hatte schon lange die Fähigkeit verloren, sich auch nur als Sterbliche auszugeben. Raphael nahm eine seltsame Dunkelheit in ihr wahr, die Ahnung von Welten, die über alles Sterbliche und Unsterbliche hinausgingen.

»Und was ist mit uns, sind wir etwa nicht wichtig?«, fragte der indische Erzengel Neha scharf.

»Lass doch, Neha«, sagte Elija in seiner ruhigen Art. »Wir wissen alle, wie arrogant Uram ist. Wenn er es nicht für nötig hält zu kommen, dann verwirkt er damit auch sein Vetorecht.«

Damit gab sich die Königin der Gifte zufrieden. Astaad und Titus schienen sich an Urams Abwesenheit nicht zu stören, nur Charisemnon war nicht so leicht zu beschwichtigen. »Er spuckt auf den Kader«, sagte der Erzengel, und sein schönes Gesicht war wutverzerrt. »Von mir aus kann er gleich auf die Mitgliedschaft verzichten.«

»Sei nicht albern, Chari«, sagte Michaela, und die Art und Weise, wie sie mit ihm sprach, machte deutlich, dass auch er schon einmal in ihrem Bett zu Gast gewesen war. »Zum Kader wird man doch nicht eingeladen. Als Erzengel gehört man automatisch dazu.«

»Das stimmt.« Zum ersten Mal hatte Favashi das Wort ergriffen. Die Stillste unter den Erzengeln regierte über Persien, und zwar so unauffällig, dass ihre Feinde sie meist vergaßen. Deshalb herrschte sie immer noch, während diese schon längst im Grab lagen.

»Genug«, sagte Raphael. »Lasst uns endlich zum Grund dieses Treffens kommen, damit wir wieder in unsere Territorien zurückkehren können.«

»Wo ist der Sterbliche?«, fragte Neha.

»Wartet draußen. Illium hat ihn aus dem Tiefland hergeflogen. Simon wird alt. Innerhalb des nächsten Jahres wird der amerikanische Zweig der Gilde einen neuen Direktor benötigen.«

»Dann lasst die Gilde doch einen wählen«, sagte Astaad achselzuckend. »Was geht es uns an, solange die Aufgaben der Gilde erfüllt werden?«

Die von entscheidender Bedeutung waren. Engel schufen zwar Vampire, aber letztlich lag es in den Händen der Jäger der Gilde, dass diese ihren hundert Jahre währenden Vertrag auch einhielten. In ihrer Gier nach Unsterblichkeit unterschrieben die Menschen den Vertrag leichtfertig, doch nach einigen wenigen Dienstjahren überlegte es sich manch neugeschaffener Vampir anders.

Trotz all der Mythen, die sich um die Engel und ihre unsterbliche Schönheit rankten, waren sie nicht nur ätherische, himmlische Wesen. Sie waren Herrscher und Geschäftsleute, knallhart und erbarmungslos. Für sie stellten Vampire Kapital dar, und das verloren sie nur äußerst ungern. Daher brauchten sie die Gilde und ihre Jäger.

»Es ist aber wichtig für uns«, sagte Michaela mit schneidender Stimme, »schließlich ist der amerikanische Zweig der Gilde neben dem europäischen einer der mächtigsten. Und wenn der nächste Direktor seiner Aufgabe nicht gewachsen ist, müssen wir eine Rebellion fürchten.«

Raphael fand ihre Wortwahl sehr aufschlussreich. Offenbar hatte Michaela Angst, dass ihre Vampire jede sich bietende Gelegenheit nutzen würden, ihrer liebevollen Obhut zu entkommen.

»Das reicht jetzt.« Titus ließ die massigen Muskeln unter seiner glänzenden schwarzblauen Haut spielen. »Führt den Menschen herein und lasst uns hören, was er zu sagen hat.«

Raphael dachte genauso und sandte Illium eine telepathische Botschaft. *Schick Simon herein.*

Kurz darauf öffnete sich die Tür, und ein hochgewachsener Mann mit dem durchtrainierten Körper eines Soldaten trat ein. Er hatte schlohweißes Haar und ein faltiges Gesicht, doch seine Augen funkelten klar und strahlend blau. Sobald Simon über die Schwelle getreten war, schloss Illium die Türen, damit sie wieder ungestört waren.

Der alte Gildedirektor sah Raphael an und nickte ihm einmal kurz zu. »Ich fühle mich geehrt, dass Sie mich hergebeten haben. Ich hätte nicht gedacht, dass ich einmal vor dem Kader stehen würde.«

Ungesagt blieb dabei, dass die meisten Menschen, die es mit dem Kader zu tun bekamen, als Leiche endeten.

»Setzen Sie sich.« Favashi deutete auf einen leeren Stuhl vor dem Halbkreis.

Obgleich der Gildedirektor ohne Umstände Platz nahm, bemerkte Raphael, dass das Alter nicht spurlos an ihm vorbeigegangen war, schließlich hatte er diesen Mann auf dem Höhepunkt seiner Karriere erlebt. Doch er war auch kein alter Mann, würde es nie sein. Simon war ein Mann, den man respektierte. Einst, vor tausend Jahren, hätte ein solcher Mann Raphaels Freund sein können. Mittlerweile aber hatte er gelernt, dass das Leben eines Sterblichen nur einen Wimpernschlag währte.

»Sie wollen sich zur Ruhe setzen?«, fragte Neha hoheitsvoll. Sie war eine der wenigen, die noch Hof hielt – und selbst wenn die Königin der Gifte einen tötete, konnte man nicht umhin, ihre königliche Würde bis zum letzten schmerzhaften Atemzug zu bewundern.

Simon ließ sich von ihr nicht aus der Fassung bringen. Die vierzig Jahre als Gildedirektor hatten ihn selbstbewusst gemacht, zu Beginn seiner Karriere hätten ihn Nehas Worte verstummen lassen.

»Ich muss«, sagte er. »Meine Jäger wären zwar froh, wenn ich im Amt bliebe, aber ein guter Direktor muss das Wohl der gesamten Gilde im Auge haben. Ihr Anführer sollte in der Lage sein, sich notfalls auch an einer Jagd zu beteiligen.« Er lächelte wehmütig. »Ich bin erfahren und stark, doch längst nicht mehr so reaktionsschnell, und ich setze auch nicht mehr leichtfertig mein Leben aufs Spiel.«

»Offen und ehrlich.« Titus nickte anerkennend. Unter Kriegern und ihresgleichen fühlte er sich am wohlsten. Er regierte sein Land mit eiserner Faust und hielt mit seiner Meinung nie hinter dem Berg. »Nur ein mächtiger Feldherr tritt freiwillig zurück.«

Der Gildedirektor nahm das Kompliment mit einer leichten Verbeugung entgegen. »Ich werde immer ein Jäger bleiben und stehe, wie es unser Brauch verlangt, der neuen Direktorin selbstverständlich bis an mein Lebensende zur Verfügung. Allerdings habe ich nicht den geringsten Zweifel an ihren Fähigkeiten.«

»Direktorin?« Charisemnon schnaubte verächtlich. »Eine Frau?«

Michaela zog eine Augenbraue hoch. »Mein Respekt für die Gilde ist gerade um das Hundertfache gestiegen.«

Simon ließ sich nicht dazu hinreißen, auf die Kommentare einzugehen. »Sara Haziz ist aus vielerlei Gründen die beste Wahl für meine Nachfolge.«

Astaad glättete seine Flügel. »Lassen Sie hören.«

»Bei allem Respekt«, sagte Simon leise, »aber das ist nicht Sache des Kaders.«

Diesmal reagierte Titus als Erster. »Sie wagen es, sich uns zu widersetzen?«

Simon blieb unnachgiebig. »Die Gilde ist immer neutral gewesen, und das aus gutem Grund. Unsere Aufgabe besteht darin, Vampire einzufangen, die ihren Vertrag gebrochen haben. Doch im Laufe der Jahrhunderte gerieten wir immer wieder zwischen die Fronten kriegerischer Engel. Nur dank unserer Neutralität haben wir überlebt. Wenn der Kader sich zu sehr in unsere Geschicke einmischt, verlieren wir diesen Schutz.«

»Hübsch gesagt«, sagte Neha.

Simon sah ihr ins Gesicht. »Und doch ist es wahr.«

»Ist die Frau denn fähig?«, fragte Elias. »Diese Gewissheit müssen wir haben, denn ein Sturz der amerikanischen Gilde würde weite Kreise ziehen.«

Vampire würden außer Kontrolle geraten, dachte Raphael. Einige würden vielleicht in ein ganz normales Leben abtauchen, aber andere würden meucheln und morden, weil sie im Herzen Raubtiere waren. Und wenn er es sich recht überlegte, waren Engel im Grunde auch nicht viel besser.

»Sara ist mehr als fähig«, sagte Simon. »Die Jäger stehen vollkommen hinter ihr. Etliche sind im letzten Jahr an mich herangetreten und haben sie als Nachfolgerin vorgeschlagen.«

»Ist Sara eure beste Jägerin?«, fragte Astaad.

Simon schüttelte den Kopf. »Aber die besten Jäger sind selten die besten Vorgesetzten. Sara ist Jägerin von Geburt.«

Raphael nahm sich vor, mehr über die neue Direktorin in Erfahrung zu bringen. Im Gegensatz zu anderen Mitgliedern der Gilde kamen die geborenen Jäger bereits mit der Fähigkeit, Vampire zu wittern, auf die Welt. Bei der Jagd waren sie die Besten und verfolgten eine Fährte unbarmherzig wie ein Bluthund.

»Und wird Sara annehmen?«, fragte er.

Simon überlegte einen Moment, bevor er antwortete. »Ich bin mir sicher, dass Sara die richtige Entscheidung treffen wird.«

1

Für gewöhnlich hatte Sara kein Mitleid mit Vampiren. Schließlich war es ihr Job, sie einzufangen und hübsch verpackt bei ihren Meistern, den Engeln, abzuliefern. Für Leibeigenschaft hatte sie eigentlich nicht viel übrig, aber die Engel machten ja keinen Hehl aus ihrem Preis für die Unsterblichkeit. Wer ein Vampir werden wollte, musste den Engeln hundert Jahre lang dienen. Ohne Ausnahme.

Wer nicht bereit war, ein Jahrhundert lang Sklavendienste zu leisten, sollte einen solchen Vertrag eben nicht unterschreiben. So sah Sara das jedenfalls. Sich hingegen aus dem Vertrag zu winden, nachdem die Engel ihren Teil der Vereinbarung bereits erfüllt hatten, war Betrug. Und für Betrüger hatte Sara nichts übrig.

Doch das Exemplar, mit dem sie sich gerade herumschlug, hatte weitaus gravierendere Probleme, als zu einem stocksauren Meister zurückgebracht zu werden. »Können Sie sprechen?«

Der Vampir hielt sich mit der Hand den fast komplett durchtrennten Hals und sah sie an, als hätte sie den Verstand verloren.

»Ja, tut mir leid.« Sie wunderte sich, dass er überhaupt noch am Leben war. Vampire waren nämlich nicht wirklich unsterblich, man konnte sie durchaus töten. Köpfen war eine idiotensichere Methode, aber fast keiner wagte es – was nicht weiter verwunderlich war, schließlich hielten Vampire dafür nicht still. Aufs Herz zu schießen funktionierte auch, sofern man anschließend schnell den Kopf vom Rumpf trennte. Oder verbrennen. Damit war man auf der sicheren Seite.

Aber Saras Aufgabe war es nicht, Vampire umzubringen. Sie spürte sie auf und brachte sie zurück. »Brauchen Sie Blut?«

Der Vampir sah sie hoffnungsvoll an.

»Müssen Sie sich verbeißen«, sagte sie. »Da Sie immer noch am Leben sind, scheinen Sie einer von der harten Sorte zu sein. Sie halten sicher bis nach Hause durch.«

»Nnnnn.«

Ohne weiter auf sein gegurgeltes Unmutsbekenntnis einzugehen, hockte sich Sara neben ihn und schob ihren Arm unter seinen Rücken, um ihm aufzuhelfen. Zwar war der Vampir wesentlich größer als sie, dafür blutete sie aber nicht aus dem Hals und trieb obendrein sieben Tage die Woche Sport. Stöhnend hievte sie ihn hoch und begann den sich sträubenden Vampir zum Auto zu bugsieren.

»Brauchen Sie Hilfe?« Eine tiefe, ruhige Stimme wie alter Whiskey und glühende Kohlen.

Sara kannte weder die Stimme noch die Gestalt, die sich jetzt aus dem Schatten löste. Der Mann war groß und muskulös, hatte breite Schultern und kräftige Oberschenkel, dennoch bewegte er sich mit der Geschmeidigkeit eines geschulten Kämpfers. Und obgleich Sara es mit Vampiren aufnahm, die doppelt so groß wie sie selbst waren, würde sie sich mit diesem Fremden nicht gerne anlegen.

»Ja«, sagte sie. »Wenn Sie mir vielleicht einfach helfen könnten, ihn zum Auto zu schaffen. Es ist dort drüben am Bordstein geparkt.«

Der Fremde schnappte sich den Vampir, der allmählich verständlichere Laute von sich gab, und verfrachtete ihn auf den Rücksitz. »Kontrollchip?«

Sara nahm ihre Armbrust vom Rücken und zielte auf den

Vampir. Der Ärmste verkroch sich noch tiefer in den Wagen. Augenrollend ließ Sara die Armbrust sinken und zog eine Halskette hervor, die am Hosenbund ihrer schwarzen Jeans baumelte. »Keine Tricks, sonst schieße ich das nächste Mal wirklich.«

Wie ein Häufchen Elend sackte der Vampir in sich zusammen und ließ sich die Kette mit dem Kontrollchip um den rasch heilenden Hals legen. Die Wirkungsweise des Chips auf den vampirischen Organismus war komplex, das Resultat hingegen simpel: Der Vampir konnte nun nichts mehr ohne Saras ausdrückliche Genehmigung tun. Für die Jäger war der Chip ein Segen, denn selbst dieser verletzte Vampir hätte Sara in null Komma nichts den Kopf abreißen können.

Und Sara hing an ihrem Kopf.

Sie kroch wieder aus dem Wagen heraus, schlug die Tür zu und sah zu ihrem Kollegen auf, denn dass der Mann ebenfalls ein Jäger war, bezweifelte sie keine Sekunde.

»Sara.« Sie streckte ihm ihre Hand entgegen.

Er ergriff sie und hielt sie fest, ohne etwas zu sagen. Sara wollte protestieren, doch etwas tief in seinen dunklen grünen Augen hinderte sie daran. Macht, schoss es ihr durch den Kopf, von ihm ging unglaubliche Macht aus. Als er endlich sprach, war sie so vom Klang seiner sinnlichen Whiskeystimme fasziniert, dass sie kaum hörte, was er sagte.

»Ich bin Deacon. Nach dem, was ich von Ihnen gehört habe, hätte ich Sie mir viel größer vorgestellt.«

Sie zog ihre Hand zurück. »Vielen Dank. Und in Zukunft kann ich gut auf Ihre Hilfe verzichten.«

Die meisten Männer wären jetzt wahrscheinlich beleidigt abgezogen, doch Deacon sah sie bloß aufmerksam an. »Das war nicht abwertend gemeint.«

Warum zum Teufel stand sie hier noch dämlich in der Gegend herum? »Ich muss Rodney seinem Meister übergeben.«

»Sie haben einen ziemlichen Ruf.« Er machte einen Schritt auf sie zu, und sein Blick wanderte zu dem Gurt, der schräg über ihre Brust verlief. »Sie und Ihre Armbrust.«

War das etwa Amüsement, was sie in seinem ach so ernsten Gesicht sah? »Urteilen Sie nicht vorschnell. Meine Bolzen funktionieren genauso wie die Halsketten. Mit der Armbrust halte ich die Vampire auf Abstand, bis sie mit einem Chip ruhiggestellt sind. So schnell wie die heilen, ist das wohl kaum ein Nachteil.«

»Trotzdem hatten Sie noch eine Halskette dabei.«

Sara nahm die Armbrust ab. »Aus dem Weg.«

Er stand so dicht vor ihr, dass sie nichts als seine breite Brust sehen konnte. Ganz kalt ließ sie dieser Anblick nicht. Er war verdammt sexy. Doch das änderte nichts an der Tatsache, dass sie eine Jägerin war und er, wenn auch ein mögliches Gildenmitglied, ein Unbekannter. »Meine beste Freundin schwört darauf.« Sara wusste nicht so recht, was Ellie an diesen Ketten fand. Umgekehrt konnte die Freundin ihre Vorliebe für die Armbrust nicht nachvollziehen. Dennoch hatte Sara ihr versprochen, die Halsketten einmal auszuprobieren, da sich Ellie bei der letzten Jagd mit der Armbrust versucht hatte. »Und jetzt lassen Sie mich durch.«

Endlich rückte er etwas von ihr ab. Weit genug, damit sie die Beifahrertür öffnen und die Armbrust hineinstellen konnte. Rodneys Halswunde war schon fast ganz verheilt, nur hatte er die Rückbank des Mietwagens vollgeblutet. *Verdammt.* Zwar würde die Gilde für den Schaden aufkommen, aber sie hatte keine große Lust, in diesem Saustall herumzufahren. »Ich muss diese Lieferung hier zustellen.«

»Wir sollten uns vorher noch mal mit ihm unterhalten.«

Sie schloss die Beifahrertür. »Und warum sollten wir das tun?«

»Sind Sie denn gar nicht neugierig, wer ihn so zugerichtet hat?« *Er hat geradezu lächerlich lange Wimpern,* dachte sie. Dunkel und seidig und bei einem Mann ganz und gar ungerecht.

»Wahrscheinlich steckt eine Gruppe von Vampirhassern dahinter.« Sie runzelte die Stirn. »Diese Vollidioten. Es kommt ihnen nicht in den Sinn, dass sie jemandes Mann, Vater oder Bruder angreifen.«

Er durchbohrte sie weiter mit seinem Blick.

»Was?« Verlegen strich sich Sara übers Gesicht. Zum Glück verbarg ihr dunkler Teint die aufsteigende Röte. Warum reagierte sie nur so stark auf diesen Fremden? Aber gucken war ja schließlich nicht verboten!

»Die haben mir gesagt, Sie hätten olivfarbene Haut, braune Augen und schwarzes Haar.«

So weit richtig. »Wer sind ›die‹?«

»Das sage ich Ihnen, nachdem wir mit dem Vampir gesprochen haben.«

»Zuckerbrot und Peitsche?« Sie kniff die Augen zusammen. »Ich bin doch kein Esel.«

Ein leises Lächeln umspielte seine Lippen. »Der Kameradschaft halber«, sagte er und zog aus seiner ramponierten Lederjacke einen Gildeausweis.

Obgleich sie vor Neugier brannte, wollte sie sich nicht die Blöße geben und deutete bloß lässig auf den Wagen. »Ich steige vorne ein und löse die Halskette.« Unglücklicherweise oder auch vielleicht glücklicherweise vermochten Vampire nicht zu sprechen, wenn sie einen Chip trugen. »Sie setzen sich hinten neben ihn und sorgen dafür, dass er nicht …«

»Ich passe überhaupt nicht in den Wagen rein.«

Sie betrachtete ihn und konnte sich gerade noch zurückhalten, ihn zu bitten, sich nackt auszuziehen, damit sie ihn von oben bis unten ablecken konnte. »Gut«, sagte sie und drängte ihre Fantasien wieder in den hintersten Winkel ihres Gehirns. »Dann machen wir es eben anders. Ich bringe ihn dazu, das Fenster herunterzukurbeln, und Sie nehmen ihn in den Schwitzkasten, während wir uns unterhalten.«

Genau so machten sie es. Als Rodney erfuhr, wer Sara war, wollte sein Mund gar nicht mehr stillstehen.

»Sie schießen auf Leute.« Bei ihm hörte es sich an, als sei sie eine Wahnsinnige. »Mit Pfeil und Bogen!«

»Da sind Sie aber nicht auf dem neuesten Stand. Letztes Jahr bin ich zur Armbrust übergegangen.« Mit einer Armbrust war man schneller. Dennoch trauerte sie ihrem speziell angefertigten Bogen hinterher. Vielleicht würde sie doch wieder zum Bogen wechseln. »Und es tut noch nicht einmal weh.«

»Das sagen Sie.«

Verständnislos blinzelte sie ihn an. »Wie alt sind Sie?«

»Gerade drei geworden.« Bei Vampiren zählte man die Jahre von ihrer Erschaffung an.

Sara schüttelte den Kopf. »Und Sie haben versucht wegzulaufen? Warum zum Teufel tun Sie so etwas Dämliches?« Sein Meister Lacarre war außer sich vor Wut.

Er zuckte die Achseln. »Ich weiß nicht. Schien mir eine gute Idee.«

Offenbar hatte Rodney die Weisheit nicht gerade mit Löffeln gefressen. »Okaaay.« Ihr Blick wanderte zu Deacon. Todernst blickte er sie aus seinen nachtschattengrünen Augen an. Dabei war sie sich sicher, dass er nur mit Mühe das Lachen zurückhielt. Sie selbst verbiss sich ebenfalls ein Grinsen und wandte sich wieder dem Vampir zu. »Einfache Frage.«

»Ein Glück.« Rodney entblößte lächelnd seine Reißzähne. Ältere Vampire taten das nie. »Schwierige Fragen mag ich nämlich nicht.«

»Wer hat Sie so zugerichtet, Rodney?«

Er schluckte schwer und blinzelte dann hektisch. »Niemand.«

»Sie haben also versucht, sich selbst den Kopf abzuschlagen?«

»Ja.« Er nickte, also hielt Deacon ihn nicht sehr fest. Aber das spielte keine Rolle, schließlich hatte sie ja ihre Armbrust.

»Rodney«, sagte sie drohend. »Lügen Sie mich nicht an.«

Wieder blinzelte er, und diesmal füllten sich seine Augen mit Tränen. Nun kam Sara sich richtig gemein vor. »Kommen Sie schon, Rodney. Warum haben Sie Angst?«

»Nur so.«

»Nur so …« Sara überlegte, wovor sich ein Vampir wohl fürchten könnte. »War es ein Engel?« Falls es sein eigener Meister gewesen sein sollte, konnte sie gar nichts tun, außer den Dreckskerl bei der Vampirschutzbehörde anzuzeigen. Doch genauso gut war es möglich, dass die Sache auf das Konto von einem von Lacarres Feinden ging. In diesem Fall würde sich der Engel selbst um die Sache kümmern.

»Nein.« Rodney klang regelrecht entsetzt. Offenbar sagte er die Wahrheit. »Natürlich nicht. Die Engel erschaffen uns, da töten sie uns doch nicht.«

Wie naiv war der Junge eigentlich? »Vor wem haben Sie dann solche Angst?« In diesem Moment begegnete sie wieder Deacons Blick und fand darin die Antwort. »Ein Jäger.« Oder jemand, den Rodney irrtümlich für einen Jäger hielt, denn echte Jäger töteten keine Vampire.

»Bitte tun Sie mir nicht weh. Ich habe gar nichts gemacht«, schniefte Rodney.

»Hey.« Sara tätschelte ihm die Schulter. »Mich interessiert nur meine Fangprämie. Wenn Sie tot sind, bekomme ich bloß die Hälfte. Warum sollte ich Sie also umbringen wollen?«

Rodneys Augen leuchteten hoffnungsvoll auf. »Ist das wahr?«

»Ja.«

»Und was ist mit …« Er senkte die Stimme und deutete auf den Arm um seinen Hals.

Zum ersten Mal mischte sich Deacon ins Gespräch. »Ich bin ihr Freund und tue, was sie sagt.«

Sara starrte ihn an, doch Rodney beruhigten die Worte anscheinend. »Ja, Sie sind der Boss«, sagte er zu Sara. »Das merkt man gleich. Meine Mindy hat auch gern die Hosen an. Sie hat gesagt, ich soll weglaufen und wir … wir könnten dann eine Kreuzfahrt machen.«

Sara presste einen Finger auf seine Lippen. »Konzentrieren Sie sich, Rodney. Erzählen Sie mir von dem Jäger, der Sie verletzt hat.«

»Er sagte, alle Jäger hassen Vampire.« Rodneys Stimme wurde immer leiser. »Das wusste ich gar nicht. Mir war klar, dass es Ihr Job ist, uns aufzuspüren, aber ich dachte nicht, dass die Jäger uns hassen.«

»Das tun wir auch nicht«, sagte Sara und hätte ihm am liebsten über den Kopf gestreichelt. »Er hat es einfach aus Gemeinheit gesagt.«

»Meinen Sie?«

»Das weiß ich sogar. Was hat er noch gesagt?«

»Dass die Vampire der Abschaum der Erde sind und dass unsere Gegenwart die Engel beschmutzen würde.« Er verzog das Gesicht. »Aber das kann doch gar nicht sein, sonst würden uns die Engel doch nicht erschaffen.«

Sara stutzte, diese Schlussfolgerung hätte sie Rodney gar nicht zugetraut. »Ja, da haben Sie recht. Also hat er gelogen. Hat er sonst noch etwas gesagt?«

»Nein, er hat bloß sein Schwert gezogen …«

Schwert?

»… und versucht, mir den Kopf abzuschlagen.« Er lehnte sich zurück, Rede beendet.

»Wie sah er aus?«, fragte Deacon.

Rodney fuhr zusammen. Offenbar hatte er die Gefahr in seinem Nacken vergessen. »Das konnte ich nicht sehen. Er trug eine schwarze Maske vor dem Gesicht, und auch sonst war alles schwarz an ihm. Aber er war groß und stark.«

Diese Beschreibung passte auf die Hälfte der Gildenjäger. Als Sara merkte, dass sie nichts mehr aus Rodney herausbekommen würden, legte sie ihm wieder die Kette um und fuhr ihn zu Lacarre. Dabei war ihr nur allzu bewusst, dass Deacon ihr auf einem monstermäßigen Motorrad folgte. Aber er kam nicht mit hinein, als Sara den Vampir ins Haus führte.

Lacarre wartete schon in der Vorhalle des palastartigen Anwesens. »Geh«, befahl er dem Vampir.

Sara nahm ihm die Halskette ab und legte sie Lacarre hin, damit er sie der Gilde zurückgeben konnte. Zerknirscht wie ein Schuljunge schlurfte Rodney davon. Verärgert klappte der Engel seine cremefarbenen Flügel zusammen und nahm einen Umschlag vom Tisch. »Ihr Einzahlungsbeleg. Ich habe das Geld gleich nach Ihrem Anruf, dass Sie Rodney haben, überwiesen.«

Rasch überflog sie den Beleg und steckte ihn ein. »Vielen Dank.«

»Ms Haziz«, sagte er finster. »Ich will ganz offen zu Ihnen sein. Ich hätte nie damit gerechnet, dass Rodney einen Fluchtversuch unternimmt. Ich weiß nicht, wie ich ihn bestrafen soll.«

Sara war es nicht gewöhnt, sich mit einem Engel zu unterhalten. In der Regel nahm sie nur den Auftrag entgegen. Meist bekam sie sie nicht einmal dann zu Gesicht. Engel waren viel zu wichtig, um sich mit gewöhnlichen Sterblichen abzugeben, dazu hatten sie ja ihre Vampire. »Kennen Sie eine Mindy?«

Lacarre erstarrte. »Ja. Sie ist einer meiner ältesten Vampire.«

»Ist sie eifersüchtig?«

»Ach so, ich verstehe.« Er nickte. »Ich habe viel Zeit mit Rodney verbracht. Er ist noch so kindlich, und wenn ich ihm nicht etwas auf die Sprünge helfe, schafft er es nicht.«

Sara fragte lieber nicht, wie es Rodney überhaupt durchs Auswahlverfahren geschafft hatte. So viele Menschen wollten Vampire werden, dass es eigentlich alles andere als ein Zuckerschlecken war. »Er ist nicht gerade ein Genie«, sagte sie stattdessen. »Wenn Sie ihn zu hart bestrafen, wird er es vielleicht nicht überleben.«

Lacarre nickte. »Also gut, Gildenjägerin. Ich danke Ihnen.« Damit war sie entlassen.

Wohl fühlte sich Sara bei dem Gedanken nicht, Rodney bei einem Meister zurückzulassen, der zwar nicht mehr stocksauer, aber immer noch verärgert war. Doch schließlich hatte sich Rodney ja aus freien Stücken entschieden, Vampir zu werden. Nun musste er die nächsten siebenundneunzig Jahre Sklavendasein ertragen. Beim Rausgehen lief ihr eine schlanke Rothaarige über den Weg. Die Frau trug einen gewagten scharlachroten Anzug, der so eng saß, dass er genauso gut aufgemalt hätte sein können.

Sara wäre einfach weitergelaufen, doch die Rothaarige hielt sie auf. »Sie haben Rodney zurückgebracht?«

Mindy. »Das ist mein Job.«

Die Vampirin biss die Zähne fest aufeinander. So gut, wie sie menschliches Verhalten imitierte, musste sie schon sehr alt sein. »Ich bin überrascht, dass er so lange überlebt hat. Sonst kann er sich kaum die Schnürsenkel zubinden.«

»Wie ist er überhaupt durchs Auswahlverfahren gekommen?«

Mindy wedelte mit einer Hand. »Mit ihm war alles in Ordnung, bis …« Erst im Nachhinein wurde ihr klar, mit wem sie da eigentlich sprach. »Auf Wiedersehen, Gildenjägerin.«

»Wiedersehen.« *Wie interessant,* dachte Sara bei sich. Auch wenn es nie offiziell bestätigt wurde, wusste jeder, dass ein winziger Prozentsatz der Kandidaten nach der Verwandlung geistesgestört war. Zum ersten Mal aber war Sara jetzt ein Vampir untergekommen, der einen Teil seiner Intelligenz eingebüßt hatte.

Als sie wieder in ihren Mietwagen kletterte, war Deacon nirgends zu sehen. Sie fuhr zurück in ihr Hotel, und als sie ihren Wagen in der unterirdischen Garage parkte, brachte er sein Monsterbike plötzlich neben ihr zum Stehen. »Wie sind Sie an den Sicherheitsleuten vorbeigekommen?«

Er nahm den Helm ab, öffnete die Lederjacke und schwang sich vom Motorrad. Unwiderstehlich männliche Muskeln. Wie geschaffen, ihre Hände darübergleiten zu lassen. Das Ziehen in ihrem Unterleib wurde stärker. Himmel, der Mann war eine einzige Einladung zum Sex.

2

Sara holte tief Luft, um sich wieder in den Griff zu bekommen, und steuerte auf den Fahrstuhl zu. Ihre Waffen trug sie in einer Tasche bei sich. Die Erfahrung hatte sie gelehrt, dass die Hotelleitung meist recht säuerlich reagierte, wenn sie mit einer Armbrust durchs Foyer marschierte. »Also? Was ist mit der Sicherheitskontrolle?«

»Taugt absolut nichts.«

Sie war ganz seiner Meinung. »Das Hotel lag am günstigsten für diese Jagd.«

Mit diesem Mann in einem Fahrstuhl eingepfercht zu sein war eine gute Übung in Selbstbeherrschung. Wie gut er roch! Der Duft seiner warmen Haut mischte sich mit dem seiner Seife zu einem einzigartigen Aroma – ganz Mann mit einem darunterliegenden Hauch von Stahl –, das sie wie ein Aphrodisiakum umfing. Da sie ja schlecht mit dem Atmen aufhören konnte, hatte sie, als sie endlich den dritten Stock erreichten, bereits eine Überdosis.

»Warten Sie hier.« Warnend hob sie eine Hand. »Ich muss erst noch Ihre Referenzen überprüfen.«

Lässig lehnte er sich an die Wand gegenüber von ihrer Zimmertür. »Grüßen Sie Simon von mir.«

Ohne ihn aus den Augen zu lassen, zog Sara ihre Karte durch den Schlitz und ging hinein. Das Zimmer war einfach möbliert: ein Doppelbett, daneben eine kleine Kommode, ein Tisch, der gerade mal genug Platz für das Telefon und vielleicht einen Laptop bot, und ein paar Stühle. Während einer Jagd brauchte sie auch nicht mehr. Sie rief Simon von ihrem Handy aus an.

»Deacon«, sagte sie, sobald er abgenommen hatte. »Wer ist das, und was macht er hier?«

»Beschreib ihn mir.«

Sie tat ihm den Gefallen. »Und?«

»Ja, das ist Deacon. Er arbeitet gerade an einem Fall, und ich möchte, dass du dich da einklinkst. Den Vampir von Lacarre hast du doch schon zurückgebracht, oder?«

»Ja.« Sara war neugierig geworden, vor allem durch das, was Simon ihr bislang verschwiegen hatte. »Was ist das für ein Fall? Hat es damit zu tun, dass Vampiren der Kopf abgehackt wird?«

»Deacon wird dir alles Weitere erklären. Die Zeit drängt, wir müssen dem Problem schleunigst auf den Grund gehen.«

»Das werden wir.« Sie stockte. »Simon, wegen der anderen Sache …«

»Keine Sorge, Sara. Du musst dich nicht gleich heute entscheiden. Und auch nicht morgen.«

Aber entscheiden musste sie sich irgendwann. »Ich teile dir meine Entscheidung nach diesem Fall mit.«

»Gut, aber lass dir Zeit.« Er schwieg. »Sara, Deacon ist äußerst gefährlich. Pass auf dich auf.«

»Gefährlich bin ich auch.« Sie legte auf und öffnete die Zimmertür. Besagter Mann stand schon auf der Schwelle. Zu seinen Füßen lag ein Seesack. »Moment mal! Sie bilden sich doch nicht etwa ein, dass Sie bei mir unterkommen?«

»Ich habe Ihnen viel zu erzählen. Ich schlafe einfach auf dem Boden.«

Manchmal könnte sie sich für ihre Neugier in den Hintern beißen.

»Das werden Sie ganz bestimmt.« Sie winkte ihn herein und verriegelte anschließend die Tür. »Also, lassen Sie mich raten.

Wir sollen diesen Psychopathen ausschalten, der sich als Jäger ausgibt.« Soviel sie wusste, war es allein in den letzten eineinhalb Wochen zu fünf Morden gekommen. Alle Opfer waren Vampire. Und alle waren geköpft worden.

Deacon ließ seine Tasche neben ihrer auf den Boden fallen und zog seine Jacke aus. Darunter kam ein blaues T-Shirt zum Vorschein, das seine Augen erst so richtig zum Strahlen brachte. »Ich bin mir gar nicht so sicher, dass er es nur vorgibt. Ich bin ihm seit dem zweiten Mord auf den Fersen, und alles deutet auf einen Jäger hin.«

»Das glaube ich nicht«, sagte sie. Noch immer stand sie mit verschränkten Armen an der Tür.

Er hängte seine Jacke über einen Stuhl, zog ihn zu sich heran und setzte sich, um sich die Stiefel aufzubinden. »Deshalb ist es aber nicht weniger wahr.«

»Jäger ziehen doch nicht herum und ermorden Unschuldige.« Das entsprach einfach nicht dem Wesen der Jäger. Ihre Zunft hatte Ehrgefühl. »Wir sorgen dafür, dass nicht mehr Vampire als nötig umkommen.« Es hieß, dass vor Gründung der Gilde entlaufene Vampire immer sofort bei ihrer Ergreifung hingerichtet worden waren.

Nachdem er sich Schuhe und Strümpfe ausgezogen hatte, streckte er behaglich die Beine aus und kippelte den Stuhl gegen den Tisch. Dabei ließ er sie nicht aus den Augen. »Bill James.«

Das war ein Schlag in die Magengrube, ein Stich ins Herz. »Woher wissen Sie davon?« Von Bill wussten eigentlich nur die drei Jäger, die Jagd auf ihn gemacht hatten, und natürlich Simon. Für den Rest war Bill als Held gestorben, und die Gilde hatte ihm ein Begräbnis mit allen Ehren ausgerichtet.

Deacon zuckte nicht mit der Wimper und sagte seelenruhig: »Ich heiße zwar Deacon, aber die meisten kennen mich als ›der Henker‹.«

Sie starrte ihn an. Der Typ meinte es ernst. Verdammt.

Sehr vorsichtig ging sie hinüber zu ihrem Bett und setzte sich auf die Kante. »Ich dachte, Sie wären nur ein Mythos. So wie der Schwarze Mann.«

»Die Jäger der Gilde gehören zu den gefährlichsten Kriegern der Welt. Da braucht man einen Schwarzen Mann.«

Sara schüttelte den Kopf. »Ellie wird mir nie glauben, dass ich dem Henker begegnet bin.« Über den Namen hatten sie Witze gerissen. So etwas gab es doch nur im Fernsehen. »Die Gilde beschäftigt tatsächlich einen Jäger, der Jagd auf die eigenen Leute macht?«

»Nur im Notfall.« Er schwieg, bis sie aufschaute. »Und Sie wissen, dass es manchmal nötig ist.«

»Bill war nicht mehr zurechnungsfähig«, sagte sie. »Er ist einfach durchgedreht.« Bill hatte Gefallen daran gefunden, Kinder auf grausamste Weise zu ermorden. Selbst jetzt wurde ihr noch schlecht, wenn sie daran dachte.

»Es kommt nur selten vor, dass man die eigenen Jäger jagen muss«, räumte Deacon ein. »Aber es kommt vor, und von daher braucht jede Gilde ihren Henker.«

»Warum haben Sie Bill damals nicht zur Strecke gebracht?« Denn Elena war diejenige, die den alten Jäger schließlich getötet hatte. Sara war fest entschlossen gewesen, die Bürde auf sich zu nehmen. Zwar war Bill ihr Freund, aber für Elena war er noch mehr. Er war ihr Mentor. Doch Bill hatte sie beide aus dem Hinterhalt überfallen und Sara mit einem Wagenkreuz bewusstlos geschlagen. So musste also ihre beste Freundin den eigenen Mentor mit dem Messer erstechen.

Er hat mich angesehen, als wäre ich eine Verräterin, hatte Ellie danach gesagt, ihr ganzes Gesicht voll mit Bills Blut. *Er musste sterben, das weiß ich auch, aber irgendwie hatte er recht. Richtig heiß war sein Blut.*

»Unglückliche Umstände«, sagte Deacon und holte sie damit in die Gegenwart zurück. »Die Lage hatte sich so schnell zugespitzt, dass ich nicht mehr rechtzeitig kommen konnte. Ich war am anderen Ende der Welt.«

»Auf der Jagd?«

»Geschäftlich«, sagte er zu ihrer Überraschung. »Der Henker wird nur selten gebraucht. Eigentlich baue ich Waffen, das ist meine wahre Berufung.«

»Deacon? Moment mal.« Sie zerrte ihre Tasche zu sich heran, öffnete den Reißverschluss und zog ihre Armbrust heraus. Darauf prangte ein vertrautes, stilisiertes D. »Sie haben das gemacht?«

Er nickte kurz. »Ich baue Waffen und Ausrüstung für Jäger.«

»Und Sie sind der Allerbeste.« Die Armbrust hatte sie ein Heidengeld gekostet. Genauso der Bogen, der ihr über alles ging. »Und in Ihrer Freizeit richten Sie Jäger hin? Wie nett.« Kopfschüttelnd steckte sie die Armbrust wieder zurück in die Tasche. »Wieso habe ich noch nie von Ihnen persönlich gehört?«

»Man sollte sich lieber nicht mit Menschen anfreunden, die man eines Tages vielleicht umbringen muss.«

»Das stelle ich mir einsam vor.« Eigentlich hatte sie gar nicht so direkt sein wollen, aber sie selbst konnte sich solch ein Leben nicht vorstellen. Vielleicht war sie nicht gerade der Mittelpunkt jeder Gesellschaft, zumindest noch nicht, doch sie hatte einen festen Freundeskreis, der ihr Halt gab.

»Henker sind ohnehin immer Einzelgänger.« Er begann sich das Hemd aufzuknöpfen. »Wollen Sie zuerst unter die Dusche?«

Eigentlich wollte sie lieber noch ein bisschen hier stehen und ihn anstarren. Seine Haut spannte sich golden über der muskulösen Brust, und unter dem offenen Hemd konnte sie sein dunkles Brusthaar sehen. Ihr Körper spannte sich, erwartungsvoll, bereit.

Es war definitiv an der Zeit, zu duschen, und zwar kalt.

»Ja, danke«, sagte sie und erhob sich. »Ich beeil mich auch.«

Deacon nickte, und sie schnappte sich schnell ihre Sachen und sah zu, dass sie wegkam. Der Henker war ein Leckerbissen, das stand außer Frage, aber sie war nicht auf der Suche nach einem Liebhaber. Vor allem nicht jetzt, wo ihr die größte Entscheidung ihres Lebens bevorstand. Eine Entscheidung, die ihr Leben noch einsamer machen könnte als Deacons.

Die männlichen Jäger waren allesamt Macho-Idioten – und das meinte sie überhaupt nicht böse. Im Schatten einer Frau zu stehen fiel keinem von ihnen leicht. Doch kein Schatten war so groß und so dunkel wie der, in dem der Mann der Direktorin der Gilde stehen würde.

Langsam öffnete Deacon seine geballte Faust. Sara Haziz war absolut nicht das, womit er gerechnet hatte. Mit Simon hatte er noch ein Hühnchen zu rupfen.

»Brauner Teint, braune Augen, schwarzes Haar. Von wegen«, murmelte er leise. Diese Frau überstieg all seine kühnsten erotischen Fantasien. Klein, kurvenreich, perfekt. Glänzende milchkaffeefarbene Haut und Haare, die ihr wahrscheinlich bis zur Hüfte fielen, wenn sie den strengen Zopf löste. Ihre braunen Augen waren so groß, als könnten sie direkt in ihn hineinsehen.

In ihr erkannte er auch nicht die Frau wieder, die Simon ihm als seine ›vernünftige Nachfolgerin‹ beschrieben hatte. Das hatte ungefähr so interessant wie Schuhleder geklungen. Keine dieser Beschreibungen wurde Sara gerecht; sie ließen völlig außer Acht, welche Kraft in dieser Frau steckte. Zwar hatte er sie erst vor ein paar Stunden kennengelernt, doch er wusste jetzt schon, dass sie es mit den Jungs der Gilde spielend würde aufnehmen können.

Diese Frau würde eine hervorragende Gildedirektorin abgeben.

Also sollte er lieber seine Gedanken und vor allem seine Finger von ihr lassen. An Saras sexy Nacken zu knabbern – oder an anderen Körperteilen – war somit tabu. Als Gildedirektorin würde sie unweigerlich im Licht der Öffentlichkeit stehen. Deacon hingegen führte ein Leben im Verborgenen.

»Aber noch ist sie nicht die Direktorin.« Er trommelte mit dem Finger auf seinen Oberschenkel und schielte zum Bett.

Er begehrte diese Frau, und das kam bei ihm nicht häufig vor. Aber Sara zu verführen stand nicht auf der Tagesordnung.

»Sieh zu, dass ihr nichts geschieht. Einen Leibwächter würde sie nicht dulden, aber du kannst das Gleiche erreichen, indem du sie mit auf die Jagd nimmst.«

»Ich arbeite allein.«

Simon blieb unerbittlich. »Tja, Pech. Sara ist eine meiner besten Jägerinnen, sie wird dir ganz sicher nicht im Weg sein.«

»Wenn sie eine der Besten ist, warum braucht sie dann einen Babysitter?«

»Weil der Kader weiß, dass sie meine Wunschkandidatin ist. Ich würde es einigen der Erzengel durchaus zutrauen, Sara auf die Probe zu stellen.«

Deacon hob die Augenbrauen. »Haben sie das damals bei dir so gemacht?«

»Ich habe es fast nicht überlebt.« Deutliche Worte. »Es ist nicht gerade leicht, allein gegen fünf alte Vampire zu bestehen. Ich habe nur überlebt, weil meine Frau zufällig dabei war. Bei zwei stinksauren Jägern stehen die Chancen schon besser.«

Nun saß er also hier in ihrem Hotelzimmer und lauschte dem Geräusch fließenden Wassers, während er sich vorstellte, wie er sich langsam ihren Körper hinunterküsste. Diese Vorstellung trug kaum dazu bei, seine Lust zu mindern. Und er wusste genau, dass er die Nacht wohl auf dem Flur verbringen würde, wenn sie in diesem Moment zur Tür hereinkäme und seinen Ständer sähe.

Das konnte er auf keinen Fall riskieren, schließlich durfte er sie nicht aus den Augen lassen. In dieser Hinsicht hatte sich Simon unmissverständlich ausgedrückt. Wenn die Erzengel sie prüfen wollten, würden sie eine Gelegenheit abpassen, in der Sara verwundbar schien. Also würde er dafür sorgen, dass sie es nie sein würde. Deacon fuhr sich mit der Hand durchs Haar und stand auf, um den Raum zu überprüfen. Alles wirkte sicher. Fenster gab es keine – klaustrophobisch, aber sicher –, und abgesehen von der Eingangstür, die er mit einer selbstgebauten Spezialvorrichtung sicherte, gab es keine anderen Zugänge oder Lüftungsschächte, durch die etwas hereinkrauchen konnte.

Als Sara mit einem flauschigen Hotelbademantel bekleidet aus der Dusche trat und sich mit dem dazu passenden Handtuch die Haare trockenrubbelte, hatte Deacon sich so weit von der Sicherheit des Raumes überzeugt, dass er selbst duschen gehen konnte. Eiskalt. »Verdammt!« Mit zusammengebissenen Zähnen ertrug er den kalten Strahl. Das Fortbestehen der Gilde war schließlich wichtiger als das Wohlbefinden seines Schwanzes.

Er hatte Simon gefragt, warum die Erzengel eine Einrichtung sabotieren sollten, die ihr Leben verdammt vereinfachte.

»Es ist ein Spiel«, hatte Simon gesagt. »Sie brauchen uns, aber sie werden uns nie vergessen lassen, dass sie die Mächtigeren sind. Bei einem Angriff auf mich oder auf Sara geht es nicht um die Abschaffung der Gilde. Es ist lediglich eine Erinnerung daran, dass der Kader uns im Auge behält.«

Sara hörte, wie das Wasser angestellt wurde, und trocknete sich rasch die Haare, bevor sie zu ihrem Handy griff. Sie hatte keinen Schimmer, in welcher Zeitzone sich Ellie gerade befand, doch ihre Freundin nahm schon nach dem ersten Klingeln ab.

»Sara«, sagte sie, »weißt du eigentlich, wie viel Geschick es braucht, riesige Porzellanvasen so einzupacken, dass sie den Transport heil überstehen? Und ich habe es geschafft. Keinen Kratzer haben meine beiden Schätze abbekommen. Ich bin einfach genial!«

»Darf man fragen, woher du sie hast?«

»Ich habe sie geschenkt bekommen«, sagte Elena freudestrahlend. »Die werden sich toll in meinem Wohnzimmer machen. Oder vielleicht stell ich auch nur eine ins Wohnzimmer und die andere ins Schlafzimmer.«

Dass Elena sich so emsig mit ihrer Inneneinrichtung beschäftigte, war typisch für Jäger. Jäger bauten Nester. Vielleicht lag es daran, dass sie kaum zu Hause waren und so viel Zeit in der Gosse verbrachten. Bei Sara war der Nestbautrieb besonders ausgeprägt. Ihre Eltern, die sie aufrichtig liebte, waren herumvagabundierende Hippies. Im Alter von sieben Jahren war sie schon auf zehn verschiedenen Schulen gewesen. Ein beständiges Zuhause war für sie so wichtig wie die Luft zum Atmen. »Bin mal gespannt, wie sie aussehen.«

»Du hörst dich irgendwie seltsam an.«

»Ich habe den Henker getroffen.«

Stille. »Ehrlich?« Sie pfiff anerkennend. »Gruselig?«

»Und wie. Breit wie ein Schrank.« Sollte Deacon jemals hinter ihr her sein, würde sie darauf achten, nicht in Reichweite seiner Fäuste zu geraten. Ein einziger Schlag mit diesen Riesenfäusten, und ihr Genick wäre hin. »Ellie, ein Jäger mordet Vampire.«

»Scheiße.« Ellies Stimme klang auf einmal ganz anders, dunkler. »Du bist hinter ihm her?«

»Ja.«

»Ich bin in New York, vor ein paar Stunden angekommen. Wenn du willst, setze ich mich in den nächsten Flieger.«

Sara schüttelte den Kopf. »Bisher weiß ich ja noch nicht einmal genau, was eigentlich los ist.«

»Du kannst den Mörder nicht allein verfolgen.«

»Ich bin nicht allein. Deacon ist bei mir.«

»Der Henker?« Sie klang unüberhörbar erleichtert. »Gut. Hör mal, Sara. Ich hab da so dies und das aufgeschnappt.«

»Was denn?«

»Jeder weiß, dass du nur die Hand auszustrecken brauchst, um Simons Job zu bekommen. Aber auf dem Rückflug saß ich neben einem ziemlich hochrangigen Vampir, und er kannte deinen Namen.«

Simon hatte sie davor gewarnt. »Der Kader interessiert sich eben für den nächsten Direktor.«

Elena schwieg eine ganze Weile. »Ich weiß, dass du dich vor der Verantwortung nicht drücken kannst, versprich mir aber, dass du verdammt vorsichtig sein wirst. Die Erzengel haben nichts Menschliches an sich. Die hält man sich besser auf Abstand.«

»Ich kann mir nicht vorstellen, dass sich einer der Erzengel persönlich mit mir abgeben würde, die schicken höchstens ihre Vampire.« Und mit denen wurde sie schon fertig.

»Was für ein Glück, dass du den Henker bei dir hast. Im Notfall hast du also einen starken Mann an deiner Seite.« Ein leises Klingeln war zu vernehmen. »Ich muss auflegen. Mein Essen kommt gerade.«

Sara legte auf und starrte das Telefon an. Es war in der Tat ein sehr glücklicher Zufall, dass Deacon ausgerechnet jetzt hier aufkreuzte, wo er doch die meiste Zeit im Verborgenen lebte. Und wie praktisch, dass die Serienmorde ausgerechnet in einer Stadt verübt wurden, in der sie einen Auftrag zu erledigen hatte. Sie kniff die Augen zusammen und wartete.

3

Wenige Minuten später kam Deacon nur mit einer Jeans bekleidet aus dem Badezimmer. Saras Blut geriet in Wallung, doch sie riss sich zusammen. »Simon hat Sie geschickt.«

Zumindest konnte man ihm zugute halten, dass er es erst gar nicht abstritt. »Zwei Fliegen mit einer Klappe.« Er griff sich ein sauberes T-Shirt aus seiner Tasche und zog es sich über den Kopf. »Im Grunde wissen Sie doch, dass das die richtige Entscheidung ist.«

Am liebsten wäre sie ihm und seinen kühlen Argumenten mit der Armbrust zu Leibe gerückt, einfach, um ihn vom Gegenteil zu überzeugen. »Eine Gildedirektorin darf keinesfalls schwach wirken.«

»Aber dumm wäre auch nicht gut.« Sie sah unbeugsamen Willen in seinen nachtdunklen grünen Augen.

Sie legte das Handy beiseite, das sie beinahe zu Brei zerquetscht hatte, nahm stattdessen eine Bürste in die Hand und fuhr sich damit durchs Haar. »Erzählen Sie mir von dem Mörder. Kann es sein, dass er nur vorgibt, ein Jäger zu sein?«

Einen Moment lang schwieg er, als würde er ihrem plötzlichen Nachgeben nicht recht trauen. »Ja. Aber im Moment habe ich drei Verdächtige – alle tatsächlich Jäger. Wir werden einem nach dem anderen einen Besuch abstatten.«

»Heute Abend noch?«

Er nickte. »Ich habe mir überlegt, wir geben ihm vier Stunden. Bis dahin fühlt sich der Mörder sicher und wird vielleicht unvorsichtig.«

»Warum sind Sie ihm nicht gleich nach dem Anschlag auf Rodney gefolgt?«

»Es gab keine Spuren.«

Sie schnaubte durch die Nase. »Und Sie wollen mein Babysitter sein.«

»Wollen tu ich es nicht.« Leise und intensiv strichen ihr die Worte wie Samt über die Haut. »Aber da Sex leider nicht in Frage kommt, nehme ich mit dem Babysitten vorlieb.«

Hitze explodierte über ihre Haut. »Was veranlasst Sie zu der Annahme, dass ich Sie auch nur auf Armeslänge an mich heranlassen würde?« Ihre Stimme war heiser vor Verlangen, doch genauso gut hätte es auch Wut sein können.

»Was veranlasst Sie zu der Annahme, dass ich erst fragen würde?«

»Beim ersten Versuch schlitze ich Ihnen mit Ihrem eigenen Messer den Bauch auf.«

Deacon lächelte und wirkte mit einem Mal nicht nur sexy, sondern absolut atemberaubend. »Das hier wird Spaß machen.«

Doch als Sara vier Stunden später aus einem unruhigen Schlaf erwachte, war ihr nicht mehr nach Spielchen zumute. Sie legte ihre Ausrüstung an und trat zu Deacon in den Flur. Sie zog die Armbrust zurecht und schob energisch das Kinn vor. »Mir gefällt es nicht, dass wir unsere eigenen Leute jagen.«

Schweigen.

Sie warf ihm auf dem Weg zur Garage einen schnellen Blick zu. Doch er wirkte vollkommen ausdruckslos, nicht die geringste menschliche Regung war auszumachen. Erbarmungslos. In diesem Moment war er der Henker. »Wie viele von uns mussten Sie schon töten?«

»Fünf.«

Sara stieß leise die Luft durch die Lippen und öffnete die Tür zum Treppenhaus. Es war besser, die Wachleute des Hotels nicht unnötig aufzuregen, indem man bis an die Zähne bewaffnet auf den Überwachungskameras des Fahrstuhls erschien.

»Warum ausgerechnet Sie?«

»Einer muss es ja machen.«

Sie wusste nur zu gut, was er meinte. »Ich habe nie Gildedirektorin sein wollen.«

»Aus diesem Grund hat man Sie ja ausgewählt. Sie würden genau das tun, was ein Direktor tun sollte.«

»Im Gegensatz zu?«

Deacon ging voraus, ein offensichtlicher Leibwächter. Sie ärgerte sich darüber, aber es war im Grunde nur eine Kleinigkeit.

»Sie haben sicher von der Sache in Paris gehört. Dort hatten sie vor ein paar Jahren einen Direktor, der sich dank kluger politischer Schachzüge in dieses Amt gebracht hatte. Er war so damit beschäftigt, sich in Szene zu setzen, dass darüber die meisten seiner Jäger draufgegangen sind.«

Sara nickte nachdenklich und steuerte auf das Motorrad zu. Heute Nacht würde das ihr Fortbewegungsmittel sein. »Ich habe mich immer gefragt, wie das wohl geschehen konnte.« Schließlich waren Jäger im Allgemeinen eher direkt und geradeheraus. Jemand, der sich zu aalglatt verhielt, wurde eher mit Misstrauen betrachtet.

»Manche sagen, er hätte mit einem mächtigen Geheimbund der Vampire gemeinsame Sache gemacht, und die hätten dann die Wahl zu seinen Gunsten beeinflusst.«

Es ging das Gerücht, dass sehr alte Vampire die Fähigkeit hätten, Gedanken zu kontrollieren. Sara war nicht zuletzt deshalb eine sehr gute Anwärterin auf den Direktorenposten, weil sie allen vampirischen Kräften gegenüber immun war. Wie Ellie und die anderen geborenen Jäger war sie von vornherein für die Gilde bestimmt gewesen. »Mich wundert, dass er noch am Leben ist.«

»Da wäre ich mir gar nicht so sicher. Seit seiner Absetzung hat ihn niemand mehr gesehen.« Er reichte ihr seinen Ersatzhelm, und nachdem Sara ihn aufgesetzt hatte, setzte er auch seinen auf. »Können Sie mich hören?«

Sie nickte. Die Helme waren mit Mikrofonen und Kopfhörern versehen. »Wen besuchen wir zuerst?«

»Timothy Lee. Er ist zwar kleiner als der Täter, den Rodney uns beschrieben hat, aber Rodney stand unter Schock. Auf seine Erinnerungen können wir uns nicht unbedingt verlassen.«

Sara wollte gerade antworten, als sie plötzlich spürte, dass sie nicht mehr allein in der Tiefgarage waren. Sie hatte sich bereits hinter Deacon auf das Motorrad geschwungen und sah nun zu der Tür hinüber, aus der sie gekommen waren. Dort stand ein Vampir. Überflüssig, Deacon zu fragen, ob er ihn auch bemerkt hatte, denn der Henker verharrte ebenso reglos wie sie selbst.

Als sie den Blick des Vampirs auffing, fühlte sie, wie sich die Härchen in ihrem Nacken aufrichteten. Er war schon sehr alt, und die Macht, die er verströmte, nahm ihr beinahe die Luft zum Atmen. Da der Vampir sie nur schweigend ansah, blieb sie ebenfalls stumm. Deacon warf das Motorrad an und setzte rückwärts aus der Lücke. »Behalten Sie ihn im Auge«, sagte er ins Mikro.

Während er die Maschine wendete, drehte sie den Kopf, um den Vampir im Blick zu behalten.

Der hochgewachsene dunkelhaarige Vampir zeigte keinerlei Reaktion, als sie aus der Garage fuhren.

»Spielchen«, murmelte sie. »Sie lassen mich wissen, dass ich unter Beobachtung stehe.«

»Sie wollen Sie auf die Probe stellen.«

»Wissen Sie, irgendwie kann ich das sogar nachvollziehen.

Können Sie sich vorstellen, was geschehen würde, wenn eine unserer mächtigsten Gruppen einen schwachen Direktor hätte?«

»Paris«, sagte Deacon erneut.

Zustimmend nickte sie, obwohl er es ja gar nicht sehen konnte. »Wie hieß er noch gleich? Jarvis?«

»Jervois.«

»Ach ja.« Jervois' Führungsschwäche hatte zu einem heillosen Chaos in der europäischen Gilde geführt. Die Vampire hatten die Situation sofort ausgenutzt. Die meisten waren einfach geflohen, in der Hoffnung, irgendwo unauffällig unterzutauchen. Doch ein paar … »Einige Vampire haben sich dem Blutrausch hingegeben. In den Nachrichten hieß es, die Straßen troffen vor Blut.«

»So übertrieben waren die Darstellungen gar nicht. Paris hat innerhalb eines Monats zehn Prozent seiner Bevölkerung eingebüßt.«

So, wie er es jetzt ausdrückte, machte es ihr den Umfang des Grauens noch einmal bewusst.

»Warum sind die Engel damals eigentlich nicht eingeschritten?« Zu Hause in New York schmiss Raphael den Laden, und bislang hatte Sara noch nie von einem blutrünstigen Vampir im Big Apple gehört. Da das rein statistisch schon unmöglich war, kümmerte sich Raphael offenbar sehr erfolgreich um derartige Probleme, denn bislang hatte es noch nicht einmal Gerüchte gegeben.

»Es heißt, Michaela«, bei diesem Namen wurde seine Stimme ganz kalt, »wollte die Menschen Demut lehren.«

Michaela war recht präsent in der Öffentlichkeit. Sie war atemberaubend schön und genoss die Medienaufmerksamkeit so sehr, dass sie sogar dann und wann für die Kameras posierte. »Ich glaube, diese Frau würde nur allzu gerne die Zeit zurückdrehen, zurück zu den Tagen, als sie noch als Göttin verehrt wurde.«

»Selbst heute gibt es noch viele, die in den Engeln Gottes Boten sehen.«

»Und was halten Sie davon?«

»Sie gehören einer anderen Art an«, sagte er. »Vielleicht sind sie das, was wir in den nächsten Millionen Jahren werden.«

Interessante Theorie. Sara hatte keine feste Meinung zu diesem Thema. Auf den ersten Höhlenmalereien hatte es schon Engel gegeben. Für ihr Vorhandensein gab es ebenso viele Erklärungen wie Sterne am Firmament. Und falls die Engel die Wahrheit kannten, so behielten sie sie für sich. »Warum ausgerechnet Timothy Lee?«

»Er hat sich während der Morde in der Stadt befunden, er wäre imstande …«

»Imstande wären wir alle.«

»Stimmt. Also fällt dieser Punkt nicht so sehr ins Gewicht, aber Timothy ist mit Leib und Seele Jäger. Für ihn ist es nicht bloß Beruf, sondern Berufung.«

»Ist er als Jäger geboren?« Aus eigener Erfahrung wusste sie, dass Menschen mit der angeborenen Gabe, Vampire zu wittern, zwangsläufig der Gilde beitraten. Ihnen blieb keine andere Wahl.

»Nein. Aber er vergöttert die geborenen Jäger.«

»Ungesund zwar, aber nicht psychopathisch.«

Deacon nickte. »Deshalb ist er einer von dreien. Die anderen beiden haben auch ihre Macken, aber im Prinzip sind alle Jäger seltsam.«

»Haben Sie Ashwini schon kennengelernt?«

Er verschluckte sich fast. »Kennengelernt ist nicht der richtige Ausdruck. Bei unserer ersten Begegnung hat sie auf mich geschossen.«

»Das hört sich ganz nach Ashwini an.« Einen Moment lang musste sie grinsen. »Wenn es einer von den dreien war, exekutieren Sie ihn dann?«

»Ja.«

»Keine Polizei?«

»Ich bin dazu befugt. Irgendwelche menschlichen Gesetzeshüter werden nicht mit hineingezogen.« Nach einer kurzen Pause: »Sie sind froh, wenn wir uns selbst darum kümmern. Wild gewordene Jäger treiben die Anzahl der Toten in die Höhe.«

»So wie Vampire.«

Obgleich er darauf nichts erwiderte, spürte sie in der gespannten Ruhe seines Körpers, dass er ihrer Meinung war. Eine unheimliche Stille senkte sich über die Nacht, und sie setzten ihren Weg schweigend fort, bis Deacon in einer dunklen, verlassenen Straße hielt. »Von hier aus gehen wir zu Fuß weiter.«

Sara verstaute ihren Helm neben seinem und folgte ihm die Straße entlang zu einem Maschendrahtzaun. Ihre Miene verdüsterte sich. »Sieht nach einem Schrottplatz aus.«

»Ist es auch.«

Also das war nun wirklich seltsam. Jäger wohnten so gut wie nie an solch heruntergekommenen Orten. Dafür, dass sie bei ihrem Job buchstäblich Kopf und Kragen riskierten, wurden sie nämlich fürstlich entlohnt. »Jeder, wie er mag.«

»Er hat einen Höllenhund.«

Sie musste sich wohl verhört haben. »Sagten Sie gerade Höllenhund?« Vor ihrem inneren Auge tanzten glühend rote Augen in giftigen Schwefelwolken, trieben Dreizacke sie in die Enge.

»So ein großes schwarzes Ding, beißt einem wahrscheinlich den Kopf ab, wenn man es schief anguckt. Timothy nennt den Hund Luzifers Mädchen.« Deacon zog etwas aus seiner Jacke.

»Betäubungspfeile.« Dann war er auf einmal verschwunden, und wenn sie es nicht selbst gesehen hätte, hätte sie nie geglaubt, dass er sich so schnell bewegen konnte.

Sie holte ihn ein, und gemeinsam erklommen sie den Maschendrahtzaun, landeten lautlos auf der anderen Seite. Ohne Vorwarnung kam Luzifers Mädchen aus der Dunkelheit auf sie zugeschossen. Sara duckte sich reflexartig, und die Hündin flog über sie hinweg … direkt auf den vorbereiteten Betäubungspfeil in Deacons Hand zu. Statt die Hündin fallen zu lassen, fing Deacon den kräftigen Körper auf und legte ihn sanft ab.

»Sie mögen sie«, sagte Sara ungläubig.

Deacon streichelte der Hündin über die Flanke. »Warum nicht? Sie ist stark und loyal. Falls ich Timothy ausschalten muss, wird sie ihr Herrchen vermissen.«

»Sie würden sie glatt adoptieren, oder?« Sie schüttelte den Kopf. »Damit machen Sie alle Chancen zunichte, jemals eine Frau zu bekommen.«

Deacon hob den Kopf und sah sie aufmerksam an. »Sind Sie kein Hundefan?«

»Ihre Reißzähne sind mindestens einen Meter lang.« Sie übertrieb nur ganz leicht. »Eine Frau müsste Sie schon sehr lieben, um das zu ertragen.« Mit dem Kopf deutete Sara jetzt auf das kleine Gebäude hinter dem Haufen aus Altmetall und Gott weiß was. »Sollen wir?«

»Ja. Luzy wird für eine Weile ausgeschaltet sein.«

Luzy?

Lautlos bahnten sie sich einen Weg durch den Schrott. Dabei achteten sie sorgsam auf versteckte Fallen. Als sie endlich bei der heruntergekommenen Hütte ankamen, die Timothy sein Heim nannte, war sie leer. Nachdem sie ein wenig an den Schlössern herumgespielt hatten, gelangten sie hinein, doch fanden sie drinnen nichts Auffälliges. Dass Tim nicht zu Hause war, wollte nichts heißen, denn Jäger hatten einen sehr unregelmäßigen Tagesablauf.

Sara beobachtete, wie Deacon etwas aus seiner Tasche holte und es an die Sohlen aller vorhandenen Schuhe heftete. »Sender«, erklärte er ihr. »Die Batterien reichen ungefähr zwei Tage. Wenn es also in den nächsten 48 Stunden zu einem Mord kommt und er ein Paar der präparierten Schuhe trägt, können wir alle seine Bewegungen nachvollziehen.«

»Wer steht als Nächstes auf der Liste?«

Er antwortete erst, als sie wieder über den Zaun waren. Natürlich hatte er es sich nicht nehmen lassen, Luzy noch einmal zu streicheln. »Der nächste ist Shah Mayur. Einzelgänger, erledigt seinen Job, scheint aber überhaupt keinen Kontakt zu seinen Kollegen zu haben.«

»Etwa so wie eine gewisse andere Person, die wir beide kennen?«

Deacon ignorierte ihre Bemerkung. Sie schwangen sich aufs Motorrad und brausten los.

Mit einem Grinsen auf den Lippen schmiegte sie sich an seinen warmen Rücken. »Wie sind Sie auf Shah gekommen?«

»Die Vampirschutzbehörde hat fünf Beschwerden gegen ihn eingereicht.«

Die VSB war ins Leben gerufen worden, um den Vorurteilen und Grausamkeiten gegenüber Vampiren Einhalt zu gebieten. Vor Gericht gewannen sie ihre Fälle eigentlich nie, denn wer glaubte schon an die Unschuld eines Vampirs, wenn Fotos der Opfer seine blutigen Taten dokumentierten. Aber die Behörde konnte schon ordentlich Stunk machen. »Weshalb?«

»Extreme Gewaltanwendung während einer Rückholung.«

»Hmm.« Sie dachte kurz darüber nach. »Warum klingen Sie so wenig überzeugt?«

»Weil alle fünf Beschwerden von ein und demselben Vampir kamen.«

Im Nu legte sich auch Saras Interesse. »Da hat wohl jemand ein persönliches Problem.«

»Ja, aber wir müssen ihn trotzdem überprüfen.«

Was die Attraktivität des Wohnorts anging, entsprach Shah Mayurs Bleibe deutlich mehr dem Standard eines Jägers. Die Wohnung nahm das gesamte dritte Geschoss eines großzügigen Wohnhauses ein.

Sara runzelte die Stirn. »Es wird nicht leicht sein, da hineinzukommen.« Deacon hatte ihr schon gesagt, dass es vom Inneren des Hauses keinen Zugang zu Shahs Wohnung gab. Ins Erdgeschoss einzubrechen wäre also zwecklos, und die Leiter, mit der Shah ein- und ausging, war hochgezogen. Das bedeutete aber nicht, dass er zu Hause war. Laut Deacons Informationen konnte die Leiter mit einer Fernbedienung aus- und eingefahren werden. Shah war ein misstrauischer Bursche. Doch eigentlich sollte er jetzt schon seit einer Stunde in einem Flugzeug nach Washington sitzen. »Haben Sie einen Vorschlag?«

Sie gingen um das Haus herum, und Deacon nahm die rückwärtige Wand unter die Lupe. »Kommen Sie hier hoch?«

Mit den Augen folgte sie seinem Blick, der auf ein relativ stabil aussehendes Fallrohr geheftet war. »Ja.« Seine Frage überraschte sie. »Ich dachte, Sie sind mein Babysitter.«

»Man beobachtet uns höchstwahrscheinlich«, sagte er nüchtern. »Da kann ich Sie ja nicht völlig hilflos aussehen lassen.«

»Als wenn Sie das könnten«, sagte sie und zeigte ihm in einem zuckersüßen Lächeln die Zähne. »Wir dürfen aber noch einen weiteren Punkt nicht außer Acht lassen: Sollte man uns tatsächlich beobachten, werden die Engel und ihre obersten Vampire in null Komma nichts herausgefunden haben, was wir vorhaben. Ich liefere denen keinen unserer Jäger aus.« Die Engel konnten erbarmungslos in ihrer Rache sein.

Deacon sah sie ungerührt an. »Deshalb müssen wir ihnen zuvorkommen. Aus unserer Hand ist der Tod eine Gnade.«

Mit einem Nicken akzeptierte sie den Sender, den er ihr hinhielt, und lief zum Fallrohr. Sara war leicht und gut trainiert und kletterte mühelos hinauf. Das Fensterbrett im dritten Stock war so breit, dass sie sich bequem darauf niederlassen konnte. So nah war sie ihrem Ziel, dass es verlockend war, einfach einzusteigen, doch sie nahm sich die Zeit, alles genau zu inspizieren.

Wie sich herausstellte, war das auch gut.

Shah hatte das Fenster mit einem Metalldraht gesichert, in genau der Höhe, in der sich jeder Eindringling schneiden würde. Vom Glitzern zu urteilen war der Draht noch mit Glassplittern gespickt. Grausam, aber sein eigenes Heim zu schützen war schließlich kein Verbrechen. Sara überprüfte noch einmal, dass nirgendwo elektrische Kabel mit einem Alarmsystem verbunden waren, und signalisierte Deacon, dass sie hineingehen würde.

Er nickte zustimmend und bedeutete ihr, sie solle nicht länger als zwei Minuten bleiben.

Sara schob das Fenster hoch und kletterte vorsichtig gebückt hinein, um den tödlichen Metalldraht zu meiden. Sie befand sich in einem Wohnzimmer. Es war dunkel, doch nicht dunkel genug, um den Mann zu verbergen, der still in einem Sessel saß.

4

»Eigentlich hatte ich Deacon erwartet«, sagte eine seidenweiche Stimme.

»Shah Mayur, nehme ich an.«

»Sara Haziz.« Er klang überrascht. »Seit wann betätigen Sie sich als Henker?«

»Ein kleiner Nebenerwerb.« Sie bemerkte das Gewehr auf seinem Schoß. »Wie ich sehe, sind Sie vorbereitet.«

»Ich wollte nur sicherstellen, dass ich noch die Chance bekomme zu erklären, dass ich kein gemeingefährlicher Mörder bin, bevor man mir den Kopf abschlägt.«

Er gefiel ihr. Wobei er trotzdem der Mörder sein konnte. »Und wenn ich wieder gehe?«

»Werde ich Sie nicht erschießen. Sagen Sie Deacon, dass ich gleich bei Ihnen beiden unten sein werde.« Er zögerte. »Und, Sara, eigentlich ziemt es sich für die zukünftige Direktorin nicht, bei jemandem einzusteigen.«

»Warum tun alle so, als sei es schon beschlossene Sache?«, murmelte sie und kletterte rückwärts hinaus, wobei sie seine Hände nicht aus den Augen ließ. Notfalls könnte sie springen. Ein paar gebrochene Knochen würden sie schließlich nicht umbringen. Anders als eine Kugel.

Ob Shah noch etwas erwiderte, konnte sie nicht hören. Das Herunterklettern war noch einfacher als das Hinaufklettern. »Er kommt runter, um mit uns zu reden.«

Deacons Gesicht wurde ganz ruhig. Gefährlich ruhig. »Er hätte gar nicht zu Hause sein sollen.«

»Er hat Sie erwartet, und er weiß, wer Sie sind.«

Daraufhin wurde Deacon noch ruhiger. Sara beobachtete ihn fasziniert. Ließ sich dieser Mann jemals gehen? Oder blieb er auch in den intimsten Situationen vollkommen beherrscht? Am liebsten hätte sie ihn geküsst, um es herauszufinden, aber bei der Anziehungskraft, die er auf sie ausübte, würde es sicher nicht bei einem Kuss bleiben.

Das leise Summen der ausfahrenden Leiter war eine willkommene Ablenkung. Als Shah heruntergeklettert kam, konnte Sara das Gewehr nicht entdecken. Natürlich hatte das nichts zu sagen, höchstens, dass er seine Waffen geschickt verbarg. *Elena würde das gutheißen,* dachte Sara. Ihre beste Freundin pflegte kurze Stichwaffen in ihrem Haar zu verstecken und sich Messer um die Oberschenkel zu schnallen. Und das war noch lange nicht alles …

»Hallo, Deacon.« Shah entpuppte sich als großer, dunkelhäutiger und sehr gut aussehender Mann mit glänzendem schwarzen Haar, das ihm bis auf die Schultern reichte.

»Ich bin beeindruckt«, sagte Deacon und positionierte sich unauffällig so, dass er Sara würde schützen können.

Sie schaffte es gerade noch, ein Augenrollen zu unterdrücken, und nutzte den Moment, ihre eigene Waffe zu ziehen. Sie trat aus seinem Schatten, um besser sehen zu können.

»Spionage ist meine Spezialität. Ich arbeite für den Geheimdienst der Gilde.«

Die Gilde hat einen eigenen Geheimdienst? Verwundert fragte Sara sich, wie viele Geheimnisse ihr als Gildedirektorin wohl noch offenbart werden würden. Bei ihrer Neugier war das eine ziemliche Verlockung. Aber wäre sie auch bereit, im Gegenzug alles aufgeben, was sie als Person ausmachte, möglicherweise Familie und Kinder? Bestimmt gab es eine Menge Männer, die mehr als bereit wären, mit der Gildedirektorin ins Bett zu hüpfen, aber diese Art von Männern würde sie nicht mal mit der Kneifzange anfassen.

Nein, da war Deacon schon eher ihr Typ. Stark und cool. Aber eher würde er wohl anfangen, Witze zum Besten zu geben, als mit der Frau zu schlafen, die praktisch sein Boss werden würde – vorausgesetzt, sie nahm den Posten an. Energisch unterdrückte sie diesen Gedanken und sah Shah direkt an. »Und das sollen wir Ihnen jetzt so einfach glauben?«

Shah schenkte ihr ein Lächeln voller Geheimnisse. »Soll ich mal ein bisschen aus dem Nähkästchen plaudern, zum Beispiel wie Sie und Elena die Stripperstange im *Maxies* ausprobiert haben?«

Wie zum Teufel hatte er nur davon erfahren? Sie starrte ihn finster an. »Wenn Sie für unseren Geheimdienst arbeiten, warum hat Simon Sie denn nicht sofort von jeglichem Verdacht freigesprochen?«

»Deacon führt seine Operationen unabhängig durch.« Er zuckte die Achseln. »Ich hätte natürlich auch untertauchen können, aber ich bin mir sicher, Sie beide können ganz gut ein Geheimnis bewahren. Die zukünftige Direktorin und der Henker. Wem sollten Sie schon etwas verraten?«

Auf einmal hatte Deacon ihn am Hals gepackt und drückte ihm ein Messer an den Unterleib. »Hemd ausziehen.«

Shah blinzelte irritiert, versuchte seine Überraschung aber mit einem Spruch zu überspielen. »Ich wusste gar nicht, dass Sie so ticken.«

Deacon drückte ihm das Messer etwas fester an den Körper.

»Schon gut.« Schnell schälte sich Shah aus dem Hemd.

»Sara, sehen Sie nach, ob Sie irgendwelche Kampfspuren an ihm entdecken können. Eines der Opfer hat sich heftig gewehrt.«

Sara betrachtete seinen nackten Oberkörper eingehend, doch außer glatter, makelloser Haut konnte sie nichts ausmachen. »Nichts.«

Shah rieb sich den Kehlkopf, als Deacon ihn aus seinem Klammergriff entließ. »Sie hätten mich einfach nur zu fragen brauchen.«

»Und Sie hätten ihm eines Ihrer Messer ins Herz rammen können«, schnaubte Sara verächtlich. »Ihr Theater können Sie sich sparen. Sie sind ungefähr so hilflos wie ein Piranha.«

»Einen Versuch war es wert.« Beim Lächeln bekam er Grübchen, die er zweifellos zu seinem Vorteil einzusetzen wusste. »Wenn Sie meine Meinung hören wollen, ich würde auf Tim setzen. Haben Sie seinen Hund mal gesehen? Der hat wohl einen Pakt mit dem Teufel geschlossen, und das ist seine Absicherung. Nun beherrscht das Vieh ihn.«

Sara schüttelte den Kopf. Sein amüsierter Blick war ihr nicht entgangen. »Wer im Glashaus sitzt, sollte nicht mit Steinen werfen. Ich habe den Teddy auf Ihrem Sofa gesehen.«

Faszinierend, wie rot so ein glatter, gewiefter Spion unter seiner zarten Zimthaut werden konnte. »Der gehört meinem Neffen. Und wenn Sie mit Ihrem Verhör fertig sind, würde ich jetzt gerne ins Bett gehen.« Mit diesen Worten drehte er ihnen den Rücken zu und verschwand.

»Er hat gar nicht mit Ihnen geflirtet«, sagte Deacon leise.

Sara schürzte die Lippen. »Und was genau veranlasst Sie zu dieser Bemerkung?«

»Shah hat unter den Jägern nicht viele Freunde, aber bei den Frauen ist er ziemlich beliebt. Eigentlich baggert er alles an, was Brüste hat, aber kleine Brünette stehen ganz oben auf seiner Abschussliste.«

»Schönen Dank auch, dass Sie mein Selbstwertgefühl mal so eben in die Tonne treten.« Nur allzu gerne hätte sie ihm jetzt einen Tritt verpasst, doch stattdessen stülpte sie sich den Helm über.

Deacon stieg aufs Motorrad, setzte sich ebenfalls den Helm auf und warf die Maschine an. Sie waren zehn Minuten gefahren und nahmen gerade eine Abkürzung über einen Parkplatz, als Deacon plötzlich anhielt. »Kampf oder Flucht?«

Sara hatte die Vampire auch bemerkt. Wie viele waren es? Fünf, nein, sieben. Sieben gegen zwei. »Flucht.« Nicht umsonst hatte sie so lange überlebt.

Erst als Deacon ausscherte, wurde ihr klar, dass er die Entscheidung ihr überlassen hatte. Irgendwie war das ... überraschend.

Ihr dritter Stopp führte sie zu einer Schwulenbar. Sara starrte auf den Namen der Bar. »Inferno.« Sie wandte sich zu dem schweigsamen Deacon um. »Liegt es an mir, oder zeichnet sich hier eine Tendenz ab?«

Seine Mundwinkel zuckten nur leicht. Er war unglaublich sexy. »Ich verführe Sie zur Sünde.«

Sara musste laut auflachen. »Offenbar ist Tatverdächtiger Nummer drei schwul, nicht war?«

»Marco Giardes.« Er deutete mit dem Kopf nach oben. »Wohnt über der Bar.«

»Was?«

»Ihm gehört der Laden. Hat geerbt und den Schuppen gekauft.«

Sara zuckte die Achseln. »Stört mich nicht. Sie etwa?«

Eine leichte Röte flog über sein Gesicht. Sara sah ihn verwundert an. »Was denn?«

»Sie werden schon sehen.«

»Gehen wir rein?«

»Ja. Er weiß nicht, wer ich bin – es sei denn, er ist auch ein

Spion Wir sind einfach zwei Jäger, die von der Bar gehört haben und sie sich mal ansehen wollen.«

Da es unter Jägern üblich war, durch solche Gesten einander zu unterstützen, war es eine durchaus glaubhafte Geschichte. Und obwohl es schon fast vier Uhr in der Frühe war, brummte der Laden. »Was ist mit unseren Waffen?«

»Für Jäger kein Problem.«

»Dann mal los.«

An der Tür zeigten sie ihre Gildeausweise, und der muskelbepackte Türsteher winkte sie durch, jedoch nicht ohne Deacon vorher mit einem Blick zu taxieren. Sara biss sich vor Lachen auf die Lippen, als der hartgesottene Henker versuchte, hinter ihr in Deckung zu gehen.

Alle Gespräche verstummten, als sie eintraten, bevor ein deutliches Raunen durch die Menge ging. Sara blickten lächelnde Gesichter entgegen – sie war nicht die einzige Frau hier –, doch die Hauptaufmerksamkeit galt Deacon. Als er seine Hand auf ihre Hüfte legte und sie näher zu sich heranzog, sträubte sie sich nicht. »Oh, Sie Armer«, murmelte sie. »Die stehen hier echt auf Sie.«

»Sehr witzig.«

Ein wunderschöner Mann mit dem geschmeidigen Körper eines Models kam direkt auf sie zu. »Wie schade«, murmelte er mit Blick auf ihre Körpersprache. »Ich hoffe, Sie behandeln ihn gut.«

Sara tätschelte Deacons Hand. »Mehr als das.«

»Darf er mit uns tanzen?«

Sara spürte Deacons Entsetzen. Eigentlich machte es ihr ja großen Spaß, ihn aufzuziehen, andererseits … »Er tanzt nicht gern.«

Mit einem tiefen Seufzer zog der blonde Jüngling ab. Nun war Sara nicht mehr zu halten, sie verbarg ihr Gesicht an Deacons Brust und schüttete sich aus vor Lachen. Er legte die Arme um sie und flüsterte ihr ins Ohr: »Beim nächsten Mal gehen wir in eine Mädchenbar.«

Daraufhin musste sie nur noch mehr lachen. Als sie sich endlich wieder beruhigt hatte, hatte sein Geruch sich tief in ihren Lungen festgesetzt. Dieser Mann roch einfach wundervoll. Eine Prise Leidenschaft, eine Prise Schweiß, beides gepaart mit einem ordentlichen Schuss Gefahr. Die perfekte Mischung.

Sie legte ihre Hände auf seine Brust und sah zu ihm auf. »Ich denke, die Jungs erkennen einen echten Mann, wenn sie ihn sehen.«

»Und wie steht es mit Ihnen?« Seine Augen waren unter langen seidigen Wimpern verborgen, doch sie sah sie glitzern.

Ihre Antwort wurde von einem dezenten Räuspern unterbrochen. Als Sara sich umdrehte, stand ein Mann vor ihr, der nur ein Jäger sein konnte. An seiner Haltung konnte man deutlich erkennen, dass er sich in einem Kampf zu bewegen wusste. Sein Blick war wachsam … und leicht amüsiert. »Herzlich willkommen. Ich glaube, wir sind uns noch nie begegnet.«

»Ich bin Sara.« Sie streckte ihm die Hand entgegen. »Das ist Deacon.«

»Sara Haziz?« Der Jäger strahlte übers ganze Gesicht. »Ich freue mich so, Sie endlich einmal kennenzulernen. Natürlich habe ich schon von Ihnen gehört.« Er warf einen Blick über seine Schulter. »Pierre, mach doch bitte einen Tisch fertig.« Er wandte sich wieder zu ihnen zurück und nickte ihnen leicht zu. »Ich bin Marco. Noch bei der Gilde, aber nicht mehr lange.«

»Ach, tatsächlich?«

Wieder lächelte er und entblößte dabei eine ganze Reihe strahlend weißer Zähne. »Ich bin zu dem Entschluss gekommen, dass mein Herz der Bar gehört.«

Es kam selten vor, dass ein Jäger vorzeitig ausschied. Aber

natürlich gab es diese Fälle »Werden Sie den Nervenkitzel nicht vermissen?«

»Die Jagd ist etwas für junge Menschen. Ich bin schon Ende dreißig, aber behalten Sie das für sich.«

Endlich beteiligte sich auch Deacon am Gespräch. »Die Bar scheint gut zu laufen. Uns haben Kollegen davon erzählt.«

»Einige meiner besten Gäste sind Jäger«, sagte Marco mit echter Zufriedenheit in der Stimme. »Sie kommen mit ihren Freundinnen oder Partnern, und keiner findet etwas dabei. Ich bin wirklich froh, dass ich dieser Bruderschaft angehören durfte. Bitte, kommen Sie. Die Getränke gehen aufs Haus.« Er führte sie zu einem Tisch am Rande der Tanzfläche.

Gemeinsam setzten sie sich und bestellten. Sara fiel auf, dass sowohl Deacon, der sich einen Whiskey bestellt hatte, als auch Marco ihre Drinks kaum anrührten. Sie nahm einen Schluck von ihrem Cocktail und stöhnte genüsslich auf. »Göttlich.«

»Ja, die Bar macht sich langsam einen Namen für ihre Cocktails.«

Sara lächelte, und eine Weile plauderten sie über belanglose Dinge. »Gibt es auch eine Damentoilette?«

Marco grinste. »Natürlich. Soll ich sie Ihnen zeigen?«

»Nicht nötig, sagen Sie mir einfach, wo lang.« Sie beugte sich zu ihm und flüsterte: »Sie müssen hierbleiben, um Deacon zu beschützen.«

Marco zwinkerte ihr zu. »Die großen Jungs wollen sich mit ihm messen und die hübschen wollen ihn mit nach Hause nehmen und ihn auspeitschen.«

Deacons Gesicht blieb ausdruckslos, doch seine grünen Augen funkelten sie warnend an. Lachend spielte sie das Theater weiter und streichelte ihm beim Gehen über die Wange. Das Gefühl seiner Bartstoppeln weckte die deutliche Lust, ihre Finger weiter auf Wanderschaft gehen zu lassen, doch stattdessen schlenderte sie zu den Damenklos, wobei ihr einige anerkennende Blicke folgten.

Dass sie vor einer komplett anderen Tür als der zur Toilette landete, war kaum ihre Schuld, schließlich war sie von einem weiteren Jäger in ein Gespräch verwickelt worden. Leider war diese Tür fest verschlossen und mit einer Zahlenkombination gesichert. Sara verbarg ihre Enttäuschung, ließ sich erneut den Weg zur Damentoilette erklären und ging dann tatsächlich dorthin, bevor sie zum Tisch zurückkehrte.

»Hast du dich verlaufen?«, fragte Deacon, bevor Marco es konnte.

»Ja«, sagte sie lachend. »Jemand hat mich beiseitegenommen und mich gefragt, ob du wirklich so hart bist, wie du aussiehst.«

Deacon wurde rot. »Sprich ruhig weiter.«

Sara wusste, dass es als Warnung gemeint war, aber sollte Marco Verdacht geschöpft haben, so zerstreute ihr kleines Geplänkel bestimmt jegliche Bedenken. Marco lachte und erhob sich nach ein paar weiteren Worten, um sich unter die Gäste zu mischen.

Deacon wirkte nicht besonders glücklich, sagte aber nichts, bis sie wieder auf dem Weg zurück zum Hotel waren. »Du bist nicht in seine Wohnung gekommen?«

»Das war auch nicht nötig.« Sie grinste ihn an. »Er schlägt die Beine übereinander wie ein echter Mann.«

Schweigen.

Sie erbarmte sich. »Du weißt schon, ein Fuß übers Knie, sodass man, wenn man neben ihm sitzt, nicht mehr weiß, wo man seine eigenen Beine lassen soll.«

»Du hast ihm einen Sender an den Schuh geklebt?«

»Als ich ihn nach der Toilette gefragt habe.« Sie war hochzufrieden mit sich. »Und das Allerbeste kommt noch: Er hat feste Jägerstiefel getragen.« Damit standen die Chancen gut,

dass er die gleichen Schuhe auch beim Morden tragen würde.

»Ich glaube nicht, dass der Mörder heute Nacht zuschlagen wird. Nicht nach der Sache mit Rodney.«

»Könnte er nicht auch frustriert sein, dass er nicht erfolgreich war?«

»Möglich, aber der Typ ist nicht dumm. Er hat seine Hausaufgaben gemacht und schlägt nur zu, wenn seine Beute ungeschützt ist.«

»Wenn du mehr Leute hättest, könntest du Tim und Marco beobachten lassen, und notfalls auch noch Shah.«

»Hast du schon mal versucht, einem Jäger zu folgen, der nicht verfolgt werden will?«

»Du hast recht.«

Sie dachte über die drei Verdächtigen nach. »Hast du Simon gebeten, sie mal zu überprüfen?«

»Vielleicht sind die Berichte sogar schon eingetroffen.«

So war es. Zurück im Hotel zog er ein ziemlich mitgenommen aussehendes Smartphone aus der Tasche und rief die drei Berichte über seine E-Mails ab.

»Nichts Außergewöhnliches«, sagte Sara, die mit dem Gerät in den Händen flach auf dem Rücken im Bett lag. »Timothys letzte Jagd ist schiefgelaufen, und seitdem hat man ihn nicht mehr gesehen, aber wir wissen, dass er am Leben ist. Shah ist eigentlich ein Spion. Deshalb könnte er natürlich trotzdem der Mörder sein.«

»Was sagt dir dein Instinkt?«

»Wenn Shah wirklich jemanden umbringen wollte, wäre er dabei so raffiniert, dass man ihm nichts nachweisen könnte.« Sie schaute auf die letzte Seite. »Marco ist ein guter Jäger und hat ein stabiles Privatleben. Er macht einen auf glückliche Familie mit einem Vampir, also hat er ganz offensichtlich nichts gegen sie.«

»Bist du jemals in Versuchung geraten?« Das Bett neigte sich, als Deacon ein Knie daraufschwang und auf sie hinabblickte.

5

Ihr Mund wurde ganz trocken. »In Versuchung?«

»Mit einem Vampir was anzufangen.«

Oh. »Klar, die sehen umwerfend aus.« Aber nicht so *echt* wie Deacon. »Und sag jetzt nicht, dass du das anders siehst.«

»Diese ganze Blutsaugerei verdirbt einem die Lust.«

»Ja, das hält mich auch davon ab. Ich habe keinen Bock auf einen Partner, für den ich ein Mitternachtsimbiss bin.« Sie machte das Handy aus und legte es vorsichtig auf den Nachttisch. »Hast du schon mal einen Vampir von dir trinken lassen?«

Er schüttelte den Kopf. Seine Augen waren auf ihre Lippen geheftet. »Du?«

»War ein Notfall«, sagte sie, und auf einmal schienen ihr die Jeans und das T-Shirt, die bis eben noch völlig okay gewesen waren, viel zu warm. »Dem Typ ging es so schlecht, da musste ich helfen.«

»Hat es wehgetan?« Seine nachtschattengrünen Augen wanderten über ihre Brüste, ihren flachen Bauch.

»Nicht so schlimm, wie ich dachte. In ihrem Speichel ist ein Stoff, der die Schmerzen lindert.« Sie streckte die Beine aus und reckte sich wohlig. »Und wenn sie wollen, fühlt es sich richtig gut an.«

Er sagte nichts. Seine ganze Aufmerksamkeit galt ihrem Körper, als sie sich nach dem Strecken wieder entspannte. Dann kam er zu ihr aufs Bett, stützte sich über ihr auf seinen Unterarmen ab. »Okay?«

Eine einfache Frage, aber eine, die sie kurz nachdenken ließ.

Zwar waren Jäger nicht prüde, doch Sara hatte bislang noch nie einen One-Night-Stand. Das war einfach nicht ihre Art. Dennoch hatte sie Deacon vom ersten Augenblick an gewollt. Und seine Erregung, die er sich keine Mühe machte zu verbergen, sagte ihr deutlich, dass er sie ganz offensichtlich auch wollte.

Aber sie waren nicht einfach nur zwei Jäger, die sich unterwegs mal bei einem Job begegnet waren. »Wirst du dich danach mir gegenüber seltsam verhalten?«

»Was verstehst du unter seltsam?« Er legte sich auf sie.

Sie unterdrückte ein Stöhnen. Der Typ war heiß, hart und mehr als bereit. »Sollte ich Direktorin werden, musst du meinen Befehlen gehorchen.« Ihre ehemaligen Bettpartner würden keinen Moment zögern, doch damals war sie auch noch keine Anwärterin für ein solch wichtiges Amt gewesen. »Erwartest du eine Sonderbehandlung?«

»Ich gehe nicht mit der Gildedirektorin ins Bett, sondern mit Sara.«

»Das reicht mir.«

Es war verlockend, gleich aufs Ganze zu gehen, aber sie streichelte ihm erst durchs Haar und zog ein wenig daran. Doch mit seinem Kuss hatte er sie. Sie schlang ihre Arme um seinen Hals und die Beine um seine Hüften. Der Mann war groß, hart. Ein Massiv aus Fleisch und Knochen und Muskeln, zusammengehalten von eisernem Willen. Sie wollte sich an ihm reiben, bis sie schnurrte.

Er biss ihr in die Lippe. Sie sog hart die Luft ein, und eine Welle der Erregung erfasste sie. Sie wollte ihn überall kosten. Als sich ihre Lippen diesmal lösten, knabberte sie an seinem Hals, küsste einen glühenden Pfad über die gespannten Sehnen. Er roch so verdammt gut.

Er zog sie zu einem weiteren Kuss zu sich heran, und irgendwann bemerkte sie, dass seine Hand auf ihrem nackten

Rücken lag, unter ihrem T-Shirt. Doch das reichte ihr nicht. Sie unterbrach den Kuss und zerrte an ihrem Shirt. Deacon stemmte sich weit genug hoch, dass sie es sich über den Kopf ziehen konnte.

»Grün?« Mit einem einzelnen neckenden Finger fuhr er an der geschwungenen Spitze ihres BHs entlang.

Während er ihr den BH öffnete, knöpfte sie ihm schon das Hemd auf. »Meine Lieblingsfarbe.«

»Da habe ich ja Glück gehabt.« Die letzten Worte stöhnte er mehr, als dass er sie sprach. »Verdammtes Glück.«

»Weg damit«, befahl sie.

Keuchend stemmte er sich auf die Knie und zog den BH weg, bevor er sich aus seinem Hemd schälte. Doch statt sich gleich wieder auf sie zu senken, legte er eine große Hand um ihre Brust. Die überraschend intime Berührung entlockte ihr einen unartikulierten Laut. Ihre Blicke trafen und hielten sich. Jetzt waren seine dunklen grünen Augen nicht mehr ruhig und beherrscht.

Damit fielen auch ihre letzten Hemmungen, und als er sich zu ihren Brüsten herunterbeugte, packte sie ihn einfach am Haar und krallte sich fest. Der Henker wusste, was er tat. Er war nicht zurückhaltend mit seinen Zärtlichkeiten und bat auch nicht weiter um Erlaubnis. Er hatte einmal gefragt, und sie hatte eingewilligt. Nun nahm er sich, was er wollte. Tatsächlich war es unglaublich erotisch, mit einem Mann im Bett zu sein, der sich seiner so sicher war. Sicher und ganz bei der Sache. Nun kannte sie die Antwort auf ihre Frage: Deacon war durchaus nicht immer so beherrscht. Ganz im Gegenteil.

Oh, Gott, dieser Mann war einfach unwiderstehlich.

Sie schlang ihre Beine um ihn und küsste ihn tief und ausführlich. »Ich denke, du solltest die Hose ausziehen.«

Stattdessen vergrub er sein Gesicht an ihrem Nacken, genau

da, wo ihr Puls schlug, und machte sich an ihrer zu schaffen. Doch er öffnete sie nicht, sondern schob lediglich seine Hand hinein und legte seine Finger direkt auf ihre intimste Stelle. Lustvoll drängte sie sich ihm entgegen. Sie wollte mehr. »Keine Spielchen.«

Seine Lippen spielten an ihrer Brustwarze, und sie erschauderte. Sie grub ihre Finger in sein Haar und hob seinen Kopf. »Sprichst du im Bett nicht?«

Statt einer Antwort küsste er sich ihr Brustbein entlang, bevor er sich aufsetzte. Er zog mit offensichtlichem Widerstreben seine Hand aus ihrer Hose, knöpfte sie auf und zog sie samt Slip von ihren Beinen. Ein stiller, dunkler Moment, in dem er sie einfach betrachtete. Ihr Körper wand sich in stummer Aufforderung. Ihrer Einladung folgend beugte er sich über sie, bis seine Lippen direkt an ihrem Ohr waren, und raunte ihr zu, was er alles mit ihr anstellen wollte und was er sich von ihr wünschte. Sie hatte das Gefühl, von innen zu verbrennen.

»Sei still.« Es war zu viel. Zu viele Bilder in ihrem Kopf, zu viel Lust. »Sofort.«

Ohne seinen Blick von ihr zu wenden, setzte er sich auf, ein Lächeln auf den Lippen. Sie fühlte sich ihm so nah, dass es ihr den Atem nahm. Dann legte sich eine große Hand über ihren Schenkel, rieb den Daumen über die weiche Haut auf der Innenseite. Ein heiserer Schrei löste sich tief in ihrer Kehle, und mit einer schnellen Bewegung befreite sie sich aus seinem Griff und kam auf die Knie.

Ein Moment der Überraschung, dann lächelte er, langsam und ganz sicher. »Geschmeidig und schnell. Und schön.« Er beugte sich zu ihr, um seine Lippen über ihren Hals gleiten zu lassen, während sie ihm den Gürtel aus der Hose zog, ihn achtlos zu Boden warf und sich den Knöpfen darunter zuwandte. »Mmm.« Ein Laut purer männlicher Lust.

Sara zog ihm die Hosen gerade weit genug herunter, um ihn mit ihren Händen zu umfassen. Ein Zittern lief über seinen Körper. »Sara.« Und dann drückte er sie auch schon mit dem Rücken auf das Bett, schob ihre Hände beiseite und drang mit einem langen, unwiderstehlichen Stoß in sie ein.

Ihr Körper wand sich unter dem seinen. Ihr letzter Gedanke, bevor sie endgültig den Verstand verlor, war, dass er tatsächlich auch unten herum hielt, was die massive Größe seines Körpers schon versprochen hatte.

Sara lag mit offenen Augen da und starrte an die Decke des Hotelzimmers. Ihre Haut prickelte noch immer vom besten Sex ihres Lebens. »Ich wusste, dass die Chemie zwischen uns stimmt, aber das war nun echt nicht mehr normal.«

Deacons Arm lag über ihrem Bauch, und er drückte sie ein wenig. »Stets zu Diensten.«

Wenn man erst einmal hinter seine unnahbare Fassade gedrungen war, war dieser Mann unglaublich sexy und hatte sogar einen Sinn für Humor. »Du bist wohl nicht zufällig gerade auf der Suche nach einer festen Beziehung, oder?«

Eigentlich hatte sie mit betretenem Schweigen gerechnet, doch er antwortete ihr ganz offen. »Ich glaube, als Liebhaber der Direktorin würde ich mich nicht so gut machen.«

»Du stehst wohl nicht gerne im Rampenlicht?« Obwohl sie es als Frage formuliert hatte, kannte sie seine Antwort bereits. Insgeheim wünschte sie sich, es wäre nicht so, denn Deacon gefiel ihr. Er gefiel ihr sogar sehr. Jedes Mal, wenn er ihr eine weitere Facette seiner Persönlichkeit offenbarte, fand sie, dass sie ausgezeichnet zusammenpassten. Alles schien so vielversprechend, und dabei hatte sie nicht nur den Sex im Sinn. »Bist du niemals einsam?«

»Mit dem Alleinsein hatte ich noch nie Probleme.« Spielerisch strich er über die Wölbung ihres Hüftknochens. »Du wirst annehmen, nicht wahr?«

»Ja.« Tief in ihrem Inneren hatte sie schon immer gewusst, wie ihre Antwort lauten würde. »Die Gilde ist wichtig. Und sie muss von jemandem geleitet werden, der dafür sorgt, dass sie stark bleibt, damit die Jäger sowohl vor den Vampiren als auch vor den Engeln geschützt sind.«

»Und was ist mit der Jagd?«

Sie streichelte seinen Arm. »Ich werde es vermissen, aber … nicht so wie andere Leute. Meine Freundin Ellie wird ja schon nach einer Woche ohne verrückt.«

»Elena Deveraux? Jägerin von Geburt?«

»Du kennst sie?« Sara wandte sich ihm zu. Sein Gesicht war vollkommen entspannt, die Haare verwuschelt, und mit seinen grünen Augen sah er aus wie eine große Katze. Eine große und gefährliche Katze wohlgemerkt.

»Ich habe von ihr gehört«, sagte er. »Sie soll die Beste sein.«

»Das ist sie auch«, sagte Sara stolz. Für sie war Ellie mehr eine Schwester als eine Freundin. »Ich mache mir Sorgen um sie.«

»Du machst dir um alle Jäger Sorgen.«

Damit hatte er gar nicht so unrecht. Sie sorgte sich in der Tat um alle. »Wahrscheinlich bin ich die geborene Direktorin.« Sara hatte ein ausgeprägtes Verantwortungsbewusstsein. Und genauso wenig, wie sie Deacon dazu bringen konnte, sich ihrem Lebensstil anzupassen, würde sie tatenlos zusehen können, wie die Leitung der Gilde in die Hände einer schwächeren Person fiel. »Wie bist du überhaupt der Henker geworden?«

»Die Gilde hält immer die Augen nach möglichen Anwärtern offen. Der vorige Henker ist auf mich zugekommen und hat mir den Job angeboten.«

Er hatte aus den gleichen Gründen wie sie zugestimmt, das wusste Sara. »Irgendjemand muss es ja machen.« Aber gleichzeitig war es auch eine Berufung – und sie wusste, dass der Direktorenposten ihr Freude machen und sie noch mehr als die Jagd fordern würde.

»Und schließlich muss ja auch einer der Beste sein.«

Lächelnd drehte sich Sara jetzt vollends zu ihm um. Seine Hand ruhte noch immer auf ihrer Hüfte. »Bist du schon einmal einem Erzengel begegnet?« Bei dem bloßen Gedanken bekam sie schon eine Gänsehaut.

»Nein. Aber dir wird es wohl nicht erspart bleiben.«

Ihr lief ein Schauer über den Körper. »Zumindest hoffe ich, dass es nicht so bald sein wird.« Mit Engeln kam sie schon zurecht, aber die Erzengel waren eine Kategorie für sich. Sie dachten überhaupt nicht mehr wie Menschen.

Deacon verzog grinsend die Lippen. »Wenn es so weit ist, wirst du damit schon fertigwerden.« Er strich ihr das Haar aus dem Gesicht.

Unter seiner liebevollen Berührung schmolz sie dahin. Wieder spürte sie eine tiefe Verbundenheit mit ihm. »Im Moment bin ich aber noch nicht fertig mit dir.«

Eine Stunde später war Sara immer noch zu aufgedreht, um einzuschlafen. *Deacon hat wirklich eine erstaunlich flinke Zunge*, dachte sie sehr befriedigt. Vielleicht hatten die Endorphine ja ihre grauen Zellen aktiviert, denn mit einem Mal saß sie kerzengerade im Bett und schnappte sich das Smartphone.

»Was ist denn?«, fragte Deacon schlaftrunken.

Sie schaltete das Handy ein und suchte etwas. »Mist, nicht dabei.« Enttäuscht legte sie das Gerät beiseite und ließ sich zurück in die Kissen fallen.

»Was denn?«

»Ein Foto von Marcos Freund«, sagte sie frustriert. »Bislang sind wir davon ausgegangen, dass die Tat von Hass motiviert ist.

Aber vielleicht nutzt der Täter das nur, um uns in die Irre zu führen, und ist ein ganz normaler Irrer.«

Deacon strich sich eine Haarsträhne aus den Augen und zog fragend die Augenbrauen hoch. »Was verstehst du unter einem ›normalen Irren‹?«

»Vielleicht hat Marcos Freund ihm den Laufpass gegeben. Vielleicht ist Marco daraufhin völlig durchgeknallt und schneidet jetzt jedem Vampir die Gurgel durch, der ihn an seinen Exfreund erinnert.«

Deacon runzelte die Stirn. »Aber die Opfer sind ganz unterschiedliche Typen: blond, dunkelhaarig, schwarz, weiß.«

Sara seufzte. »Schade, die Idee war so gut.«

»Die ist auch immer noch gut.« Seine Hände hielten im Streicheln inne. »Rein äußerlich wiesen sie zwar keine Übereinstimmungen auf, aber alle hatten ungewöhnlich intensiven Kontakt zu Menschen.«

»Das könnte eine Spur sein«, sagte sie und hatte das Gefühl, der Lösung ganz nah zu sein. »Rodney habe ich auch nur anhand seiner Menschenfreunde aufgespürt. Irgendwie hat er den Kontakt nicht abbrechen können.«

»Zwei der Opfer hatten menschliche Partner.«

»Das ist jetzt nichts Besonderes mehr«, sagte sie. »Vor allem unter den jungen Vampiren sind Mensch-Vampir-Paare recht häufig.«

»Ja, aber wenn du die anderen Faktoren hinzuaddierst, ergibt sich schon ein gewisses Muster.« Er schob die Decke beiseite und stand auf.

Lieber Gott, Erbarmen.

Schamlos starrte sie ihm hinterher, als er zu seiner Jacke ging und ein kleines schwarzes Gerät aus seiner Jacke zog. »Dieses Gerät hier ortet die Sender mittels GPS. Ich habe es zwar so eingestellt, dass es piept, sobald sich die Zielperson bewegt, aber sicherheitshalber … Nein, alle noch nach wie vor am gleichen Ort zumindest die Sender.«

»Ich mache mir Sorgen um Tim«, murmelte sie, während sie überlegte, ob Deacon wohl etwas dagegen haben würde, wenn er ihre Zähne an seinem festen, muskulösen Fleisch spüren würde. »Seit Tagen wurde er nicht mehr gesehen. Wenn er nicht der Mörder ist …«

»Ja, aber irgendjemand muss Luzy füttern, ansonsten wäre sie viel abgemagerter.«

»Stimmt.« Sie zog sich das Laken über den Kopf. »Ich kann mich nicht konzentrieren, wenn du nackt bist. Zieh dir was an.«

Überrascht lachte er auf, und es klang so sexy, dass Sara sich am liebsten gleich wieder auf ihn gestürzt hätte.

»Und zwar sofort. Das ist ein Befehl der neuen Direktorin.«

»In deren nackte Zehen ich jetzt gerne beißen würde.«

Kichernd zog sie ihre Zehen ein. »Beeil dich.«

Immer noch lachend schien er ihrer Aufforderung nachkommen zu wollen. »Wie wäre es mit einer kleinen Dusche? Wir sind ziemlich verschwitzt.«

»Die Dusche ist winzig.« Doch sie lugte hinter dem Laken hervor.

Herausfordernd sah er sie an.

Sie konnte einfach nicht genug von ihm bekommen, also stand sie auf und folgte ihm in die Dusche. Doch am Ende behielt sie das letzte Wort … indem sie ihn in diesem winzigen Glaskabuff in den Wahnsinn trieb.

6

Es war bereits sieben Uhr morgens, als sie endlich aufbrachen. Geschlafen hatten sie nicht, dafür waren sie aber aufgeputscht von Glückshormonen, wie Sara sie gerne nannte, und bis an die Zähne bewaffnet. Die Vampire, die Sara beschatteten, führten offenbar etwas im Schilde, und da wollten sie ihnen keine allzu leichte Zielscheibe bieten.

Die Straßen lagen in winterlicher Dunkelheit, und Nebel umfing die Häuser in einer beinahe zärtlichen Umarmung. Selbst der Schrottplatz lag im gedämpften Licht wie verträumt da.

»Lass es uns heute mal direkt angehen«, schlug sie vor. »Ich behaupte einfach, Simon hätte mich geschickt, um nach ihm zu schauen.«

Deacon nickte und brachte die Maschine vor dem mit einem Vorhängeschloss versehenen Tor zum Halten. »Luzy sollte jeden Moment hier sein.«

Aber die Minuten verstrichen, und Deacons geliebter Höllenhund ließ auf sich warten. Sara hatte ein zunehmend ungutes Gefühl. »Warte mal kurz.«

Sie stieg vom Motorrad und machte sich am Schloss zu schaffen. Dann winkte sie Deacon durch. Am liebsten hätte sie das Tor als Fluchtweg offen gelassen, doch sie konnte nicht riskieren, dass Luzy entkam und die Nachbarschaft in Angst und Schrecken versetzte – und vielleicht noch selbst in Angst und Schrecken versetzt wurde, wenn sie nicht mehr nach Hause zurückfand.

Nachdem sie es also wieder geschlossen hatte, saß sie auf und brauste mit Deacon zu Tims Hütte, zumindest so nah heran, wie es die herumstehenden Schrottberge zuließen. Drinnen brannte Licht. »Er ist zu Hause.« Sara nahm den Helm ab und hängte ihn an den Lenker. Deacon tat es ihr gleich.

»Mir gefällt das nicht.« Er sagte es ganz ruhig, sein Blick aufmerksam, während sie sich durch eine Lücke im Schrott bis zu einer vergleichsweise freien Fläche vor Tims Hütte durcharbeiteten. »Irgendetwas ist hier faul.«

Ihre Instinkte gaben ihm recht. »Lass uns einmal herumgehen, um sicherzustellen, dass …« Auf einmal sah sie sie. Vampire. Sie lauerten auf Autowracks, standen zwischen Metalltürmen, lehnten an Tims Hütte.

Sara wusste, dass es diesmal kein Entkommen gab. »Wir müssen versuchen, ins Haus zu kommen.« Das war ihre einzige Chance, sich zu verteidigen. Ihre Armbrust hatte sie bereits gezückt.

»Darauf sind sie vorbereitet.« Er stellte sich so, dass sein Rücken gegen den ihren lag.

»Es sei denn, Tim hat sich darin verbarrikadiert.«

Deacon antwortete nicht, doch sie wusste, was er tat. Lauschen. Sollte Tim tatsächlich am Leben und in seiner Hütte sein, würde er ihnen ein Zeichen geben. Doch es war Luzy, die sie plötzlich kurz bellen hörten. Danach war wieder alles still. Ein Vampir in Saras Nähe fluchte so laut, dass sie es hören konnte. »Der Scheißköter hat mir das halbe Bein abgebissen.«

Die Worte hörten sich vielleicht gewöhnlich an, aber der Vampir, aus dessen Mund sie kamen, war alles andere als gewöhnlich. Jahrhundertelange Erfahrung stand ihm ins Gesicht geschrieben, und er bewegte sich wie jemand, der jede Situation zu seinem Vorteil zu nutzen wusste. Doch trug er keine Waffen bei sich. Mangelnde Fairness konnte man den Erzengeln nicht nachsagen. Wenngleich sie für Fairness ihre ganz eigenen Kriterien anlegten: zwei, gegebenenfalls drei Jäger gegen ungefähr fünfzehn Vampire.

»Jemand hat den Einsatz erhöht«, murmelte Sara kaum hörbar.

»Ich erkenne keinen von ihnen wieder, nicht einmal den Alten da. Anscheinend gehören sie nicht zu Raphael.«

Ihr war das Gleiche durch den Kopf gegangen. »Schön zu wissen, dass mir wenigstens nicht mein eigener Erzengel nach dem Leben trachtet.« Sie richtete ihre Armbrust auf den Anführer der Gruppe. »Zeit für ein paar Zielübungen.«

Der Vampir lächelte höflich. »Ich begehre nur ein winziges Schlückchen, Mylady.« In seiner Stimme schwangen Galanterie und Grausamkeit zugleich mit. »Es heißt, Gildedirektoren hätten einen ganz besonders köstlichen Geschmack.«

Da sie sich kaum vorstellen konnte, dass Simon jemanden an sich hatte knabbern lassen, beschloss sie, ihm nur bedingt zu glauben. »Sind Sie denn schon so ausgetrocknet?« Vorsichtig bewegte sie sich auf das Haus zu. Deacon blieb dicht an ihrer Seite.

Die Vampire hielten sich auf Abstand … vorläufig zumindest.

»Sie tun mir weh, petite guerrière.«

Kleine Kriegerin? Allein dafür verdiente er, erschossen zu werden. »Soll ich Ihnen einen Chip verpassen?«

»Lügen, süße Lügen.« Tadelnd hob er den Zeigefinger. »Chips dürfen Sie nur auf einer autorisierten Jagd benutzen. Wenn Sie illegale Imitate benutzen, dürfen Sie nicht mehr Direktorin werden.«

Verflucht. Eigentlich hatte sie nicht damit gerechnet, dass er auf ihren Bluff hereinfiel, doch seine Reaktion zeigte ihr, dass er nicht dumm war. Nicht dumm und alt war bei einem Vampir keine gute Kombination, jedenfalls nicht, wenn man ihm als Gegner gegenüberstand. »Noch einen Schritt, und ich werde Ihnen einen Bolzen durch die Brust jagen, und dann sind Sie mir hilflos ausgeliefert.«

Mit gespielter Verzweiflung breitete der Vampir die Hände aus. »Leider habe ich meine Befehle. Mein Meister glaubt nicht, dass eine Frau eine Gilde von Kriegern anführen kann.«

»Es gibt doch auch weibliche Erzengel.« Sara spürte, wie sich Deacons Körper spannte, bereit zum Kampf.

»Ah, aber Sie sind kein Erzengel.« Und dann sprang er los.

Sara und Deacon reagierten in derselben Sekunde. Sie bewegten sich in perfektem Einklang, als hätten sie jahrelang nichts anderes getan. Sara scherte seitlich aus, schoss dem Anführer in die Schulter – verdammt, sie hatte auf seinen Kopf gezielt – und konnte dank Deacons patentierter Technik in Windeseile nachladen. Deshalb liebten die Jäger diese Waffe auch so sehr. Es gelang ihr, noch fünf weitere Schüsse abzufeuern, bevor sie von Neuem eingekreist waren. Diesmal waren sie allerdings nur noch einen Katzensprung von der Hütte entfernt.

Die gesamte Zeit hatte Deacon an ihrem Rücken geklebt. Die katzenhafte Leichtigkeit, mit der er sich ihren kürzeren Schritten angepasst hatte, verriet ihr, dass er ein hervorragender Kämpfer war. Den Geräuschen nach zu urteilen verwendete er eine Pistole, doch keine, die Kugeln abfeuerte. Sara konnte keinen Blick riskieren, dafür standen die Vampire zu dicht, aber Deacon schien nicht verletzt.

»Sollen wir mit den Spielereien aufhören?«, fragte sie den Vampir, der offenbar das Sprachrohr der Gruppe war.

Der durchaus attraktive Mann hatte sich schon den Bolzen aus der Schulter gezogen und warf ihn ihr vor die Füße. »Das war aber nicht sehr damenhaft.«

»Nun, Ihr Angriff war auch nicht gerade die feine englische

Art.« In der Ferne dämmerte schon der Morgen. Zu schade, dass die Vampire bei den ersten Sonnenstrahlen nicht zu Staub zerfielen. Das geschah nur in Filmen. Einige Vampire waren lichtempfindlich, aber Sara hätte wetten können, dass diese Meute hier problemlos in der Mittagssonne herumspazieren konnte.

»Ah«, sagte der Vampir. »Da haben Sie natürlich recht, aber Sie haben ja einen Ritter an Ihrer Seite, der sie beschützt.«

»Ich brauche keinen Ritter«, sagte sie und wusste, dass es hierbei nicht nur um ein physisches Kräftemessen ging. »Ich bin keine Königin, die sich hinter ihren Truppen versteckt. Ich bin eine Feldherrin.«

Das Gesicht des Vampirs wurde seltsam ausdruckslos. »Dann werde ich auch nicht länger den Gentleman spielen.«

Diesmal blieb Sara nicht genug Zeit, die Armbrust zu laden, deshalb ließ sie sie fallen und griff mit Messern an. Sie schnitt dem Anführer in den Hals, trat einem zweiten Vampir kräftig in den Unterleib. Hinter ihr schaltete Deacon die Vampire rechts, links und in der Mitte aus. Doch waren sie zahlenmäßig hoffnungslos unterlegen. Das war auf keinen Fall ein fairer Kampf.

Wer immer diesen Angriff veranlasst hatte, trachtete Sara nach dem Leben. Warum? Sie schlitzte einem Vampir die Kehle auf, und das Blut spritzte ihr ekelhaft heiß und frisch entgegen. Der Vampir taumelte rückwärts und griff sich verzweifelt an den Hals. Sara kämpfte unbeirrt weiter, trat um sich, brach Knie und Knochen. Sie verspürte ein Brennen an der Schulter und trieb dem Vampir, der sie in ein Frühstücksbuffet hatte verwandeln wollen, ein Messer ins Ohr.

Heulend ließ der Angreifer von ihr ab. Deacon stieß ein so fürchterliches Knurren aus, dass sich ihr die Haare sträubten. Er setzte drei weitere Vampire außer Gefecht, die sich hatten auf sie stürzen wollen, und hielt sich gleichzeitig noch selbst zwei Angreifer vom Leib, während sie sich ihre Pistole schnappte und zu feuern begann, damit er nachladen konnte.

Mittlerweile waren sie zwar ein Stück näher an die Hütte herangelangt, aber immer noch nicht weit genug. Wenn Tim sich dort drinnen befand, war er entweder verletzt, tot, oder ihr Schicksal kümmerte ihn einen Dreck. Sonst hätte er schon längst das Feuer eröffnet. Es war an der Zeit, drastische Maßnahmen zu ergreifen. Simon hatte sich in dieser Hinsicht ganz unmissverständlich ausgedrückt.

»Es ist eine Gratwanderung. Die Engel brauchen uns, doch wenn wir zu mächtig werden, dann würden sie uns mit Freuden auslöschen. Versuch die Vampire, die sie auf dich hetzen, auszuschalten, aber nicht zu töten. Denn ansonsten bist du kein Gewinn, sondern eine Gefahr für sie.«

Leider erholten sich die Vampire schnell von ihren Verletzungen und setzten ihren harten Angriff fort, wobei sie ganz offensichtlich ihren Tod wollten. »Deacon?«

»Bereit.«

Noch während Sara ihren Flammenwerfer vom Oberschenkelgurt löste, steckte dem Vampir vor ihr plötzlich ein Messer in der Halsschlagader. Er würgte an seinem eigenen Blut und zog sich zurück. Ein zweites Messer traf den Rädelsführer ins Auge.

Keines davon stammte aus Saras Hand.

Dann begann die Schießerei.

Messer flogen von links, Kugeln von rechts.

Endlich hatten sie freie Bahn zur Hütte. Vorher schien sie ihnen die beste Möglichkeit für eine Verteidigung zu bieten, doch nun hatte sich die Lage verändert. »Denkst du, was ich denke?«

»Wir kämpfen.«

Lächelnd zog Sara eine zweite Pistole aus dem Schultergurt und begann beidhändig zu feuern.

Fünf Minuten später standen sie mit dem Rücken zum Haus, die Vampire geschlagen und blutig vor ihnen. Entweder hatten sie eine ihrer Kugeln abbekommen oder waren von einem Messer oder anderen Gegenständen, die irgendjemand aus der Nähe des Zaunes geworfen hatte, getroffen worden.

Der Anführer hob den Kopf und zeigte seine leeren Hände. »Ich ergebe mich.«

Aus den Kehlen der restlichen Vampire ertönte ein einvernehmliches Stöhnen, und sie sanken zu Boden. Alle waren noch am Leben. Sara war fassungslos. »Und Sie glauben im Ernst, dass ich es dabei bewenden lasse?«

Der Vampir grinste sie an. »Die Politik ist eine grausame Herrin.«

»Habe ich mit weiteren Übergriffen zu rechnen?«

»Nein. Sie haben die Probe bestanden.« Er blinzelte. Das verletzte Auge heilte mit rasender Geschwindigkeit. »Und an den internen Abläufen der Gilde haben die Erzengel kein Interesse.«

»Was sollte dann dieses ganze Theater? Warum haben Sie versucht, mich umzubringen?«

»Das war nötig.« Achselzuckend wandte er sich zu seinen Männern um. »Ziehen wir ab.«

Fünf Minuten später war im fahlen Licht der Morgendämmerung kein Vampir mehr zu sehen. Sara ließ ihre Waffen sinken und schaute zu Deacon hinüber. Er war blutbeschmiert, die Jacke zerrissen, doch war es der Ausdruck in seinen Augen, der ihr durch und durch ging. Er war stocksauer. »Verdammt, Sara. Ich will nicht, dass dir etwas geschieht.« Und dann küsste er sie.

Es war wild und leidenschaftlich und ganz und gar wundervoll … bis Luzy anfing zu jaulen und ein vernehmliches Räuspern ertönte.

Sara löste sich von Deacons Lippen und wandte sich mit erhobener Waffe um. Vor ihn stand eine hochgewachsene Frau mit weißblonden, zu einem Pferdeschwanz zusammengebundenen Haaren und blickte sie neugierig an. Sie war von oben bis unten mit Messern bestückt. »So ist das also«, sagte Ellie mit einem breiten Grinsen. »Du und der Henker, wie? Find ich gut.« Sie musterte Deacon einmal von oben bis unten und pfiff dann anerkennend durch die Zähne. »Meinen Segen hast du jedenfalls.«

Lächelnd wollte Sara sie in die Arme schließen, doch Ellie schüttelte den Kopf. »Du weißt, wie gern ich dich habe, Sara, aber du bist voller Vampirblut.«

»Bah!« Sara besah sich ihre besudelten Kleider. »Ich dachte, ich hätte dir verboten, mir hinterherzukommen.«

»Hättest du dich daran gehalten?«, fragte Ellie und zog eine Augenbraue hoch. »Siehst du.«

Kapitulierend hob Sara die Hände. »Wir müssen mal nach Tim sehen, dem Jäger dort drinnen.« Sie wandte sich an Deacon. »Sollten wir nicht vielleicht Ellie hineinschicken? Wir würden doch nur Tims Fußboden vollbluten.«

Deacons Augen funkelten. »Gute Idee.«

Elena blickte von einem zum anderen. »Habe ich vielleicht ›Trottel‹ auf der Stirn stehen? Ich glaube nicht. Über Tims dämonischen Kumpel bin ich bestens informiert.«

Trotz seiner Worte war Deacon schon an der Tür. »Tim?«

»Mir geht es gut«, erklang es stöhnend. Gleichzeitig begann Luzy wie wild zu bellen. »Aus, Luzy, mein Mädchen.« Nach kurzem Geknurre verstummte die Hündin.

»Gib mir Deckung«, sagte Deacon und öffnete die Tür.

Sara machte sich bereit, auf den Hund zu schießen – außer Gefecht setzen, nicht töten –, aber dieser verdammte Köter mit seinen teuflischen Augen saß aufmerksam neben seinem am Boden liegenden Herrchen und grinste sie an, als warte er nur auf die passende Gelegenheit, ihnen den Kopf abzubeißen. In Tims Hand lag eine Waffe, auf seinem Gesicht prangte ein hässlicher Bluterguss ... und er roch wie eine ganze Brauerei.

»Mein Gott, Tim«, murmelte Ellie und wedelte mit der Hand vor ihrer empfindlichen Jägernase. »Hast du in Bier ge badet oder was?«

Tim verzog das Gesicht. »Schh.«

»Warst du auf einer Sauftour?«, fragte Sara gereizt. »Wir dachten, du bist tot.« Oder ein Serienmörder.

»Hey«, lallte er, »immerhin bin ich lange genug bei Bewusstsein geblieben, um auf sie zu schießen. Und mir steht ja wohl eine Sauftour zu, nachdem ich einen Vampir gefunden habe, den Vampirhasser total zerstückelt haben. Sogar die Finger haben sie ihm einzeln abgeschnitten, diese Schweine.«

Sara war auch schon einmal solch ein Fall untergekommen. Daraufhin hatte sie fünf Tage lang ununterbrochen gebacken. Ihre Nachbarn fanden es toll. »Wer hat Luzy in der Zwischenzeit gefüttert?«

»Ich natürlich.« Tim sah sie empört an. »Als wenn ich meinen Engel ohne Essen zurücklassen würde.« Er küsste den räudigen schwarzen Hundekopf. »Luzy weiß, wo ihr Futtervorrat versteckt ist. Und frisches Wasser stelle ich überall hin.«

»Tim«, drängte Sara, »das ist jetzt wirklich wichtig. Kannst du beweisen, wo du die letzten Tage gewesen bist?«

Er sah sie erstaunlich klar an. »Hab mich in einer Ecke von Sals 24-Stunden-Bar versteckt. Die Streichhölzer liegen auf dem Tisch.«

Deacon rief in der Bar an und ließ sich Tims Geschichte bestätigen. Zwar vernahm Sara die Nachricht mit Erleichterung, dennoch wusste sie, dass die Sache noch nicht ausgestanden war. »Ellie, kannst du dich darum kümmern, dass Tim wieder ausnüchtert und dass sein Bluterguss versorgt wird? Deacon und ich haben noch etwas zu erledigen.«

»Mir geht es gut«, murmelte Tim und versuchte aufzustehen. Im nächsten Augenblick saß er auch schon wieder auf dem Hosenboden. »Oder vielleicht auch nicht.«

Elena nickte. »Kein Ding. Braucht ihr Hilfe?«

»Bleib in der Nähe. Wenn wir Rückendeckung brauchen, rufen wir dich«, sagte Deacon.

»Alles klar.« Während er ihr den Rücken zudrehte, um zu telefonieren, verdrehte Elena die Augen vor Verzückung und hielt beide Daumen hoch.

Es war unmöglich, nicht zu lachen, doch als Sara kurz darauf mit Deacon am Motorrad stand, war sie wieder ganz ernst. »Es muss Marco sein. Wenn nicht, dann haben wir ein echtes Problem.« Denn in diesem Fall hätten sie es mit einem verrückten Unbekannten zu tun.

»Ich habe eben noch mal Rücksprache mit Simon gehalten. Shah hat die Stadt vor zwei Stunden verlassen, sollte es also noch einen weiteren Mord …« Er schüttelte den Kopf. »Darauf können wir nicht warten. Höchste Zeit, mit harten Bandagen zu kämpfen.«

»Meinst du, du kannst Marco knacken?«

Deacons Gesicht war zu einer Maske erstarrt. »Ja.«

Eigentlich hätte ihr das Angst machen sollen. Tat es aber nicht. Denn auch sie konnte knallhart sein. »Na, dann los.« Sie stieg aufs Motorrad und setzte den Helm auf, den Deacon ihr hinhielt. »Nachdem das hier vorbei ist, möchte ich in einem richtig großen Badezimmer duschen.«

»Ich besorge uns ein Penthouse.«

»Was veranlasst dich zu der Annahme, dass wir es teilen?«

»Hoffen darf man ja wohl.«

Sie schlossen das Tor hinter sich und braußten davon. Die

ganze Zeit dachte sie darüber nach, wie gerne sie mit ihm zusammensein würde. Gab es vielleicht doch eine Möglichkeit? Aber im Grunde wusste sie, dass es hoffnungslos war. Sie konnte sich Deacon kaum im schwarzen Anzug bei einem offiziellen Empfang vorstellen. Als Gildedirektor musste man politisch klug manövrieren. Eine mächtige Institution wie die Gilde löste Unbehagen in der Stadt aus, doch dieses Unbehagen ließ sich mit etwas taktischem Geschick in Respekt und letztendlich sogar Entgegenkommen ummünzen.

Einst hatte die Gilde beschlossen, im Geheimen zu operieren. Es hatte mit einer Serie von Brandanschlägen geendet, bei denen viele Gildeeinrichtungen bis auf die Grundmauern niederbrannten und eine verheerende Zahl von Jägern ihr Leben verloren. Niemand wollte das noch mal erleben.

Plötzlich wurde ihr bewusst, dass Deacon das Tempo gedrosselt hatte. Sie reckte den Hals, um über seine Schulter hinwegzusehen. »Das darf doch nicht wahr sein.« Sie riss sich den Helm vom Kopf und stellte sich auf die Fußrasten, wobei sie sich an Deacons Schultern festhielt. »Sie hatten sich ergeben«, rief sie dem Vampir zu, der mitten auf der Straße stand. »Diesmal werden wir Sie töten.«

7

»Mylady, Sie missverstehen die Situation.« Ernst blickte er sie an. »Ich bedarf der Dienste der Gilde.«

Sara war ganz und gar nicht danach zumute, jemandem zu helfen, der vor noch gar nicht allzu langer Zeit versucht hatte, ihren Kopf vom Rumpf zu trennen, aber schließlich war sie eine Jägerin der Gilde. »Ist jemand vertragsbrüchig geworden?«

»Nein. Einer Ihrer Jäger hat einen von uns gekidnappt. Wir wären Ihnen sehr verbunden, wenn Sie für seine Befreiung sorgen könnten.«

Sie drückte Deacons Schulter. Das konnte kein Zufall sein. Sie setzte sich wieder, und Deacon brachte die Maschine am Straßenrand zum Stehen. »Reden Sie«, befahlen sie beide gleichzeitig.

Der Vampir kam zu ihnen herüber. »Silas war mit einem Jäger zusammen. Vor zwei Wochen haben sie sich dann klammheimlich getrennt.«

Um diese Zeit hatten die Morde begonnen.

»Der Name des Jägers ist Marco Giardes.« Er machte eine hilflose Handbewegung. »Ich weiß nicht, was zwischen den beiden vorgefallen ist, aber vor ein paar Minuten erhielt ich eine Nachricht von Silas, dass Marco ihn im Keller seines Hauses gefangen hält.«

Sara fragte sich, ob Marco doch geahnt hatte, dass sie und Deacon nicht zufällig in seiner Bar aufgetaucht waren. Irgendetwas musste die Tat ausgelöst haben. »Hat er gesagt, seit wann er dort ist?«

»Silas ist vor einer Stunde mit seinem neuen Liebhaber in Marcos Bar spaziert.« Verächtlich schnaubte er. »Er ist jung und meint, als Vampir sei er unverwundbar.« Bedeutungsvoll rieb er sich die verletzte Schulter.

»Musste dieser verdammte Vampir sich auch gleich mit seiner neuen Eroberung brüsten?« Marco tat ihr beinahe leid. Beinahe. Denn wenn sie diesem Vampir hier Glauben schenken konnte, dann hatte Marco fünf unschuldige Männer auf dem Gewissen. Mal abgesehen von dem Grauen, dem er Rodney ausgesetzt hatte. »Haben Sie noch mehr Informationen für uns?«

»Silas' neuer Liebhaber weilt nicht mehr unter uns.« Achselzucken. »Silas hat mir die Nachricht geschickt, bevor Marco sein zweites Handy gefunden hat. Seither habe ich nichts mehr von ihm gehört, also hat es der Jäger wohl konfisziert.«

Deacon blickte dem Vampir direkt ins Gesicht. »Wenn Sie wissen, wo er ist, warum befreien Sie ihn nicht selbst? Schließlich haben Sie genug Leute.«

Schweigen. Der Vampir sah abwechselnd in den Himmel und zu Boden, dann sagte er leise: »Raphael war nicht erfreut, als er von dem Angriff auf Sara erfuhr. Wir gehören nicht zu ihm. Er hat uns verboten, überhaupt irgendetwas zu tun, was nicht direkt mit unserer Abreise aus seinem Territorium in Verbindung steht. Selbst das Trinken ist uns verboten.« Er seufzte schwer. »Mit dem nächsten Flieger müssen wir das Land verlassen.«

»Silas ist ein Tourist?«, fragte Sara und spielte im Kopf schnell alle Möglichkeiten durch.

»Marco hat ihn während einer Jagd kennengelernt, und Silas ist hergekommen, um mit ihm zusammen zu sein.« Wieder warf er einen Blick gen Himmel. »Wir würden ja unseren Erzengel um Hilfe bitten, aber der macht sich nichts aus Silas.«

Obgleich Sara dem Vampir nicht wirklich traute, hatte sie das Gefühl, dass er hinsichtlich Marcos und Silas' die Wahrheit sagte. In seiner Stimme schwang Besorgnis mit, offenbar hatte er Silas gern. So ungewöhnlich war das auch wieder nicht, letztlich waren ja auch Vampire einmal Menschen gewesen. Es dauerte sehr lange, bis alle menschlichen Spuren getilgt waren.

»Gut.« Sara setzte ihren Helm wieder auf. »Zeit für eine Rettungsaktion der Gilde.«

Wortlos startete Deacon die Maschine, und sie fuhren los, ließen den Vampir am Straßenrand zurück. »Ich glaube, er hat uns die Wahrheit gesagt«, meinte sie. »Was denkst du?«

»Passt zu dem, was wir schon wissen.« Seine Stimme klang dunkel und intim in ihrem Ohr. »Raphael scheint dich zu mögen.«

»Ich bin ihm noch nie begegnet. Habe noch nicht einmal mit ihm telefoniert.« Sie atmete tief durch. »Ich glaube nicht, dass das etwas mit mir zu tun hat.«

»Nein?«

»Nein.« Sara wusste genau, auf welcher Stufe Menschen aus Sicht von Erzengeln rangierten. Irgendwo hinter Ameisen. »Es hat damit zu tun, dass sich ein anderer Erzengel in seine Belange gemischt hat. Er ist stocksauer.« Und wenn Erzengel sauer wurden, kannten sie kein Erbarmen. »Hast du mitbekommen, was er diesem Vampir am Times Square angetan hat?«

Deacon nickte bedächtig. »Hat ihm sämtliche Knochen gebrochen und ihn dort liegen lassen. Zur Abschreckung. Und der arme Kerl war die gesamte Zeit über bei vollem Bewusstsein.«

»Dann weißt du ja, warum ich keinesfalls möchte, dass Raphael Anteil an meinem Wohlergehen nimmt.«

Deacon erwiderte nichts, doch sie wussten beide, dass Sara als Gildedirektorin mit sehr viel größerer Wahrscheinlichkeit

Raphaels Aufmerksamkeit auf sich ziehen würde als als einfache Jägerin. Dennoch kam es kaum vor, dass ein Erzengel sich mit einem Menschen direkt in Verbindung setzte. Sara hatte noch nie davon gehört. Die Erzengel regelten ihre Geschäfte aus der Ferne, von ihren Türmen aus.

Der Erzengelturm in Manhattan stellte alle Gebaude im gesamten Bundesstaat in den Schatten. Wie oft schon hatte Sara in Ellies überteuerter Wohnung gesessen und zugesehen, wie die Engel ein- und ausflogen. *Ihre Füße berührten praktisch nie die Erde*, dachte sie. »Weißt du, ich glaube, Ellie hat größere Chancen als ich, einem Erzengel einmal persönlich zu begegnen.«

»Warum das?«

»Ich habe das im Gefühl.« Es war ein Kribbeln im Nacken, eine Hauch dessen, was ihre Urgroßmutter ›das dritte Auge‹ genannt hatte. »Meinst du, wir sollten Ellie anrufen?«

»Wenn Marco allein ist, werden wir mit ihm fertig. Lass uns erst mal die Lage checken. Ich will nicht, dass er in Panik gerät.« Er verstummte. »Obwohl dieser Silas auch nicht gerade ein Obersympath zu sein scheint.«

»Stimmt. Aber Marco hat auch Rodney verletzt, der ungefähr so gefährlich wie ein Kaninchen ist.« Sie hoffte inständig, dass sein Meister ihn nicht allzu hart bestraft hatte. Und dass er dieser Schlampe Mindy den Kopf abgerissen hatte.

»Wir sind da.« Deacon fuhr rechts heran und stellte den Motor ab. »Die Bar sollte jetzt geschlossen sein.«

Sie verstauten die Helme und begaben sich in Richtung Bar … blieben allerdings abrupt stehen, als eine kleine alte Dame die Straße entlangkam und bei ihrem Anblick schnell in die entgegengesetzte Richtung eilte. Sara sah Deacon an, betrachtete ihn genau. Groß, sexy, bis an die Zähne bewaffnet … und über und über mit Blut befleckt. »Huch.«

Er lächelte sie an, ganz langsam und mit einem Glitzern in den Augen, das ihr nur allzu deutlich verriet, dass er jetzt gerne nackt wäre. Mit ihr. »Am besten bringen wir die Sache hinter uns, bevor noch die Polizei auftaucht. Dann ist hier nämlich die Hölle los.«

Sie nickte und verdrängte alle Gedanken an seinen nackten, nur mit Seifenschaum bedeckten Körper. »Wie kommen wir in den Keller?«

Deacon zog verwundert die Augenbrauen hoch. »Wir fragen.«

»Wa… Okay, das könnte klappen. Zwei Jäger, die einen Unterschlupf und eine Waschgelegenheit brauchen. Einverstanden.«

Die Eingangstür zur Bar war verschlossen und die Neonbeleuchtung ausgeschaltet. Deacon wollte gerade klopfen, da hielt Sara ihn am Arm fest und deutete auf die seitlich verborgene Gegensprechanlage. Sie drückte auf den Knopf und wartete.

»Ja?«, ertönte Marcos Stimme. Er hörte sich müde an, aber kein bisschen aggressiv.

»Marco, wir sind es, Sara und Deacon. Wir müssten uns dringend mal waschen.«

»Das sehe ich.« Die Tür öffnete sich mit einem Klicken. »Kommen Sie rein.«

Sie traten ein. Sara wartete noch, bis die Tür hinter ihnen wieder ins Schloss gefallen war, bevor sie flüsterte: »Sag mal, spinn ich oder was? Der Typ hört sich total normal an.«

Deacon sah ebenfalls nachdenklich aus. »Entweder ist er ein verdammt guter Schauspieler, oder hier geht irgendetwas anderes vor.«

Marco steckte den Kopf aus der Tür, die zu seiner Wohnung oben führte. Er pfiff anerkennend, als er die beiden sah. »Das muss ja ein ganz schöner Kampf gewesen sein. Das Badezimmer ist groß genug für zwei.« Er verzog das Gesicht zu einem breiten Grinsen, doch konnte er damit seine Erschöpfung nur unzureichend vertuschen.

Aber selbst wenn er die ganze Nacht aufgeblieben war, war auch daran nichts Außergewöhnliches

Dann fiel Saras Blick plötzlich auf das Chaos in der Bar. Der Boden war mit Scherben und Blut übersät, in der Wand prangten Einschusslöcher. Als Marco im nächsten Augenblick wieder hinter der Tür erschien, konnte man deutlich sein blaues Auge sehen. »Darf man fragen?« Sie zog eine Augenbraue hoch.

Marco fuhr sich mit der Hand durchs Haar. »Kommen Sie mit hoch, und ich erzähle Ihnen alles.«

»Sofort wäre besser«, sagte Deacon und bewegte sich nicht vom Fleck.

Marco sah von einem zum anderen und sagte: »Scheiße.« Er klang, als sei sein Herz gerade in tausend Stücke zersplittert. Er ließ sich auf der untersten Stufe nieder und vergrub den Kopf in den Händen. »Der will mir was anhängen. Der Scheißkerl will mir was anhängen.«

Sara bekam allmählich Kopfschmerzen. Statt einen verletzten Vampir aus den Klauen eines wahnsinnigen Jägers zu befreien, saß sie einem unglücklichen Liebhaber gegenüber. »Warum erzählen Sie uns die Geschichte nicht von Anfang an?«, schlug sie vor und hielt sicherheitshalber eine Armlänge Abstand zu Marco, falls er doch ein brillanter Schauspieler war. »Wo ist Silas jetzt?«

»Im Keller eingesperrt.« Der Blick in seinen Augen war verzweifelt, als er sie ansah. »Ich brauchte Zeit, um mich zu sammeln, bevor ich die Gilde benachrichtige.«

»Und der Mann, der ihn begleitet hatte?«

Marco deutete mit dem Kopf hinter die Bar. »Silas hat sich

von hinten angeschlichen und …« Fassungslos starrte er auf seine Hände. »Ich konnte es gar nicht glauben. Aber wie der geblutet hat, mein Gott, all das Blut.«

Sara ließ Marco in Deacons Obhut zurück und stemmte sich auf den glänzenden Holztresen, um dahinter zu sehen. Strahlend blaue Vampiraugen blickten ihr ins Gesicht. Sie hielt die Luft an. Geradezu lebendig sahen diese Augen aus, nur dass der Kopf nicht mehr auf dem Rumpf saß. »Tot. Die Frage ist nur: Wie ist er gestorben?«

»Silas«, wiederholte Marco tonlos. »Wie ein Pfau kam er hier hereinstolziert. Ich hätte ihn erst gar nicht reinlasssen sollen, aber ich …« Er schluckte schwer, die Hände zu Fäusten geballt. Es war offensichtlich, dass er litt. »Ich dachte, vielleicht ist er ja gekommen, um sich bei mir zu entschuldigen. Den Jungen habe ich erst viel später bemerkt.«

»Entschuldigen?« Sara hatte allmählich das dumme Gefühl, in ein schlechtes Liebesdrama hineingezogen worden zu sein.

»Na, weil er mich betrogen hat.« Endlich sah Marco ihr ins Gesicht. »Ich bin so ein Idiot gewesen. Bei der Gilde habe ich gekündigt und diese Bar hier aufgemacht, nur weil Silas sagte, er könne es nicht ertragen, dass ich bei jeder Jagd mein Leben aufs Spiel setze. Ich habe sogar Simon gebeten, bei ein paar ranghöheren Engeln nachzufragen, ob Silas' Vertrag nicht eventuell auf einen Engel in den USA übertragen werden könnte, damit wir nicht mehr so viel hin- und herfliegen müssen.«

»Hier.« Sara warf ihm eine zerbeulte, aber ansonsten intakte Wasserflasche zu. »Einmal tief durchatmen.«

»Kann ich nicht.« Er trank die Flasche in einem Zug leer und warf sie achtlos beiseite. »Er hat mich nur benutzt. Wollte unbedingt aus seinem Vertrag. Sein Engel kann ihn nämlich nicht leiden. Das hätte ich ja noch verkraftet. Scheiß aufs Ego.

Ich habe ihn geliebt. Aber die ganze Zeit, in der wir zusammen waren, hatte er noch … weiß der Teufel, wen noch alles gehabt. Mehr als einen jedenfalls.«

»Marco, das ergibt doch alles keinen Sinn.« Sara verschränkte die Arme vor der Brust. »Warum sollte er Ihnen etwas anhängen wollen, wenn er es doch war, der Sie betrogen hat!«

»Weil ich ihm den Laufpass gegeben habe.« In diesem Moment erkannte Sara den Jäger in Marco: hart und unerbittlich und bestimmt ausgezeichnet in seinem Job. »Ich habe ihm gesagt, er solle verschwinden und nie mehr wiederkommen.«

»Für ihn hieß das, dass er damit alle Chancen verspielt hatte, aus seinem alten Vertrag zu kommen.« Deacon verharrte nach wie vor auf seinem Posten neben der Tür. »Hört sich plausibel an. Aber alle Indizien deuten auf einen Jäger.«

»Er hat sich meine Sachen genommen. Waffen, Kleidung und eines meiner Zeremonienschwerter.« Marco knirschte wütend mit den Zähnen. »Ich komme mir so saudumm vor. Ich wusste schon, dass er mit Zurückweisung nicht gut klarkommt, aber dass er anfängt, Leute umzubringen, nur um mir eins auszuwischen, hätte ich nie gedacht.«

Sara warf Deacon einen kurzen Blick zu, doch der schüttelte den Kopf. Er hatte recht. Marcos Geschichte war sehr glaubhaft. Aber dennoch stand sein Wort gegen Silas'. Bei den Vampiren würde es gar nicht gut ankommen, wenn sie Marcos Seite vertraten, es sei denn, sie hatten Beweise. In diesem Fall müsste sich Silas vor den Engeln verantworten. Jägern war es zwar erlaubt zu töten, aber nur in zwingenden Fällen oder wenn sie einen Hinrichtungsbefehl hatten. Die Bestrafung übernahmen die Engel selbst, denn schließlich waren sie schneller, stärker und vor allem grausamer als die von ihnen geschaffenen Vampire.

»Überwachungskameras?«, fragte sie Marco. »Haben Sie den Kampf aufgenommen?«

»Nein.« Marco verzog sein schönes Gesicht, als würde er sich vor sich selbst ekeln. »Als ich gesehen habe, dass er es war, habe ich sie ausgeschaltet. Ich wollte nicht, dass irgendjemand mitbekommt, wie lächerlich ich mich mache. Zum Glück hatte ich wenigstens meine Pistole dabei. Ein Streifschuss am Kopf hat ihn ausgeknockt.«

Das erklärte auch, wie es Marco gelungen war, den Vampir in den Keller zu schaffen. »Wir müssen mit Silas reden.« Sara trat einen Schritt vor, auf eine Auseinandersetzung gefasst.

Marco erhob sich. »Ich bringe Sie hin. Bin gespannt, was der Scheißkerl zu sagen hat.«

Marco ging voraus, und sie folgten ihm mit gezückten Waffen. Als sie unten ankamen, hämmerte Silas schon gegen die Tür.

»Helft mir!« Weitere Schläge. »Hilfe! Ich kann euch hören!«

»Ruhe.« Wie ein Messer schnitt Deacons Stimme durch das Getrommel.

Sara übernahm die Befragung: »Wie sind Sie hier eingesperrt im Keller gelandet?«

Von Silas hörten sie ungefähr die gleiche Geschichte wie von Marco – nur mit vertauschten Rollen. Am Ende des Verhörs waren Saras Kopfschmerzen zu einem unerträglichen Hämmern angeschwollen. Wie zum Teufel sollten sie aus diesem Schlamassel nur herauskommen? Ein falscher Schritt, und es würde noch mehr Blut fließen.

Sie schaute Deacon fragend an. »Hast du Handschellen dabei?«

Er reichte ihr ein dünnes Paar aus Plastik. »Das langt.« Als sie sich zu Marco umdrehte, streckte der ihr freiwillig seine Hände entgegen. In Handschellen führte Sara ihn nach oben und setzte ihn auf der Treppe zu seiner Wohnung ab, nachdem sie ihm die Augen verbunden, die Füße zusammengeschnürt und ihn mit den Handschellen am Geländer festgekettet hatte. Jäger waren sehr einfallsreich, wenn es ums Überleben ging.

»Ich lauf schon nicht weg«, sagte Marco mit solch gebrochenem Schmerz in der Stimme, dass Sara mit ihm fühlte.

»Falls es ein Trost ist«, sagte Sara, »ich glaube Ihnen.« Wenn sie Gildedirektorin sein wollte, musste sie lernen, ihre Leute einzuschätzen. »Aber wir brauchen Beweise.«

»Er ist klug. Das macht einen Teil seines Charmes aus.«

Auf sie hatte Silas nicht sonderlich anziehend gewirkt, aber schließlich war sie ja auch nicht in ihn verliebt. Sie klopfte Marco aufmunternd auf die Schulter und zog die Tür hinter sich zu. »Rodney«, sagte sie zu Deacon.

»Daran habe ich auch schon gedacht.«

»Aber selbst wenn er ihre Stimmen auseinanderhalten kann, nimmt ihn überhaupt jemand ernst?« Zögernd holte sie ihr Handy heraus und wählte.

»Ist zumindest ein Anfang.«

Ihre Blicke verfingen sich ineinander, während Sara wartete, dass jemand abnahm. »Als Direktorin werde ich ständig mit solchen Situationen zu tun haben.«

Deacon nickte. »Und du wirst alles tun, um die Wahrheit herauszufinden.« Sanft streichelte er ihr über die Wange. »Wir haben großes Glück mit dir.«

Am anderen Ende der Leitung wurde abgenommen. »Ja?«

Beim Klang dieser Stimme ließ Sara ihren Kopf gegen Deacons Brust sinken. »Hallo, Mindy, ich muss mit Ihrem Meister sprechen.«

»Nur weil Sie den Mund nicht halten konnten, bin ich bestraft worden.«

8

Für einen Zickenkrieg hatte Sara jetzt wirklich keine Zeit. »Sie hätten eben vorsichtiger sein müssen.«

»Da haben Sie verdammt recht«, sagt Mindy. »Ich bin vierhundert Jahre alt und werde diesen Einfaltspinsel einfach nicht los. Dafür können Sie wirklich nichts. Einen Moment, bitte.«

Überrascht und erleichtert, so glimpflich davongekommen zu sein, atmete Sara tief durch. Da vernahm sie auch schon Lacarres distinguierte Stimme: »Jägerin.« In diesem einen Wort steckte sowohl die Frage nach dem Grund ihres Anrufs als auch die Erlaubnis zu sprechen.

Sie erklärte ihm die Situation. »Wenn wir uns Rodney für nur wenige Minuten borgen dürften, könnten wir vielleicht einiges klären.«

»Da auch zwei meiner eigenen Vampire unter den Opfern sind, bin ich sehr an der Identität dieser Bestie interessiert. Wir werden umgehend dort sein.«

Sie hängte ein und drückte Deacon. »Meinst du, es würde irgendjemandem auffallen, wenn ich alles stehen und liegen lasse und schreiend in die Berge renne?«

Er rieb ihr mit seinen großen, warmen Händen über den Rücken. »Vielleicht hetzen sie dir den Henker auf den Hals.«

»Kein Flirten. Nicht jetzt.«

»Na, dann eben später.« Unbeirrt rieb er weiter über ihren Rücken. »Ich glaube, das hier ist der seltsamste Fall, den ich je erlebt habe.«

»Mir geht es genauso. Ich weiß nicht, aber irgendwie überrascht es mich immer wieder, wenn Vampire sich genauso verrückt benehmen wie Menschen. Es ist ja nicht so, als würde ihnen mit der Verwandlung die Weisheit von Jahrhunderten einverleibt.« Die Wange an seinen Brustkorb gepresst, spürte sie die kräftigen, gleichmäßigen Schläge seines Herzens. Beruhigend. Zuverlässig. Daran konnte sie sich gewöhnen.

Schweigend hielten sie sich in den Armen, bis ihre Herzen im Einklang schlugen. »Hast du jemals über einen anderen Beruf nachgedacht?«, flüsterte sie leise, und dabei wurde ihr klar, dass sie eigentlich kaum etwas über seine Vergangenheit wusste. Aber es spielte keine Rolle, was zählte, war der Mann, der er jetzt war. »Ich meine, abgesehen von der Gilde?«

»Nein.« In diesem einen Wort war seine ganze Geschichte verborgen.

Sie drang nicht weiter in ihn. »Ich auch nicht. Der ersten Jägerin bin ich mit zehn begegnet, damals habe ich in einer Kommune gelebt – frag lieber nicht. Sie war so klug und stark und praktisch. Es war Liebe auf den ersten Blick.«

Er lachte in sich hinein. Es klang ein wenig heiser. »Meinen ersten Jäger habe ich gesehen, nachdem ein blutrünstiger Vampir unsere gesamte Nachbarschaft ausgelöscht hatte. Der Jäger hat mich überrascht, wie ich über einen Vampir gebeugt stand und ihm mit einem Fleischerbeil den Kopf abgehackt habe.«

Sie drückte ihn. »Wie alt warst du da?«

»Acht.«

»Ein Wunder, dass du nicht selbst so ein psychotischer Vampirmörder geworden bist.«

Irgendwie hatte sie damit genau das Richtige gesagt. Er lachte leise, schloss sie noch fester in die Arme und küsste ihre Schläfe so zärtlich, dass ihr schwindelig wurde. »Ich wollte lieber zu den Guten gehören. Meine Kollegen zu jagen und zu exekutieren gefällt mir gar nicht. Tut jedes Mal wahnsinnig weh.«

Schlagartig wusste Sara, warum der letzte Henker Deacon zu seinem Nachfolger bestimmt hatte. Der Henker musste die Gilde von ganzem Herzen lieben. Jede Entscheidung wurde vor diesem Hintergrund getroffen, und Deacon würde niemals einen Jäger ohne hieb- und stichfeste Beweise hinrichten. Ansonsten hätte er Marco schon vor Tagen erledigt.

Sara reckte den Kopf und küsste seinen Hals. »Was hältst du von einer geheimen Affäre mit der Gildedirektorin?« Sie konnte ihn nicht so einfach gehen lassen. Ihn kampflos aufgeben.

»Mir ist es lieber, alle Welt weiß, welche Frau zu mir gehört. Geheimnisse bringen einen früher oder später nur zu Fall.«

Das war es dann wohl mit einer heimlichen Affäre. Bevor sie einen weiteren Vorschlag machen konnte, erzitterte die Eingangstür unter einem gebieterischen Klopfen. Lacarre war eingetroffen. »Showtime.« Sara öffnete die Tür, um Lacarre und sein Gefolge hereinzulassen. Es bestand aus Mindy, Rodney und überraschenderweise dem Vampir, der sie ursprünglich um ihre Hilfe gebeten hatte. »Bitte kommen Sie herein.« Dem Ungeladenen warf sie einen vielsagenden Blick zu.

»Wir haben ihn draußen vor der Bar gefunden«, sagte Mindy mit einer wegwerfenden Handbewegung. »Lacarre befand, er könnte uns vielleicht nützlich sein.«

Der fremde Vampir schien nicht sonderlich erfreut, dass man ihn mit in die Bar geschleift hatte, doch einem Engel widersetzte man sich nicht.

»Wo sind die beiden Männer?«, fragte Lacarre und vermied es tunlichst, mit den Flügeln den Dielenboden zu berühren, der mit einer klebrigen Masse aus Scherben, Blut und Alkohol überzogen war.

»Der eine sitzt dahinter.« Sara deutete auf die verschlossene Tür, die zu Marcos Wohnung führte. »Der andere ist im Keller.«

Mindy strich Deacon über den Arm. »Sehen die auch so aus wie dieser hier?« Mit glutvollen Augen sah sie ihn einladend an.

Deacon sagte kein Wort, doch die Kälte, mit der er den Blick erwiderte, trieb selbst Sara kalte Schauer über den Rücken. Deacon konnte wirklich sehr, sehr einschüchternd sein. Mindy ließ die Hand fallen, als hätte sie sich verbrüht, und wich rasch zurück an Lacarres Seite. Rodney versteckte sich ängstlich hinter Lacarres Flügeln.

»Sie würden einen guten Vampir abgeben«, sagte der Engel zu Deacon. »Ihnen würde ich sogar zutrauen, dass die Stadt noch steht, wenn ich Ihnen die Verantwortung übertrüge.«

»Ich ziehe die Jagd vor.«

Der Engel nickte. »Wie schade. Rodney, du weißt, was du zu tun hast?«

Wie ein Springteufel tauchte Rodneys Kopf hinter Lacarre auf. »Ja, Meister.« Der kindliche Wunsch zu gefallen war ihm auf die Stirn geschrieben.

»Kommen Sie, Rodney«, sagte Sara behutsam und hielt ihm ihre Hand hin. »Das letzte Mal habe ich Ihnen doch auch nicht wehgetan, oder?«

Rodney brauchte einen Moment, um den Gedanken zu verarbeiten, dann kam er zu ihr und umschloss ihre Hand. »Die können mir doch nichts tun?«

»Nein.« Sie tätschelte seinen Arm. »Ich möchte nur, dass Sie sich ihre Stimmen genau anhören und mir dann sagen, wer Ihnen wehgetan hat.«

Zuerst gingen sie zu Marco. Mindy und Lacarre folgten ihnen. Einen mächtigen Engel und sein blutdurstiges Vampirliebchen im Rücken zu haben hinterließ ein mulmiges Gefühl bei Sara, und sie ertrug es auch nur, weil Deacon, den fremden Vampir vor sich, die Nachhut bildete. »Marco.« Sie schlug gegen die Tür. »Ich möchte, dass du Rodney drohst, den Kopf abzuschneiden.«

Rodney sah sie entsetzt an. Sie flüsterte: »Er tut nur so.«

Kurz darauf begann Marco herumzubrüllen. Rodney rückte mit weit aufgerissenen Augen von der Tür ab, und Sara rutschte das Herz in die Hose. »Ist er das?«, fragte sie, nachdem Marco verstummt war.

Rodney zitterte am ganzen Leib. »Nein, aber er ist sehr furchterregend.«

Lacarre war nicht gerade erpicht darauf, in den Keller hinabzusteigen, doch er begleitete sie trotzdem. Als Silas sich weigerte zu kooperieren, flüsterte der Engel: »Oder soll ich lieber zu dir hineinkommen für ein privates … Gespräch?« Seidig süß, dunkel wie Schokolade und scharf wie ein Stilett.

Hätte Sara jemals irgendwelche Ambitionen gehabt, ein Vampir zu werden, sie hätte sie an Ort und Stelle begraben. Nie hätte sie in der Gewalt eines Wesens sein wollen, das so viel Grausamkeit und so viel Schmerz in einen einzigen Satz legen konnte.

Zur Räson gebracht, sagte Silas nun seine Drohung auf und war dabei so angsteinflößend wie ein Kuschelteddy. Gerade wollte Sara ihn ermahnen, etwas mehr Gefühl in die Worte zu legen, da drehte sich Rodney um und versuchte, über die Stufen nach oben zu entkommen. Deacon hielt ihn fest. »Schhh.«

Zu Saras Überraschung klammerte sich der Vampir wie ein kleines Kind an Deacon. »Er war es. Er ist der Böse.«

Lacarre starrte zunächst Rodney an, dann wandte er sich an Sara: »Bringen Sie diesen Silas nach oben. Ich möchte von dem Jäger hören, was geschehen ist.«

Sara hielt ihre Armbrust schussbereit, doch es war gar nicht nötig. Silas – groß, dunkel und auffällig attraktiv – folgte ihnen in seinen blutigen und zerrissenen Klamotten wie ein frommes Lamm. Dann ging sie Marco holen.

Silas funkelte seinen Exfreund wütend an. »Du mordest und schiebst mir die Schuld in die Schuhe.«

Marco starrte geradeaus und ignorierte ihn, während er seine Geschichte erzählte. Als er an den Punkt gelangte, wo er mit Silas Schluss gemacht hatte, schnappte der fremde Vampir nach Luft und rief: »Und ich habe dir geglaubt!«

»Sei still!«, schrie Silas.

Lacarre zog eine Augenbraue hoch. »Nein. Fahren Sie fort.«

»Das hat er schon einmal getan«, sagte der Vampir. »Vor drei Jahrzehnten, als ihn sein menschlicher Liebhaber wegen eines anderen Vampirs verlassen hat, hat er vier von unseresgleichen getötet.«

Sara fing seinen Blick auf. »Hatten die Opfer enge menschliche Kontakte?«

»Ja.« Seine Stimme zitterte. »Der Blutrausch hatte ihn überwältigt. Er war noch so jung … ich habe ihn gedeckt.« Offenbar stark erschüttert, rang der Vampir nach Luft. »Aber damit ist jetzt Schluss.«

Mit einem Schrei sprang Silas auf und wollte sich auf ihn stürzen, aber Deacon schaltete ihn mit einem schnellen Schlag gegen die Kehle aus. Er ging zu Boden wie ein gefällter Baum.

»Wie gesagt, es ist sehr bedauerlich, dass Sie kein Vampir werden wollen. Sollten Sie jemals Ihre Meinung ändern, lassen Sie es mich wissen«, sagte Lacarre leise.

Mit einem müden Lächeln sagte Deacon: »Nichts für ungut, aber ich bin lieber mein eigener Herr.«

»Ich würde Sie ja mit schönen Frauen wie Mindy locken, aber mir scheint, Ihr Entschluss steht bereits fest.« Er ging hinüber zu dem bewusstlosen Silas. »Die Gilde hat ein Recht auf Schadensersatz und darf eine Strafe aussprechen. Was verlangen Sie?« Die Frage galt allein Sara, als sei sie schon die Direktorin.

Sara sah in Marcos gequältes Gesicht und wusste, dass es darauf nur eine Antwort geben konnte. »Gnade«, sagte sie. »Gewähren Sie ihm einen schmerzlosen Tod.« Denn dass Silas würde sterben müssen, stand außer Frage. »Keine Folter, keine Schmerzen.«

Lacarre schüttelte den Kopf. »So menschlich.«

Sara verstand sehr wohl, dass es nicht als Kompliment gemeint war. »Mit diesem Fehler kann ich leben.« Nie wollte sie auch nur im Entferntesten so werden wie dieser Lacarre. Obgleich er sie mit offenem Interesse musterte, lag doch eine Eiseskälte in seinem Blick.

»So sei es.« Mühelos las er Silas vom Boden auf. »Es wird alles nach Ihren Anweisungen geschehen.«

Lacarre schritt voraus, und die anderen folgten seinen cremefarbenen Schwingen. Sara bemerkte, wie Deacon Marco einmal kurz die Schulter drückte und ihm etwas ins Ohr flüsterte. Zwar konnte sie nicht verstehen, was er sagte, doch Marco sah mit einem Mal nicht mehr aus, als würde er eines langsamen und qualvollen Todes sterben. Er litt immer noch, aber in seinen Augen las sie die Entschlossenheit, die einen Jäger ausmachte.

Er wandte sich zu Sara um. »Ich möchte mein Ausscheiden aus der Gilde rückgängig machen. Ich dachte … hatte gehofft, aber hier kann ich nicht länger bleiben.«

»Ich werde dafür sorgen, dass Simon es erfährt.«

»Das ist nicht nötig, Sara, oder?«, sagte er leise. »Hauptsache, Sie wissen es.«

Sechs Stunden später verabschiedete Sara sich vor dem Hotel von Deacon. Er hatte seine Ausrüstung bei sich, sie die ihre. Elena wartete bereits hinter dem Steuer eines blitzblanken Mietwagens, um gemeinsam mit ihr zurück nach New York zu fahren.

Ein letzter Ausflug, bevor sie sich in die abertausenden Verpflichtungen stürzen würde, die die Führung einer der mächtigsten und einflussreichsten Zweige der Gilde mit sich brachte.

»Das nächste Jahr wird heftig«, sagte sie zu Deacon, der mit verschränkten Armen gegen das Motorrad lehnte. »Vielleicht ganz gut, dass du Nein gesagt hast. Eine heimliche Affäre würde ich wahrscheinlich zeitlich gar nicht schaffen.« Eigentlich hatte sie vorgehabt, an dieser Stelle zu lachen, aber ihr war nicht nach Lachen zumute.

Sentimentalität war nicht Deacons Sache. Er legte eine Hand um ihren Nacken und küsste sie, bis ihr die Luft wegblieb. Dann küsste er sie noch mal. »Ich habe Sachen zu erledigen. Und auf dich wartet der Direktorenposten.«

Sara nickte, hatte seinen Whiskey- und Mitternachtsgeschmack noch auf der Zunge. »Ja.«

»Du gehst jetzt besser. Ellie wartet schon.«

Sie drückte ihn noch einmal fest an sich und wandte sich zum Gehen. Er hatte ja recht, so war es am besten. Was zwischen ihnen war, so süß und vielversprechend es ihr auch jetzt noch vorkam, sollte doch lieber eine schöne Erinnerung bleiben, als unter dem Druck unerfüllter Erwartungen zu zerbrechen.

»Fahr los«, sagte sie zu ihrer Freundin, kaum dass die Autotür zugefallen war.

Ellie sah mit einem Blick, was los war, schwieg aber. Keiner von ihnen sagte etwas, bis sie die Staatsgrenze passierten. Dann meinte Ellie unvermittelt: »Er hat mir gefallen.«

Damit war es um Saras Selbstbeherrschung geschehen.

Sie legte den Kopf in die Hände und begann zu weinen. Ellie fuhr rechts ran und nahm die schluchzende Sara in die Arme. Statt sie mit irgendwelchen dummen Plattitüden zu trösten, sagte sie einfach: »Weißt du, Deacon kommt mir nicht vor wie jemand, der wirklich wichtige Dinge einfach so sausen lässt.«

Auf Saras rot verquollenem Gesicht zeigte sich ein leises Lächeln. »Kannst du ihn dir im Anzug vorstellen?« Bei diesem Gedanken zog es ihr bis in den Unterleib.

»Gib mir einen Moment, ein klares Bild zu bekommen. Okay, ich hab es.« Elena seufzte. »Oh, Mann, der Typ im Anzug, den würde ich nicht von der Bettkante schubsen.«

»Hey. Der gehört mir«, knurrte Sara.

Ellie grinste. »Ich bin ja auch nur eine Frau, und er ist verdammt scharf.«

»Blöde Kuh.« Eine, die sie zum Lachen brachte, wenngleich auch nur für kurze Zeit. »Kannst du dir vorstellen, wie er die politischen Spiele der Gilde mitmacht und allen artig das Händchen schüttelt? Ich nicht.«

»Na und?« Ellie zuckte die Achseln. »Die Gildedirektorin muss all diesen Kram mitmachen. Aber wer sagt denn, dass ihr Freund kein großer, böser, schweigender Teufelskerl sein darf?«

Gern hätte sich Sara an diese Hoffnung geklammert, doch sie schüttelte jäh den Kopf. »Ich muss realistisch sein. Dieser Mann ist ein absoluter Einzelgänger. Deshalb ist er ja auch der Henker.« Seufzend holte sie Luft und lehnte sich zurück in die Polster: »Fahr uns zurück nach New York. Auf mich wartet dort eine Aufgabe.«

Ihre Worte waren klar, und dennoch fanden ihre Finger immer wieder den Weg zu dem kleinen runden Sägeblatt in ihrer Hosentasche, strichen über die gezahnte Scheide. Es gehörte Deacon. Dieser Mann hatte sehr interessante Waffen – so wie die Pistole, die statt normaler Kugeln diese drehenden runden Teile abschoss. Hatte er diese Dinger auf dem Schrottplatz verwendet? Ihre Gedanken wanderten weiter zu Luzy.

Ein Lächeln umspielte ihre Lippen. Wer hätte gedacht, dass ihre liebste Erinnerung an Deacon die war, wie er mit einem bösartigen Höllenvieh von Hund kuschelte?

9

Zwei Monate später betrachtete Sara sich im Spiegel: Eine ebenso elegante wie selbstbewusste Frau im trägerlosen Etuikleid schaute ihr entgegen. Ihr Haar war am Hinterkopf zu einem kunstvollen Knoten aufgesteckt, und der frisch geschnittene Pony fiel schwungvoll zur Seite. So hatte sie während eines Einsatzes nie ausgesehen. Das gekonnte Make-up betonte ihre hohen Wangenknochen und brachte ihre Augen schön zur Geltung. »Ich fühle mich wie eine Mogelpackung.«

Simon schmunzelte und stellte sich hinter sie. »Aber du siehst genau nach dem aus, was du bist: eine wunderschöne, starke Frau.« Sein Blick fiel auf die Halskette. »Sehr passend.«

Um ihren Hals hing eine glänzende, gezahnte Klinge. Deacons Klinge. Sara hatte sie auf eine Silberkette gezogen. »Danke.«

»Einige der Gäste heute Abend werden dich belächeln. Für sie sind Jäger bessere Handlanger.«

»Oh, so wie für Mrs Abernathy?«, fragte sie zynisch. Mrs. Abernathy war die Gastgeberin dieses Abends. »Sie hat gefragt: ›Brauchen Sie Hilfe bei der Wahl einer passenden Garderobe, Liebes?‹«

»Ganz genau.« Simon drückte ihr die Schulter. »Und jetzt möchte ich dir einmal einen Rat geben. Jedes Mal, wenn einer dieser vermeintlichen Aristokraten versucht, dich schlechtzumachen, denk daran, dass du diejenige bist, die jeden Tag mit Engeln zu tun hat. Die meisten von denen würden sich schon allein beim Gedanken daran in die Hosen scheißen.«

Sara verschluckte sich fast. »Simon!«

»Ist doch so«, sagte er achselzuckend. »Und eines Tages wirst du vielleicht sogar mit einem Mitglied des Kaders in Kontakt treten. Ganz gleich, für wie wichtig sich diese ›bessere Gesellschaft‹ hält, wie die meisten Menschen kommen sie nicht einmal in die Nähe eines Erzengels.«

»Wenn es so weit ist, mache ich mir bestimmt auch in die Hosen«, murmelte sie.

»Nein, das wirst du nicht«, sagte er ungewöhnlich ernst. »Und was die hochstehenden Vampire angeht, so sind wir es schließlich, die sie jagen, und nicht umgekehrt.«

Sara nickte und atmete noch einmal tief durch. »Ich wünschte, uns bliebe dieses Theater heute Abend erspart.«

»Wir fürchten uns vielleicht vor den Engeln, aber andererseits fürchten sich die meisten vor uns, einschließlich vieler Vampire. Vermittle ihnen ein Gefühl der Sicherheit. Überzeuge sie, dass wir keine Barbaren sind.«

»Was für ein Schmu«, sagte sie grinsend.

Simon lächelte zurück, doch war es nicht sein Gesicht, das sie gerne neben sich im Spiegel erblickt hätte. »Gut, ich bin so weit.« Zum ersten Mal sollte sie sich heute Abend als angehende Gildedirektorin allein präsentieren. Ende des Jahres würde sie dann Simon endgültig ablösen.

»Zeig's ihnen.«

Offenbar war Sara tatsächlich die richtige Besetzung für den Direktorposten, denn sie ertrug die Party einigermaßen gut. Ellie hätte bestimmt schon mindestens fünf Leute gekillt. Lächelnd wehrte Sara eine weitere neugierige Frage ab und nahm den stetig auf sie einströmenden Klatsch und Tratsch in sich auf. Es waren alles Informationen. Jäger mussten eine Menge wissen, zum Beispiel wen ein Vampir um Hilfe angehen würde oder wer mit den Engeln sympathisierte und gegebenenfalls bereit wäre, sich über die menschlichen Gesetze hinwegzusetzen.

Nach außen hin unterschied sich Sara nicht von den Dutzenden anderen gut gekleideten Frauen unter den Gästen, die mit immer neuen Gesprächspartnern belanglose Konversation machten. Mrs Abernathy hatte sie bei ihrer Ankunft freudestrahlend begrüßt. »Wahrscheinlich überrascht, dass ich nicht in blutgetränkter Ledermontur aufgetaucht bin«, murmelte Sara während einer kleinen Ruhepause auf dem Balkon in ihr Sektglas.

»Für mich hätte es gelangt.«

Ein vermutlich ziemlich idiotisches Grinsen breitete sich auf ihrem Gesicht aus, doch sie drehte sich nicht zu ihm herum. »Stehst du auf Leder oder den Körper, der darin steckt?«

»Ertappt.« Sein warmer Atem strich über ihren Nacken, seine Hände umfassten ihre Hüften. »Aber an dieses Kleid könnte ich mich auch gewöhnen.«

»Hey, Augen geradeaus.« Sie stellte das Glas auf der Brüstung ab. »Nicht in den Ausschnitt linsen.«

»Ich kann nicht anders.« Sanft drehte er sie zu sich herum. Sein Anblick nahm ihr den Atem.

»Oh, wow.« Sie lehnte sich zurück und bedeutete ihm, sich einmal um sich selbst zu drehen.

Natürlich tat Deacon ihr nicht den Gefallen. Stattdessen strich er spielerisch mit einem Finger durch ihren Pony. »Gefällt mir.«

»Ransom sagt, ich sähe damit aus wie ein Waschbär.«

»Ransom hat Mädchenhaare.«

Sie grinste. »Das habe ich ihm auch gesagt.« Dann schlang sie die Arme um seinen Hals und küsste ihn leidenschaftlich. Es fühlte sich gut an, mehr als gut, also küsste sie ihn noch mal.

»Bei deinem Anblick bekommen die Debütantinnen ja feuchte Höschen.«

Entsetzt blickte er sie an.

»Keine Angst.« Sie drückte ihm einen Kuss aufs Kinn. »Ich werde sie alle verjagen.«

Deacon sorgte für einiges Aufsehen, und manchmal kam es ihr vor, als tobe eine wild gewordene Herde Chanel-No.5-Trägerinnen durch den Ballsaal. Sie hätte gedacht, er würde schleunigst das Weite suchen. Dass er überhaupt gekommen war … nun, damit hatte er ihr Herz endgültig erobert. Doch dass er still und aufmerksam an ihrer Seite blieb und so tat, als bemerke er all den Trubel um seine Person nicht, überraschte sie doch.

Ein paar der anwesenden Männer nutzten seine Gegenwart, um sie bewusst zu ignorieren – blöde Chauvies –, doch Deacon verstand es so geschickt, die Aufmerksamkeit wieder zurück zu ihr zu lenken, dass die Herren gar nicht wussten, wie ihnen geschah. Sexy, gefährlich, intelligent, und er wusste, wie er mit diesen Dummköpfen umgehen musste. Diesen Mann würde sie ganz bestimmt nicht wieder hergeben. Und jeder dieser Debütantinnen, dieser Möchtegern-Trophäenweibchen, die sich ihm auch nur eine Handbreit näherten, ein Messer ins Herz bohren.

»Dafür, dass ich so ein lieber Junge bin, erwarte ich reichhaltige sexuelle Gegenleistungen«, flüsterte er ihr in einem ungestörten Moment zu.

Ihre Lippen zuckten. »Abgemacht.«

Als sie endlich bei ihr zu Hause waren, verzehrte sie sich förmlich vor Verlangen nach ihm. Beim ersten Mal schafften sie es nicht einmal bis zum Bett. Ihr kostbares Etuikleid lag in Fetzen am Boden, nachdem Deacon sie im Stehen gegen die Tür genommen hatte, ihre Münder unersättlich gegeneinandergepresst. Sie kam explosionsartig und klammerte sich verzweifelt in sein Smokinghemd.

Beim zweiten Mal ließen sie sich Zeit.

Danach lagen sie nebeneinander im Bett und sahen sich an. Sie waren sich so unglaublich nah, dass Sara kaum zu sprechen wagte, um den Zauber des Moments nicht zu zerstören. »Das war es also mit deiner geheimen Identität. Ab morgen wird man von hier bis Timbuktu in jedem Klatschblatt über dich lesen können.«

Er biss ihr zärtlich in die Unterlippe. »Den Smoking habe ich gekauft.«

Überrascht sah sie ihn an. »Du hast ihn gekauft?« Unbändige Freude erfüllte sie. »Ist billiger als leihen, wenn man vorhat, ihn häufig zu benutzen.«

»Das hat der Typ im Laden auch gesagt.« Er rückte noch näher an sie heran und streichelte ihr mit seiner rauen Hand über den Rücken. »Aber …«

»Nichts aber.« Sie küsste ihn. »Ich bin jetzt einfach viel zu glücklich.«

Er lächelte beim Küssen. »Mit diesem ›aber‹ werden Sie sich herumschlagen müssen, Frau Gildedirektorin.« Scherzhafte Worte, doch mit einem sehr ernsten Unterton.

Sie sah ihm in die Augen. »Was meinst du damit?«

»Ich muss mein Amt als Henker niederlegen.«

»Oh. Ja, natürlich.« Denn seit heute Abend war er viel zu bekannt, und darüber hinaus würde er beim Zusammenleben mit ihr viele Jäger kennen- und schätzen lernen. »Wir finden einen Ersatz …«

»Danach habe ich ja die ganze Zeit gesucht. Und ich habe einen Kandidaten für dich gefunden.«

Sara nickte und strich ihm über das kantige Kinn. »Ich kann nicht deine Chefin sein, ich muss deine Geliebte sein.«

Deacon zog mit dem Finger einen Kreis über die Stelle, wo kurz zuvor noch ihr Anhänger gehangen hatte. »Ich habe mir überlegt, mich mit der Waffenherstellung selbstständig zu machen.«

»Das würde gehen.« Langsam löste sich die Beklemmung in ihrer Brust. »Vielleicht etwas einseitig. Irgendwie gibst du alles auf.«

»Dafür bekomme ich dich.« Er sagte das so einfach, und doch bedeutete es ihr mehr, als sie je auszudrücken vermochte.

Sie schluckte, um einen dicken Kloß aus Emotionen in ihrem Hals loszuwerden. »Ich habe vor einer Woche mit Tim gesprochen.«

Deacon runzelte die Stirn. »Tim?«

»Luzy ist schwanger.«

Er verzog das Gesicht zu einem breiten Grinsen. »Echt?«

»Ja, echt.« Sie schlang ein Bein um ihn und schmiegte sich an ihn. »Einer der Welpen ist für mich reserviert. Ich wollte ihn Deacon nennen.«

Er lachte laut los, und sein Lachen war so ansteckend, dass auch sie nicht mehr anders konnte und glucksend ihr Gesicht in seinem Hals vergrub.

Der Welpe war pechschwarz, hatte große braune Augen und so riesige Pfoten, dass er wohl die Monstermaße seiner Mutter geerbt hatte. Da es zu verwirrend gewesen wäre, zwei Deacons im Haus zu haben, beschlossen sie, den Hund Henker zu nennen.

PAKT DER SEHNSUCHT

1

Cooper hatte sich gut benommen.

Sehr gut sogar.

Besser als jemals zuvor in seinem Leben.

Über sechs Monate hatte er sich von der neuen, unglaublich erotischen Ingenieurin ferngehalten. Sechs Monate! Ihm war es wie ein Jahrzehnt vorgekommen. Ein dominanter Raubtiergestaltwandler war nicht gerade geduldig, wenn er sich einmal für eine Frau entschieden hatte, doch die Umstände erforderten Geduld, und das lange Warten hatte den Wolf in ihm ganz wild gemacht.

Instinktiv sprang er auf ihre weiblichen Formen und das ebenholzfarbene Haar an. Nur zu gerne hätte er die Hände in ihrem Haar vergraben und mit den Zähnen ein Zeichen auf der weißen, vollkommenen Haut hinterlassen. Sein Wolf war völlig einer Meinung mit ihm. Beide Hälften wollten die Frau in Besitz nehmen, wollten jeden Zweifel ausräumen, dass sie ihm gehörte.

Doch Cooper biss die Zähne zusammen und unterdrückte den Impuls. Als Offizier trug er die Verantwortung für das kleine Rudel SnowDancer-Wölfe im Norden der San-Gabriel-Berge, und Grace stand unter seinem Schutz. Wäre sie eine der dominanten Wölfinnen gewesen, hätte sein Rang ihn nicht aufgehalten, doch sie gehörte zu den unterwürfigen Gefährten im Rudel. Cooper wusste natürlich, dass auch diese nicht automatisch den Befehlen der dominanten folgten, doch waren Urinstinkte im Spiel.

Außerdem war Grace noch sehr verletzlich, weil sie gerade erst zur Höhle gestoßen war. Er musste warten, bis sie Freunde gefunden und genügend Unterstützung hatte, um ihn abweisen zu können, falls seine Werbung ihr nicht willkommen war.

Bei diesem Gedanken spürte er die Krallen innen an den Fingerspitzen, obwohl Mann und Wolf sich natürlich zurückziehen mussten, falls sie ihn zurückwies. Und zwar augenblicklich. Eine dominante Frau rannte zwar manchmal davon, weil es der wilden Wölfin in ihr Spaß machte, gejagt zu werden, doch wenn eine unterwürfige Wölfin weglief, wollte sie einfach nur dem Mann entkommen.

Lauf bloß nicht weg, Liebes, dachte Cooper. *Ich beiße nur ein bisschen.* Was nicht ganz stimmte, doch er war fest entschlossen, sich weiterhin gut zu benehmen, bis sie genug Vertrauen gefasst hatte, um mit seinen aggressiven Impulsen umzugehen. »Hallo, Grace«, sagte er und trat auf sie zu.

Grace' Herz schlug sofort schneller, als sie die tiefe Stimme hörte, die ihre Sinne gleichermaßen beglückend und erschreckend reizte.

Nimm dich zusammen, Grace. Das ist doch lächerlich.

Schon seit dem ersten Tag in der Höhle, als Cooper sie hier willkommen geheißen hatte, sagte sie sich das immer wieder. Kein Wunder, dass ihr schon beim ersten Anblick des großen Wolfs der Atem gestockt hatte. Der Kerl war ein Aphrodisiakum auf zwei Beinen. Zum Glück waren sie nicht allein gewesen, sonst hätte sie wahrscheinlich schon damals etwas sehr Dummes getan.

Hätte sich ihm vielleicht an den Hals geworfen, obwohl sicherlich niemand ohne die ausdrückliche Erlaubnis zu Körperprivilegien es überhaupt wagen würde, ihn anzufassen.

Doch so gebannt sie auch war, es war ihr nicht entgangen, dass so etwas unmöglich war. Eine Paarung von dominanten und unterwürfigen Wölfen war zwar nicht unüblich, doch der Graben zwischen Cooper und ihr war zu tief. Sie befanden sich buchstäblich an den entgegengesetzten Enden ihrer Hierarchie – ihre Wölfin wusste genau, dass Cooper sie mit Leichtigkeit fressen und wieder ausspucken konnte.

Dennoch geriet ihr Körper jedes Mal in eine erwartungsvolle Spannung, wenn er sich ihr näherte.

»Hallo«, sagte sie und konzentrierte sich weiterhin auf die Heizung, neben der sie kniete.

Ganz ähnlich wie die Höhle in den San-Rafael-Bergen, in der sie ihre Jugend verbracht hatte, aber nicht so ausschließlich wie die Haupthöhle in der Sierra Nevada, war die Höhle in Fels gehauen und mit Steinmauern abgestützt. Die Tunnel waren breit, die Räume großzügig, doch unter der natürlichen Schönheit des mit glitzernden Mineralfäden durchzogenen Gesteins lagen hochkomplexe Technologien, für deren Instandhaltung Grace gemeinsam mit einigen anderen die Verantwortung trug.

»Ist ein wichtiges System ausgefallen?«, fragte sie, denn nur das konnte der Grund sein, warum Cooper sie persönlich aufsuchte. Da ihre beiden Vorgesetzten sich gerade auf Konferenzen aufhielten, war Grace allein für diese Arbeit zuständig. »Ich kann es mir sofort ansehen, das hier hat keine Eile.«

»Nein, es ist alles in Ordnung.« Cooper ließ sich neben ihr nieder und nahm sofort allen Raum ein.

Konzentriere dich, befahl sie sich und versuchte, mit der digitalen Zange eine durchgeschmorte Röhre aus der Verankerung zu lösen. Doch instinktiv übernahm sie seinen Atemrhythmus, stand jeder Muskel unter Spannung.

»Wie läuft es in diesem Bereich?«, fragte er in einer Tonlage, die sie als vorsichtig einstufte.

Grace unterdrückte den selbstmörderischen Wunsch, Cooper etwas an den Kopf zu werfen. Ihre Stellung in der Hierarchie bestimmte nicht jede Facette ihrer Persönlichkeit. Wie alle anderen Ränge konnten auch Unterwürfige schüchtern oder extrovertiert, fröhlich oder traurig, sinnlich oder zurückhaltend sein. Grace war zwar im Vergleich zu den meisten ihrer Gefährten eher ruhig und schüchtern, doch laute Stimmen konnte sie gut verkraften – sie hatte sie reichlich bei zwei älteren dominanten Adoptivgeschwistern zu kosten bekommen, die das heftige Temperament ihres Vaters geerbt hatten.

»Mit der Überholung sind wir halb durch«, sagte sie und wünschte, er würde ihre Stellung vergessen und sie einfach als begehrenswerte Frau sehen.

Aber was würde sie dann tun?

Wahrscheinlich so schnell wie möglich davonlaufen.

Sie drückte die Zange zu fest zu und riss die Röhre fast entzwei. »Verdammt.« Mit brennenden Wangen streckte sie die Finger, holte tief Luft und zog sie vorsichtig heraus, während Cooper sie aufmerksam beobachtete. »Das war's. Jetzt können wir das Zeug recyceln.«

»Ohne einen einzigen Kratzer. Beeindruckend.« Er griff nach der durchgebrannten Röhre. »Hast du die bestellten Sachen bekommen?«

Sie riss den Blick von seinen Händen los, ihre Wangen waren noch eine Spur heißer geworden, weil ungefragt Bilder in ihrem Kopf aufgetaucht waren von ebenjenen großen Händen, die köstlich rau auf ihrer Haut, auf ihren Brüsten lagen. Noch nie hatte sie so auf einen Mann reagiert. Warum nur gerade bei diesem einen, dessen schiere Anwesenheit ihrer Wölfin Unbehagen bereitete? Das Schicksal trieb grausame Scherze mit ihr.

»Ja«, bekam sie gerade noch als Antwort heraus. »Habe ich. Sind genauso gut wie beschrieben.« Ein leises Klicken; Cooper hatte die Röhre auf den Boden gelegt. Auch Grace legte die Zange aus der Hand und wollte …

»Grace.« Starke Finger hielten ihr Handgelenk fest.

Ihr Puls raste, als sie auf die braun gebrannte Hand blickte, die sich so warm anfühlte und deren Schwielen so sinnlich kratzten. Grace wusste nicht, was sie sagen sollte, denn das Blut rauschte ihr so laut in den Ohren, dass alles andere unterging.

»Grace.« Sanfter diesmal. Verführerisch. »Schau mich an.«

Sie schluckte und riskierte einen Blick. Die Wölfin in ihr war in Habtachtstellung. Wenn es ein Befehl gewesen wäre, hätte sie sofort gehorcht, denn Ungehorsam setzte die Wölfin zu sehr unter Stress. Grace war zwar Gestaltwandlerin und konnte sich eher widersetzen als eine wilde Wölfin, doch um sich dazu aufzuraffen, musste ihr das von ihr Verlangte im Innersten widerstreben.

Cooper hatte ihr nichts befohlen. Er hatte sie gebeten … auf eine Weise, die sie innerlich zittern ließ. Nun sah sie in seine fast schwarzen Augen und blickte schnell wieder weg. Cooper tat nichts, wartete mit einer Geduld, die sie ihm nie zugetraut hätte. Sie hob die Lider wieder, und ihre Blicke trafen sich.

Wie ein Blitz schlug es bei ihrer Wölfin ein. Dem Blick eines Offiziers standzuhalten war für jeden Wolf kühn, doch für eine unterwürfige Wölfin lag es weit jenseits allem auch nur Vorstellbaren. Bei jeder anderen Gelegenheit hätte es sogar gefährlich sein können – dominante Rudelgefährten besaßen ebenso Instinkte. Wurde ein Blick als Herausforderung angesehen, konnte es böse enden. Die Tatsache, dass es meistens nur passierte, wenn beide Beteiligten in Wolfsgestalt waren, machte die Gefahr nicht geringer, unabsichtlich Aggressionen heraufzubeschwören.

Denn der Unterwürfige konnte den Kampf nicht gewinnen.

Coopers Daumen strich über ihren flatternden Puls. »So ist es gut.« Die leise Stimme war so zärtlich, dass sie sich ganz nackt fühlte und ungemein verletzlich.

Zitternd holte sie Luft, senkte den Blick und zog den Arm etwas zurück. Als Cooper fester zugriff, geriet ihr Herz aus dem Takt. Doch er ließ sie los, bevor es seinen Rhythmus wiedergefunden hatte. Unsicher, was das alles zu bedeuten hatte, griff sie nach einem Werkzeug, um … irgendwas zu tun. Doch ihre Gedanken irrten ab, immer noch spürte sie einen heißen Ring um ihr Handgelenk. Deshalb arbeitete sie an nicht so wichtigen Stellen, wo Fehler später leichter wieder behoben werden konnten.

Cooper bewegte sich neben ihr. Er kam ein paar Zentimeter näher, doch das reichte, um ihre Wölfin in eine Mischung von Verlangen und Panik zu versetzen.

»Du hast nichts von mir zu befürchten, Grace.« Leise, fast zärtlich. »Wenn du willst, dass ich etwas nicht tue, brauchst du nur Nein zu sagen. Einverstanden?«

Sie hob und senkte den Kopf, ihre Kehle war so ausgedörrt wie die Mojave-Wüste.

»Aber«, fuhr er fort, »ich gehe erst, wenn du es sagst. Denn ich werde um dich werben.«

Das Werkzeug entglitt den Fingern, als seien sie taub geworden, und fiel scheppernd zu Boden. Cooper hob es auf und legte es in den Werkzeugkasten. »Ich lasse dich jetzt weiterarbeiten … aber ich komme bald wieder.« Damit erhob er sich und ging. Die kräftige Gestalt entfernte sich kraftvoll und beherrscht durch den engen Versorgungstunnel und verschwand schließlich in einem anderen Gang der Höhle.

Grace' Brust schmerzte, so stark schlug ihr Herz, sie schnappte nach Luft und sank an der Mauer zu Boden. »Oh Gott. Ohgottohgott.« Ihre Brust hob und senkte sich schnell, als sie mehrmals tief Luft holte, um wieder einen klaren Kopf zu bekommen.

Es gelang ihr nicht.

Blind griff sie nach der Wasserflasche, setzte sie an und schluckte.

Doch auch die kühle Flüssigkeit konnte sie nicht beruhigen.

»Ich werde um dich werben.«

Nicht in ihren wildesten Fantasien hätte sie sich träumen lassen, dass Cooper je so etwas zu ihr sagen würde. Das höchste der Gefühle waren unergiebige erotische Tagträume, aus denen sie durchgeschwitzt und unbefriedigt wieder aufgetaucht war. Nackt hatten sie beisammengelegen, ihre Lippen an seiner Kehle, seine Hände auf ihren Hüften, um sie in Besitz zu nehmen. Im wirklichen Leben würde sie wahrscheinlich panisch reagieren, wenn sie unter ihm lag, weil ihre Wölfin sich sofort dem Raubtier in ihrem Bett unterwerfen würde, doch in ihren Fantasien spielte die harte Wirklichkeit der Hierarchie keine Rolle.

Wenn Cooper sie gebeten hätte, das Bett mit ihm zu teilen, hätten ihr die Träume eine Grundlage verschafft, in der sie einen wenn auch flüchtigen Halt gefunden hätte. Doch ein Gestaltwandler wie Cooper sagte nicht »werben«, wenn er wollte, dass eine Frau mit ihm das Lager teilte, ob nun für eine Nacht oder länger. Nein, Cooper war es vollkommen ernst.

Der große, böse, gut aussehende Wolf wollte sie ganz haben.

2

Fast glaubte Grace schon, sie hätte sich alles nur eingebildet, doch als sie ihr Handgelenk hob, roch sie Erde und Bernstein, Coopers Witterung. Liebend gerne hätte sie die Nase an seinen Hals gedrückt und seinen Duft ganz tief eingeatmet, um die einzelnen Bestandteile herauszufinden, die das umwerfende Ganze ergaben.

Obwohl nur noch ein Hauch zu spüren war, kribbelte ihre Haut, und eine Flut von höchst sinnlichen Erinnerungen an den muskulösen Mann stellte sich ein: der tiefe Bronzeton seiner Haut, schwarzes Haar, das er so kurz geschoren trug, dass sie unentwegt das Bedürfnis unterdrücken musste, die Hand auszustrecken und ihm über die Stoppeln zu streichen. Bei seinem Kinn ging es ihr genauso.

Wie es sich wohl anfühlen mochte, wenn er die Wange an Hautstellen rieb, die sie nur im Schlafzimmer entblößte?

Stöhnend trank sie noch einen Schluck Wasser. Es half einfach nicht. Noch immer war ihr Adrenalinpegel so hoch, dass sie vor Energie fast aus der Haut platzte. Ihre Wölfin war ebenso verwirrt wie die Frau. Als sie erneut Schritte im Gang hörte, verlor sie beinahe die Nerven. Doch dann roch sie Vivienne und hätte beinahe vor Freude geweint, als die große, schlanke Frau um die Ecke bog.

Eine eiskalte Schönheit, hatte sie beim ersten Anblick der Kollegin gedacht. Das glatte schwarze Haar zu einem Pferdeschwanz zusammengebunden, die braunen, mandelförmigen Augen blickten kühl aus dem makellos weißen Gesicht. Doch dann hatte Vivienne gelacht – genau wie jetzt – und die unwiderstehlich warme und spielerische Seite ihres Wesens enthüllt. »Hallo, Chefin. Ich wollte gerade das Kommunikationssystem in diesem Abschnitt gründlich überprüfen – in 7B gab es nur eine kleine Panne.«

Grace klatschte mit der Hand neben sich auf den Boden. »Mach mal Pause.« Sowohl für die Arbeit als auch für ihre freundschaftliche Beziehung war es wichtig, dass Vivienne als dominante Wölfin keine Schwierigkeiten damit hatte, Befehle von einer Unterwürfigen entgegenzunehmen. Wie flexibel der Einzelne hierbei war, musste von den »zivilen« Chefs immer wieder sorgfältig überlegt werden, wenn sie Arbeitsgruppen zusammenstellten.

Denn letztlich waren sie keine Menschen – sie waren Gestaltwandler, sie waren Wölfe.

»War Coop hier? Ich mag seine Witterung.« Aufgeräumt setzte sich Vivienne neben Grace. »Er riecht so männlich. Wenn meine Wölfin nicht solche Angst vor ihm hätte, hätte ich mich ihm schon längst auf dem Silbertablett präsentiert.« Sie seufzte. »Die Narbe müsste seinem guten Aussehen eigentlich Abbruch tun, aber es macht ihn eher noch anziehender. Kannst du dir vorstellen, wie es wäre, mit ihm ins Bett zu gehen?«

Grace öffnete den Mund und wiederholte die Worte, die ihr noch immer vollkommen irreal vorkamen: »Er hat gesagt, er wolle um mich werben.«

Viviennes Kopf fuhr herum. »Wusste ich's doch!« Pure Begeisterung. »Ich habe Todd gleich gesagt, er soll nicht mit dir flirten, aber der Dussel hört ja nicht auf mich. Und nun? Ha! Ich kann es gar nicht erwarten, ihm zu eröffnen, dass er versucht hat, mit der Frau eines Offiziers anzubändeln.«

Grace blinzelte, die Antwort überraschte sie. »Du konntest es doch gar nicht wissen. Und ich bin auch nicht seine Frau.«

Es war eigenartig, so etwas zu sagen, der Gedanke allein lag außerhalb jeglicher Vorstellungskraft.

Vivienne winkte ab. »Na schön. Damals wusste ich es vielleicht noch nicht, aber ich habe es vermutet. Ich bin hier aufgewachsen, Cooper hat die Leitung übernommen, als ich siebzehn war, und lass dir eines sagen: Er hat zwar seit deiner Ankunft Abstand von dir gehalten, doch noch nie hat er eine Frau so angesehen wie dich. So intensiv, so besitzergreifend und so hungrig.« Sie erschauderte. »So als warte er nur auf den richtigen Moment, um zuzubeißen.«

Die Vorstellung von Coopers Lippen auf ihrer Haut ließ Grace unwillkürlich die Schenkel zusammenpressen, während ein Teil von ihr schrie, sie habe wohl den Verstand verloren. Sie war nicht dafür bestimmt, es mit einem Mann aufzunehmen, der so stark und fordernd im Bett sein würde. »Das ist nicht gerade hilfreich.«

»Tut mir leid.« Besorgt tätschelte Vivienne Grace' Bein. »Aber der Kerl ist so heiß, dass es einen um den Verstand bringt.«

Grace schnaubte lachend, und ihre Anspannung wich. »Du bist blöd.«

Vivienne zwinkerte. »Magst du ihn nicht?«

»Mögen ist nicht der richtige Ausdruck«, sagte Grace heiser. »Ich … er ist wirklich heiß. Sehr heiß sogar.« So heiß, dass sie für jeden anderen Mann verdorben sein würde, wenn Cooper sie erst einmal zu einem Häufchen Asche verbrannt hätte. »Aber er ist Offizier.«

»Nutzt er seine Stellung, um dich unter Druck zu setzen?« Vivienne runzelte die Stirn. »Das kann ich mir bei Coop …«

»Nein! Das würde er nie tun.« Er hatte zwar Ecken und Kanten, war rau und ein schlimmer Kerl, den sie lieber nicht als Sexualpartner in Erwägung ziehen sollte, und er war auch sicher gefährlich, aber er war auch ehrenhaft bis ins Mark.

»Wenn du willst, dass ich etwas nicht tue, brauchst du nur Nein zu sagen.«

Vivienne lehnte sich an ihre Schulter und stemmte einen Fuß an die gegenüberliegende Wand. »Na, und?«

»Ich bin eine unterwürfige Wölfin.« Offensichtlich, und nun mal nicht zu ändern. »Das war ich schon immer – und mir behagt meine Stellung in der Hierarchie.« Sie wurde gebraucht, war nicht weniger wichtig als andere Gefährten. Zum Beispiel hatten die Jungen keinerlei Angst vor ihr. In einem Notfall konnte sie sich eines greifen und mit ihm fortlaufen, und das Kind würde sich nicht wehren, sondern sich an ihr festhalten.

Im Alltag, wenn es nicht gerade um gefährliche Leidenschaften ging, halfen Grace und andere ihres Ranges den stärkeren Gefährten, die Beherrschung über ihre aggressiven Impulse zu behalten, indem sie unbewusst starke Beschützerinstinkte hervorriefen.

Von unterwürfiger Seite war das Verhalten allerdings nicht immer zufällig.

Mehr als einmal hatte Grace einen frustrierten und wütenden Gefährten gebeten, ihr bei einer Sache zu helfen, die sie gut hätte selbst erledigen können, denn sie wusste, dass ihre Wölfin seinen Wolf beruhigen würde. Das brauchte ein gesundes Rudel. Gingen die instinktiven Reaktionen der Unterwürfigen verloren – ob nun durch Unfälle oder einen Mangel an Respekt und Anerkennung – und sorgte man nicht bald für einen Ausgleich, kam es zu Gewalttätigkeiten untereinander.

»Du musst dir immer vor Augen halten, dass wir zwar die Stärke der Dominanten brauchen, um uns sicher zu fühlen, sie uns aber genauso brauchen, um ihre Menschlichkeit nicht zu verlieren.« Eine warme Hand auf ihrem Haar. »Die SnowDancer-Wölfe sind ein so mächtiges Rudel, weil wir niemanden für mehr oder weniger wert halten.«

»Aber Wölfe wie ich schließen sich nicht so starken Gefährten wie Cooper an.« Doch Begierde veränderte die Regeln grundlegend, niemand konnte dann vorhersagen, wie sein Wolf auf ihre Wölfin, wie ihre Wölfin auf seinen Wolf reagierte.

Vivienne wurde ernst. »Du fühlst dich bei ihm unwohl, nicht wahr?«

Ganz tief drinnen. »Er ist so überwältigend.« So männlich, so hart und schön. So …

»Verstehe. Cooper wird sicher nie ein einfacher Liebhaber sein.«

Grace' Mund wurde ganz trocken bei der Vorstellung, sie könnte Cooper ihren Geliebten nennen. »Nicht nur das«, flüsterte sie heiser und musste erst einen Schluck Wasser trinken, bevor sie weiterreden konnte. »Erinnerst du dich an das, was ich dir einmal erzählt habe? Was der Grund war, warum ich die Stellung angenommen habe und hierhergezogen bin? Meine Familie ist extrem überbehütend.« Wölfin und Frau hatten festgestellt, dass der extreme Schutz ihnen nicht guttat.

Grace liebte ihre Adoptiveltern und die Geschwister von ganzem Herzen und wusste, dass sie auch geliebt wurde, doch in Zeiten wie diesen vermisste sie ihren vor langer Zeit verlorenen »Papa« und auch die »Mama« so sehr, dass es schrecklich schmerzte. Ihr Vater war auch ein unterwürfiger Wolf gewesen und hatte sie von Grund auf verstanden, und ihre Mutter, eine dominante Soldatin, war lange genug die Gefährtin eines Unterwürfigen gewesen, um genau zu wissen, was ihre Tochter brauchte, um zu blühen und zu gedeihen. Beide hatten erkannt, dass Grace' Bedürfnis nach Sicherheit keine rigide Schutzmauer rechtfertigte.

»Verstehe.« Viviennes Stimme drang durch die bittersüßen Erinnerungen des glücklichen Kindes, das Grace gewesen war, bevor das Rudel damals in einem Meer von Blut ertrunken war.

»Als Offizier ist es Cooper bestimmt, zu beschützen.« Sie sah Grace an. »Er wird sich zurückziehen, wenn du es willst. Also dreht sich wohl alles um die Frage, was du willst.«

»Keinen Rückzug.« Prompt und ohne das geringste Zögern. Grace konnte den Gedanken nicht ertragen, niemals wieder Coopers warme und raue Hände zu spüren, nie mehr die Zärtlichkeit in seiner Stimme zu hören.

Vivienne lächelte schelmisch. »Dann solltest du schleunigst lernen, mit dem großen, bösen Wolf umzugehen, der dich ganz allein verspeisen will.«

Tausend Schmetterlinge flatterten in Grace' Bauch.

Er hatte sie in Angst versetzt.

Der Soldat vor Cooper wurde ganz blass unter der bronzefarbenen Haut. »Sir?«

Und nun jagte er auch allen anderen Angst ein. Cooper rieb sich das Gesicht, versuchte den grimmigen Ausdruck zu vertreiben und fuhr sich mit dem Daumen über den gezackten Rand der Narbe auf der linken Wange. »Bist du sicher, dass die jugendlichen Menschen nur aus Spaß in unser Territorium eingedrungen sind?« Ihre Grenzen waren deutlich markiert, doch Jugendliche auf der ganzen Welt besaßen die mysteriöse Fähigkeit, nur das zu sehen, was sie sehen wollten.

Daniel nickte, das sandfarbene Haar fiel ihm in die Stirn. »Ich bin selbst auf sie gestoßen und habe ihnen gesagt, das sei die letzte Verwarnung, bevor es ernst wird.« Seine Zähne blitzten. »Sie haben die Beine in die Hand genommen.«

»Sehr gut.« Cooper behagte es nicht, Jugendlichen Angst einzujagen, die mehr Hormone als Gehirnzellen hatten, aber manchmal gab es keine andere Wahl.

Ihr Ruf als gefährliches Rudel war die beste Verteidigung für die SnowDancer-Wölfe.

Sie waren nicht immer so offen aggressiv gewesen. Doch die disziplinierte Hinwendung zu den Familien hatte sie in den Augen ihrer Feinde schwach erscheinen lassen, und das folgende Blutvergießen war verheerend gewesen. Sie hatten viele Gefährten verloren – unter ihnen auch die Eltern von Grace.

Das durfte niemals wieder geschehen.

»Halte die Augen offen«, sagte Cooper zu Daniel. »Manchmal macht es Jugendlichen Spaß, einen an der Nase herumzuführen.« Jugendliche Dummheit kannte keine Grenzen – das galt für Gestaltwandler ebenso wie für Menschen.

»Ich werde auch die anderen Wachen informieren. Was sollen wir tun, wenn wir einen von ihnen aufgreifen?«

»Hindert sie am Weiterfahren und ruft mich.« In ihrem Revier unterlag die Gerichtsbarkeit den Wölfen. Früher hatte die Polizei sich öfter eingemischt, aber das war vorbei – die Welt wurde von einer Veränderung erschüttert, die das bisherige Machtgefüge ins Wanken gebracht hatte. »Ich werde sie dann persönlich rauswerfen.«

Wenn die Menschenjungen alt genug waren, solche Streiche zu spielen, dann sollten sie auch klug genug sein, keinen Gestaltwandler herauszufordern. Er würde die ungezogenen Teenager genauso behandeln wie Jugendliche unter seinem Befehl, die Dummheiten machten. »Ein drittes Mal ist noch niemand zurückgekommen.«

Daniel grinste.

Nachdem der Soldat gegangen war, fuhr sich Cooper über den Bürstenschnitt und starrte betrübt aus dem Fenster. Der Großteil der Höhle lag zwar unter der Erde, doch sein Büro war im obersten Stock, schmiegte sich in eine natürliche Einbuchtung im Fels. Die Scheibe hatte eine Antireflexbeschichtung und bot einen guten Blick auf den Hauptzufahrtsweg. Unmittelbar hinter dem dichten, sonnenbeschienenen Wald lag die Mojave-Wüste, obwohl das kaum vorstellbar war.

Cooper gefiel es, die Dinge von hier oben aus im Auge zu behalten. Allerdings machten die fehlenden Fenster unter der Erde den anderen Wölfen nichts aus – sie kehrten gerne in eine gemütliche Höhle zurück, wo ihre Jungen gut geschützt waren. Außerdem waren die Tunnel breit und je nach Tageszeit in künstliches Tages- oder Mondlicht getaucht. Luftfilter und Heizanlage ermöglichten einen reibungslosen Übergang zwischen außen und innen.

Die Wissenschaftler der Wölfe hatten die Technologie entwickelt, aber im Alltag waren gut ausgebildete Ingenieure dafür verantwortlich, dass alles reibungslos lief. Mit kleineren Störungen konnten alle umgehen, und jeder von ihnen verfügte über Spezialkenntnisse. Grace war für die Lichtsimulation zuständig, die so wichtig für das Wohlbefinden des Rudels war.

Er ballte die Faust und runzelte erneut die Stirn, als er daran dachte, wie sie bei seiner Berührung gezittert hatte. Sicher konnte er angsteinflößend sein, das war ein wichtiges Mittel zum Schutz des Rudels, aber doch nicht Grace gegenüber. Er wollte sie an sich drücken und streicheln, wollte alle Geheimnisse dieser sinnlichen Frau kennenlernen, die ihre Hightechwerkzeuge mit der Sorgfalt und der Eleganz einer Chirurgin handhabte ... sodass er sich fragte, wie sie ihn wohl anfassen würde. Denn er wollte sie verführen, ihr den Arbeitsoverall ausziehen, der ihn ganz wild machte, und sich an ihrem Duft laben, ihre Kurven mit dem Mund erkunden.

Ein Holzspan fiel zu Boden.

Seine Krallen waren ausgefahren und hatten tiefe Kerben in die Schreibtischplatte gegraben. »Na, großartig«, murrte er und zog die Krallen zurück. »Wenn du einer Frau keine Angst einjagen willst, solltest du zuerst einmal lernen, die verdammten Krallen zu beherrschen.«

Er stieß sich vom Schreibtisch ab und verließ das Büro, sprang mit großen Schritten die Treppe zur Höhle hinunter.

3

Bethany erwischte ihn an der letzten Stufe. »Ich muss mit dir über die Jugendlichen sprechen.«

»Ganz egal, was es ist«, knurrte er und eilte zum Ausgang. »Leg ihnen Handschellen an und steck sie in den Bunker. Wenn sie in ein paar Jahren endlich erwachsen sind, lass ich sie wieder raus.«

»Sehr witzig.« Die kleine Frau hatte eine wilde Lockenpracht und Lachfalten in einem Gesicht, das auf ein erfülltes Leben schließen ließ. »Ein paar von uns wissen noch, dass du einer der Schlimmsten warst. War es nicht ein rosafarbenes Band? Oder hatte das Riaz und du das purpurrote?«

Er blieb stehen. »Tante Beth, du hast ein Gedächtnis wie ein Elefant.«

»Ist ganz hilfreich, wenn ich jemanden erpressen will.« Tiefe Grübchen in den runden Wangen und ein schelmischer Blick aus dunklen Augen, die ihre Verwandtschaft verrieten. »Was ich in dem Fall aber nicht tun muss. Die Jugendlichen haben sich gut betragen.«

»Hast du ihnen etwas ins Essen getan?«

Sie tat so, als wollte sie ihn am Ohr ziehen, hätte es vielleicht sogar getan, wenn er sie nicht um mehr als dreißig Zentimeter überragt hätte. »Fünfzehn haben sich freiwillig gemeldet, um einen der Flüsse von wucherndem Unkraut zu befreien. Haben das ganze Wochenende geschuftet, und nun ist das Unkraut Geschichte. Wäre schön, wenn du vorbeischauen könntest.«

»Ich gehe gleich hin.« Cooper sah auf der Kommunikationskonsole an der Wand, dass es fast Mittag war. »Haben sie schon gegessen?«

»Ich habe ihnen ein paar Sachen gebracht.« Bethany tätschelte seine Brust. »Reicht auch noch für einen großen, starken Offizier.«

»Du hältst es wohl für selbstverständlich, dass ich dir stets zu Diensten stehe.« Er beugte sich vor zu ihr und gab ihr einen Kuss auf die Wange, ihr Duft weckte seinen Beschützerinstinkt.

Bethany hatte den seelisch erschütterten und trauernden Sechzehnjährigen bei sich aufgenommen und mit Liebe überschüttet. Doch sie hatte nicht versucht, den plötzlichen Eintritt in die Erwachsenenwelt wieder rückgängig zu machen, denn was in dieser kalten, regnerischen Nacht geschehen war, ließ sich nun einmal nicht mehr ändern. Kindheit und Jugend waren für Cooper ein für alle Mal vorbei gewesen.

»Doch gegen deine Schliche habe ich keine Chance«, sagte er, als sie sich auf die Zehenspitzen stellte, um sein T-Shirt zurechtzuzupfen.

»Du warst immer ein guter Junge, selbst in deiner schlimmen Jugend.« Sie lächelte wie seine Mutter, und er fühlte den bekannten Schmerz in der Brust. »Jetzt geh, bevor sie alles aufgefuttert haben. Wenn du Glück hast, findest du noch ein paar Knochen, an denen du nagen kannst.«

Doch die Jugendlichen hatten allen Versuchungen, die Sandwichs, Früchte und Kuchen boten, widerstanden und durchsuchten gerade mit Argusaugen zum letzten Mal den Fluss. Man konnte sehen, wie sich bei seinem Anblick ihre Schultern strafften, um stolz zu präsentieren, was sie getan hatten.

»Ich bin stolz auf euch«, sagte er, als sie ihm alles erklärt hatten. Der Wolf in ihm war ebenfalls sehr zufrieden.

Die Jugendlichen strahlten und zogen ihn zu einer anderen Stelle.

Zwei jüngere Kinder tauchten als Welpen auf, und Cooper schnappte sie sich, bevor sie die neugierigen Schnauzen in die Picknickkörbe stecken konnten. »Benehmt euch, oder es geht zurück in den Kindergarten.«

Die kleinen Möchtegerndiebe schlugen zum Schein mit den Krallen nach ihm, sie knurrten und fauchten. Lachend stupste er sie auf die Schnauzen und setzte sie ab. Sie schmiegten sich an seine Beine, während er noch mit den Jugendlichen sprach. Als sich alle schließlich zum Mittagessen niederließen und die beiden Kleinen sich in menschlicher Gestalt an ihn kuschelten und mehr Kuchen aßen, als eigentlich gut für sie war, hatte sich Coopers Anspannung wieder etwas gelockert.

Es ließ sich nicht ändern, dass er ein dominanter Wolf war, doch im Umgang mit Kindern und Jugendlichen zeigte sich, dass er selbst das Vertrauen der Schwächsten erlangen konnte. Mit Grace würde es länger dauern, denn er wollte, dass sie ihm ganz und gar vertraute, aber man nannte ihn nicht umsonst stur. Die Bezeichnung war mehr als zutreffend.

Er war entschlossen, Grace nach allen Regeln der Kunst zu verführen. Sie würde in seinen Armen liegen.

Und er würde sie lieben.

Jede Nacht.

Jeden Tag.

Immer.

Halb erleichtert und halb enttäuscht, dass sie Cooper seit seiner Absichtserklärung nicht mehr gesehen hatte, brachte Grace ihr Werkzeug ins Büro und zog den schwarzen Overall aus. Jeans und ein schwarzes Tanktop kamen zum Vorschein. Grace war hungrig und hätte nach dem langen Tag nach Hause gehen sollen, doch sie zog ihren blauen Lieblingspullover an, warf noch einmal einen prüfenden Blick in den Spiegel und begab sich zur Trainingshalle, denn sie hatte gehört, dass Cooper dort mit dem Training von Rekruten beschäftigt war.

Die Tür zum Versorgungstunnel stand offen. Sie legte die Hand auf das Zugangspaneel und schloss die Tür hinter sich. Im System der Höhle zu arbeiten war von Vorteil, sie kannte sämtliche Ecken und Nischen der Höhle. Der Tunnel führte zu einer weiteren Tür der Trainingshalle, die ein Fenster hatte, damit die Serviceleute nicht unabsichtlich in eine gefährliche Situation gerieten.

Grace beeilte sich. Das Fenster war sauber, genau wie es den Vorschriften entsprach. Die Rekruten hatten sich in zwei Gruppen aufgeteilt und befanden sich »im Krieg«. Dennoch nahm Grace wahr, dass manche Tritte nicht voll ausgeteilt wurden und manche Schläge eher ein Tätscheln waren. Einige gingen auch zu Boden – außer Gefecht gesetzt oder tot, weil jemand Punkte zählte, wie Grace erst jetzt auffiel.

Sie sah, dass ein Rekrut in die Knie ging und ihn dann der Mann, der zu ihm kam, wieder auf die Beine stellte und ihm erklärte, was er falsch gemacht hatte. Es war Cooper, und seine Bewegungen verrieten Stärke. Er war hochkonzentriert. Der junge Mann nickte und wiederholte die Bewegungen, die Cooper ihm gezeigt hatte, allerdings abgestimmt auf seinen schlankeren und leichteren Körper. Er grinste, als Cooper ihm anerkennend auf die Schulter klopfte.

Grace konnte die Augen nicht von Cooper abwenden – seit ihrer Ankunft in der Höhle wurde ihr Blick magisch von ihm angezogen. Es war schon erstaunlich, wie oft sie etwas gefunden hatte, was überprüft oder repariert werden musste, wenn es wahrscheinlich war, dass Cooper in der Nähe mit seinen Leuten trainierte. Jetzt beendete er den Kampf und bestimmte die Sieger, was sie den Jubelrufen der einen Gruppe entnahm. Dann setzten sich die Rekruten an den Hallenwänden auf den Boden.

In die Mitte trat ein älterer Soldat, der das Training ebenfalls beobachtet hatte. Shamus zog sein Hemd aus. Grace wandte den Kopf, um zu sehen, ob Cooper das Gleiche tat. Allerdings. Muskeln spielten unter glatter dunkler Haut, auf der Brust sprossen feine schwarze Haare, und auf den Wangen bildeten sich Grübchen, als er über etwas lachte, was Shamus gesagt hatte. Einen schöneren Mann als Cooper hatte Grace noch nie gesehen.

Mit bloßen Füßen und Oberkörper standen sich die beiden dominanten Männer gegenüber und kämpften nach einem festgelegten Muster, damit die Rekruten von ihnen lernen konnten. Shamus war auch gut gebaut – wahrscheinlich ziemlich sexy für andere Wölfinnen –, doch Grace hatte nur Augen für Cooper, dessen fließende Bewegungen ihr wie harte Rhythmen vorkamen. Wie würde sich der kräftige Körper wohl in einer intimeren Situation bewegen?

Sie spürte Zähne in der Unterlippe; die Wölfin strich unruhig und verwirrt in ihr herum. Cooper würde fordernd sein, voller heftiger Begierde. Vielleicht konnte sie ihn gar nicht zufriedenstellen, dachte Grace betrübt und wandte sich wieder der Halle zu. Drei weitere Soldaten hatten sich zu der Gruppe gesellt. Es waren Frauen, von denen zwei offensichtlich ein Auge auf Cooper geworfen hatten.

Grace merkte sich, wer sie waren. Sie konnte die Luft in ihren Zimmern auf den Gefrierpunkt absenken, könnte dafür sorgen, dass sie kein heißes Wasser zum Duschen hatten. Die bösen Gedanken taten ihr gut, aber noch besser war der Anblick von Cooper, als er und Shamus das Tempo steigerten. Der raue Tanz nahm ihr schier den Atem.

Das Herz schlug ihr bis zum Hals, als die beiden unerwartet abbrachen … und Cooper herumwirbelte, sein Blick Grace' Augen traf.

Nach der kurzen Ablenkung wandte Cooper seine Aufmerksamkeit wieder Shamus zu. Todsicher hatte er Grace gewittert – einen Hauch von reifen Pfirsichen, eine sinnliche Frau.

Seine Frau.

Er hob die Hand, um einen Tritt an den Kopf abzuwehren, drehte sich und trat selbst zu. »Schneller«, rief er, und sie kamen zum letzten Punkt der Vorführung, zeigten den Rekruten, wie man einfache Bewegungen mit tödlichen Folgen verbinden kann.

Danach hörte Cooper zu, wie Shamus den jungen Leuten Fragen stellte. Sie hielten sich nicht schlecht. Cooper teilte sie für den nächsten Tag paarweise ein, damit sie weiterüben konnten, und entließ sie. Shamus gesellte sich zu seiner Gefährtin, der Mathematiklehrerin. Die schwarzhaarige »Miss Lopez«, wie die Jungen sie nannten, hatte dunkle Augen und war gegen Ende der Vorführung hereingekommen. Sie umarmte ihren Gefährten und drückte den Kopf in Wolfsmanier an ihn.

»Habt ihr kein eigenes Zimmer?«, rief Cooper ihnen zu.

Die beiden waren noch nicht lange zusammen. Nun lächelten sie, und Shamus legte den Arm um Emma. »Grün steht dir nicht, Coop. Und wir sind auf dem Weg in unser Zimmer, wo ich Sachen mit der Lehrerin machen werde, von denen du in deinem kalten, einsamen Bett nur träumen kannst.«

Emma trommelte Shamus auf die Brust, weil er so schamlos angab, dann gingen die beiden hinaus.

Cooper grinste und sah in die lachenden Gesichter von zwei Frauen, die mit Emma zusammen gekommen waren. »Was haltet ihr davon?«

Margots blaue Augen funkelten, als sie antwortete. »Von Shamus oder von den Rekruten?«

Vitoria blies sich eine wilde Locke aus der Stirn, ihr Haar war ein Durcheinander von schwarzen und bronzefarbenen

Strähnen und ungewöhnlichen rotblonden Reflexen. »Gerüchteweise hat Emma heute das Mittagessen ausfallen lassen und Shamus ebenso.«

»Ich weiß noch was Interessanteres.« Margot machte eine dramatische Pause, das sonnengebräunte Gesicht zierte ein zart grünlicher Fleck, wo ein Baseball sie erwischt hatte. »Als sich Shamus vor ein paar Stunden ausgezogen hat, um sich zu verwandeln, prangten rote Abdrücke von einem Teppichmuster auf seinem Hintern.«

Coopers Wolf brach in wildes Gelächter aus, und die beiden Frauen schüttelten sich vor Lachen. Aber er war verdammt eifersüchtig. Er hätte sich gerne eine Ingenieurin als Mittagsimbiss geschnappt, inklusive rotem Hintern. »Mal abgesehen von Shamus' Sexualpraktiken, was meint ihr zu den Rekruten?«, fragte er, als sie sich wieder beruhigt hatten.

»Mir gefällt, dass sie genau zuhören und immer noch Fragen stellen«, sagte Margot. »Sie denken eigenständig, werden aber nicht übermütig.«

Vitoria nickte. »Wir könnten die nächste Einheit übernehmen – das haben wir schon einmal getan.«

»Großartig.« Dann hatte er mehr Zeit für sein Werben. »Ich sage Shamus Bescheid.«

Als die Frauen ihn auffordernd anschauten, stellte er die leere Wasserflasche ab und hob eine Augenbraue.

Margots Lächeln lud zum Spiel ein. »Komm schon, Coop. Du weißt, worum es geht.«

»Ich weiß, dass ihr gute Freundinnen seid«, murmelte er. »Aber dass ihr euch so nahe steht, wie es für das Angebot nötig wäre, von dem ich vermute, dass ihr es mir machen wollt, wusste ich nicht.«

Vitoria schnaubte. »Stimmt ja auch nicht. Wir wollten nur fair sein und einander die gleiche Chance einräumen. Also, was ist?« Ein einladender Blick aus leuchtend jadegrünen Augen in einem kaffeebraunen Gesicht. »Uns ist aufgefallen, dass du abstinent lebst.«

Verdammte Wölfe. Höllisch neugierig. »Freiwillig«, sagte er ganz klar, denn die Frauen würden das nicht als Beleidigung auffassen, so, wie er ihr Angebot, seinen immer stärkeren Hunger nach Berührung zu stillen, auch nicht als Affront auffasste. Doch er hungerte nur nach einer Frau, wollte nur Grace' Hände spüren, keine anderen. »Ich bin vergeben.«

Zwei Augenpaare leuchteten begeistert auf.

»Erzähl.« Margot kam näher. »Wir können ein Geheimnis bewahren.«

Diesmal schnaubte er. »Wölfe klatschen wie alte Weiber.« Das war die Schattenseite der unglaublichen Loyalität – jeder von ihnen wollte die Nase in die Angelegenheiten aller anderen stecken. »Ich werde es sagen, wenn ich bereit dazu bin.« Es würde ja bald nur zu offensichtlich sein. Er würde nicht im Geheimen um Grace werben, Versteckspielen lag ihm nicht. Doch da er sich gut benehmen wollte, würde er ihr ein wenig mehr Luft zum Atmen geben, damit sie sich langsam an ihn gewöhnen konnte.

»Wird bestimmt lustig.« Vitoria rieb sich die Hände. »Wer würde es schon wagen, Coop an der Nase herumzuführen?«

»Geht dich nichts an.« Er knurrte.

Vitoria stellte sich auf die Zehenspitzen, legte ihm die Hand auf die Schulter und küsste ihn. »Du weißt doch, dass wir uns nur aus Liebe um dich sorgen.«

Margot küsste ihn auf die andere Wange, sie musste sich nicht strecken wie Vitoria. »Also … der Name beginnt mit …?«

Der Spott brachte ihn zum Lachen, und er schnappte nach ihnen. »Raus. Ich habe zu tun.« *Muss eine Wölfin fangen.*

Vitoria und Margot verzogen das Gesicht, gehorchten aber.

Cooper blieb allein in der Halle zurück. Als Erstes ging er zur Servicetür und riss sie auf. Der Duft reifer Pfirsiche auf warmer Haut drang in seine Lungen. Grace musste erst vor Kurzem hier gewesen sein.

Seine Mundwinkel hoben sich.

In weit besserer Laune als in den vergangenen sechs Monaten schloss er die Tür wieder und ging in sein Zimmer zum Duschen. Dann zog er eine schwarze Hose und ein olivgrünes T-Shirt über, fuhr sich mit der Hand über die Bartstoppeln und entschloss sich zu einer Rasur. Besser würde er nie aussehen. Er war einfach nicht hübsch.

Und wenn Grace nun auf hübsch stand?

Er unterdrückte ein Knurren und griff nach dem Kästchen, das er vor über sieben Wochen gekauft hatte. Als er aus dem Raum gehen wollte, fiel ihm ein, dass seine Gefährten beim Anblick von glänzend blauem Geschenkpapier und einer silbernen Schleife sicher begeistert die Verfolgung aufnehmen würden. Er stopfte das Kästchen in den kleinen Rucksack, in dem er seine Verpflegung unterbrachte, wenn er in den Wald ging.

Mehrere Leute grüßten ihn im Vorbeigehen, er grüßte zurück, blieb aber nicht stehen. Niemand achtete besonders auf ihn, als er an Grace' Tür klopfte – sie waren daran gewöhnt, dass er mit allen möglichen Leuten in der Höhle sprach, und Grace hatte die Leitung der Serviceabteilung, da beide Vorgesetzten unterwegs waren.

»Komme gleich.« Doch es dauerte noch mehr als zwei Minuten, bis Grace die Tür öffnete. Den nassen Haaren nach zu urteilen hatte sie unter der Dusche gestanden.

Der Anblick von weißer, feuchter Haut brachte Coopers Beherrschung ins Wanken. *Nur Geduld*, knurrte er innerlich und hielt sich mit aller Macht zurück. Sein Wolf winselte, und Coopers Stimme war fast ein Knurren. »Kann ich reinkommen?«

4

Sofort war ihm klar, dass er es vielleicht schon vermasselt hatte mit seinem sanften Werben. »Wir können auch nach draußen gehen.« Da konnte er sie dann zu sündigen Körperprivilegien überreden.

Mit ihren rosigen Wangen sah sie zum Anbeißen aus. »Ist schon in Ordnung. Komm rein.«

Er ließ ihr keine Zeit, doch noch die Meinung zu ändern, schlüpfte durch die Tür und zog sie bis auf einen Spalt hinter sich zu. Endlich waren sie allein. »Hallo.« Ihr zarter Duft umgab ihn, und er hatte sich dadurch etwas mehr unter Kontrolle.

Grace schob sich das feuchte Haar hinters Ohr und lächelte schüchtern. »Hallo.«

Cooper nahm den Rucksack ab und holte das Kästchen hervor. »Das ist für dich.« Er hatte noch nie eine Frau umworben und wusste nicht, ob ein Geschenk zu diesem Zeitpunkt das Richtige war, doch er wollte ihr unbedingt etwas schenken und sah nicht ein, warum er sich zurückhalten sollte.

Grace' schokoladenbraune Augen blickten überrascht, dann schlug sie sie nieder. Er konnte es kaum erwarten, dass sie ihm in die Augen sehen konnte, wann immer sie wollte, doch das würde viel Vertrauen von ihrer Seite erfordern – sie musste akzeptieren, dass er ihren Blick nie als Herausforderung sehen würde, selbst wenn sie sich stritten. Das war sehr wichtig, und sein Wolf war nur zu bereit, ihr das zuzugestehen. Weder der Mann noch der Wolf wollte, dass Grace sich in ihrer Beziehung unterlegen fühlte.

Sie dankte ihm mit belegter Stimme. Bei einer mehr privaten Herausforderung würde er den Fehdehandschuh allerdings sofort aufnehmen. Der Gedanke, sie könnte ihm genug vertrauen, um mit ihm zu spielen, weckte tiefe Begierde in ihm.

»Bitte.« Er hielt die Hand auf, um ihr das Geschenkband abzunehmen.

Als ihr Lächeln tiefer wurde, wagte er, einen Schritt näher zu treten. Der Wolf regte sich dicht unter der Haut. Sie war genauso ungeduldig mit Geschenken wie er selbst – riss das Papier auf und hielt nun das Kästchen in den Händen.

Er nahm ihr auch das Papier ab. Sie hob den Deckel der Schachtel. Auf dem weißen Seidenpolster glühte das blaue Glas eines Armbands geradezu, die kleinen Gänseblümchen in den Quadraten sahen aus, als seien sie gerade gepflückt worden.

»Oh!« Ein halb ersticktes Schnappen nach Luft. »Woher wusstest du das?«

Er grinste, stopfte Geschenkpapier und Band in den Rucksack, den er auf den Boden fallen ließ. »Ich kenne da Mittel und Wege.« Gänseblümchen standen in der Vase auf ihrem Schreibtisch im Büro, und manchmal trug sie ein Kleid mit diesem Muster – ein leichtes Sommerkleid, in dem er sie sofort auf den Schoß hätte ziehen und mit tausend Küssen bedecken wollen. »Soll ich dir beim Anlegen helfen?«

»Danke, Cooper.«

Er konnte nicht genug davon bekommen, seinen Namen aus ihrem Mund zu hören. Am liebsten hätte er sie sofort in die Arme geschlossen, den warmen Körper an sich gedrückt. Stattdessen fummelte er am Verschluss des Armbands herum mit Fingern, die zu ungelenk dafür schienen, ihm zu rau für eine Berührung vorkamen. Doch er wusste, dass er ihr nie wehtun würde. »Bitte.« Er hielt ihre Hand fest, strich mit dem Daumen über die weiche Haut.

Sie erschauderte, entzog sich ihm aber nicht. »Das kann ich nicht annehmen, es ist viel zu viel.«

Es war so angenehm, ihre Haut zu berühren, dass er noch einmal darüberstrich. »Ist doch ganz normal, Blumen zu verschenken, wenn man jemandem den Hof macht.«

»Ich bin jetzt schon ganz verliebt in das Armband«, gab sie lächelnd zu, und er spürte einen Stich im Herzen. »Ich werde es nie mehr ablegen.«

Gut so, doch er wollte die vollen Lippen küssen, ganz genüsslich. Nur die Ruhe, verdammt noch mal. »Wollen wir spazieren gehen?«, fragte er und vermied den Blick auf das Bett, das hinter einem Wandschirm mit Fotos von grünem Bambus stand. »Wir könnten uns durch den Tunnel zum Hintereingang hinausschleichen.« Zwar hätte er am liebsten jeden anderen, und vor allem die ungebundenen Männer, wissen lassen, dass Grace tabu für sie sei, doch sie war nicht so abgebrüht wie er und würde es vielleicht schwierig finden, mit so viel Aufmerksamkeit umzugehen.

Ihr Lächeln wurde wieder etwas zaghafter. »Ich zieh mich kurz um und binde die Haare zusammen.«

Die Vorstellung von nackter Haut hinter nur einer einzigen Tür machte alles Bemühen um gutes Benehmen zunichte. »Du siehst zum Anbeißen aus.« Da er es nun schon vermasselt hatte, sog er ihren Duft tief ein und konnte sich gerade noch davon abhalten, die Nase an ihrer Kehle zu reiben. »Pfirsichduft, du riechst nach reifen Pfirsichen. Darf ich reinbeißen?«

Grace' Haut rötete sich, doch sie zog sich nicht scheu oder gar ängstlich zurück, sondern wies mit dem Finger zur Tür. Mit einem zufriedenen Grinsen, weil die unterwürfige Wölfin gerade gezeigt hatte, dass sie gut mit ihm fertigwurde, folgte er ihr. »Ich warte vor der Tür.«

Nachdem Cooper den Raum verlassen hatte, lehnte sich Grace schwer atmend an die Wand. Mein Gott, er war ja so gefährlich – erst recht, wenn er auf seine raue Art charmant wurde.

»Darf ich reinbeißen?«

Sie schluckte ein Stöhnen hinunter und riss sich von ihren Gedanken los. Sie tauschte die Trainingssachen gegen eine Jeans und einen Cashmere-Pullover in kräftigem Himbeerrot, der sich köstlich weich auf der Haut anfühlte. Wenn sie sich tatsächlich entschloss, das Spiel mit einem solch starken Wolf wie Cooper zu wagen, musste sie lernen, damit umzugehen, dass er sie bedrängte. Heftig bedrängte. So war er nun einmal.

»Ich habe es geschafft«, sagte sie leise und versuchte, sich mit zitternden Fingern die Schuhe zuzubinden. »Ich habe nicht gekniffen und bin nicht fortgelaufen.« Nein, sie hatte ihm deutlich gezeigt, was sie wollte … und er hatte sich gefügt. Der große Wolf, der über allen anderen in der Höhle stand, war ohne Widerrede ihrem stillen Befehl gefolgt.

Dieses Geschenk war ebenso wunderbar wie das Armband an ihrem Handgelenk.

Hoffnung keimte in ihr auf. Sie trat auf den Flur, wo er gerade mit Shamus sprach, der sich offenbar ein Stück Zitronenkuchen aus der Küche geholt hatte. Grace kannte den Soldaten nicht näher, war aber sehr mit seiner Gefährtin Emma befreundet, seit sie die kleine, mütterliche Wölfin im Buchclub getroffen hatte, den Vivienne einmal im Monat ausrichtete. Daher wusste sie auch, dass Zitronenkuchen Emmas Lieblingsspeise war und ihr Lieblingslippenstift die leuchtend rote Farbe hatte, die jetzt auf Shamus' Wange prangte. Grace lächelte, die beiden waren dermaßen verrückt nacheinander.

»Wollt ihr raus?«, fragte Shamus neugierig, als sie neben Cooper stehen blieb.

Cooper antwortete, bevor sie sich unbehaglich fühlen konnte. »Ich wollte Grace zeigen, auf welchem Weg wir die Höhle im Notfall evakuieren.«

Shamus lachte herzlich und warf den Kopf zurück, die braunen Haare glitzerten im Licht. »Und da hätte ich doch fast die romantische Aussicht gepriesen. Viel Spaß dann noch.«

Sie verabschiedeten sich und warteten, bis Shamus außer Sicht war, ehe sie durch einen engen Flur zu einem selten benutzten Ausgang gingen. Obwohl ein kühler Wind Regen ankündigte, war der Abend so schön, wie Shamus gesagt hatte. Am samtschwarzen Himmel standen Millionen Sterne.

Cooper ergriff ihre Hand. »Eins möchte ich erst einmal klarstellen: Ich bin kein Lügner. Dort ist der Pfad für die Evakuierung.« Er zeigte nach Nordosten. »Alles klar?«

»Ich kenne die Strecken schon«, sagte sie. Ihr Herz klopfte schnell, weil sie seine Finger spürte. »Das gehört zum Begrüßungsritual für unterwürfige Wölfinnen.« Denn diese würden die Jungen aus der Höhle führen, falls es je nötig wäre, die Höhle aufgrund feindlicher Angriffe zu verlassen, während die Soldaten sie verteidigten.

»Nur gut, dass Shamus das nicht weiß«, sagte Cooper und zog sie zum Wald, strich sanft und beunruhigend erregend mit dem Daumen über ihre Haut. »Ich glaube, das wird dir gefallen.«

Aufmerksam und mit großen Augen schritt ihre Wölfin still über den natürlichen Weg, der rechts und links von beinahe perfekten Baumreihen gesäumt war, deren Zweige ein lockeres Dach über ihr bildeten. Durch die Blätter sah sie Sterne glitzern. Doch Grace' Aufmerksamkeit galt nicht der samtschwarzen Nacht, sondern dem Raubtier an ihrer Seite, das immer noch ihre Hand hielt, von ihr besitzergreifend Körperprivilegien forderte.

Die Vorstellung, ganz Cooper zu gehören, versetzte ihre

Wölfin gleichzeitig in Panik und in Erregung. Doch weder Frau noch Wölfin hätten in diesem Moment an einem anderen Ort sein wollen. Vielleicht war die Liebeswerbung an sich lächerlich und zum Scheitern verurteilt, doch sie würde nicht aufgeben, konnte Cooper nicht aufgeben, ohne nicht alles versucht zu haben.

»Hier ist es.« Er streifte ihren Oberkörper, als er auf einer kleinen Lichtung stehen blieb. »Riechst du es?«

»Ja.« Reife Brombeeren.

Er pflückte eine und hielt sie ihr an die Lippen. »Mach den Mund auf, süße Grace.«

Es kribbelte bis in die Zehen bei der leisen Bitte, und in ihrem Bauch breitete sich Hitze aus. Sie öffnete den Mund und ließ sich von ihm füttern, schmeckte den köstlichen Saft der Frucht und protestierte auch nicht, als er Beere um Beere pflückte und ihr in den Mund tat. Dann stellte er sich breitbeinig hin und zog sie an sich, die Wölfin zitterte, ließ es aber zu.

Wieder streifte eine Beere ihre Unterlippe, lief ihr der Saft in den Mund. Jede ihrer Körperzellen spürte die Hitze in ihm, doch sein Gesicht verschwamm im Dunkel der Nacht. »Ich werde dich jetzt küssen.« An den Brüsten spürte sie die Vibrationen der tiefen Stimme. »Sag nicht Nein.«

Er ließ ihre Hand los, als sie schwieg, hob ihr Kinn mit einem Finger an und leckte den Saft von ihrer Unterlippe. Bevor ihr noch bewusst wurde, was geschehen war, war es auch schon vorbei. Sie öffnete die Augen, und er leckte noch einmal, zog sie noch näher an sich. »Mmmm.« Tiefe Befriedigung, seine Hand glitt an ihren Hals. »Du schmeckst gut.« Dann schloss er die Lippen über ihrem Mund, küsste sie innig.

Sie presste die Hände auf seine Brust, streckte sich den sündigen Lippen entgegen, fühlte warme Muskeln unter dem Baumwollhemd. Aufstöhnend fuhr er mit der Zunge über ihre

Lippen, legte ihr die Hand auf den unteren Rücken und drückte den Unterleib gegen ihren Bauch.

Sie spürte die Krallen der Wölfin, die die Führung in ihr übernehmen wollte.

Jäh fuhr sie zurück und schnappte nach Luft. Die Brüste schmerzten, zwischen ihren Beinen war es feucht, und zweifellos hatte Cooper ihre Erregung längst gewittert. Aber es waren noch andere Gefühle im Spiel, denn wie ein Schlag in den Magen hatte sie die Erkenntnis getroffen, welche gewaltige Kraft in dem Raubtier steckte, das sie im Arm hielt.

Die Wölfin wollte nicht fortlaufen, denn das würde nicht funktionieren, würde das Raubtier nur reizen. Die Wölfin wollte sich auf den Boden legen und Cooper tun lassen, was immer er wollte. Überlebensinstinkte kämpften gegen den Willen der Frau, eine bewusste Entscheidung zu treffen. So konnte sie nur den Impuls unterdrücken, die bloße Kehle dem Mann darzubieten, den sie noch auf den Lippen schmeckte, und sich ihm unterwürfig wimmernd hinzugeben – denn dann würde ihre Beziehung zu Ende sein, noch bevor sie richtig begonnen hatte. Eine solche Unterwerfung würde Cooper nur abschrecken und demütigen.

»Das funktioniert niemals.« Rau stieß sie die Worte hervor, ihr tiefes Bedauern bereitete ihr fast körperlichen Schmerz. »Ich bin zu unterwürfig.«

Cooper hatte sich nicht gerührt, nun pflückte er eine Beere und warf sie sich in den Mund. Sie wäre den Schluckbewegungen gerne mit den Lippen am Hals gefolgt, wollte den erdigen Duft aufsaugen. Als sie ihm schließlich ins Gesicht sah, lächelte er zu ihrem Erstaunen. »Wird schon klappen«, murmelte er und aß noch eine Frucht. »Kann sein, dass es jede Menge Vorspiel braucht, aber klappen wird es.«

»Cooper.« Sie wandte sich von der Sinnlichkeit ab, die er

ausstrahlte, und aß selbst noch eine Beere, um nachzudenken. »Wenn …«

»Weder wenn noch aber«, murmelte er, doch die Dominanz war spürbar. »Nicht jetzt. Selbst wenn du mir in keiner anderen Sache vertraust, vertrau mir hierbei: Sobald deine Wölfin etwas gegen deinen Willen tut, werde ich aufhören.«

Er kam näher, legte den Kopf aber nicht an ihren Hals, wie sie es sich gewünscht hätte, obwohl sie wusste, dass ihre Wölfin eine solche Nähe noch nicht ertragen konnte. Selbst jetzt hatte sie traurig die Pfoten auf den Kopf gelegt, wollte den Wolf und hatte gleichzeitig Angst vor ihm. »Woher willst du denn wissen, wenn es so weit ist?«, fragte sie, ihre Stimme zitterte.

»Wahrscheinlich befähigt mich dieses Wissen zum Offizier – ich merke es, wenn der Wolf nahe unter der Haut sitzt.«

Sie seufzte erleichtert. »Immer?«

»Immer.« Eine flüchtige Berührung an der Hüfte. »Hast du schon gegessen?«

»Nein.« Die Schmetterlinge im Bauch hatten nach dem Blick in der Trainingshalle zu stark geflattert. »Ich bin aber hungrig.« Eine vorsichtige Einladung. Ob er sie wohl annahm?

Er strich ihr über die Wange. »Kann's gar nicht erwarten, dich zu füttern.« Ein leises Schnurren, und sie hielt den Atem an, ihr Herz schlug schneller.

»Deinen Ruf hast du nicht umsonst, nicht wahr?« Heiser.

Er tippte an ihre Unterlippe. »Spiel mit mir, dann bringe ich dir viele böse Dinge bei … aber du darfst sie nur mit mir tun.«

Nun war sie ernsthaft in Schwierigkeiten. In gefährlich erotischen Schwierigkeiten.

5

Cooper hatte Grace in strömendem Regen nach Hause gefahren, unerwartet zog eine Sturmfront über die Berge. Er hatte damit gerechnet, sich die ganze Nacht im Bett herumwälzen zu müssen, weil die unbefriedigte Begierde noch stärker geworden war, und hätte nichts gegen heiße Träume gehabt, in denen seine Lieblingsingenieurin die Hauptrolle spielte. Doch war es nicht Lust, die ihn im Schlaf überfiel.

Zuerst hörte er nur den Regen.

Er saß unter einem Felsvorsprung außerhalb der Höhle, abgeschirmt von den kalten Tropfen lauschte er dem Konzert. Er hatte Regen immer gemocht, bis zu jener Nacht. Ab und zu scheuchte er eine selbstmörderische Krähe auf, nach der er nicht schnappen wollte.

Dann stand er in menschlicher Gestalt auf einer rutschigen Straße und sah zwei große Lichter auf sich zukommen. Er hatte keine Angst, denn er wusste, wer es war, und dass der Wagen anhalten würde.

Sie hielten.

Er öffnete die Tür und stieg auf den Rücksitz, als wäre es etwas ganz Normales, mitten auf der Straße aufgelesen zu werden. Seine Mutter wandte sich um und lachte über etwas, was der Vater gesagt hatte. Als sie die Hand nach Cooper ausstreckte, blitzten die Ohrringe, die sie so liebte, im Feuerschein auf.

Doch da hätte eigentlich gar kein Feuer sein dürfen. Sie waren doch ganz allein auf einer dunklen, sich dahinschlängelnden Straße.

Nun stand er neben dem Wagen und schrie, sie sollten anhalten, doch sie lachten weiter in den schönen Kleidern, in denen sie zu einer Hochzeit wollten. Sie hörten ihn nicht und sahen ihn auch nicht.

Feuer. Er war im Wagen gefangen, die Flammen fraßen an seiner Haut. Er schrie, streckte die Hände nach seinen Eltern aus … doch sie waren nur noch schwarze, verbrannte Knochen. »Nein! Nein!«, schrie er, als auch seine Haut verbrannte.

Cooper wachte von dem Schrei auf, das Echo hing noch in der Luft. Schaudernd fuhr er sich mit den Händen durch die schweißnassen Haare und überprüfte den Audioschild des Zimmers. Gott sei Dank zeigte der Hebel in die richtige Richtung. Niemand in der Höhle sollte hören, dass er, ihr Offizier, wie ein kleines Kind schrie.

Er schob die Decke fort, die sich um seine Beine gewickelt hatte, und ging duschen. Brühheißes Wasser brauchte er jetzt, um den Eisklumpen zu schmelzen, zu dem sein Herz gefroren war. Immer war ihm eiskalt bis auf die Knochen, wenn er aus diesem Albtraum erwachte. Er hatte nie verstanden, warum das so war, denn Feuer war doch so heiß.

Er blieb unter der Dusche, bis der Raum so mit Dampf gefüllt war, dass er die Hände nicht mehr sehen konnte, mit denen er sich an der Wand abstützte. Dann stellte er das Wasser ab, rieb sich trocken und starrte in den Spiegel, das Handtuch um die Hüften geschlungen. Dunkle Bartschatten am Kinn, darauf konzentrierte er sich, nahm den Rasierapparat. Es dauerte aber nur ein paar Minuten, dann hielt nichts mehr die Erinnerungen an den Albtraum zurück. Diesmal war es noch schlimmer gewesen, weil er überhaupt nicht damit gerechnet hatte und so unvorbereitet auf den Schrecken getroffen war. Es war so lange her, seit er in dem Phantomwagen gesessen und gebrannt hatte. Gebrannt und gebrannt und gebrannt.

»Genug.« Ein leiser Befehl.

Er verließ das Bad, zog Unterwäsche, Jeans und ein schwarzes T-Shirt an, dazu Socken und Stiefel.

In der Höhle war es still, nichts Ungewöhnliches für fünf Uhr morgens. Fast wäre er zu Grace gegangen, wünschte sich verzweifelt, von ihr im Arm gehalten zu werden – nur das, nichts weiter. Doch noch hatte er nicht das Recht, solche Privilegien von ihr zu fordern, deshalb ging er in sein Büro und sah die Bilanzen durch, die Jem geschickt hatte.

Die Offizierin behielt Los Angeles und die umliegenden Gebiete im Auge, sie war die Erste, die Sebastian aus San Diego kontaktierte, wenn er ein Problem hatte. Cooper hingegen beobachtete die Grenze zu Arizona, den Joshua-Tree-Nationalpark und die Mojave-Wüste. Sie gehörten zu seinem Mandat.

Da Jem und er relativ nahe beieinander lebten, hätten sie sich auch persönlich treffen können, doch das meiste erledigten sie per Telekommunikation. Da sie beide sowohl eine Ausbildung in als auch Affinität zu Ökonomie hatten, kümmerten sie sich um die Investitionen des Rudels und sorgten mit einem kleinen engagierten Team dafür, dass die Wölfe finanziell gesund dastanden. Normalerweise fand Cooper die Beschäftigung mit Bilanzen so spannend wie die Erforschung eines Dschungels, doch heute fühlte er sich wie auf Treibsand. Er kam aber durch und wandte sich dann dem anderen Papierkram auf seinem Schreibtisch zu.

Der Regen strömte unaufhörlich, und womit sich Cooper auch beschäftigte, er konnte die verbrannten Leichen seiner Eltern nicht vergessen.

Am nächsten Morgen kehrte Grace zu ihrer Arbeit in Sektor 4B zurück. In der Morgenbesprechung der Techniker hatte sich herausgestellt, dass der Sturm großen Schaden an den So-

larpaneelen angerichtet hatte. Die Paneele waren die Haupt-
energiequelle der Höhle und so gestaltet, dass sie sich perfekt
der Umgebung anpassten, damit sie ihre Lage nicht verrieten.

»Wir stellen auf Wasserenergie um, bis die Ersatzpaneelen
eingetroffen sind«, sagte der führende Techniker. Auf ökologi-
sche Weise erzeugten sie Strom aus den Flüssen, die die Berge
herunterdonnerten. »Das dürfte keine Probleme geben, aber
achtet auf Schwankungen.«

Grace ging immer wieder in Gedanken den gestrigen Abend
durch. Von Zeit zu Zeit schob sie den Ärmel zurück und betrachtete das Armband, was sie dann wieder an die schwielige
Hand auf ihrem Nacken erinnerte, den wilden Geschmack im
Mund, die fordernde Zunge. Wozu könnte der Offizier sie verführen …

Ihre Brustwarzen scheuerten am BH.

Sie sah sich schuldbewusst um, doch sie war allein. Allerdings reichte die kurze Ablenkung, um sich wieder mehr auf
die Arbeit konzentrieren zu können.

Als das Mittagessen mit ihrer Crew vorbei war und Cooper
sich immer noch nicht gemeldet hatte, sank Grace' Stimmung.
Dominante Männer zogen sich nie während der Liebeswerbung zurück. Vielleicht hatte Cooper es sich doch anders überlegt, weil sie bei den Brombeeren so komisch reagiert hatte,
vielleicht dachte er nun, er könne auch gut ohne den Ärger mit
einer schüchternen unterwürfigen Wölfin leben, da er doch jederzeit eine begeisterte dominante Spielgefährtin haben konnte.

»Aber vielleicht«, murmelte sie unzufrieden mit sich selbst,
»vielleicht ist er der Kopf einer Höhle und hat viel um die Ohren.«

Sie legte das Werkzeug aus der Hand und schloss die Ab-
deckung der Computerschnittstelle, die sie gerade überprüft

hatte. Dann sah sie auf die Uhr. Viertel vor vier. Sie hatte wie eine Wilde gearbeitet für den Fall, dass Cooper vorbeischauen würde, und lag jetzt so gut in der Zeit, dass sie sich eine Kaffeepause gönnen konnte.

Gerade wollte sie Vivienne anpiepen, zögerte aber. Weder Frau noch Wölfin fühlten sich wohl dabei, einem Mann nachzulaufen, doch dieser hatte ja deutlich sein Interesse bekundet. Deshalb holte sie tief Luft, packte ihr Werkzeug ins Büro und sah sich nach Cooper um. In seinem Büro war er nicht, doch am Ende der Steintreppe traf sie Bethany. »Falls du Cooper suchst, der kümmert sich mit ein paar Leuten um einen Erdrutsch.«

»Hab ich gar nicht mitbekommen.« In der Tages-Mail hatte nichts gestanden. »Ist jemand verletzt worden?«

Bethany schüttelte den Kopf. »Aber es betrifft eine der Evakuierungsrouten, die geräumt und befestigt werden muss. Zum Glück hat wenigstens der Regen aufgehört.«

»Ich war den ganzen Tag drinnen«, sagte Grace in der Hoffnung, Coopers Tante würde das als Erklärung genügen. »Wenn ich den Leuten Kaffee bringe, könnte ich mich etwas bewegen.«

»Du bist ein Schatz.« Ein strahlendes Lächeln. »Sie sind zu viert: Cooper, Shamus, Vitoria und noch einer der Ingenieure, Todd, glaube ich.«

Grace machte sich nicht die Mühe, den Overall auszuziehen, denn das Gelände war sicher voller Schlamm. Sie ging in die große Gemeinschaftsküche, füllte eine große Thermoskanne mit Kaffee, eine kleinere mit Tee und steckte Plastiktassen ein. Auf diversen Tabletts standen frische Blaubeer-Muffins. Grace nahm sich einen ordentlichen Schwung davon, dazu noch Obst und tat alles in eine Kühltasche.

Bethany hatte die Richtung beschrieben, in die sie gehen sollte, und zehn Minuten später war sie dort. Cooper stand mit dem Rücken zu ihr, das T-Shirt klebte an seinem Oberkörper, die Stiefel waren schlammverkrustet. Sie hatten den Weg schon geräumt und arbeiteten an einer provisorischen Befestigung, bis die sturmgeschädigten Bäume wieder Halt in der Erde gefunden hatten oder neue gepflanzt worden waren. Cooper warf die Schaufel hin und drehte sich um. Der Blick aus den beinahe schwarzen Augen war so intensiv, dass sie ihn wie einen Stich ins Herz empfand.

»Sag bloß, du hast Tee dabei.« Todds Stimme zerstörte die stumme Verbindung.

»Mädchenplörre«, rief Shamus. »Grace ist bestimmt schlau genug, um schwarzen Kaffee für richtige Männer zu bringen.«

Vitorias Faust landete auf seinem Arm, ihre Locken wurden von einem bunten Tuch zurückgehalten. »Richtige Männer, du spinnst ja.«

»Autsch.« Shamus rieb sich den Arm, als alle zum alten Baumstumpf gingen, auf dem Grace Essen und Trinken abgeladen hatte.

»Kaffee«, sagte sie und tippte auf eine Kanne. »Tee«, sagte sie und tippte auf die zweite.

»Wusste ich doch, dass ich mich auf dich verlassen kann.« Todd küsste sie auf die Wange und nahm sich Tee.

Erst als die anderen beschäftigt waren, strich Cooper flüchtig, doch besitzergreifend über Grace' unteren Rücken. »Du weißt, dass Todd Tee mag?«

Außerordentlich besitzergreifend. »Ich habe schon mal mit ihm zusammen gegessen, und Vivienne tut es häufig.« Sie goss Cooper Kaffee ein und gab einen Schuss Sahne dazu. »Ich weiß auch, dass ein ganz bestimmter Offizier nicht besonders scharf auf den männlich schwarzen Kaffee von Shamus ist«, flüsterte sie.

Coopers Mundwinkel hoben sich bei dem leisen Spott, und

es löste eine ganze Menge in ihr aus, dass sie ihn zum Lächeln gebracht hatte. »Danke, Grace.«

Einfache Worte, die sich dennoch wie eine Liebkosung anhörten. Als Shamus Cooper etwas fragte, wagte es Grace, den Kopf zu heben, um einen Blick auf Cooper zu werfen, ohne sich um Dominanz scheren zu müssen. Doch er sah ihr noch eine Sekunde in die Augen, bevor er sich dem Soldaten zuwandte.

Grace war am ganzen Körper wie elektrisiert ... obwohl sie in Coopers Augen wieder einen Schatten von tiefem Schmerz wahrgenommen hatte. Sie begriff einfach nicht, dass niemand sonst es sah, wartete aber, bis die drei anderen sich wieder an die Arbeit begaben und Cooper bei ihr zurückblieb – vordergründig, um über Instandhaltungsarbeiten zu sprechen –, ehe sie fragte: »Alles in Ordnung, Cooper?«

Kurzes Schweigen, dann reichte er ihr die leere Thermoskanne. »Sicher. Wohl nur ein wenig gestresst von dem Erdrutsch.«

Es überraschte sie nicht, dass er den Kummer verleugnete. Grace war sich bewusst, dass sich dominante Männer häufig nur öffneten, wenn man ihre Abwehr durchbrach. Das war allerdings nicht ihre Art, und sie war auch nicht sicher, ob sie jetzt schon das Recht dazu hatte, da ihre Beziehung sich gerade erst entwickelte. »Begleitest du mich ein Stück?«

»Aber immer.« Er hob sich die Kühltasche auf die Schulter.

Als sie außer Sichtweite waren, blieb Grace stehen. Nun tat sie etwas, das für sie ganz ungewöhnlich war: Sie schlang die Arme um den großen Mann und sog seinen Duft ganz tief ein. »Was immer diesen Schmerz in deinen Augen hervorruft, es tut mir leid, dass es geschehen ist.«

Auch er legte die Arme um sie und rieb die Wange an ihrer Schläfe. Ihre Wölfin schmiegte sich tröstend an ihn. Sie hatte keine Angst vor seiner Kraft, wollte seinen Schmerz nur lindern.

»Es geht mir gut«, sagte er leise. »Vor allem, weil ich dich in meinen Armen halte.«

Enttäuscht spürte sie die Mauer, doch Cooper war eben niemand, der leicht Vertrauen entwickelte. Aber er hatte akzeptiert, dass sie sich um ihn sorgte, dass sie bei ihm war, wenn er verletzt war. Das war ein großer Schritt für ihn. So hielt sie ihn einfach nur fest, streichelte seinen Rücken, bis alle Spannung gewichen war … und als er dann spielerisch die Nase an ihrer rieb, küsste sie ihn scheu und ließ das Kribbeln zu.

Cooper war wieder er selbst, hatte sein Gleichgewicht wiedergefunden, als er zur Straße zurückkehrte. Nicht zum ersten Mal hatte eine unterwürfige Wölfin etwas getan oder gesagt, das die emotionalen Wunden eines dominanten Wolfs heilte – sie waren auf ihre Art ebenso beschützend wie die Soldaten. Aber zum ersten Mal hatte Grace es bei Cooper getan. Und was noch wichtiger war: Der Körperkontakt war von ihr ausgegangen, ihr Kuss war ein Geschenk, das in ihm alle möglichen Ideen wachrief, wie er ihr beim Abendessen, zu dem sie sich verabredet hatten, noch weitere abluchsen konnte.

»Alles in Ordnung in der Höhle?«, fragte Shamus und rieb sich mit dem Ärmel das Gesicht. »Du warst ja ziemlich lange mit Grace weg.«

»Die Techniker haben alles im Griff«, sagte Cooper und zeigte auf einen Pfosten, an dem sie das stabilisierende Material befestigen wollten. Es war nicht die beste Lösung, doch es zog immer noch mehr Regen heran, und sie mussten sich etwas einfallen lassen, das wenigstens ein paar Tage hielt. »Wie kriegen wir den rein, ohne dass die Vibrationen das Gelände weiter destabilisieren?«

»Ich habe schon eine Idee. Todd meint auch, es könnte funktionieren.«

Die zwei gingen an die Arbeit, und Cooper dachte erneut an Grace. So aufmerksam und intelligent war seine Ingenieurin, dass sie sah, was niemand sonst sah, etwas, von dem er annahm, es erfolgreich verborgen zu haben. Ein Teil von ihm wollte gar nicht, dass sie es sah, doch ein anderer wiederum freute sich und sah darin das Versprechen einer Verbindung, durch die sie ganz die Seine werden würde.

6

Grace hatte den Rest des Nachmittags in Sektor 4B verbracht und machte sich etwa um sechs auf den Heimweg. Sie wollte den Schmutz von sich abwaschen, den das Herumkriechen in den Fluren und engen Tunneln mit sich gebracht hatte, die eigentlich erst zwei Wochen zuvor gründlich gereinigt worden waren.

Doch zwei Spinnen hatten nur einen Tag gebraucht, um ein klebriges Haus mit vielen Räumen und Vorratskammern zu schaffen. Grace lief ein Schauer über den Rücken, als sie an die gefangenen Käfer dachte. Sie war zwar Gestaltwandlerin und jagte auch, wenn die Wölfin es brauchte, doch irgendwie hatte es etwas Unheimliches an sich, die Nahrung einfach so in der Gegend herumhängen zu lassen.

Die Kommunikationskonsole läutete, als sie aus der Dusche kam. Sie erkannte die Nummer des Anrufers, wickelte sich in ein Handtuch, rieb sich mit einem anderen das Haar trocken und nahm den Anruf lächelnd an. »Hallo, Mom.« Als Kind hatte sie entschieden, Milena und James Mom und Dad zu nennen. So erhielten sie den liebevollen Platz, der ihnen zustand, unterschieden sich aber von den verlorenen Eltern, ihrer Mama und ihrem Papa.

»Hallo, Knirps.« Milena strahlte auf dem Bildschirm. Der natürliche Honigton ihres Gesichtes war ein wenig dunkler, sie musste viele Stunden in der Sonne verbracht haben. »Wie war dein Tag?«

»Großartig.« Grace konnte nicht widerstehen und gab ein

wenig damit an, dass ihr Team vor dem Zeitplan lag. Dann fragte sie nach dem Rest der Familie.

»Ich weiß ja, dass du auch regelmäßig mit Pia und Revel sprichst«, sagte Milena, nachdem sie das Neueste mitgeteilt hatte. »Aber noch länger kann ich weder die beiden noch deinen Vater davon abhalten, bei dir nach dem Rechten zu sehen.«

»Wenn sie hier auftauchen, schmeiße ich sie sofort raus.« Grace liebte ihre Familie, aber sie hielten sie immer noch für die stumme Siebenjährige, die sie nach den katastrophalen Geschehnissen in der Haupthöhle der Sierra Nevada bei sich aufgenommen hatten.

Viele Kinder waren Waisen geworden, aber alle hatten Beistand erfahren, hatten eine neue Familie gefunden. Bei Grace waren es Milena und James sowie die Teenager Pia und Revel gewesen. Die beiden waren alt genug, sie nicht als Eindringling zu betrachten, hatten sich schützend vor Grace gestellt, was kein Wunder war, denn sowohl Pia als auch Revel waren dominante Wölfe, die inzwischen als erfahrene Soldaten Dienst taten.

Als schwer traumatisiertes Kind hatte sie den Trost der Beschützer, den Käfig gebraucht, hatte sich in Wolfsgestalt in ihrer Mitte zum Schlafen gelegt. Ihre Welt war in tausend Stücke zersprungen, sie hatte nicht gewusst, wie sie mit dem Schmerz überleben sollte, und hatte die Sicherheit gebraucht.

Aber Grace war schon lange nicht mehr sieben.

»Ich werde es weitergeben«, sagte Milena und seufzte, »aber du weißt ja, wie stur sie sind.« Dann lachte sie, und die haselgrünen Augen glitzerten. »Und mit wem spreche ich gerade? Mit einem ebensolchen Sturkopf. Ich weiß noch, wie ich einmal versucht habe, dein Schnuffeltuch zu waschen. Du hast weder geschrien noch geweint, hast nicht die Krallen ausgefahren oder geknurrt, aber du hast es auch nicht losgelassen. Nein. Ich musste es dir ein paar Tage später heimlich wegnehmen, als du endlich einmal schliefst, ohne es mit deiner kleinen Faust fest-zuhalten.«

Es war die Lieblingsgeschichte ihrer Mutter, aber sie brachte Grace immer noch zum Lachen. Sie griff nach dem flauschigen orangefarbenen Teddybär, den Milena aus den Fetzen des Tuchs genäht hatte, nachdem es endgültig auseinandergefallen war. Er hatte ihre Kindheit überlebt, saß fröhlich zwischen den Familienfotos auf dem Bücherregal. »Ich verspreche dir, ihn zu waschen.«

»Freche Kröte.« Milena hauchte einen Kuss in die Luft. »Ich hör jetzt lieber auf, muss deinem Vater die Lieblings-Quesadillas machen, die ich ihm versprochen habe. Ich liebe dich, Schätzchen.«

»Ich dich auch, Mom.«

Grace dankte Gott im Stillen, dass weder Pia noch Rev dieser Höhle zugeteilt worden waren – denn dass ihre Schwester sich mit einem Offizier traf, hätte sie sicher erschreckt. Sie hätte ihnen natürlich gesagt, sie sollten sich raushalten, doch es war ihr lieber, wenn niemand ihrem Spiel mit Cooper zusah.

»Erzähl mal, was für böse Dinge du als Jugendliche getrieben hast.«

Bei der Erinnerung an die liebevolle Stimme, die beim gestrigen Abendessen so schlimme Dinge gefragt und sie dabei mit köstlicher Mousse au Chocolat gefüttert hatte, wurde ihr ganz heiß. Auf dem Handy ging eine SMS ein.

Großer Baum mit Sturmschaden an der Hauptstraße zur Höhle. Muss gefällt werden. Dinner verschieben? Coop.

Erst wollte sie enttäuscht zustimmen, doch dann fiel ihr etwas ein. *Habt ihr was gegessen?*

Noch nicht. Bethany kommt in einer halben Stunde.

Ich mach das.

xx

Grace lächelte, weil Cooper sich mit zwei Küssen verabschiedet hatte. Schnell zog sie sich an und traf Bethany in der Küche dabei an, wie sie das Essen zusammenstellte. Die Ältere hob eine Augenbraue, als sie das Angebot hörte. »Todd?«

Grace wurde unbehaglich. »Ach, nein.«

»Hm. Wer ist denn noch da draußen?« Bethany schmierte weiter Sandwichs. »Bill hat Shamus abgelöst, aber die haben doch beide schon eine Gefährtin. Bleibt nur noch mein Cooper.«

Grace wickelte die von ihr belegten Brote ein. »Ich hole noch Brownies.«

»Grace.«

Grace erstarrte und biss sich auf die Lippen. »Ist noch ganz frisch. Das Rudel soll es noch nicht wissen.«

Bethany hielt sie nicht weiter auf. Da man zu Fuß über eine halbe Stunde brauchte, ging Grace zur Garage, und Bethany begleitete sie. Auf dem Weg trafen sie Vitoria, die zurückgekehrt war, um Rekruten zu unterrichten. »Habt ihr heiße Getränke dabei?«, fragte die Soldatin von Weitem. »Ist empfindlich kalt heute.«

Grace nickte, und Vitoria hob den Daumen, bevor sie weiterging.

»Für ihn galten immer nur eigene Gesetze«, sagte Bethany nachdenklich, als Grace sich hinter das Steuer eines Allradfahrzeugs setzte. »Deshalb gebe ich dir nur einen Rat: Unterwürfig oder nicht, du darfst nicht nur stillhalten und ihn machen lassen. Du musst ihm auch etwas zurückgeben.«

Grace packte das Lenkrad fester. »Falls du glaubst, nur dominante Gefährten könnten richtig lieben, kennst du dein Rudel aber schlecht.«

Überraschenderweise beugte sich Bethany vor und küsste Grace liebevoll auf die Wange. »Wollte nur wissen, ob du genügend Rückgrat hast – denn das brauchst du bei Coop. Der Junge hat einen sehr eigenen Kopf. Viel Glück.«

Nachdem er mit den anderen das Essen vertilgt hatte, lehnte Cooper Grace' Angebot ab, ihnen zu helfen. Unerwartet sprang Todd ihm bei.

»Zu riskant für die hübschen Finger«, sagte der Ingenieur. »Du bist doch die Chirurgin aller Systeme.«

»Wir sind sowieso bald fertig«, schaltete sich Bill ein und fuhr sich mit der Hand durch den blonden Schopf. »Müssen den Kerl nur noch in Stücke sägen, um ihn von der Straße zu schaffen. Dann können die Rekruten morgen weiter aufräumen.«

Grace verschränkte die Arme. »Na schön, aber ich warte und fahre euch dann zur Höhle.«

Todd brüllte vor Lachen und Bill ebenfalls. Als Grace finster dreinblickte, hob Cooper ihr Kinn an und küsste sie so sanft, dass ihre Wölfin nicht überrascht zurückschreckte. »Du stehst vor drei dominanten Wölfen.« Er grinste, und seine Lippen streiften ihren Mund. »Wir werden oft damit aufgezogen, dass wir gern selbst die Kontrolle über das Fahrzeug haben, in dem wir sitzen. Was glaubst du wohl, wie wahrscheinlich es ist, dass du ans Lenkrad kommst?«

»Schon gut, ich überlass es dir.« Sie lächelte und sah kurz zu Todd und Bill, die unverhohlen grinsten, aber so taten, als würden sie nicht zuschauen.

Cooper legte die Hand besitzergreifend um ihre Hüfte und zeigte mit dem Finger auf die beiden. »Schwört absolutes Schweigen.«

»Lass uns doch den Spaß, Cooper«, kam es zurück, doch ein Blick genügte, um sie zum Schweigen zu verpflichten. Später bekam er noch einen schüchternen Kuss von Grace, ihre Wölfin rieb sich zärtlich an seinem Wolf.

Doch als er todmüde, den Geschmack von Grace noch auf den Lippen, in tiefen Schlaf sank, träumte er wieder von dem Schrecklichen. »Nein! Nein.«

Der nächste Tag war vollkommen verrückt. Eine der Hauptlüftungsanlagen fiel ohne Vorwarnung aus und riss Grace und ihre Leute um sechs Uhr morgens aus dem Bett. Der Spezialist Paul ließ sie ununterbrochen bis fünf Uhr nachmittags arbeiten, bis alles gerichtet war. Erschöpft, aber zufrieden schlugen sie einander auf die Schulter und gingen ihrer Wege.

Erst nach der Dusche fiel Grace ein, dass Cooper nichts über eine Verabredung am Abend gesagt hatte, als er sich nach dem Fortschritt der Reparatur erkundigt hatte. Sie waren ja auch nicht allein gewesen, und Cooper wollte ihr sicher Zeit geben, sich an die Beziehung zu gewöhnen, bevor sie unvermeidlich öffentlich wurde.

Das würde nicht mehr lange dauern, da er sie schon vor anderen geküsst hatte. Raubtiergestaltwandler waren sehr besitzergreifend. Dass Cooper seine Instinkte so lange beherrscht hatte, nahm sie nur noch mehr für ihn ein.

»Ich mag deine Küsse, du böses Mädchen.«

Es kribbelte in ihren Zehen. Sie sah sich die eingegangenen Nachrichten an. Eine von ihrem Bruder, aber nichts von Cooper. Dabei war er in der Höhle und hatte keine anderen Aufgaben außerhalb.

Nachdenklich setzte sie sich aufs Bett und überlegte. Cooper hatte sehr deutlich gemacht, dass er sie haben … sie behalten wollte. Wenn man in Betracht zog, dass dominante Männer sich von nichts aufhalten ließen, wenn sie eine Frau wollten, konnte seine Zurückhaltung nur bedeuten, dass er sie schon als sein Eigentum ansah, es für selbstverständlich hielt, dass sie ihre Freizeit zusammen verbrachten.

Eine subtile Form von Dominanz. Frau und Wölfin begehrten Cooper, doch sie hatten nicht vor, in allem nach seiner Pfeife zu tanzen.

7

Cooper wurde eiskalt. Niemand in der Höhle wusste, wo Grace war. Einen Anruf auf dem Handy würde sie natürlich als Versuch sehen, sie zu kontrollieren, doch er musste sich einfach davon überzeugen, dass es ihr gut ging. Der Regen tröpfelte nur noch, aber es war immer noch gefährlich auf den Straßen.

»Hallo, Coop.« Shamus stand neben ihm, bevor er die Nummer eingeben konnte. »Emma hat mich versetzt, sie isst auswärts mit Grace und Vivienne. Sollen wir uns Pizza holen?«

Nur mit Mühe verbarg Cooper seine Erleichterung. »Ich wollte gerade raus«, sagte er. »Ein wenig jagen. Aber im Aufenthaltsraum hängen ein paar von unseren Leuten herum.«

»Wir heben dir ein Stück auf.« Shamus machte sich auf den Weg und sah noch einmal zurück. »Ich war gerade draußen. Ab und zu fallen noch ein paar Tropfen, aber der Wind hat sich gelegt, und der Mond ist zu sehen – den besten Blick hat man bei den Zwillingswasserfällen.«

»Danke.« Cooper schob das Handy mit zitternder Hand in die Hosentasche und lehnte sich an die dicke Steinwand. Er wusste, dass er überreagierte und Grace damit erschrecken würde, denn selbst ein Wolfsoffizier zeigte normalerweise keinen solch starken Beschützerinstinkt. Keine Frau wollte mit einem Mann zusammen sein, der ihr keine Luft zum Atmen ließ, dessen Schutz ein Käfig wurde. Schon deshalb musste er sich unbedingt wieder in den Griff bekommen, bevor er sie wiedersah.

Cooper knurrte leise und lief so lange durch den Wald, bis er wieder klar denken konnte. Mit jeder Faser seines Herzens wollte er zu Grace, musste sich selbst davon überzeugen, dass sie am Leben war und es ihr gut ging, doch er hatte die Situation schon einmal falsch eingeschätzt. Wieder in der Höhle duschte er erst einmal, nahm sich dann in der Küche etwas zu essen und setzte sich schließlich ins Büro.

Wie üblich, wenn er so spät noch allein am Schreibtisch saß, kamen Gefährten vorbei, um mit ihm zu reden oder sich einen Rat zu holen. Die erste halbe Stunde ging schnell vorbei, die zweite war auch ganz in Ordnung. In der dritten und vierten war es, als steckten spitze Nägel unter der Haut seiner Fingerkuppen. Es war nur zu ertragen, weil er wusste, dass Grace nicht allein war und dass Shamus sicher Kontakt mit Emma hatte. Falls irgendetwas passierte, würde er Sekunden später davon erfahren.

Dann endlich sah er den Wagen mit den Frauen kommen. Die Scheinwerfer leuchteten im Dunkeln zwischen den Bäumen, bevor der SUV leise in die unterirdische Garage fuhr. Cooper beherrschte sich noch eine Viertelstunde, damit Grace sich in Ruhe umziehen konnte. Dann machte er sich auf den Weg.

Diesmal begegnete er vielen interessierten Blicken. Es war reichlich spät, um an die Tür einer Frau zu klopfen, und da Grace' Chef am Nachmittag zurückgekommen war, konnte Cooper auch keinen Notfall in den Systemen vorgeben. Bald würden sie auffliegen. Gut so. Die Leute mussten wissen, dass Grace ihm gehörte, damit sie ihm Bescheid sagen konnten, wenn sie bedroht war.

Weniger Geheimniskrämerei würde es ihm auch erlauben, sie so offen zu umwerben, wie er es sich wünschte.

Die Tür ging auf. Grace trug eine blassblaue Pyjamahose aus weichem flauschigem Stoff, die mit weißen Schäfchen bedruckt war, und ein schwarzes lockeres T-Shirt. Wie eine dunkle Wolke fiel ihr das schwarze Haar über die Schultern. Cooper

musste tief Luft holen, um nicht sofort mit den Händen hinein-
zufahren, den Kopf ein wenig nach hinten zu ziehen und ihr in
den Hals zu beißen.

Er hatte Angst um sie gehabt.

Das Gefühl mochte er ganz und gar nicht, obwohl ihm natürlich vollkommen bewusst war, dass Grace nichts für seine
Wunden konnte. Sie hatte ganz normal reagiert, wie eine Wölfin, wenn der Mann es wagte, ihre Anwesenheit als zu selbstverständlich hinzunehmen. Was sie damit in ihm auslöste, konnte
sie gar nicht wissen, und wenn es nach ihm ginge, würde sie es
auch nie erfahren. Er wollte nicht, dass seine Albträume einen
Schatten auf ihr gemeinsames Leben warfen.

»Hallo, Grace.« Er lehnte sich gegen den Türrahmen und
verbarg nicht, wie sehr ihm ihr Anblick gefiel. Als sie Luft holte,
zeichneten sich die Brustwarzen unter dem weichen T-Shirt ab,
sie trug offensichtlich keinen BH. Coopers Selbstbeherrschung
wurde einer schweren Prüfung unterzogen. »Ich habe gestern
meine Tasche bei dir gelassen.«

»Wie bitte?« Sie schluckte, das Herz schlug ihr bis zum Hals.
»Ach ja, da ist sie ja.« Sie wollte die Tasche holen, blieb aber
stehen und drehte sich um. »Das hast du absichtlich getan.«

Er lächelte und sah auf ihre Lippen. »Meinst du?«

Sie atmete schneller und schluckte wieder. »Du bedrängst
mich.« Ein heiserer Vorwurf.

Er zuckte die Achseln, und der Wolf pirschte sich an die
Oberfläche. »Ich bin, wie ich bin, das weißt du doch.« Er hatte
das sanfte Vorgehen nicht nur gespielt – es gefiel ihm, Grace
langsam zu verführen, doch sie musste auch seine andere Seite
kennenlernen und akzeptieren. Er hatte es ihr schonend beibringen wollen, doch ihr rebellisches Verhalten hatte seine Instinkte geweckt. »Außerdem bist du schuld.«

Ihre Hand umklammerte die Tür. »Ich?«

»Du hast mich doch heute Abend herausgefordert.« Auf ihre Art. »Und du weißt, wie Wölfe auf die Herausforderung einer Frau reagieren.«

Auf ihren Wangen malte sich wieder das zarte Rot, bei dem ihn jedes Mal das Verlangen überkam, ihr Gesicht abzuschlecken. »Das war keine Herausforderung.«

»Schwindle nicht.« Leiser Spott. »Ich hab's verstanden.« Er richtete sich auf und fasste den oberen Rahmen, verstellte den Leuten im Flur den Blick auf Grace. Sie gehörte ihm. Er wollte sie nicht teilen. Nicht heute Abend. »Lass mich rein, du böses Mädchen.«

»Wenn du verstanden hast, was ich dir sagen wollte, dann weißt du sicher auch, dass ich sauer bin.«

Stark und schön war sie. »Dagegen kann ich etwas tun.« Er ließ den Balken los, wartete einen Augenblick, ob sie ängstlich reagierte, und strich ihr dann über die Wange. »Du musst die Tür nur ein wenig weiter öffnen.«

Grace erschauderte … und trat zurück. Cooper scherte es nicht mehr, was die Leute dachten, er trat ein und schloss die Tür hinter sich. Verstellte Grace aber nicht den Weg, sondern lehnte sich neben dem Bett an die Wand – der Wandschirm war zur Seite gerückt – und krümmte lockend den Zeigefinger. »Du willst es doch auch.«

Grace wurde nicht wütend, weil er sich so arrogant verhielt, sondern runzelte nur die Stirn und sah ihm kurz in die Augen. »Was ist los, Cooper?«, fragte sie, und er überlegte, wie er sich verraten hatte, was sie bemerkt hatte. »Es ist …«

Er ließ sie nicht weitersprechen, sondern zog schnell sein T-Shirt aus. Grace schnappte nach Luft, was ihm guttat, aber bei Weitem nicht ausreichte. Er brauchte mehr als das, denn die irrationalen Ängste hatten wunde Stellen in ihm hinterlassen, die bei jedem Atemzug schmerzten.

Er ließ das Hemd fallen und ging langsam auf sie zu, nahm sehr bewusst wahr, wie sie ihn anschaute, wie erregt sie war.

Gott sei Dank.

Das kam aus tiefstem Herzen, denn sein Körper trug viele Narben – selbst die schnelle Wundheilung der Gestaltwandler konnte nicht alles ungeschehen machen. Außerdem war er sehr groß, so groß, dass er Angst verbreiten konnte – ein wenig davon flackerte auch in Grace' Augen auf, als er dicht vor ihr stand.

»Fass mich an«, bat er, zeigte ihr, was er brauchte. »Ich werde erst dann etwas tun, wenn du mich darum bittest.« Fordere bloß nichts von ihr, das ihre Wölfin zur Unterwerfung zwingt und das zerbrechliche Vertrauen wieder zerstört, das gerade erst aufkeimt.

»Das ist unfair.« Leise, doch sie fraß ihn mit den Augen auf, und er spürte, wie er reagierte.

»Ich beschwere mich nicht, wenn deine Hände ... oder deine Lippen mich berühren, ganz egal wo.« Er würde dann vielleicht wahnsinnig werden, aber auch das wäre wundervoll.

Wieder zogen ihre Brüste seine Aufmerksamkeit an, als sie tief Luft holte und die Brustwarzen sich fest unter dem T-Shirt aufrichteten. Das Wasser lief ihm im Mund zusammen, er nahm die Arme nach hinten und hielt ein Handgelenk fest. »Du hast sogar die Erlaubnis, mich für mein heutiges Verhalten zu bestrafen.«

»Hört sich nicht an, als würdest du dich davor fürchten«, sagte sie und legte die Hände auf seine Brust.

Er hielt ein forderndes Knurren zurück. »Vertrau mir, es ist die reinste Qual.«

Ihre Lippen zuckten, und sie streichelte ihn wie eine Frau den Mann, der ihr gehörte. Es fühlte sich unglaublich gut an. Als die Fingernägel seine Brustwarzen streiften, konnte er ein

Stöhnen nicht mehr unterdrücken. Sie verharrte einen Augenblick bewegungslos … und tat es dann gleich noch einmal.

»Um Gottes willen, Grace.« Erschaudernd senkte er den Kopf.

Ohne Zögern stellte sie sich auf die Zehenspitzen und küsste ihn. Ihre Hände glitten auf seine Taille. Er nutzte die Gelegenheit, um sie mit seinen Lippen und seiner Zunge zu verführen. Sie öffnete den Mund, ließ ihn an ihrer Zunge saugen und saugte an seiner. Er spürte die festen Brustwarzen an seiner Haut, hätte sie gerne gezwirbelt, hätte am liebsten alles Mögliche mit ihr angestellt, um herauszufinden, wann sie stöhnte, wann sich ihr Körper in Wellen bewegte, wenn er schmelzend weich seinen Schwanz umschloss.

Atemlos löste sich Grace von seinem Mund und küsste eine seiner Brustwarzen. Er spürte die Lust überall, beinahe zerriss sie ihn. Als sie sich der anderen Brustwarze zuwandte, musste er die Zähne fest zusammenbeißen, um sie nicht auf das Bett zu werfen, ihr die Hosen herunterzuziehen und sie ganz primitiv zu besteigen. Er wollte ihren wohlgeformten Hintern spüren, wollte die schweren Brüste streicheln und wild in sie hineinstoßen.

Er wollte es. Und er wollte es jetzt sofort.

Doch da er sie nicht berühren konnte, redete er mit ihr. »Weißt du, wie ich dich nehmen will, wenn wir es das erste Mal tun?« Das war zu schnell, viel zu schnell für seine Grace, doch er konnte nicht anders.

Fingernägel auf der Haut. »Wie denn?«

»Du liegst unter mir, die Schenkel um meine Hüften gelegt, wir sehen uns an, und mein Schwanz dringt tief in dich ein.«

Sie schluckte, doch er war noch nicht am Ende.

»Ich küsse dich über und über, denn du schmeckst so gut, und ich spiele mit deinen schönen Brüsten. Sauge und lecke, vielleicht beiße ich auch. Du hast doch nichts gegen scharfe Zähne, nicht wahr?«

Sie schüttelte den Kopf, ihre Haut rötete sich, und der Duft ihrer Erregung war wie eine Droge für seine Sinne.

»Sehr gut.« Er blickte auf ihren Busen. »Und während ich langsam und tief in dich hineinstoße, knete und liebkose ich deine Brüste. Und weißt du was?«

»Was?« Beinahe unhörbar.

»Ich werde dir die ganze Zeit dabei in die Augen sehen.«

Grace fiel es schwer, noch klar zu denken. Es war beinahe unmöglich. Doch eines wusste sie genau: Der Offizier nutzte die Lust der Körperprivilegien, um sie abzulenken. Was ihm auch gut gelang. Sie war sehr erregt, die Haut war so empfindlich, dass selbst die weiche Kleidung scheuerte, und zwischen ihren Beinen war es warm und sehr feucht.

Da machte es auch nichts, dass sich die Wölfin plötzlich zurückzog, weil sie spürte, dass ein solch besitzergreifender Mann sie im Nu überwältigen konnte. Aber wie konnte sie nur daran denken, nackt in seinen Armen zu liegen, wenn sie nicht einmal sicher sein konnte, dass ihre Hingabe bewusst und gewollt geschah und nicht aus instinktiver Unterwerfung?

»Ich werde dir die ganze Zeit dabei in die Augen sehen.«

Und wenn er dann nur die unterwürfige Wölfin sah, die leise wimmerte, und die Frau hinter bedingungslosem Gehorsam verschwand?

Kalte Furcht umklammerte ihr Herz, und sie trat zurück. »Zieh das Hemd wieder an.« Dann konnte sie sich konzentrieren, konnte besser nachdenken.

Cooper knurrte.

Sie sprang zurück und senkte den Kopf. »Bitte.«

»Verdammt noch mal, Grace.« Ungeduldig und voller Ärger

zog er sich das Hemd über. »Ich habe doch nicht geknurrt, weil du etwas verlangt hast, sondern weil mein Spiel unterbrochen wurde.«

Aus irgendeinem Grund gefiel ihr diese Antwort, und sie riskierte einen Blick. »Bist du immer so schlecht drauf, wenn du sexuell frustriert bist?«

Wieder knurrte er, und ihre Wölfin drängte sie, lieber den Mund zu halten.

»Mach nur so weiter«, sagte er drohend. »Treib den hungrigen Wolf in die Enge, dann wirst du schon sehen, wie schnell du nackt bist.«

Ihre Wangen brannten, doch sie würde ihm das nicht durchgehen lassen. »Ich bin nicht blöd, Cooper. Du bist zu mir gekommen, weil dich etwas beunruhigt hat.«

Seine Zähne knirschten. »Ich war sauer, weil du weggegangen bist, ohne mir Bescheid zu sagen. Bist du nun zufrieden? Habe geglaubt, du würdest das nicht gern hören.«

Das stimmte … doch sie hatte auch etwas anderes gespürt, etwas das stärker, das früheren Ursprungs war. Es hatte etwas mit der Verletzung zu tun, die sie schon zuvor in seinem Blick entdeckt hatte. »Du musst mir nichts vormachen«, sagte sie, obwohl ihr nicht ganz wohl dabei war, ihn dermaßen zu bedrängen, doch es ärgerte sie, dass er seinen Schmerz nicht zeigen konnte.

»Kein Mann will eine sowieso schon gekränkte Frau noch weiter verärgern, vor allem, wenn er sie so schnell wie möglich ins Bett kriegen will.« Er strich sich über die kurz geschorenen Haare. »Verdammt, nun brülle ich dich auch noch an.«

»Na und? Du solltest weder dich noch deine Gefühle zurücknehmen«, sagte sie, schon der Gedanke machte sie ganz unglücklich. »Das ist ungesund.« Es würde ihn allmählich in den Wahnsinn treiben. »Wenn du das tun musst, damit wir zusammen sein können, wird es nie funktionieren.« Ein unsagbar schmerzhafter Gedanke.

Er knurrte laut, und jedes Härchen an ihrem Körper richtete sich auf. »Es wird funktionieren.« Der Mann bekam immer, was er wollte.

So ein sturer Kerl.

Sie wollte widersprechen, doch ihre Wölfin war an der Grenze des Erträglichen angelangt. Sie riss mit allen Krallen an ihr, wehrte sich gegen ihre Selbstbeherrschung und tat, was ihr notwendig schien, um einen dominanten Wolf zu besänftigen.

Sie wimmerte unterwürfig.

Cooper erstarrte.

8

Als sich die Tür hinter Cooper schloss, fiel Grace auf die Knie. Sie zitterte am ganzen Leib.

Er hatte die Hand an ihre Wange gelegt, hatte sein Kinn so zärtlich an ihrer Schläfe gerieben, dass sich die panische Wölfin ein wenig beruhigen konnte, hatte »Gute Nacht, Grace« gesagt und war gegangen.

Ihre schlimmsten Befürchtungen waren eingetroffen. Sie hatte der Dominanz Coopers nicht standgehalten. In Wolfsgestalt hätte sie den Schwanz eingeklemmt, hätte sich vielleicht sogar auf den Rücken gelegt und ihm die verletzliche Kehle dargeboten.

Sie schluchzte, bis sie fast keine Luft mehr bekam.

Es war ihr nicht gegeben, mit der heißen Leidenschaft und den tiefen Gefühlen eines Mannes wie Cooper umzugehen. Daran ließ sich nichts ändern. Wenn es nun wieder passierte, wenn sie im Bett lagen? Wenn Cooper in ihr war?

Er würde sofort aufhören.

Das wusste der Teil von ihr, der nicht völlig verwirrt war. Und es stimmte: Cooper würde stets aufhören – er hatte es heute auch getan. Doch das gab ihr nicht das Recht, ihn in diese Lage zu bringen, von ihm zu fordern, dass er die raue Kraft unterdrückte. Sie hatte die unabweisbare Wahrheit schon ausgesprochen: Wenn er seine Instinkte abwürgte, würde es ihn zerstören.

Ihn und sie gleichermaßen.

»Ich will ihn aber nicht gehen lassen.«

Wie ein Schlag ins Gesicht.

Wenn sie es nicht ertragen konnte, ihm die Freiheit zu geben, die Hände und Lippen einer anderen Frau zu spüren, musste sie einen anderen Weg finden, mit der Situation umzugehen. Aber wie bloß?

Als sie sich die Tränen aus dem Gesicht wischte, wurde ihr klar, dass sie mit jemandem sprechen musste, der so etwas bereits durchgestanden hatte. Doch ihr fiel niemand ein. Natürlich kannte sie eine Reihe von unterwürfigen Wölfinnen, die dauerhafte Beziehungen zu dominanten Männern hatten, ein paar von ihnen waren sogar enge Freundinnen von ihr. Doch in keiner Beziehung herrschte ein solches Machtgefälle wie zwischen Cooper und ihr.

»Es muss doch jemanden geben.«

Sie benötigte Hilfe, und nach der zweiten Tasse Kaffee fiel ihr eine Frau ein, die ihre Lehrerin im Kindergarten der Sierra-Nevada-Höhle gewesen war. Mit zwölf hatte Grace mit ihrer neuen Familie die Höhle verlassen, doch sie erinnerte sich noch gut an die freundliche Frau mit den leuchtend indigofarbenen Augen, die sie noch lange, nachdem sie dem Kindergarten entwachsen war, bei jeder Begegnung in den Arm genommen und gestärkt hatte.

Tarah war kaum weniger unterwürfig als Grace, und ihr Gefährte Abel war ein sehr dominanter Wolf, der als Soldat einen hohen Rang im Rudel hatte. Eine Tochter der beiden war Offizierin, die andere eine unterwürfige Wölfin, die in der Rangordnung eher Grace nahestand. Wenn jemand Grace verstehen konnte, dann war es Tarah.

Ehe sie es sich anders überlegen konnte, suchte Grace Tarahs Nummer im Telefonbuch und gab sie in die Kommunikationskonsole ein. Zu spät fiel ihr auf, dass es schon nach zehn war.

Abel meldete sich. »Hätte dich beinahe nicht erkannt«, sagte er nach kurzem Zögern. »Aber ich vergesse nie eines von Tarahs Kindern. Wir geht es dir, Grace, Schätzchen?«

Der freundlichen Frage entnahm sie, dass er ihren Kummer bemerkt hatte. »Gut.« Sie sah kurz in die grauen Augen. »Tut mir leid, es ist schon spät. Ich wollte mit Tarah sprechen und habe gar nicht auf die Zeit geachtet.«

»Sie ist noch wach. Augenblick.«

Kurz darauf setzte sich Tarah vor den Bildschirm. Ihre Augen leuchteten noch genauso blau, wie Grace es in Erinnerung hatte, ihre Stimme klang freudig überrascht. »Schön, dich zu sehen.«

Sie tauschten ein paar Minuten Neuigkeiten aus, dann wandte Tarah den Kopf zur Seite. »Kannst du uns ein paar Minuten allein lassen, Liebling? Wir Mädels müssen etwas besprechen.«

Abel schnaubte. »So, wie ich dich kenne, ist unter einer Stunde nichts zu machen.« Er kam näher und küsste Tarah. Dann sah er Grace an. »Du musst unbedingt vorbeischauen, wenn du mal wieder in der Gegend bist.«

»Also, was ist los?«, fragte Tarah, nachdem ihr Gefährte gegangen war. Ihr Blick war überaus freundlich.

Grace fiel es nicht leicht zu beschreiben, was vorgefallen war. Am Ende war sie den Tränen nahe. »Wie könnte ich mit ihm zusammen sein, da ich nie sicher sein kann, dass meine Wölfin sich nicht instinktiv unterwirft? Als würde ich ihn gar nicht kennen und könnte ihm nicht vertrauen?« Für einen dominanten Wolf war es unabdingbar, dass seine Gefährtin ihm vorbehaltlos vertraute. Wenn sie Cooper das nahm, konnte sie ihm auch gleich ein Messer ins Herz stoßen.

Tarah sah sie mitfühlend an. »Du hast eine Menge Arbeit vor dir, da will ich dir nichts vormachen. Aber es ist zu schaffen, und wenn es dann funktioniert ... Abel ist mein Fels in der Brandung, mein Herz.«

Die tiefe Liebe der beiden weckte die Sehnsucht in Grace.

»Gibt es irgendetwas, das mir helfen könnte?«

»Das Zauberwort heißt Kompromiss, wie in fast jeder Beziehung.« Ein scheues Lächeln. »Sei allerdings gewarnt – dominante Wölfe legen Kompromisse eher weit aus.«

Grace lachte unter Tränen. »Das kann ich mir vorstellen.« Sie atmete tief durch, um sich zu beruhigen. »Am meisten quält mich, dass er sich so sehr beherrschen muss. Ununterbrochen. Wird das ...« Sie sprach nicht weiter, denn ihr war klar geworden, dass sie etwas sehr Intimes fragen wollte.

Tarah tippte mit dem Finger auf den Bildschirm, als wollte sie ein Junges auf die Nase stupsen. »Frag ruhig, was du willst. Um deine letzte Frage zu beantworten: Abel hält sich nicht zurück. Das muss er nicht, denn meine Wölfin weiß, dass er keine Unterwerfung von mir erwartet, selbst wenn ich völlig schutzlos bin.« Ein forschender Blick. »Ein solches Vertrauen kann man nicht erzwingen, das ist keine bewusste Entscheidung. Das Tier in uns trifft sie, denn für den Wolf ist es überlebenswichtig, ein Raubtier richtig einzuschätzen.«

Das schien nur allzu richtig zu sein. »Danke, dass du so ehrlich bist.«

»Gern geschehen, Süße.« Ihre frühere Lehrerin lächelte schelmisch. »Necke ihn. Spiel mit ihm, lass ihn jagen, er braucht das, aber nimm dir selbst auch genügend Zeit. Auf etwas zu warten hat auch etwas für sich.«

Nach dem Ende des Gesprächs dachte Grace noch ein wenig über Tarahs Worte nach, dann zog sie sich aus und verwandelte sich. In ekstatischem Schmerz zersplitterte sie in Regenbogenfunken und wurde zur Wölfin. Sie schüttelte sich, sprang aufs Bett und überließ der Wölfin die Führung, die zufrieden seufzte und den Duft nach Bernstein und dunkler Erde einsog.

Er gehört uns.

Ja, stimmte die Frau zu, er gehört uns.

Als Cooper kurz nach ein Uhr nachts sein Zimmer betrat, hasste er sich selbst. Er hatte versucht, sich an den Geräten auszutoben. Grace konnte nichts dafür, das wusste er – und bis auf die Träume war er bislang gut damit klargekommen. Er hatte geduldig sein können, es hatte ihm sogar Spaß gemacht, sie Kuss um Kuss zu verführen. Doch nun war es die Hölle, seine Gefühle im Zaum zu halten.

Er stellte sich unter die kalte Dusche, um den rebellierenden Körper zu beruhigen, schüttelte sich danach wie ein Wolf, zog Trainingshosen über und ließ sich aufs Bett fallen. Natürlich fand er keinen Schlaf, da sein Schwanz wie in einer Schraubzwinge steckte, und am nächsten Morgen wachte er auch nicht gerade ausgeruht auf.

Wie zum Teufel würde das erst werden, wenn Grace und er ein Liebespaar waren?

Er konnte sie danach schlecht allein lassen, doch er konnte genauso wenig neben ihr einschlafen, denn sie sollte ihn nicht schreien hören. »Und wie lange wirst du ohne Schlaf noch einigermaßen fit sein, du Schlaumeier?«

Knurrend stand er wieder auf, um jemand anderem die Nacht zu vermiesen, diesmal mithilfe der Kommunikationskonsole.

»Wer immer es ist«, meldete sich eine tiefe, schlaftrunkene Stimme. »Ich werde dich jagen, dir das Hirn herausreißen und es mit gebratenen Pilzen fressen.«

»Sehr kreativ«, sagte Cooper zu Riaz.

Ein zerzauster Schopf erschien auf dem Bildschirm, darunter zeigte sich das Gesicht des Offiziers, der sich offensichtlich im Bett aufrichtete. »Coop? Ist das ein Notfall?«

»Ja. Mein Schwanz bricht gleich durch.«

»Nur, weil du es bist …« Riaz verschwand und kehrte mit feuchtem Haar zurück, die goldenen Augen hatten alle Schlaftrunkenheit verloren. »Okay, was ist los?«

Cooper erzählte. Er war kein großer Redner, vor allem, wenn es um dermaßen wichtige Dinge ging, aber Riaz und er waren seit der Kindheit befreundet und kannten einander in- und auswendig. Der Freund würde schon verstehen, um was es ging.

»Du bist echt verschossen«, sagte Riaz leise. »Ist sie deine Gefährtin?«

»Oh ja.« Der Paarungstanz hatte zwar noch nicht begonnen, aber für Cooper spielte das keine Rolle – sobald ihre Wölfin dazu bereit war, ging es los. »Nur weiß sie es noch nicht.«

»Aha.«

»Am liebsten würd ich dir jetzt eine scheuern.« Ein handfester Kampf wäre im Augenblick genau das Richtige, aber so, wie er drauf war, würde er jeden umbringen, ausgenommen die Offiziere und den Leitwolf. »Du hast echt Schwein, dass der halbe Staat zwischen uns liegt.«

Riaz grinste hemmungslos. »Du würdest dich doch auch kaputtlachen, wenn ich so auf eine Frau abfahren würde.«

Cooper strich sich über den kurz geschorenen Schädel und überlegte, ob er ihn ganz kahl scheren sollte wie andere Kerle. Doch ein paar Frauen hatte das gar nicht gefallen. Also sollte er vielleicht vorher Grace fragen. War ihm scheißegal, ob sie ihn damit an der Kandare hatte. Er fand es gut, wenn es sie interessierte, was er mit seinem Körper anstellte. Alles, was er tat, sollte sie was angehen, verdammt noch mal.

»Du musst mir helfen, Riaz«, bat er den Mann, mit dem er erste Strategien in Bezug auf Frauen entwickelt hatte – als sie noch grün hinter den Ohren waren. »Wie soll ich um sie werben?«

»Hast du nicht gerade erzählt, dass du heute Abend bei ihr warst?«

»Stimmt.« Aber keine Details, denn seine Enttäuschung war das Hauptthema gewesen.

»Na ja, das geht seit kaum einer Woche – wenn die unterwürfige Wölfin dich schon nahe genug heranlässt, dass dir die Eier fast abfallen, dann machst du meiner Meinung nach alles richtig. Du weißt doch genauso gut wie ich, dass du selbst manchen dominanten Frauen zu viel bist.«

Riaz hatte recht. Cooper war sowohl im Bett als auch außerhalb fordernd. Selbst wenn er sich zurücknahm, hielt das nie lange vor. »Grace kann damit umgehen.« Das musste sie, denn er hatte sein Leben lang auf sie gewartet. »Aber vielleicht sollte ich sanfter vorgehen, zumindest in nächster Zeit.«

»Ich muss dich was fragen. Bist du dir wirklich ganz sicher?« Riaz' Augen glühten in dem dunklen Zimmer. »Grace hat keine Krallen, jedenfalls nicht, wenn man deine als Vergleich heranzieht.«

Cooper wurde wütend. »Noch nie hat sich etwas so richtig angefühlt. Grace ist härter, als alle glauben. Sie hat mich schon einmal herausgefordert. Sobald ihre Wölfin begreift, dass ich meine Dominanz nie ihr gegenüber ausspielen werde, wird sie mir völlig gleichberechtigt gegenübertreten.«

»Na dann, volle Kraft voraus.« Riaz gähnte. »Wer nicht wagt, der nicht gewinnt.«

»Warum schmeißt du mit Redewendungen um dich?«

»Weil es halb drei morgens ist, verdammt noch mal, und ich um sechs Uhr Wache habe.«

»Jammerlappen.«

Riaz zeigte ihm den Mittelfinger. »Hau dich hin und jag deine Wölfin morgen.« Er gähnte wieder. »Und vergiss das mit dem sanften Vorgehen. Das liegt dir nicht.«

Am nächsten Morgen um neun starrte Grace in ihrem Büro auf ein extravagantes Blumenbouquet, das gerade abgegeben worden war. Es stammte aus dem Gewächshaus der Höhle. Unter den vielen Farben und Düften fand sie auch ihre Lieblinge, die Gänseblümchen. Eine deutliche Zurschaustellung von Coopers Absichten.

Und dann war da noch die Karte. Der grinsende Jugendliche, der den Strauß vorbeigebracht hatte, hatte erzählt, dass Cooper sie höchstpersönlich und mit den schrecklichsten Morddrohungen zwischen die Blumen gesteckt habe, falls jemand außer Grace die Nachricht läse.

Wie schon gesagt. Sehr viel Vorspiel. xx Coop.

Die Worte trieben ihr die heiße Röte in die Wangen, aber sie war auch erleichtert, dass er sich nicht hatte abschrecken lassen, und steckte die skandalöse Karte schnell in ihre Hosentasche. In dem Moment kam ein Anruf.

»Hallo, Indigo«, sagte sie, denn sie hatte die Offizierin sofort erkannt. »Der Chef ist bei der Heilerin. Hat sich heute Morgen den Knöchel verknackst. Ich soll dir sagen, er wird sich später melden.«

»Kein Problem«, sagte Indigo. »Das sind aber schöne Blumen.«

»Nicht wahr. Cooper hat sie geschickt.« Der Klatsch würde die Höhle in der Sierra Nevada sowieso spätestens am Abend erreichen.

Sie hatte das Rudel allerdings unterschätzt.

»Hab ich mir schon gedacht.« Indigo lächelte. »Warum siehst du dann so erschrocken aus?« Sie klang auf einmal kühler. »Bist du nicht interessiert?«

»Aber natürlich.« Sie sehnte sich nach seiner Berührung. »Welche Frau würde sich von einem Mann wie Cooper abwenden?«

Indigo lachte. »Tut mir leid«, sagte sie und blickte etwas schuldbewusst drein. »Ich weiß, es geht mich nichts an, aber er ist mein Freund. Ich möchte nicht, dass er verletzt wird.« Sie zögerte kurz. »Er hat eine gute Wahl getroffen – du bist klug und sehr sexy … und möchtest am liebsten gleich über ihn herfallen.«

Grace stöhnte. »Jetzt stehen wir sicher permanent unter Beobachtung.«

Womit sie richtiglag. Noch bevor Cooper sie zum Lunch ausführte, da er Nachtwache an der Grenze hatte und mit ihr nicht zu Abend essen konnte. »Haben dir die Blumen gefallen?«, fragte er und stützte sich mit dem Arm über ihrem Kopf an den Baum, unter dem sie standen.

Er sah so selbstzufrieden aus, dass sie eine Welle von Zärtlichkeit erfasste. »Ja.« Und da kein Schmerz in seinen Augen war, sprach sie das Thema nicht an, obwohl sie sich immer noch voller Sorge fragte, was ihn wohl so schwer verletzt hatte. Stattdessen streichelte sie ihn mit Worten und Händen. »Ich werde dich heute Abend vermissen.«

»Morgen gehörst du mir.« Sie bekam ganz weiche Knie.

Natürlich war ihre Familie nicht sehr begeistert über ihre Beziehung zu Cooper. Grace konnte sie nur davon abhalten, sofort anzureisen und sich einzumischen, indem sie ihnen androhte, dann nie mehr nach Hause zu kommen. Als sie das Gespräch mit ihnen beendet hatte, fiel sie erschöpft ins Bett. Ihre Wölfin hatte das aggressive Verhalten doch sehr mitgenommen.

9

Nach unruhigen, hocherotischen Träumen, in denen sie mit Cooper in köstlichen Sünden geschwelgt hatte, betrat Grace am Morgen ihr Büro, das mit Luftballons geschmückt war und in dem sich grinsende Arbeitskollegen herumdrückten.

Der Teil von ihr, der gezwungen gewesen war, gegen die überbehütende Familie zu rebellieren, wollte schon ärgerlich werden, weil Cooper so schnell vorging, doch sie besann sich auf ihr eigentliches Wesen und war bezaubert. Der Mann wusste wirklich, wie man eine Frau glücklich machte.

Und in Wahrheit brauchte sie auch keine zurückhaltende Umwerbung, würde sich nicht wohl dabei fühlen, denn obwohl es ihr ab und zu die Röte in die Wangen trieb, konnte sie mit dem freundlichen Spott der Gefährten gut leben. Aber natürlich musste Cooper immer noch mehr auftrumpfen: Pralinenschachteln landeten bei ihr zu Hause oder im Büro, ein echtes Gorilla-Liebestelegramm löste hysterische Schreie beim ganzen Team aus … und dann gab es noch Geschenke, die nur für sie privat bestimmt waren.

Zum Beispiel ein exotisches Parfüm, das Cooper selbst auf ihr Handgelenk tropfte, nachdem er sie bekocht hatte, oder die mitternachtsblauen Seidenlaken, die sie auf ihrem Bett fand, als sie eines Vormittags unterwegs war, um schnell noch etwas zu holen, das sie vergessen hatte. Sie hielt den Atem an, strich über den glänzenden Stoff und sah im Kopf Bilder von Cooper auf ebendiesen Laken – die bronzefarbene Haut, die kräftigen Muskeln.

Sie ballte die Fäuste und seufzte. Denn auf einem Gebiet bedrängte Cooper sie nicht – bislang hatten sich ihre körperlichen Kontakte auf lange Küsse beschränkt, nach denen Frau und Wölfin inzwischen ganz süchtig waren. Natürlich war das pure Absicht, denn er wollte sie Stück für Stück verführen und achtete sorgsam darauf, die Überlebensinstinkte ihrer Wölfin nicht wachzurufen wie an dem Abend in ihrem Zimmer, doch in ihr brannte eine schmerzhafte Sehnsucht, glühte ein sanftes Feuer.

Als Cooper sie am Nachmittag aufsuchte, sagte sie: »Du treibst mich in den Wahnsinn.«

Er saß ganz still neben ihr im Versorgungstunnel. »Soll ich aufhören?«

Nein! »Ich … mir gefällt es, wenn du böse Dinge tust.« Denn es war ihr wichtig, dass er nicht etwa glaubte, er könne bei ihr nicht der sein, der er war.

Er strich ihr über den Oberschenkel, und das Feuer loderte auf. »Ist dir eigentlich klar, wie viel Spaß es mir macht, dich zu verführen?« Seine Finger drückten zu. »Es macht mich ganz verrückt, mir vorzustellen, deine helle Haut in den Laken zu sehen, so richtig zum Anbeißen. Ich muss mich selbst befriedigen, um Schlaf zu finden, und das ist kein Ersatz.«

Seine Sexualität war rauer und direkter als ihre … doch allmählich glaubte sie, sie könnte damit klarkommen. Wenn er so etwas sagte, erregte es sie ungemein – und das wusste er genau. »Hab ich auch gemacht«, murmelte sie, denn warum sollte er nicht auch leiden.

»Was?«

Sie legte das Werkzeug aus der Hand, kniete sich neben ihn und flüsterte: »Hab mich selbst gestreichelt.« Als er sie gestern Abend nach Hause gebracht hatte, war sie vor Begierde außer sich gewesen.

Die Felswände hallten von seinem Knurren wider. »Hexe.«

Sie lachte heiser. Bei ihm fühlte sie sich stark und mutig, ihre Wölfin traute sich an seinen Wolf. Doch sie wollte auch für ihn sorgen – das Bedürfnis war so groß, dass sein Schweigen sie frustrierte, wann immer sie nur am Rande berührte, was tiefe Falten in sein Gesicht gegraben hatte.

»Bin nur müde von den Spätschichten. Mach dir keine Sorgen.«

Sie wusste, dass mehr dahintersteckte, aber selbst beim kleinsten Nachhaken zog er sich von ihr zurück, und ihre Wölfin konnte ihn dann nicht mehr weiter bedrängen. Das beunruhigte Grace sehr, denn ihre Beziehung konnte nur dann weiterbestehen, wenn er auch dieses Problem mit ihr teilte – wenn sie immer nur zusehen durfte, wenn ihn etwas schmerzte, ohne etwas dagegen tun zu können, würde es sie auf Dauer zerstören, denn sie würde sich als Partnerin nutzlos vorkommen.

Das durfte nicht geschehen, und da sie mit Konfrontation nicht weiterkam, würde sie es mit Zärtlichkeit versuchen, würde ihn lieben und ihm so seinen Kummer entlocken. Unterwürfige Wölfe konnten ebenso stur sein wie dominante – und sie liebte ihn zu sehr, um nicht alles in ihrer Macht Stehende zu tun, die Schatten um ihn zu vertreiben. »Vivienne hat mir von einem Jahrmarkt nicht weit von hier erzählt«, sagte sie. »Magst du mit mir hingehen?«

Um seine Pupillen lagen hellgelbe Kreise, der Wolf sah sie an. »Aber nur, wenn du hinterher mit mir knutschst.«

Die Glut in ihr wurde noch mehr angefacht. Weshalb sie schließlich Hand in Hand mit Cooper über den Jahrmarkt ging, der eine halbe Stunde Autofahrt von der Höhle entfernt stattfand. Cooper kaufte ihr Zuckerwatte, die sie an ihre Kindheit erinnerte und dazu brachte, ihm von ihrer Familie zu erzählen, sowohl von der jetzigen als auch von der verlorenen.

»Ich vermisse Mama und Papa immer noch«, gab sie zu. »Es

kommt mir illoyal gegenüber Milena und James vor, aber ich glaube, sie würden es verstehen.«

»Sicher würden sie das.« Er zog sie an sich. »Nur weil die Eltern nicht mehr da sind, heißt das noch lange nicht, dass man ihre Liebe und die Liebe zu ihnen je vergisst.« Seine Finger in ihrem Haar.

»Lange Zeit habe ich gar nicht begriffen, dass sie nie mehr wiederkehren. Als es mir dann klar war ... habe ich eine Nacht lang geheult und bin ganz krank geworden.« Sie griff nach der Hand, die auf ihrer Schulter lag. »Du verstehst das doch.« Er hatte seine Eltern auch verloren, allerdings nicht durch die Gewalt, die ihr die Eltern genommen hatte.

»Ja.« Raue Zustimmung, dann stahl er ihr das letzte Stück Zuckerwatte, rang ihr dadurch ein Lächeln ab und führte sie zu einem altmodischen, hell erleuchteten Riesenrad. »Macht dir das Spaß?«, fragte er, als sie sich in die Schaukel setzten.

»Ja.« Sie schmiegte sich an ihn, und die Gondel bewegte sich weiter. »Und dir?«

»Ja, auch, aber ich warte aufs Knutschen.« Er strich über das sonnengelbe Jäckchen, das sie über einem weißen Tanktop trug. »Ist dir nicht kalt?«

»Ein wenig. Ich hätte eine richtige Jacke mitnehmen sollen.«

Cooper nahm sie fest in den Arm, während sie langsam emporgehoben wurden. Der Ausblick war fantastisch. Er küsste ihr Ohr. »Wir könnten auch gleich hier anfangen, dann wird uns wärmer.«

Seine Besorgtheit gefiel ihr. Besitzergreifend. Abgesehen von allem anderen mochte Grace gerade das an Cooper. Sie brauchte sich nie zu fragen, ob und wie sie in sein Leben passte. Als er sanft in ihre Unterlippe biss, biss sie zurück. Sie spürte, wie seine Brust beim Knurren vibrierte. »Mach das noch einmal.«

Die Bitte trieb ihr die Röte ins Gesicht – und sie reckte es ihm zum nächsten Kuss entgegen. Er küsste ihre Lippen, dann die Wangen und den Hals. Inzwischen war sie so an seine Küsse gewöhnt, dass ihr gar nicht auffiel, dass er bisher den Hals immer ausgespart hatte. Plötzlich überfiel sie eine Welle von Furcht, wollte die Wölfin in ihr erstarren, um das Raubtier nicht zu reizen, dessen Zähne so nah an ihrer Halsschlagader waren.

Cooper nahm wahr, wie ihr Herz raste, musste die Panik gespürt haben, denn er hob den Kopf. »Ich will keine Unterwerfung.« Ärgerliches Knurren. »Falls ich es jemals will, dann nur als Spiel im Bett. Hast du das verstanden?«

Grace' Wölfin zitterte … doch sie nahm neben seinem Ärger auch die beschützende Umarmung wahr. »Wie würde es dir denn gefallen, wenn dir der Leitwolf an die Kehle ginge?«, fragte sie.

Cooper grinste breit, denn er spürte nicht mehr die ängstliche Wölfin, sondern die aufgebrachte Frau. Wenn Grace sauer werden musste, um das Ungleichgewicht zwischen ihnen zu vergessen, dann würde er sie so viel wie möglich ärgern. »Ich würde Hawke sagen, dass er nicht mein Typ ist.«

Grace schnaubte, und das Riesenrad nahm Fahrt auf.

Begeistert hob er ihr Kinn und knabberte spielerisch an ihrer Nase. »Oh Gott, ich hoffe, du machst das auch, wenn wir nackt sind.«

Sie biss zurück. Fest.

»Autsch.« Er rieb sich die Nase. »Das war aber nicht nett.«

Sie starrte ihn kurz an und barg dann den Kopf an seiner Brust. Er lächelte verhalten, sein Wolf war zufrieden. Auch wenn Grace das vielleicht nicht mitbekommen hatte, sie hatten einen großen Schritt auf eine feste Beziehung hin getan. Bald hatte er seine Ingenieurin so weit, ihn auch im Bett anzuknurren und mit den Nägeln rote Striemen auf seinem Rücken zu hinterlassen.

Doch weil sie ihm nun grollte und der Versuch vorher schiefgegangen war, würde sie ihn sicher nicht an das Versprechen erinnern, mit ihr zu knutschen. Auf dem Nachhauseweg fuhr er mit ihr in ein abgeschiedenes Waldstück. »Komm her«, sagte er mit Wolfsstimme, als er den Motor abgestellt hatte.

Grace erbebte innerlich und löste den Gurt, doch sie folgte seinem Befehl nicht, sondern öffnete die Tür. »Raus hier.« Ein leises Flüstern.

Es war kalt draußen, und er hätte sie lieber im Warmen gewusst, aber seine unterwürfige Geliebte versuchte wohl, die Dinge so zu regeln, dass sie nicht wieder in Panik geriet. Also stieg er auch aus und traf sie vor dem Wagen. Sie wirkte nervös. Damit es nicht noch stärker wurde, hob er sie auf die Kühlerhaube und stellte sich zwischen ihre Beine.

Sie schnappte nach Luft und legte die Hände auf seine Schultern. Dann stellte die süße und unglaublich starke Grace eine unerwartete Frage: »Darf ich deinen Hals küssen?«

Er stöhnte. »Wann immer du willst.«

Sie legte den Kopf schräg, fasste seinen Nacken und streifte scheu mit den Lippen die Haut. Nur selten ließ er jemanden so nahe an sich heran. Die meisten dominanten Wölfe waren sehr wählerisch, wem sie eine solche Zärtlichkeit zugestanden. Deshalb hatte Grace auch gefragt. Wenn sie ihn ohne ausdrückliche Zustimmung berührt hätte, hätte er vielleicht wütend reagiert – bei jedem, nur nicht bei Grace. Bei ihr würde er stets so reagieren wie jetzt, er würde sie nur sanft am Kopf festhalten.

Erschauernd spürte er ihre Zunge, ließ den Wolf knurren, roch ihre Erregung. »Ich will dich schmecken«, sagte er und strich über ihre Hüfte. »Ich will deine Schenkel spreizen, an dir saugen, beißen und schlecken, bis du kommst.«

Ein Schauer überlief Grace. »Das würde nicht lange dauern.« Ein Flüstern, das sich wie eine Faust um seinen Schwanz schloss.

Dann spürte er Zähne an der Kehle.

»Grace.« Er packte ihr Haar fester. »Jetzt bist du mir zwei schuldig.«

Ihre Schenkel spannten sich an, ein verschleierter Blick traf ihn kurz, als sie den Kopf hob … sich zurücklehnte und ihm die Kehle ganz bewusst und voller Vertrauen darbot. Fast beschämt strich er mit einem Finger über die zarte Haut. »So schön, so leicht zu zeichnen.« Er fuhr noch einmal darüber. »Soll ich fest saugen? Soll ich einen Knutschfleck hinterlassen, den alle sehen können?«

Sie wimmerte, blieb aber, wo sie war. Es war keine Furcht, keine Unterwerfung.

»Es scheint dir zu gefallen.« Er beugte sich vor, leckte über die Halsschlagader und sog ihren Moschusduft ein. »Was hältst du davon, wenn ich dasselbe mit deinen hübschen Brüsten mache?« Er streifte leicht die volle Rundung. »Die Flecken bekäme dann nur ich zu sehen, würde dran lecken, bis sie wieder verschwunden sind, und dann neue machen.«

Ein Arm auf seiner Schulter, eine Hand an seinem Hinterkopf. »Hör auf zu reden.«

So bestimmt, so atemlos – er musste lächeln. »Es gefällt dir doch.« Mit jedem Wort konnte er feststellen, wie ihre Erregung zunahm. »Wenn du dann ganz bereit und feucht unter mir liegst, werde ich dir sagen …«

Ihre Lippen verschlossen seinen Mund. Stöhnend hielt er sie fest, genoss den Kuss, saugte an ihrer Zunge und tauchte ganz in ihren Duft ein, bis sie ihn schließlich an den Schultern wegdrückte. »Luft«, japste sie.

Er legte die Hände auf die kühle Motorhaube und atmete

tief ein und aus, ließ den Kopf hängen. Er wollte noch einen Kuss, war aber nicht sicher, ob er sich dann noch zurückhalten konnte. Sie war so erregt. Doch sie war noch nicht bereit, vertraute ihm nicht so sehr, dass sie ihm jetzt schon den Rücken zuwenden konnte, und das brauchte er, bevor er mit ihr ins Bett fiel, denn er würde seine Fantasien umsetzen wollen, wollte ihr Hinterteil sehen, wenn er mit ihr schlief.

Eine warme Hand auf seinem Nacken. »Warum hast du dir den Kopf geschoren?«

»Gefällt es dir nicht?« Sein Wolf streckte sich.

»Das hab ich nicht gesagt.« Sie streichelte ihn weiter. »Du siehst so oder so gut aus.«

Er war nicht eitel, aber die Streicheleinheiten gefielen ihm. »Ist praktischer so.«

»Ich mag, wie es sich anfühlt.« Sie rieb die Wange an seiner Schläfe. »Stammt die Narbe tatsächlich von dem Kampf mit einem tollwütigen Bären?« Ein Finger fuhr an den Rändern entlang.

»Ja. Ich war jung und ziemlich blöd.« Als Jugendlicher war er einem Bären begegnet, der zwei ängstliche junge Wölfe jagte. Er hatte die beiden auf einen hohen Ast gesetzt und sich dem Bären in den Weg gestellt, der so außer sich war, dass er nie von den Jungen abgelassen hätte. »Ich konnte den Zähnen ausweichen, aber er hat mich mit einer Pranke erwischt. Aus irgendeinem Grund ist die Wunde genau wie die auf dem Rücken nicht richtig verheilt.«

»Ist sehr sexy.«

Er reckte den Hals einladend, spürte voller Lust, dass sie heftig genug saugte, dass auch er einen Knutschfleck davontragen würde. Seine besitzergreifende Wölfin.

»Und es waren Junge in Gefahr«, sagte sie und leckte über das Zeichen, das sie hinterlassen hatte. Küsse auf dem Hals, der Duft von reifen Pfirsichen. »Du würdest doch sicher wieder dasselbe tun.«

»Glaub schon. Bin halt immer noch blöd.« Er hielt ihren Kopf fest und stieß zischend den Atem aus, als sie zubiss. »Jetzt sind es drei, du böses Mädchen.«

Sie drückte die Schenkel zusammen … und als sie sich erneut nach hinten lehnte, war ihr Körper nur erwartungsvoll gespannt.

In dem Augenblick hörte er in sich das Heulen des Wolfes, der Paarungstanz hatte begonnen.

10

Am nächsten Morgen sah sich Grace den Fleck an ihrem Hals genauer an.

»Jetzt weiß jeder, dass du mein bist.«

Ein leichter Schauer erfasste sie, als sie daran dachte, wie Cooper mit dem Finger über die Stelle gefahren war, als sie sich in der Höhle verabschiedeten, nachdem sie wie Teenager herumgeknutscht hatten. Sie würde den Fleck nicht mit Make-up überdecken, denn sie war stolz darauf, zu Cooper zu gehören. Und im Rudel wussten sowieso alle Bescheid. Sie lachte, freute sich auf die kommende Nacht, denn die Tatsache, dass ihre Wölfin ihn an die Kehle gelassen hatte …

Glücklich war sie, ganz aufgeregt und vielleicht ein wenig ängstlich – wie eine Frau, die genau wusste, dass ein sehr sinnlicher und ebenso gefährlicher Mann bald in ihrem Bett landen würde. Mit einem Lächeln auf den Lippen machte sie sich auf den Weg zu ihrer Arbeit, bereit, sich dem Spott zu stellen.

Doch nicht bereit für Bruder und Schwester, die gerade angekommen waren. Die zwei sahen den Knutschfleck und gerieten sofort außer sich, grüne Spiralen glühten in den bernsteinfarbenen Wolfsaugen.

»Bist du völlig übergeschnappt, Grace?«, schrie Pia, die sie in den Wald gezerrt hatte, damit niemand sie hören konnte. Sie war klein von Statur, aber das galt nicht für ihr Temperament. »Der Mann ist Offizier! Noch dazu einer von der ganz harten Sorte. Der frisst unterwürfige Wölfe wie dich zum Frühstück.«

Der schlanke Rev wählte elegantere Formulierungen, war

aber ebenso heftig in seiner Ablehnung. »Du brauchst jemand Sanften, der deine Wölfin mit Sorgfalt behandelt. Zum Glück konnten wir Dad ausreden mitzukommen. Wenn er die Verletzung an deinem Hals gesehen hätte, wäre Blut geflossen.«

Grace wollte ihnen sagen, dass die Verletzung ein hochwillkommener Knutschfleck sei, von denen sie jede Menge an den Hälsen der verschiedenen Freundinnen Revs gesehen hatte, doch ihre Schwester ging schon wieder in die Luft. Also verschränkte Grace nur die Arme und wartete ab. Irgendwann musste Pia ja mal Luft holen. Rev würde sowieso jede Antwort, die sie gab, in der Luft zerreißen. Eine wohlbekannte Gewohnheit der Familie, die sie nervte, doch sie wusste auch, dass diese Dummköpfe sich nur so aufführten, weil sie sie liebten.

Ihre Wölfin seufzte erschöpft, legte den Kopf auf die Pfoten und wartete ebenfalls.

Da betrat ein Mann knurrend die Lichtung. »Alles in Ordnung?«, fragte Cooper, in dessen Augen sie wieder die gelben Ringe wahrnahm, die den Wolf auszeichneten.

»Mir geht es gut.« Sie trat zu ihm und legte ihm die Hand auf die Brust. »Was ist denn passiert?«

»Was passiert ist?« Wie ein Schnappen mit kräftigen Zähnen. »Man hat mir gesagt, zwei unbekannte dominante Wölfe hätten dich mit Gewalt aus der Höhle gezerrt, und da fragst du mich, was passiert ist?«

Wütend kniff sie die Augen zusammen. »Sprich nicht in diesem Ton mit mir.« Das durfte niemand, und erst recht nicht der Mann, mit dem sie Intimitäten teilen wollte.

Als Antwort schob er sie hinter sich und wandte sich Pia und Rev zu. »Ihr habt drei Sekunden, um zu erklären, was eure Pfoten auf ihr zu suchen haben.«

»Sie ist unsere Schwester.« Pia war großartig, wenn sie wütend war – pechschwarzes Haar und glühende Wolfsaugen –, und doch würde Cooper Hackfleisch aus ihr machen, falls er ihren Zorn als Angriff interpretierte. »Und du hast kein Recht, deine Stellung auszunutzen, um Körperprivilegien zu erzwingen.«

Grace hätte am liebsten den Kopf gegen einen Felsen geschlagen, als sie die schrecklichen Worte aus dem Mund ihrer großherzigen, aber zu Schnellschüssen neigenden Schwester hörte. Doch dazu blieb keine Zeit, denn Coopers Krallen waren ausgefahren, und ein tiefes Knurren ließ die Äste erzittern. Sie stellte sich flink vor ihn und fuhr die eigenen Krallen aus, als er sie hochhob und wieder hinter sich stellen wollte. Sie musste schreien, um sich gegen die lauten Rufe ihrer Geschwister durchzusetzen, sie solle fortlaufen.

»Cooper. Cooper!« Sie sah sich um, als sie hörte, wie Pia und Rev näher kamen. »Nein!«

Sie blieben stehen, der Schock stand ihnen ins Gesicht geschrieben. Grace schrie nie. Und ihre Geschwister schrie sie schon gar nicht an.

Zufrieden mit der Zeit, die sie sich verschafft hatte, und während sie noch in der Luft hing, beugte sie sich vor und tat das Mutigste, was sie je in ihrem Leben getan hatte: Sie biss Cooper fest in die Wange … und bekam als Antwort nur ein leicht verärgertes Knurren, er starrte immer noch auf ihre Geschwister. »Cooper«, sagte sie und trieb ihre Krallen tiefer in seine Haut. »Wenn du mich jetzt ignorierst, ist es aus und vorbei zwischen uns.«

Der verzweifelte Versuch wirkte, er sah sie an, mit leuchtend gelben, wunderschönen Augen. »Sie haben mich herausgefordert. Sie haben gesagt, ich täte dir weh.«

»Ich weiß.« Sie ließ sich von der Wölfin führen, hielt seinem Blick stand … und hatte keine Angst vor seiner Wut. Denn obwohl sie ihn gebissen und gekratzt hatte, hielt er sie noch immer so sanft fest, dass es dem schrecklichen Vorwurf den Stachel nahm. »Ich weiß auch, dass ich sehr viel verlange, wenn ich dich bitte, sie gegen all deine Instinkte zu schonen.«

Er senkte die Lider, sah wieder hoch. Gelbe Augen – der Wolf hörte zu, aber er war noch nicht überzeugt, vor allem, da ihre Geschwister immer noch brüllten.

Sie atmete tief aus, konzentrierte sich nur auf Cooper und spielte ihr Ass aus. »Wie willst du meiner Mutter in die Augen sehen, wenn du Pia und Revel in Stücken zu ihr zurückschickst?«

Schweigen. »Werde ihr sagen, dass sie dumme Junge hat.«

Knurren von besagten Jungen, aber Grace wusste, dass die Gefahr gebannt war, trotz der lakonischen, leicht spöttisch vorgebrachten Antwort Coopers. »Danke«, flüsterte sie, denn er hatte ihr damit ein Geschenk gemacht. Der dominante Wolf, der sonst auf jede Herausforderung mit Gewalt reagierte, hatte sich ihretwegen zurückgehalten.

Seine nächsten Worte waren nur für ihre Ohren bestimmt. »Ich mag deine Krallen. Wenn ich in dir bin, will ich sie auf meinem Rücken spüren.« Er legte ihr den Arm um die Hüfte und zog sie an sich, unbeeindruckt von ihren Versuchen, sich anzuschauen, was sie auf seinen Armen angerichtet hatte.

»Ich sollte euch die Knochen brechen für diesen Ungehorsam«, sagte er zu Pia und Revel so kalt, dass sie schließlich doch schwiegen und ihnen die Farbe aus dem Gesicht wich. »Aber das würde auch Grace wehtun, deshalb bekommt ihr diesmal freies Geleit.«

Grace sah ihren Geschwistern in die Augen. »Wenn ihr das noch einmal tut, habt ihr es nicht anders verdient.« Die Hierarchie gab es nicht ohne Grund, und mehr als eine einmalige Zurückhaltung konnte man von Cooper nicht erwarten. Er war sehr weit gegangen, und sie würde ihn nicht noch einmal darum bitten.

»Du bist uns böse.« Revel klang hoffnungslos verloren.

Seufzend wollte Grace zu ihm, doch sie wurde festgehalten. Sie sah Cooper an, bat ihn um ein weiteres Geschenk, obwohl sein Wolf noch so nah an der Oberfläche saß. »Lass mich kurz los. Ich muss mich richtig verabschieden.«

Er gab sie frei, doch sie spürte seinen Blick bei jedem Schritt, spürte ihn auch, als sie Revel umarmte, ihn fest an sich drückte und dann dasselbe mit Pia machte. Noch bevor sie ihnen erklären konnte, dass die Beziehung zu Cooper sie wirklich glücklich mache, sprang Revel zurück und sah Cooper mit einem Flackern in den Augen an.

»Meine Fresse«, murmelte er leise, doch sie hatte es gehört. »Komm schon, Pia, wir dürfen die Abfahrt nicht verpassen.«

Pia runzelte die Stirn. »Was …«

Aber Revel zog sie mit sich mit, winkte Grace zum Abschied zu und rief: »Entschuldige, Cooper. Hab was falsch verstanden. Danke, dass du uns nicht zu Kleinholz verarbeitet hast.«

Pia kreischte, doch Revel zischte ihr etwas zu, worauf sie sich nicht mehr wehrte, den Kopf Grace und Cooper zuwandte und sie mit offenem Mund anstarrte, dann stahl sich ein breites Grinsen auf ihr Gesicht. »Tschau, Grace. Ich sag Mom und Dad, dass es dir gut geht.«

Grace sah ihnen nach, bis sie im Wald verschwunden waren. Ein Verdacht keimte in ihr auf. Nur eine einzige Sache hätte die Beschützerinstinkte ihrer Geschwister so vollkommen außer Kraft setzen können. »Hat der Paarungstanz begonnen?«, fragte sie Cooper. Der Mann wusste es immer als Erster, und die meisten hatten es nicht eilig damit, den Frauen Bescheid zu sagen, solange diese sich noch zurückziehen konnten.

»Was ist, wenn ja?« Herausfordernd.

»Meinst du nicht, du hättest es mir sagen sollen?«

»Nein.« Und dann küsste sie der Mann, der sie dauernd wütend machte, diesmal so fordernd, dass sie völlig den Boden unter den Füßen verlor.

Dann grinste er auch noch. »Du hast keine Angst mehr vor dem großen, bösen Wolf.« Er hob sie hoch und drückte sie gegen einen Baum. Unwillkürlich legte sie die Beine um seine Hüften. »Ich will dich.« Finger fummelten an ihren Hemdknöpfen.

»Stopp.«

Cooper nahm die Panik wahr und erstarrte sofort. Zu spät erkannte er, dass er die Lage wieder falsch eingeschätzt hatte. Grace hatte keine Angst mehr vor seiner Wut, was aber noch lange nicht hieß, dass sie ihm das Vertrauen entgegenbrachte, das nötig war, wenn er mit ihr ins Bett wollte. Während der Auseinandersetzung hatte sie andere schützen wollen, da wurden selbst Unterwürfige zu Furien. Ihr Adrenalinpegel musste sagenhaft hochgeschnellt sein.

Doch erst gestern Abend hatte sie ihm ihre ungeschützte Kehle dargeboten. Es war zu früh, mehr zu erwarten, und jede Forderung würde ihren Instinkt zur Unterwerfung wecken und sie beide verletzen. »Tut mir leid.« Er legte die Hände an den Baumstamm. »Baby, es tut mir …«

Sie verschloss ihm mit einem Finger die Lippen. »Ich habe keine Angst vor deiner Wut«, flüsterte sie und sah ihm kurz in die Augen. »Eigentlich bin ich sogar ein bisschen stolz darauf, dass ich mich gegen einen Offizier gestellt und ihn dazu gebracht habe, mir zuzuhören.« Ein schüchternes Lächeln.

Er lachte laut über ihren anbetungswürdigen Eigendünkel, und die Anspannung ließ nach. »Du hast ihn auch ordentlich gekratzt, was noch mehr zu Buche schlägt.«

Ein zärtlicher Kuss, sie bereute nichts, strich über die bereits heilenden Schrammen. »Im Herzen weiß die Wölfin bereits, dass du unsere Art eher schützt als verletzt. Doch das andere … intime Körperlichkeit … das ist so neu, so ungewohnt, die Verletzlichkeit darin … ängstigt die Wölfin so sehr, dass sie vergessen könnte, was wir bereits erlebt haben, und in die Bestimmungen der Hierarchie zurückfällt.«

Eine Hand zärtlich in seinem Nacken, dann traf ein besorgter Blick erneut flüchtig den seinen. »Du wirst aber nicht aufgeben?«

»Zum Teufel, nein. Du gehörst mir, und ich will dich behalten.« Ihm wurde bewusst, wie anschmiegsam ihr Körper an seinem lag, wie wenig sie sich gegen seine stürmische Liebkosung gewehrt hatte. Er schob den Unterleib vor, streifte ihren Mund mit den Lippen. Seufzend öffnete sie den Mund, hielt sich an seinen Schultern fest.

Obwohl er sie auch gerne gestreichelt hätte, ließ er die Hände auf dem Baumstamm liegen und näherte sich der empfindlichen Stelle nicht, an der sie sein Zeichen trug. Durch seine Ungeduld hatte er der Wölfin ungewollt Angst eingejagt, deshalb küsste er sie nur … und plante im Kopf den nächsten Schritt im Paarungstanz.

Nach einer Nachtschicht an den Grenzen des Reviers kam Cooper nach Hause und legte sich ein paar Stunden aufs Ohr. Sobald er die Augen geschlossen hatte, hatte ihn der Albtraum wieder fest im Griff, bis er schreiend wach wurde. Zornig und hilflos schlug er mit der Faust gegen die Wand, bis die Knöchel bluteten. Nur mit Mühe konnte er die dunklen Schatten abschütteln und sie von Grace fernhalten, damit ihre aufmerksamen Augen das Gefühlschaos in ihm nicht wahrnahmen.

Stattdessen schickte er ihr winzige Erdnussbuttertörtchen zum Mittagessen und bekam die Antwort, er würde sie mästen … zusammen mit einem rosafarbenen Törtchen mit Zuckerguss in Herzform und ihren Initialen. Er hatte nicht geglaubt, dass ihn heute noch etwas zum Lachen bringen würde, doch es war so. Zufrieden biss er in das Törtchen und schickte ihr die Nachricht, im Bett hätte er gerne etwas, an dem er sich festhalten könne.

Als er sich schließlich am Nachmittag in ihre Nähe wagte, sahen ihn ihre Augen so fröhlich an, dass er sie auf der Stelle küssen und ihre Hüften streicheln musste. Ihre Berührung schmolz das Eis an Stellen, die kein heißes Wasser erreicht hätte. Sanft strichen ihre Finger über seine Wange. »Du hast schlecht geschlafen.« Sie fuhr über die dunklen Schatten unter seinen Augen.

»Stimmt. Ich werde mich heute früh hinlegen ... es sei denn, du möchtest, dass ich zu dir ins Bett krieche. Das könnte mich schon wach halten.«

Die Falten auf ihrer Stirn verstärkten sich. »Du machst es schon wieder.«

»Was denn?«

»Du benutzt Sex, um etwas zu verbergen.« Sie stellte sich auf die Zehenspitzen und küsste ihn, bis sie keine Luft mehr bekam. »Erzähl es mir.«

11

Es zerriss ihn fast, doch er konnte und wollte sie nicht mit diesem Schmerz belasten, sie sollte sich durch seine Bedürftigkeit nicht eingeengt fühlen. »Du sagst mir ja auch nicht alles. Ich habe gehört, du gehst heute Abend mit deinem Ingenieursteam aus.«

»Ja, wir feiern den frühen Abschluss der Arbeiten in Sektion 4B.« Sie klopfte ihm liebevoll auf die Schulter. »Willst du mitkommen?«

Nichts lieber als das. »Nein, aber viel Spaß. Shamus und ich wollen Billard spielen.« Er durfte nicht ihr ganzes Leben überwachen, nur weil es ihn wahnsinnig machte, wenn er nicht wusste, dass sie hundertprozentig in Sicherheit war. »Ich schau noch vorbei und sage dir gute Nacht, wenn wir rechtzeitig zurück sind.«

Dunkle, aufmerksame Augen. »Ich hab es nicht vergessen.«

Natürlich nicht. Aber das Kreuz musste er allein tragen. »Kein Grund zur Sorge.«

Der Abend war die reinste Folter. Auf der Rückfahrt von der Bar steckten Shamus und er in einem Stau fest, weil gegen irgendetwas protestiert wurde, und sie kamen erst nach elf in der Höhle an. Er wusste zwar, dass es viel zu spät war, um Grace noch zu wecken, aber er ging dennoch zu ihr in der Hoffnung, unter der Tür einen Lichtschimmer zu sehen. Doch sie schlief schon ... oder war noch nicht zurück. Und er konnte niemanden danach fragen, ohne zu viel preiszugeben, deshalb wartete er bis zum Morgengrauen und holte sie dann zum Frühstück ab.

Er hielt sie sehr lange im Arm, sicher merkte sie, dass etwas ganz und gar nicht stimmte. Wieder wehrte er ihre Fragen ab – dass es nicht ewig so weitergehen konnte, war ihm bewusst, doch an diesem Tag wollte er sich nur der Freude seiner Liebeswerbung widmen. Denn sie war sein Licht in der Dunkelheit – sein Wolf stolzierte voller Begeisterung in der Höhle herum, und es war ihm egal, ob man ihn mit seiner Verliebtheit aufzog.

»Wie man hört, wickelt sie dich um den kleinen Finger«, sagte der Leitwolf zwei Tage später, die blassblauen Husky-Augen blinzelten vergnügt. »Es werden schon Wetten abgeschlossen, was du als Nächstes tust. Einen Geiger anheuern vielleicht.«

»Das Rudel hat einfach zu wenig um die Ohren«, murrte Cooper, doch trotz seines Schlafdefizits war er zu gut gelaunt, um sauer zu werden. Denn Grace ließ sich von ihm jagen – und seinem Wolf gefiel die Herausforderung.

Er grinste, als er an die Überraschung dachte, die er für sie in ihrem Büro hinterlassen hatte.

Grace musste sehr gegen die aufsteigende Hitze ankämpfen, als sie den schwarzen Karton mit der pinkfarbenen Schleife auf dem Schreibtisch entdeckte. Der Karton war nicht der Grund, wohl aber das kleine Signet auf der linken Ecke, das von einem exklusiven Dessousladen stammte.

Vivienne pfiff durch die Zähne. »Nun fährt er aber schweres Geschütz auf.«

Grace hatte schon davon gehört, dass Wölfe während des Paarungstanzes recht exhibitionistisch sein konnten, aber Cooper musste doch wissen, dass sie eher schüchtern in diesen Dingen war. »Ich bringe ihn um«, sagte sie leise und wich den Blicken aus, die ihr Chef und Paul ihr zuwarfen, die auch noch lange Hälse machten, als sie zum dritten Mal an ihrem Büro vorbeigingen.

»Warte erst einmal ab, was drin ist.«

»Ich werde den Karton sicher nicht hier öffnen.«

»Komm schon.« Vivienne schlug den Männern die Tür vor der Nase zu. »Siehst du? Jetzt sind wir ganz unter uns.«

Es klopfte.

Vivienne verzog das Gesicht und öffnete die Tür einen Spalt. Emma steckte den Kopf herein. Die Spitzen des Pagenschnitts wippten. »Ich hab noch Zeit vor dem Unterricht, und ich habe gehört …« Ihre Augen leuchteten auf, als sie den Karton entdeckte. Sie kam herein, schloss die Tür und schob zur Sicherheit den Riegel vor. »Mein Gott, er hat es tatsächlich getan. Selbst mein Kerl war nicht so schamlos.«

Grace' Magen hüpfte. Mein Kerl. Hörte sich nett an. Es würde ihr gefallen, Cooper ihren Kerl zu nennen. Nachdem sie ihn umgebracht hatte. »Er hätte es mir auf mein Zimmer schicken können.«

»Ich bitte dich, das ist doch nicht dein Ernst.« Vivienne schnaubte. »Die Dessous sind für dich, doch die Nachricht gilt allen. Hände weg von meiner sexy Grace. Die gehört miiiiir. Knurr und schnapp und noch mal knurr.«

Grace sah sie böse an, und Emma kicherte … doch als Vivienne sich dann auf die Brust schlug und die Zähne fletschte, war es mit der Beherrschung aller vorbei. Minuten später wischte Grace sich die Tränen aus den Augen und gab nach, zog das Band auf. »Wenn ihr nur ein Wort über den Inhalt fallen lasst, stelle ich das Licht in euren Zimmern eine Woche lang auf Mittagssonne.«

»Gebongt.«

Emma zögerte. »Kann ich es wenigstens Shamus erzählen? Bitte.« Sie legte die Hände aneinander. »Das könnte ihn auf Ideen bringen, ihr wisst schon, was ich meine.«

»Nicht ein Wort.«

»Schon gut.« Emma tat, als zöge sie einen Reißverschluss an ihrem Mund zu. »Jetzt mach auf, bevor ich platzte.«

Sie stellten sich um den Tisch herum, und Grace hob den Deckel. Auf feinem, weißem Seidenpapier lag ein Kleidungsstück, das allen drei Frauen einen verzückten Seufzer entlockte. Cooper hatte nichts Skandalöses besorgt, sondern ein bis zu den Schenkeln reichendes Nachthemd, mitternachtsblau mit Spaghettiträgern. Es war raffiniert geschnitten, würde genau an den richtigen Stellen anliegen, und der Stoff war die reine Sünde.

»Am liebsten würde ich schnurren.« Emma befühlte den Stoff. »Ich werde Shamus so oft zu dem Laden schleppen, bis er den Wink kapiert.«

Vivienne seufzte noch einmal. »Das gibt aber ordentlich Pluspunkte.«

Grace strich über das Hemd. Nie hätte sie sich so etwas selbst gekauft, es war zu teuer, zu dekadent. »Vielleicht bringe ich ihn doch nicht um«, sagte sie gedankenverloren und stellte sich vor, wie Coopers raue Hände die Träger über ihre Schultern schoben, Bartstoppeln sie kratzten, Lippen sie besitzergreifend küssten.

Vivienne tippte mit wissendem Blick an ihre Schulter. »Willst du die anderen Päckchen nicht auch öffnen?« Sie zeigte in den Karton.

»Nein.« Coopers Vorrat an gutem Benehmen war begrenzt, und Grace war sicher, dass er mit dem Nachthemd alles davon aufgebraucht hatte.

Die Freundinnen seufzten enttäuscht und bettelten mitleiderregend, doch Grace ließ sich nicht erweichen und schubste sie zur Tür hinaus. Dann verriegelte sie die Tür wieder und gab ihrer eigenen Neugier nach. Sie war zu Recht besorgt gewesen.

Als sie später am Abend auf dem Rücksitz eines Wagens, den

er aus der Gemeinschaftsgarage geholt hatte, rittlings auf Coopers Schoß saß, beschwerte sie sich. »Ich muss schon sehr, sehr gute Laune haben, um die Korsage anzuziehen. Sie könnte genauso gut aus durchsichtiger Gaze sein.« Doch sie war aus unglaublich zarter roter Spitze, die die Brüste bedeckte und den Bauch, aber nichts verbarg.

Cooper lehnte sehr zufrieden und halbnackt am Polster. »Mir gefallen vor allem die Häkchen.«

»Weil sie am Rücken sind.« Man konnte sich das Ding weder allein an- noch ausziehen, so viel stand fest. »Und wie nennst du das andere Kleidungsstück?«

»Einen Slip.« Finger auf der nackten Haut zwischen den Brüsten, denn er hatte sie überredet, ihr Hemd aufzuknöpfen. »Was denn sonst?«

Sie drückte die Schenkel zusammen. »Und was soll der klitzekleine rote Streifen bedecken?«

»Hoffentlich nicht allzu viel.« Er zog am Bund des knielangen Rocks, den sie heute ganz bewusst angezogen hatte, wobei sie sich sehr ungezogen vorgekommen war. »Trägst du ihn heute?«

Wie dickflüssiger Honig breitete sich die Erregung in ihren Adern aus, es tat so gut. »Nein«, sagte sie, denn sie wollte mit ihm spielen. »Ich wollte dich bestrafen für die Qualen, die du mir bereitet hast.«

Zähne an ihrer Unterlippe. »Macht mich echt scharf, wenn du böse bist.« Seine Finger glitten zum Rocksaum, streckten sich rau und heiß auf ihrem Schenkel. »Darf ich?«

Das Herz schlug ihr bis zum Hals, und sie schüttelte den Kopf … griff dann selbst zum Saum und schob ihn höher. Cooper atmete rasch und laut, seine Augen waren ganz gelb, als sie Grace' Fingern Zentimeter um Zentimeter folgten. Sie fühlte sich wie eine verführerische Sirene unter diesem Blick, obwohl sie immer geglaubt hatte, ihre Sexualität sei eher ein sanftes Glühen.

Doch bei Cooper war sie voller Verlangen und sehr besitzergreifend. Nur ein Wort oder ein Blick von ihm genügte, und sie stand in Flammen, brannte darauf, dass er vollendete, was er angefangen hatte, war in jedem Augenblick bereit für ihn. Nicht mehr lange, dann würde die Wölfin ihm vollkommen vertrauen.

»Höher.« Er knurrte, als sie am Schenkelansatz Halt machte. »Ich will es sehen.«

In Schweiß gebadet hielt sie den Rock, wo er war. »Und was bekomme ich dafür?«

Gelb blitzte im Dunkeln auf, die Fenster beschlugen und hüllten sie ein. »Ich besorge es dir mit der Zunge. Jetzt mach schon.«

Mit einem wimmernden Laut gehorchte sie, sein Kopf fuhr hoch, um sich zu vergewissern, dass es eine Äußerung der Leidenschaft war. Zufrieden sah er wieder auf das kleine rote Dreieck, das gerade noch etwas vor seinem Blick verbarg, und umklammerte fest ihren Schenkel. »Zieh es aus.«

Ihre Beine zitterten. Sie ließ den Rocksaum los und lehnte sich schwer atmend an den Vordersitz, um im Kopf wieder klar zu werden.

Unter ihren Schenkeln spürte sie Coopers feste muskulöse Beine, seine Hände umfassten ihre Knie. »Lässt du mich warten?«

Sie nickte und leckte über ihre Lippen. »Du musst doch bestraft werden, hast du das vergessen?«

»Dann will ich mich verteidigen.« Er sah sie an und legte die Hand auf ihre Scheide.

Sie stöhnte auf, mit jeder Sekunde wurde sie feuchter.

Eine flüchtige Berührung mit dem Daumen an der empfindlichsten Stelle zwischen ihren Schenkeln. Es ging ihr durch und durch. Sie bäumte sich ihm entgegen, trotz eines ätzenden Gefühls, das sich durch die Welle von Leidenschaft fraß, der wilde Teil in ihr spürte die Verletzlichkeit hinter der Lust. Sie biss die Zähne zusammen, wollte auf der Welle bleiben, doch Cooper bekam es mit.

Er zog die Hand fort, drückte sie an sich und hielt ihren Kopf fest. Sie schlang die Arme um seinen Hals und sog den erdigen Duft tief ein, die Wölfin rieb sich entschuldigend an ihm.

Er knurrte leise. »Bin ja selbst schuld, wenn ich dir einen solchen Slip besorge.«

Sie lehnte den Kopf an seine Schulter und streichelte die schöne Brust. »Ja, genau.«

Er knurrte wieder, dann fragte er: »Und wann ziehst du die Korsage an?«

Grace wusste, dass sie kurz vor dem letzten Schritt zum endgültigen Vertrauen stand, als sie am nächsten Morgen aufstand und wünschte, die Stunden mögen rasch vergehen, damit sie wieder mit ihrem dominanten Geliebten spielen konnte, doch der Tag zog sich unerwartet lange hin und brachte Gefahren mit sich.

»Am Wasserwerk ist ein schweres Problem aufgetreten«, sagte ihr Chef Barnes um fünf Uhr nachmittags. »Irgendeine Störung am Computer, die man erst vor ein paar Stunden bemerkt hat.«

Unpassender ging es nicht. Erneut zog ein schwerer Sturm auf, laut Wetterbericht sollte er ihr Revier nachts treffen und so schlimm werden, dass man Leute ausgeschickt hatte, um die in ihrem Territorium wild lebenden Wölfe über Nacht in die Höhle zu holen. »Sind nicht Elizabeth und Diego oben?«, fragte Grace. Die beiden waren erfahrene Techniker.

»Schon, doch sie brauchen jemanden von deinen Leuten.

Die Belüftung des Kontrollzentrums ist gestört, zu viel Kohlendioxyd, sie mussten die Schotten dichtmachen und wollen über Nacht beobachten, wie sich das System weiter verhält.«

Das war gefährlich, denn falls die Filter versagten, konnte sich das Kohlendioxyd auf der ganzen Station ausbreiten. Im Gegensatz zu ihrer Höhle verfügte das unterirdische Kontrollzentrum nicht über eine natürliche Luftzufuhr, die das Risiko mindern konnte, und der Sturm würde es ebenso gefährlich machen, die Räume zu verlassen. »Die Höhle verfügt über Generatoren«, sagte sie. »Es ist sicherer, die beiden von dort abzuziehen.«

»Das war mein Vorschlag, aber Elizabeth meint, dann könnte das ganze Werk ausfallen, und wir würden Wochen für die Reparatur brauchen. Die Höhle wäre in kritischen Bereichen allein auf Batterien angewiesen, und die Generatoren sind nur zur Überbrückung von höchstens ein paar Tagen gedacht.« Barney rieb sich die Stirn. »Wir müssen nicht im Dunkeln sitzen, aber alles wird nur auf niedriger Stufe funktionieren. Wenn die Solarpaneele noch intakt wären ...«

Selbst wenn die Hersteller des Rudels Sonderschichten für die Paneele einlegten, würde es mindestens noch eine Woche dauern, bis alles wieder normal lief. »Paul ist unser Lüftungsexperte«, sagte Grace, obwohl ihr der Gedanke nicht behagte, jemanden in den Sturm hinauszuschicken.

»Ich habe versucht, ihn zu erreichen, aber er ist nicht in seinem Zimmer und hat sich auch nirgends eingetragen. Dachte mir, du wüsstest vielleicht, wo er eingesetzt ist.«

Erst da fiel Grace ein, dass sie Paul den ganzen Tag noch nicht gesehen hatte. »Verdammt, ich habe ganz vergessen, dass ich ihm ein paar Tage frei gegeben habe, damit er nach Los Angeles zur Geburtstagsfeier seines Vaters kann. Er ist heute Morgen gefahren.«

»Und Jenson?«

Grace schüttelte den Kopf. »Der ist noch in der Ausbildung.« Unter einem solchen Druck konnte er in Panik geraten. »Ich werde gehen – Lüftung ist mein zweites Spezialgebiet, und ich habe viel Erfahrung damit.« Sie überlegte. »Jenson kann alles bewältigen, was hier passiert, aber ruf Paul in L. A. an, damit er sich im Notfall einschalten kann. Wenn du Paul nicht erreichst, wende dich an Zang in der San-Rafael-Höhle oder Shae in der Haupthöhle.«

Zehn Minuten später warf sie ihre Tasche in einen Truck und schickte Cooper eine SMS.

Muss zum Wasserwerk. Bleibe über Nacht.

12

Zwanzig Minuten später rief er sie im Wagen an.

»Fährst du allein?«

Sein Beschützerverhalten gefiel ihr. »Ja, aber ich werde mit dem Wind schon zurechtkommen.« Obwohl es heftig an dem schweren Allradfahrzeug rüttelte. »Bevor der Sturm richtig losbricht, bin ich in Sicherheit.«

»Ruf mich an, wenn du dort bist.«

»Pass auch auf dich auf.« Sicher war er wieder der Erste, der sich sofort auf den Weg nach draußen machte, wenn etwas passierte. »Hast du ein Satellitentelefon?« Da es ja immer gleich knüppeldick kam, war der Hauptkommunikationsmast vor vierzig Minuten zusammengebrochen, sodass in weiten Teilen des Reviers die Mobilgeräte tot waren. Zum Glück gab es noch das unterirdische Kabel, und die angeschlossenen Leitungen funktionierten.

»Ja, du auch?«

»Nein, aber Elizabeth und Diego haben jeder eines.« Wer regelmäßig in abgelegenen Regionen arbeitete, bekam die Geräte gestellt.

»Pass auf dich auf, Grace. Sonst werde ich sauer.«

Aus irgendeinem Grund musste sie darüber lächeln. »Geht mir nicht anders.«

Sie erreichte das Werk, als der Wind an Stärke zunahm. Die beiden Techniker waren noch draußen und versuchten, eine wilde Wölfin samt ihren Jungen aus einem hohlen Baum zu locken, der ihnen nicht genügend Schutz vor der Gewalt des Sturms bot. Da die Wölfin sicher eher ihr folgen würde, scheuchte Grace Elizabeth und Diego fort und streckte die Hand aus. Nach zehn Minuten im strömenden Regen packte die Wölfin eines ihrer Jungen im Nacken und überließ es Grace, die es an sich drückte und die Mutter mit dem zweiten Jungen im Maul zur Station führte.

»Kann ich mal eines eurer Satellitentelefone benutzen?«, fragte Grace, nachdem sich alle abgetrocknet hatten und die Wölfin mit ihren Jungen in einem Nest aus Decken lag. »Mein Handy hat keinen Empfang.« Sie hatte es mehrmals probiert.

Schuldbewusst sah Elizabeth aus einem Kranz roter Haare ihren Partner an. »Ich habe meines in der Hektik des Aufbruchs vergessen, aber Diego ist besser organisiert.«

Laute Flüche von Diego. »Hatte es in der Hosentasche, muss es draußen verloren haben.«

Da das Satellitentelefon die einzige Möglichkeit war, die Höhle zu erreichen, wollten sie noch einmal hinaus in die pechschwarze Nacht. Doch der Sturm verwandelte alle losen Gegenstände in gefährliche Wurfgeschosse und trieb sie auf der Stelle zurück. Ein schwerer Ast riss Elizabeth fast den Kopf ab, Grace konnte sie gerade noch zur Seite reißen.

»Himmel und Hölle!« Gemeinsam schlossen sie die Tür, und Diego schob den Riegel vor, der Ast war gegen die Wand geprallt und lag am Boden. »Das war's. Wir sind eingeschlossen, bis der Sturm vorbei ist.«

Grace dachte daran, wie besorgt Cooper geklungen hatte. Hoffentlich beunruhigte es ihn nicht zu sehr, wenn sie sich nicht meldete, obwohl ihre Wölfin auch unruhig war, weil sie ihn nicht erreichen konnte. Sie hob ein Wolfsjunges hoch, das an ihrem Stiefel knabberte und trug es zu der erschöpften Mutter. »Ich sollte mich wohl lieber um die Lüftung kümmern. Sonst müssen wir noch ein Fenster öffnen.«

Die anderen beiden lachten, doch es klang eher gezwungen, denn der obere Teil des Wasserwerks war Teil des Berges und hatte nur eine Tür und kein Fenster. Aufgrund der Störungen der Anlage konnte man nicht genau wissen, wie viel Sauerstoff noch in den unteren Etagen vorhanden war, wo die ausgeklügelten Computeraggregate standen, die ihre Energie aus den Flüssen bezogen.

Cooper trug einen verletzten Soldaten in die Krankenstation – der Wolf hatte sich ein Bein gebrochen, als er im Schlamm ausgerutscht war. »Sind alle drin?«, fragte er Shamus und rieb sich trocken. Irgendetwas hatte sein Gesicht getroffen, das Handtuch färbte sich rot.

»Ja. Oder haben sich zumindest gemeldet. Ein paar sind in den Unterständen am Rande des Reviers, aber niemand ist allein.«

Doch der Knoten in Coopers Brust löste sich nicht. »Nachricht vom Wasserwerk?«

Shamus sah grimmig drein. »Nein, aber alles läuft gut, also ...« Die Lichter flackerten. Dann zeigte ein Brummen an, dass die Generatoren angesprungen waren.

Cooper hatte einen bitteren Geschmack im Mund, und kalter Schweiß brach ihm aus. »Ich gehe hoch. Du übernimmst hier.« Der erfahrene Soldat konnte alles bewältigen, was in seiner Abwesenheit geschah.

»Mein Gott, Cooper. Sei doch vernünftig.«

»Wärst du es, wenn Emma da oben wäre?«

»Scheiße, nein.« Shamus fuhr sich mit der Hand durchs Haar. »Nimm den gepanzerten Allradwagen.«

Cooper schüttelte den Kopf, er wollte nicht länger warten. »Als Wolf bin ich schneller und viel näher am Boden.«

»Aber wenn du jemanden runterbringen musst ...«

Verletzt … oder tot.

Cooper nickte, er konnte nicht sprechen, wie Rasierklingen steckten die Worte in seiner Kehle fest.

Shamus begleitete ihn zur Garage. »Stell das Signal an, dann können wir verfolgen, wo du bist.«

»Wird gemacht.« Während der Fahrt versuchte Cooper, sich nur auf das Wetter und den Weg zu konzentrieren, obwohl langsam Panik in ihm hochstieg und seinen Kopf mit Bildern von Feuer und verbrannten Leibern überflutete.

Er wusste, dass es verrückt war, denn selbst wenn es beim Wasserwerk Probleme gegeben hatte, wäre keine Explosion, sondern ein langsamer Erstickungstod die Folge. Doch das spielte keine Rolle. Sein Schrecken war nun einmal das Feuer.

Ein ohrenbetäubender Lärm.

Er konnte gerade noch das Steuer herumreißen und einem Baum ausweichen, der auf den Weg herunterkrachte. Sein Wolf hielt suchend nach weiteren Gefahrenstellen Ausschau.

Bleib am Leben, Grace.

Es waren die schrecklichsten drei Stunden seines Erwachsenenlebens, er brauchte für den Weg doppelt so lange wie unter normalen Umständen. Als er am Eingang zum Wasserwerk vorfuhr, war der Wagen, den Grace genommen hatte, umgekippt und an einen Baum geprallt.

Fast zu Eis erstarrt kämpfte sich Cooper durch den schneidenden Wind zu dem Wrack durch, der Regen prasselte wie Messerstiche auf seine Haut.

Grace drehte stumm ein Kabel in den Händen. Elisabeth und Diego hatten sich in die kleinen Schlafzimmer am anderen Ende des Flurs zurückgezogen, und die quirligen Wolfsjungen waren endlich auch zur Ruhe gekommen, nur Grace fand keinen Schlaf. Ihr Magen rebellierte, als sei etwas ganz und gar nicht in Ordnung. Doch als sie die Lüftungsanzeige kontrollierte und den Alarm einschaltete, waren die Werte genau so, wie sie sein sollten. Die Kohlendioxydwerte waren nicht erhöht, es gab genügend Sauerstoff zum Atmen.

Sie hatte die Lüftung repariert, die Anzeige musste also in Ordnung sein, trotzdem überprüfte sie die Werte noch einmal mit dem mitgebrachten Handgerät. Es gab keine Diskrepanz. Sie überzeugte sich auch, dass es den wilden Wölfen gut ging. Die Mutter hob den Kopf, als Grace einem Kleinen das Fell streichelte, knurrte aber nicht. Grace wollte das Junge nicht wecken, zog ihre Hand zurück und stand auf ... in dem Augenblick schlug etwas gegen die Tür.

Die Wolfsmutter erhob sich und stellte die Ohren auf.

»Wahrscheinlich ein Ast«, murmelte Grace, aber das Geräusch wiederholte sich und klang auch zu rhythmisch, um zufällig zu sein.

Wie konnte jemand dort draußen sein?

Als sie durch die Scheibe in der Tür Coopers Gesicht erkannte, schob sie die Riegel so schnell zurück, dass ihr ein Nagel abbrach und Blut aus ihrem Finger schoss. »Cooper!« Der Wind übertönte ihren Schrei, als Cooper hereinkam und die Tür kräftig zudrückte, während sie die Riegel wieder vorschob.

Die Wolfsmutter knurrte, zog sich jedoch nach einem Knurren Coopers zurück und rollte sich schützend um ihre Jungen. Mit gelben Wolfsaugen packte Cooper Grace und vergrub sein Gesicht in ihrem Haar, die Nässe seiner Kleidung drang bis auf ihre Haut. Er sagte nichts und hielt sie einfach nur fest.

Tränen schossen ihr in die Augen, und sie hielt ihn, so fest sie nur konnte. »Du hättest nicht fahren sollen. Nicht bei einem solchen Wetter.« Ihr Herz setzte aus vor Angst, und die Wölfin schmiegte sich eng an ihn.

Küsse auf ihrer Schläfe, ihrem Mund – verzweifelt und hungrig.

Als Cooper sich von ihr löste und sich mit wildem Blick umschaute, kam sie langsam wieder zu Atem. »Die anderen schlafen.« Sie zog Cooper mit sich in ein unbelegtes Zimmer, holte Handtücher aus dem Schrank im Flur und schnappte sich das Messgerät.

Er ließ sie die ganze Zeit nicht aus den Augen, zog sie ins Zimmer und schloss die Tür. Das Zimmer war klein. Grace stellte das Messgerät auf ein Regal und setzte sich im Schneidersitz auf das Bett, während Cooper sich abtrocknete und auszog. Auch Grace legte den Pullover ab, die anderen Kleidungsstücke waren nur leicht feucht.

»Wir haben uns entschieden, nicht hinunter zu dem Computer zu gehen«, sagte sie. »Sollte es Störungen geben und die Stromversorgung der Höhle beeinträchtigt werden, hätte es keine katastrophalen Auswirkungen – schließlich sind wir Wölfe. Wir würden schon klarkommen, und die Krankenstation könnte man auf jeden Fall provisorisch versorgen.«

Grace hatte Elizabeth und Diego deutlich gemacht, dass es ihnen niemand danken würde, wenn sie sich unnötig in Gefahr brachten. »Falls wir hier oben Schwierigkeiten bekommen, können wir immer noch die Tür öffnen und uns mit dem Wind herumschlagen.«

Sie versuchte, den Blick auf den nackten Cooper zu vermeiden, der ein Handtuch um seine Hüften wickelte und sich neben sie setzte. Immer noch stumm, zog er sie auf seinen Schoß. »Du hast nicht angerufen.«

»Ich weiß. Tut mir leid.« Es war erschütternd, wie verletzlich er klang. Sie erzählte ihm, was passiert war, streichelte sein Gesicht und die Schultern, um Trost zu spenden. »Es geht mir gut. Alles in Ordnung.«

Es schien eine Ewigkeit zu dauern, bis seine Haut wärmer wurde, bis die Anspannung in ihm nachließ. »Willst du es mir nicht erzählen?«, fragte sie und rieb ihre Wange an der seinen, als er endlich den festen Griff löste.

Noch schwieg er, und sie bedrängte ihn auch nicht, es stand schlimm genug um ihn. Sie streichelte ihn nur, beruhigte ihn. »Ist schon in Ordnung«, murmelte sie. »Ich kann warten.« Sie küsste seine Stirn, die Wangen. »Soll ich dir einen Kaffee machen?«

Er schüttelte den Kopf. »Nein … es hat schon lange genug gedauert.« Heiser, eine Stimme, die unter dem alten Schmerz brach. »Als ich sechzehn war, besuchten meine Eltern eine Hochzeit in einem anderen Staat. Sie sagten, ich solle nicht zu lange aufbleiben und mich nicht mit Pizza und Burgern vollstopfen. Dann verriet mir Mom, dass sie meine Lieblingspizzen gebacken und eingefroren habe und dass Dad den Spielstand auf meiner Konsole verdoppelt habe obwohl ich mir keine Extrapunkte verdient hätte.«

Grace spürte aus den Worten Coopers die Liebe zu seinen Eltern heraus. »Glückspilz.«

»Das war ich.« Leise und sehr ernst. »Normalerweise lud ich bei solchen Gelegenheiten immer Riaz ein, doch der hatte Hausarrest. Also aß ich allein am Samstag, spielte und sah mir Filme für Erwachsene an, nachdem ich mich in die Kindersicherung gehackt hatte. Dann schickte ich Riaz eine Nachricht, in der ich mit meinen genialen Kniffen angab, dabei hatte er doch gerade alle Privilegien verloren.« Ein schwaches Lächeln. »Am nächsten Vormittag jagte ich lange mit ihm und ein paar anderen Freunden und kam erst um vier nach Hause zurück, weil es da anfing zu regnen.«

Grace wusste, dass etwas Schreckliches folgen würde, doch sie unterbrach Cooper nicht, er brauchte sie als Zuhörerin.

»Die Hochzeit war am Samstagabend. Mom und Dad waren Samstag früh gefahren und wollten am Sonntagabend zurück sein.« Er schluckte. »Meine Mutter küsste mich zum Abschied, ich lag noch im Bett. Und mein Vater zauste mein Haar, wie Väter das so tun.«

Sie sah ihn beinahe vor sich, den schlaksigen Jungen, der sich schlaftrunken von seinen Eltern verabschiedete.

»Dann waren sie fort.« Es klang schrecklich endgültig. »Am Sonntagmorgen um zehn simste mir Mom, sie würden sich auf den Weg machen. Ich machte mir keine Sorgen, als sie um sieben noch nicht da waren. Sie konnten einen interessanten Umweg genommen haben. Das machten wir auch öfter, wenn wir als Wölfe jagten.« Cooper atmete zitternd ein. »Doch als sie um neun immer noch nicht da waren und sich auch nicht gemeldet hatten, rief ich sie an. Immer wieder. Kam mir blöd vor, mir Sorgen zu machen, doch der Stein in meinem Magen wurde immer schwerer. Dann habe ich den älteren Wölfen Bescheid gesagt. Die haben auch versucht, meine Eltern zu erreichen, und sogar die Polizei angerufen, um herauszufinden, ob der Wagen an den Mautstationen registriert worden war, aber … nichts.«

Grace' Herz schmerzte, weil der Junge solche Ängste ausgestanden hatte.

»Ich blieb die ganze Nacht auf, wartete als Wolf am Eingang der Höhle, während die Gefährten Freunde, Krankenhäuser und Gaststätten am Weg anriefen. Es regnete immer noch. Jedes Mal, wenn ein Fahrzeug auftauchte, rannte ich hin. Doch es waren nie meine Eltern.« Seine Stimme brach. »Bis zu einem Restaurant auf halber Strecke ließ sich ihr Heimweg zurückverfolgen, dann waren sie verschwunden. Achtzehn Stunden lang.« Raue Worte. »So lange musste ich warten, bis ihr Wagen in einer Schlucht gefunden wurde.«

Tränen rollten ihr über die Wangen, sie umarmte ihn fest. »Es tut mir so leid, Cooper.« Sie wusste genau, was es hieß, die Eltern zu verlieren, wusste, wie es war, aufzuwachen, ohne dass sie bei einem waren.

Eine feuchte Hand fuhr in ihr Haar. »Sie hatten einen Umweg gemacht auf einer einsamen Straße ohne viel Verkehr. Ihr Wagen besaß sämtliche Sicherheitsfunktionen, ABS, ESP, dennoch waren sie durch die Begrenzung gebrochen – vielleicht um einem Tier auszuweichen –, und das Fahrzeug war am Grunde der Schlucht explodiert. Das hätte nicht passieren dürfen. Ein ungewöhnlicher Unfall, sagte man. Meine Eltern seien bei dem Aufprall umgekommen, meinten die Behörden, doch ich wusste, dass sich das nicht mit Sicherheit sagen ließ. Das Feuer ...«

»Ich weiß, wie weh das tut.« Sie strich ihm über den Nacken. »Ich weiß es.«

Cooper hob den Kopf, seine Augen leuchteten im Dunkeln. »Ich besorge dir ein Satellitentelefon, und falls du es jemals vergisst, werde ich dir niemals vergeben.«

»Ich werde es nicht vergessen, das verspreche ich dir.«

Zum ersten Mal wich er ihrem Blick aus. »Nein, ich verspreche, dass ich es niemals tun werde – ich will dich nicht kontrollieren.« Er strich mit dem Daumen über ihre Wange und wischte die Tränen fort. »Es ist mein Problem. Wenn du fortwillst und das Telefon zurücklässt, oder wenn du sauer bist und nicht mit mir reden willst, dann werde ich schon damit klarkommen.«

Sie nahm die Anspannung in seiner Stimme wahr, wusste, was ihr Schweigen ihn kosten würde, und dass er ihr dennoch niemals dafür die Schuld geben würde. »Es macht mir nichts aus.« Ehrlich und wahrhaftig. Sie küsste ihn. »Ich mag es, wenn du für mich sorgst, wenn ich weiß, dass du über mich wachst.«

Dann fühlte sich ihre Wölfin ungemein sicher, sie musste sich nicht überlegen, wer sie war und was sie glücklich machte – denn dazu gehörte, ihrem Mann das zu geben, was er zu seinem Glück brauchte. »Wenn wir uns streiten, werde ich dir böse SMS schreiben. So sorge ich für dich.« Sich kümmern war ein Teil ihrer Persönlichkeit, so, wie Beschützen zu ihm gehörte. »Darf ich das? Häng jetzt bloß nicht den dominanten Stolz raus und sei deswegen beleidigt.«

Oh Gott, sie war einfach wunderbar. Nahm etwas, das ihn beinahe zerstört und seinen Stolz tief getroffen hatte, und wandelte es in ein Geschenk um, das er ihr geben konnte. »Wie bist du bloß so stark geworden?« Stark genug, sich nichts daraus zu machen, von jenen als schwach angesehen zu werden, die es nicht besser wussten und nicht erkannten, wie wunderbar sie war.

Ein zartes Lächeln, das nur ihm galt. »Mir bleibt keine andere Wahl – wenn ich bei einem Offizier ein böses Mädchen sein will.«

Er schob die Finger unter ihr T-Shirt und berührte die seidenweiche Haut. Die schmerzhaften Erinnerungen ließen langsam nach. »Bei einem bestimmten Offizier?«

»Ach … Matthias ist ein ziemlich … he!« Schon lag sie auf dem Bett und Cooper auf ihr, der sich sofort abstützte, um sie nicht mit seinem ganzen Gewicht zu belasten.

»Nimm das zurück.« Natürlich spielte sie nur mit ihm, um seinen Schmerz zu lindern. Dafür liebte er sie nur umso mehr.

Ein herausfordernder Blick. »Zwing mich doch.«

»Grr.« Er biss in ihren Hals. Zu spät fiel ihm ein, dass er gerade dort vorsichtig hätte sein sollen – doch sie kicherte nur und schlug schnell die Hand vor den Mund.

13

»Wir müssen leise sein. Elizabeth und Diego sind nur zwei Zimmer weiter.«

Cooper streichelte sie betört, ihn kümmerte es nicht, wer sie hören konnte, heiße Freude vertrieb die letzten Schatten von Schmerz. »Was bekomme ich dafür?«, fragte er und genoss ihren Duft. So warm und so fraulich. Der Duft seiner Frau.

Eine Hand auf seinem Nacken, Finger auf seinen Lippen. »Cooper.«

Diese Stimme, dieser Klang. »Oh nein!«, sagte er, und sein Hals war ganz trocken. »Auf dem kleinen Bett hier wirst du mich nicht rumkriegen.« Er wollte sich Zeit lassen, sie sollte keine Bedenken haben müssen, laut zu werden.

Sie legte den Kopf in seine Halsbeuge, leckte und saugte an seiner Kehle. Er war verloren. Leise knurrend fasste er seinen steifen Schwanz, das Handtuch war längst herabgefallen. Er wollte sich keine Lust bereiten, sondern sich mehr Zeit verschaffen. Keiner Wölfin gefiel es, wenn der Mann sich schon bei der ersten Berührung über sie ergoss.

»Lass mich das machen«, beschwerte sie sich heiser und wanderte mit ihrer Hand nach unten.

Er ließ sich los und nahm ihre Hand. »Warte, erst will ich deine Haut spüren.«

Sie hob sofort die Arme und ließ sich das T-Shirt ausziehen. Volle Brüste in einem einfachen schwarzen Sport-BH. »Eigentlich hätte ich jetzt gerne Spitze für dich getragen«, flüsterte sie mit leicht geröteten Wangen.

»Beim nächsten Mal.« Da er sich vor Anstrengung beinahe auf die Zunge biss, waren die Worte undeutlich. »Mist, zieh es aus, sonst zerreiße ich es noch.« Nicht gerade sehr romantisch, aber Grace wand sich höchst sinnlich unter ihm und zog sich den elastischen Stoff über den Kopf.

Schon lagen seine Hände, lag sein Mund auf ihrer verführerischen Haut. Sie zuckte, legte die Hand in seinen Nacken und schrie unterdrückt auf. Schwer atmend richtete er sich auf, küsste sie leidenschaftlich und knetete ihre Brüste.

Sie packte ihn an den Hüften, und er spürte spitze Fingernägel.

Sein Schwanz drückte sich in ihren weichen Bauch, er löste sich von ihren Lippen und sah in braune Augen, die leicht verschleiert blickten. Fest biss er die Zähne zusammen und vergrub den Kopf an ihrem Hals.

Sie streichelte seine Schultern. »Was ist denn?«

»Gleich komme ich wie ein Schuljunge beim ersten Mal«, stieß er hervor, was ihn hätte beschämen können … wenn Grace nicht noch weicher geworden wäre und die Hand nicht um den Beweis seiner Begierde geschlossen hätte. Sie packte nicht fest zu, aber auch nicht zögerlich. Eher besitzergreifend wie eine Frau, die genau weiß, dass er ihr jede Berührung gestattet.

»Herrgott, Grace, hör sofort auf, sonst …«

Er konnte keinen klaren Gedanken mehr fassen, als sie die Hand bewegte.

»So.« Er zeigte ihr, wie schnell und hart er es wollte, und sie wurde mit jeder Bewegung sicherer. Stöhnend griff er in ihr Haar, vergrub erneut den Kopf an ihrem Hals, um den Schrei zu ersticken, als er auf ihr kam.

Der Orgasmus spannte seinen Leib wie einen Bogen und schickte Wellen der Lust durch seinen Körper.

Er stemmte sich hoch, um nicht auf sie zu fallen. »Jetzt habe ich dich ganz klebrig gemacht.«

Ein Kuss der sinnlichen Frau, die mit ihm im Bett lag. »Ich trage gern deinen Geruch.«

Erneut stieß er in ihre Hand, sein Schwanz war fast schon wieder genauso steif wie zuvor. Die ganze Nacht hätte er so kommen können, doch er hatte etwas anderes im Sinn. Er stand auf und wischte sich mit dem feuchten T-Shirt ab. Grace beobachtete ihn mit halb gesenkten Lidern. Als er wieder bei ihr war und den Knopf ihrer Jeans öffnete, biss sie ihn in die Unterlippe und hob die Hüften, damit er ihr die Hose ausziehen konnte.

Ihr Slip war so schwarz wie der BH, doch hauptsächlich aus Spitze, unter der es dunkel schimmerte. Cooper trat ans Bettende, spreizte Grace die Schenkel und ließ sich zwischen ihnen nieder, sog den Moschusduft tief ein. »Ich könnte dich auffressen«, murmelte er und küsste sie auf den Bauchnabel, als er sich die Beine über die Schultern legte, die Augen auf die prächtigen Brüste gerichtet, für die er auch schon Pläne hatte.

Zärtlich strich sie mit den Fersen über seinen Rücken. »Cooper.« Eine sehr sinnliche Beschwerde.

Er lächelte. »Rede ich zu viel und tue zu wenig?« Mit einer Kralle schnitt er den Slip an der Seite auf, um ihn herunterzuziehen. »Ich mache es mit Lecken wieder gut.«

Sie hielt den Atem an. »Ich mag, was du sagst.« Nur ein Flüstern, doch es war um ihn geschehen.

»Du bist so hübsch.« Noch einen Kuss auf den Nabel, dann schob er die Hände unter ihr Becken und hob sie an seine Lippen, fuhr mit dem Daumen über weiches Fleisch. »So schön rosa, so feucht und voll.«

Sie stöhnte und schob die Faust in den Mund, bäumte sich ihm entgegen. Er senkte den Kopf und küsste sie so fordernd, dass sich ihr Leib in Schlangenbewegungen wand, als wollte sie fort – doch das konnte nicht sein, so weich wie sie an seinen Lippen lag. Er drückte ihre Knie noch weiter auseinander und labte sich an seiner Grace. Als sie den Kopf im Kissen versteckte und er fühlte, dass sie gleich kommen würde, leckte und saugte er noch heftiger und schob auf dem Höhepunkt einen Finger in die enge Spalte.

Er spürte die Kontraktionen. »Süße, du wirst meinen Schwanz ganz köstlich massieren.« Er zog den Finger heraus und schob ihn wieder hinein. Sie schnappte nach Luft und hob den Kopf vom Kissen. »Vor allem, wenn ich dich von hinten nehme.«

Er vergewisserte sich, dass sie nicht wegdriftete, dann stieß sein Finger einmal und noch einmal zu. Spürte, wie sie noch feuchter wurde, und nahm wieder den Mund, ohne die Klitoris zu berühren, die noch sehr empfindlich sein musste. Aber sie hatte nichts dagegen, drängte sich an ihn, beschwerte sich erst, als er aufhörte. »Cooper.«

Er hauchte über die feuchten Schamlippen. »Ich will hinein.«

Sie erschauderte … dann spreizte sie die Schenkel, stellte die Füße auf. Er unterdrückte ein zufriedenes Grunzen, schob sich höher und nahm eine Brustwarze in den Mund. »Das hebe ich mir für später auf«, sagte er und küsste Hals und Lippen. »Als Nachtisch.« Er stieß mit dem Schwanz an ihre heiße Mitte, stützte sich neben ihrem Kopf ab. Dann nahm er ihr Bein und legte es sich auf die Hüfte, drang in sie ein und sah ihr in die Augen.

Nach ein paar Sekunden schloss sie die Lider, und er erstarrte. »Baby, bleib hier.«

Sie ritzte mit den Krallen über seinen Rücken. »Ich bin da. Hör bloß nicht auf.«

Schweiß stand auf seiner Stirn, doch er bewegte sich nicht. »Ich muss dir in die Augen sehen, muss mich vergewissern, dass alles in Ordnung ist.« Dass sie sich nicht unterwarf, sondern ihn mit Leidenschaft empfing.

Sie schluckte und öffnete die Augen, die Wölfin schaute ihn mit goldenem Blick an. Ohne Angst. »Ich bin da. Jeder Teil von mir ist ganz hier.« Ein zarter Biss in den Hals, eine Aufforderung.

Nie hatte er ein schöneres Geschenk erhalten als den Tanz mit dieser Frau und Wölfin. Er streichelte und küsste sie, verführte sie zum Augenkontakt und bewegte sich in ihr. »Schöne, sinnliche Grace.« Dann stieß er ganz in sie hinein.

Die Antwort waren tiefe Kratzer auf seinem Rücken.

Er knurrte und stieß mehrmals tief in sie hinein, bis sie wimmerte. Dann fanden sie einen schnelleren Rhythmus, fielen gemeinsam – wilde gelbe Augen sahen in leidenschaftliches Gold.

Coopers Herz schlug immer noch ebenso heftig, wie der Sturm draußen wütete, als er sich auf den Rücken fallen ließ und Grace mit sich mitzog. Da sie nun auf ihm lag, konnte er genüsslich über ihren Hintern streichen. Sie rieb im Gegenzug die Ferse an seinem Unterschenkel und malte Kreise auf seiner Brust. »Beim nächsten Mal möchte ich nicht leise sein.«

Er gab ihr einen spielerischen Klaps auf den Hintern. »Wenn du gewartet hättest, hättest du schon diesmal laut sein können.«

Küsse auf seiner Brust, auf Hals und Wangen. »Tut es dir leid?«

»Ich hatte gerade erst einen umwerfenden Orgasmus und liege unter meiner nackten Grace. Mann, tut mir das leid.«

Heiseres Lachen und noch mehr Küsse, eine sehr heitere Wölfin. Die Preisgabe seiner tiefen Verletzlichkeit hatte offenbar etwas zwischen ihnen verändert, hatte ihr das gegeben, was sie brauchte, um ihm ganz zu vertrauen. Es war ihm immer noch peinlich, aber er konnte es ertragen, wenn so etwas dabei herauskam. Jedoch … »Das war aber kein Mitleid, oder?«

Grace drückte sich hoch und sah ihn an, dann schlug sie ihm auf die Brust. »Aber sicher. So bin ich nun mal, gebe mich jedem hin, der traurig guckt. Habe ich dir schon von dem Ingenieur erzählt, der vor ein paar Tagen sein Lieblingswerkzeug zerbrochen hat? Ich habe mich auf der Stelle ausgezogen und …«

Er verschloss ihr den Mund mit einem Kuss, bei dem er ihre Krallen spürte. »Entschuldige«, sagte er, als die Krallen noch ein wenig tiefer in seine Brust drangen. »Ich bin ein Mann, da musste ich einfach fragen.«

Sie schüttelte den Kopf, doch ihre Mundwinkel zuckten, und sie brachte den Mund ganz nah an sein Ohr. »Schon als wir uns das erste Mal trafen, hätte ich mich am liebsten der Länge nach auf dich gelegt.«

Sein Wolf reckte sich stolz. »Ich hätte dich nicht aufgehalten.« Er streichelte sie weiter, es war wunderbar, sie so nahe bei sich zu haben. »Großartig, dich in den Armen zu halten.« Kurzes Zögern. »Wo du hingehörst.«

Sie sah ihm wieder in die Augen, etwas scheu, aber überhaupt nicht ängstlich. »Ich glaube … ich musste nur wissen, dass du mich auch brauchst.« Sehr ehrlich. »Du bist so stark – meine Wölfin weiß zwar, wie wichtig sie als Unterwürfige für das Rudel ist, doch sie hat nicht verstanden, wie ich dir eine gleichberechtigte Partnerin sein könnte, was ich dir zu geben hätte.« Eine Hand auf seiner Wange. »Jetzt weiß ich, dass es nicht um Macht geht, sondern um Liebe.«

Mit zitternden Fingern schob er ihr eine Strähne aus der Stirn. »Ich werde dich immer brauchen – du bist so stark und mutig, einfach vollkommen, und mein Herz gehört dir, verdammt noch mal.« Und er brauchte sie da drinnen, brauchte das Band, brauchte die völlige Hingabe, die sie ihm aus irgendeinem Grund noch vorenthielt.

Er begriff nicht, weshalb, erst recht nicht in diesem Augenblick, als Tränen in ihren Augen schimmerten und sie sagte: »Ich liebe dich.«

Es gab kein Halten mehr. Er drehte sich mit ihr, liebte sie noch einmal, langsam und zärtlich – ihr gemeinsamer Tanz war so wunderschön, dass aller Widerstand hinfällig war.

Das war vielleicht auch der Grund, warum er danach mit ihr in den Armen einschlief.

Er wusste nicht, was ihn geweckt hatte. Als er hochfuhr, war es erst halb fünf. Da Grace noch schlief, konnte er nicht geschrien haben, und er spürte auch nicht den faden Nachgeschmack des Albtraums im Mund.

Gott sei Dank.

Er schluckte und ging zur Tür, die er auf Grace' schläfrige Bitte hin zur Vorsicht aufgemacht hatte, und vergewisserte sich im Schein der Flurbeleuchtung, dass die Werte auf dem Messgerät in Ordnung waren. Erst dann begab er sich zu der kleinen Dusche am anderen Ende des Flurs.

Die Türen von Elizabeth und Diego standen auch offen, und er hörte leises Schnarchen und tiefe Atemzüge, als er zurückging. Er sah auch nach den wilden Wölfen, die im Schlaf bellten und sich umdrehten.

Grace hatte sich ebenfalls umgedreht, sie lag jetzt mit dem Gesicht zur Tür, hatte die Augen aber weiterhin geschlossen. Leise hob er die Jeans auf und zog sie sich über. Der Stoff war steif, aber beinahe trocken, dennoch würde er wahrscheinlich als Wolf zur Höhle laufen, denn er wollte sowohl sein Satellitentelefon als auch den Wagen Grace überlassen.

»Cooper?« Noch halb im Schlaf. »Ist es schon Morgen?«

»Schsch. Schlaf weiter, Liebling.« Er setzte sich aufs Bett und strich die Haare zurück, die ihr ins Gesicht gefallen waren. Dann erlaubte er sich noch ein letztes genussvolles Streicheln der Stellen, die noch die Spuren seiner Liebkosungen trugen. Es gefiel ihm, obwohl es doch ein wenig primitiv war. »Der Sturm ist weitergezogen, und es regnet auch nicht mehr. Ich werde hinuntergehen und beim Aufräumen helfen.«

Doch Grace sank nicht wieder in den Schlaf, sondern richtete sich mit sorgenvoller Miene auf, zog sich die Decke vor die Brust. »Du gehst, obwohl es noch dunkel ist? Ich dachte, du würdest bleiben … wenigstens noch eine Weile.«

Es war wie ein Stich ins Herz. »Aber der Sturm, Süße. Sicher ist es ein ziemlicher Schlamassel. Morgen Nacht bleibe ich.«

Sie blinzelte und sah ihn nachdenklich an, er konnte quasi sehen, wie es in ihrem Kopf arbeitete. »Du bist immer im Dunkeln draußen, machst viel mehr Nachtschichten, als du müsstest, und bekommst viel zu wenig Schlaf. Warum?«

Sein Wolf wurde unruhig und suchte nach einem Fluchtweg, doch er fand keinen. »Ich übernehme die Schichten, die niemand will.« Er zuckte die Achseln und stand auf, doch in dem kleinen Raum war kein Platz zum Ausweichen. »Bin eben einfach ein gewissenhafter Offizier.«

»Aber so funktioniert das doch nicht im Rudel.« Grace stand ebenfalls auf, hatte die Decke wie eine Toga um sich geschlungen und ließ die Tür mit einem sanften Klicken ins Schloss fallen. »Wir müssen darüber reden.«

Er drehte sich knurrend zu ihr. »Gottchen, Grace, so hilfsbedürftig bist du nun auch wieder nicht. Sicher kannst du ein paar Stunden allein sein, ohne gleich zusammenzubrechen.«

14

Noch vor ein paar Wochen hätten dieselben Worte eines wütenden Cooper mit gelben Wolfsaugen Grace mit gesenktem Kopf
zum Rückzug gezwungen. Doch nun hatte er mit ihr gespielt,
um sie geworben und ihr zu verstehen gegeben, dass er ihr nie
wehtun würde. »Darum geht es doch gar nicht«, sagte sie. Damit würde er bei ihr nicht mehr durchkommen. Normalerweise
drängte sie niemanden, trat nicht fordernd auf, doch wenn Coopers Glück auf dem Spiel stand, konnte sie es sehr wohl. »Ich
will jetzt wissen, warum du so wenig schläfst.«

»Hab ich doch schon gesagt«, knurrte er leise, aber sehr bestimmt, und sah sie mit unbändiger Wut an. »Lass mich in
Ruhe.« Er zeigte seine Dominanz.

Wenn es ein Befehl gewesen wäre, wäre sie zugewichen, und
die Beziehung wäre zerbrochen, ihr Herz in Stücke gesprungen. Doch trotz aller Wut spielte Cooper seinen Rang nicht aus.
Er war nur ein Mann, der sauer war und reagierte wie der starke, ehrliche Cooper, den sie kannte und liebte. »Nein«, sagte
sie und hielt dem Blick stand. »Ich werde dich nicht in Ruhe
lassen, denn ich sehe ja den Schmerz in deinen Augen.«

Er wollte widersprechen, doch sie ließ es nicht zu, flüsterte
eindringlich, denn sie musste das Bedürfnis unterdrücken, ihn
anzuschreien. »Meinst du etwa, ich weiß nicht, dass du unter
Schlafmangel leidest? Meinst du, ich spüre nicht, wie erschöpft
dein Wolf ist? Du wirst mit mir über den Schmerz reden.«

Er fletschte die Zähne und baute sich vor ihr auf. »Verhält
sich so eine unterwürfige Wölfin?«

Sie spürte Tränen in den Augen, doch sie war nicht verletzt. »Ich bin unterwürfig, und ich verhalte mich wie deine unterwürfige Wölfin.« Die wusste, dass er lieber sterben würde, als ihren Geist zu brechen, auch wenn er dadurch im Streit verlor.

Er knurrte, hob sie dann hoch und drückte sie gegen die Tür. Die Decke rutschte herunter, als sie sich instinktiv an seinen Schultern festhielt und die Beine um seine Hüften schlang. Sie sah dem Wolf in die gelben, wilden Augen, spürte den rauen Stoff der Jeans an ihrer zarten Mitte.

Doch sie zuckte nicht zurück, sondern berührte sanft sein Gesicht. »Ich sehe dich«, flüsterte sie, und ihre Wölfin kam hervor. »Ich sehe dich.«

Der leidenschaftliche Ton, der goldene, furchtlose Blick, das alles war zu viel für ihn. Er legte die Wange in ihre Hand, sah sie weiterhin an und küsste sie. Seufzend sank sie in seine Arme, als er die Jeans auszog, und nahm ihn in sich auf, küsste ihn zart und ungeheuer weiblich.

Erschaudernd überließ er ihr die Führung, setzte sich aufs Bett, zog sie auf seinen Schoß und ließ sich von ihr lieben. Fühlte sich auf die zärtlichste Weise geliebt. Falls sie ihn jemals verließ, würde er es nicht überleben.

Nach der Lust, nachdem ihm klar geworden war, dass sie weiterkämpfen würde, solange es nötig war, erzählte er ihr von dem Schrecken, der ihn nachts heimsuchte. »Ich will nicht, dass du mich so siehst, dass du mich hörst, und es macht mich ungeheuer wütend, dass ich nichts dagegen tun kann. Ich bin doch kein ängstlicher Junge mehr, sondern schon lange darüber hinweg.«

Grace strich ihm über den Kopf, sie verstand, warum er sich so dagegen gewehrt hatte, ihr alles zu erzählen. Eine solche Schwäche zuzugeben musste einem dominanten Wolf unmännlich vorkommen, erst recht nach einer so aufwühlenden Nacht. Selbst jetzt noch zog sich sein Wolf zurück, konnte ihr kaum in die Augen sehen.

Doch sie hatte etwas Wichtiges entdeckt, das er vielleicht nicht sehen konnte, weil er nicht genügend Abstand hatte. »Die Albträume haben ungefähr zu der Zeit begonnen, als du anfingst, um mich zu werben?«

Er nickte mit zusammengepressten Zähnen.

»Dann liegt es daran, dass ich dir etwas bedeute.« So viel, dass es ihr im Herzen wehtat. »Du sorgst dich um mich so sehr wie um niemanden mehr seit deiner Kindheit.«

Cooper schwieg lange. »Ich werde mich immer um dich sorgen.«

»Ich mich um dich ebenfalls.« Sie legte ihm den Finger auf die Lippen. »Aber vielleicht verschwinden die Albträume, wenn du weißt, dass ich in Sicherheit bin. Und wie kann ich sicherer sein als in deinen Armen?«

Er sah nicht überzeugt aus, weigerte sich aber auch nicht, als sie ihn am nächsten Abend bat, bei ihr zu schlafen. Dennoch schlief er nicht richtig, wollte die Dunkelheit in Schach halten. Doch am dritten Tag war er so erschöpft, dass er nicht anders konnte. Diesmal konnte Grace nicht schlafen, denn sie wusste, wie schlimm es für ihn sein würde, wenn er schreiend erwachte. Sie würde ihn beim ersten Anzeichen von Unruhe küssen, würde ihn verführen, damit er vergaß, was seinen Schlaf gestört hatte.

Mehr konnte sie nicht tun, und falls es nicht funktionierte, wusste sie auch nicht weiter. Cooper war sehr stolz, es würde ihn zerstören, wenn er den Kampf gegen die Albträume nicht gewann, denn für den Wolf war es ein Kampf. Er musste die Herausforderung gewinnen, musste seine Frau gegen die Schatten verteidigen.

Zu ihrer großen Erleichterung schlief er wie ein Toter.

Und erwachte – bereit zur Liebe.

Sie lächelte, als sie die Beine um ihn legte und ihm den Schlaf aus den Augen küsste. Vielleicht hatte sie sich geirrt, und die Albträume kehrten wieder, doch sie glaubte eher, dass es ein für alle Mal vorbei war. Jedenfalls solange Cooper sie im Arm hielt und an sich drückte. »Besitzergreifender Kerl«, murmelte sie, als er sie so fest in den Hals biss, dass das Mal sicher den ganzen Tag zu sehen war.

Sie spürte, wie er lächelte, als seine Lippen die Stelle berührten.

Zwei Wochen nach ihrer Rückkehr liefen alle Systeme der Höhle bereits seit fünf Tagen wieder auf vollen Touren. In dem Zimmer, das nun ihr Zuhause mit Cooper war, wartete ein Bad auf Grace. Und was für ein Bad. Eine Wanne mit Krallenfüßen und allem Drum und Dran, gefüllt mit heißem Wasser, dem ein Blumenduft entstieg und an dessen Oberfläche rosafarbene Blüten schwammen.

Grace erstarrte. Sie hatte keine Ahnung, wie Cooper die Wanne in das Zimmer bekommen hatte, und noch weniger wusste sie, wie er es geschafft hatte, dass das Wasser bei ihrer Heimkehr gerade die richtige Temperatur hatte. Sie schlüpfte aus den Kleidern und ließ sich mit einem lustvollen Stöhnen ins Bad sinken. Der Mann wusste wirklich, wie man eine Frau umwarb – jeder im Rudel fragte sich schon, warum sie ihren Geliebten an der langen Leine hielt, doch seiner Taktik spendeten sie Beifall.

Tatsache war, dass es sie fast übermenschliche Beherrschung kostete, das Band zwischen ihnen nicht zu akzeptieren. Am Morgen auf dem Wasserwerk war sie kurz davor gewesen, doch nach dem Geständnis seiner Albträume hatte sie gewusst, dass sie noch warten musste, obwohl ihr Verlangen nach dieser Bindung übergroß war. Nie sollte er sich fragen müssen, ob sie es nur getan hatte, damit er sie in Sicherheit wusste.

In der ersten Zeit war er unsicher gewesen, als warte der Wolf auf das Schwert, das niederfuhr. Doch da die Nächte ruhig und traumlos verstrichen, reizte ihn ihr Widerstand zunehmend. Sie hatte vor Freude getanzt, als er seine Werbung wieder aufgenommen hatte … wozu Schachteln handgefertigter Pralinen gehörten, auf deren Rückseite unkeusche Avancen standen. Dazu tauchten ständig neue Werkzeuge in ihrem Kasten auf, wurden Liebeslieder für sie auf dem Rudelkanal gespielt, was alle Erwachsenen und auch ein paar frühreife Jugendliche dazu brachte, ihn stets um neun Uhr abends einzuschalten, um zu sehen, welches Lied er diesmal ausgesucht hatte und mit welchen Worten er es begleiten würde.

Am besten hatte ihr die Widmung »für die sture Wölfin, die glaubt, ich sollte Geduld lernen« gefallen. Dann hatte er eine Pause gemacht und mit seidenweicher Stimme weitergesprochen. »Obwohl sie gestern Nacht noch gedroht hat, mich umzubringen, nur weil ich ihr gezeigt habe, was für ein gelehriger Schüler ich bin.«

Der äußerst intime Spott hatte sie erschreckt, und sie war den ganzen Tag mit hochroten Wangen herumgelaufen … doch heimlich genoss sie es, eine »sture Wölfin« zu sein, und es gefiel ihr sehr, dass er sie nicht mehr wie ein rohes Ei behandelte und ihr mit allen schmutzigen Tricks, mit denen er ihren Widerstand brechen wollte, zeigte, dass er felsenfest an ihre Stärke glaubte.

Und Cooper hatte ziemlich schmutzige Tricks in seinem Repertoire.

Mit einem leisen Stöhnen erinnerte sie sich an ihre Lustgefühle, stieg aus dem Bad und wandelte sich. Die Wölfin schnupperte, der Blütenduft passte nicht ganz zu ihr, war aber akzeptabel, da Coopers Witterung darunterlag. Sie trug ihn auf der Haut. Mit einem wölfischen Lächeln pirschte sie zur Tür, drückte den Spezialknopf für Wolfstatzen und schlüpfte hinaus.

Sie hatte keine Schwierigkeiten, Cooper zu finden, all ihre Sinne waren auf seine Witterung eingestellt. Er war draußen und sprach mit ein paar Soldaten. Sie blieb am Rand der Lichtung stehen, damit er das Gespräch beenden konnte, und er drehte sich um und lächelte ihr zu.

Auf leisen Pfoten ging sie zu ihm und rieb sich an seinem Bein.

Cooper teilte neue Schichten ein, und nach und nach verschwanden die Soldaten grinsend, was aber nichts mit ihrer Arbeit zu tun hatte.

Cooper ging in die Hocke und strich ihr über den Rücken. »Du bist eine wunderschöne Wölfin.«

Sie bellte leise als Aufforderung zum Spiel.

Er hielt sie am Fell fest. »Schon überredet. Nur einen Augenblick.«

In weniger als einer Minute war er nackt und stopfte die Kleider zwischen die Wurzeln eines Mammutbaums. Dann explodierten Farben und Licht, und der kräftige Wolf stand vor ihr, der ihr liebster Spielkamerad geworden war. Er war mindestens eine Handbreit größer und wog doppelt so viel wie sie, sein Fell war dunkelrot.

Sie zitterte, als er sich an sie schmiegte … dann biss sie ihn in den Nacken. Er schnappte spielerisch knurrend nach ihr und biss sie ins Ohr, als sie wegsprang. Sie bellte überrascht.

Wolfslachen.

Knurrend warf sie sich auf ihn, sie balgten sich im Gras, stießen sich abwechselnd zu Boden. Er ließ sie spielen – so groß und stark wie er war, hätte er in Sekunden die Oberhand gehabt, wenn er gewollt hätte. Doch es machte ihm auch Spaß. Als ein tief sitzender Ast ihn kurz ablenkte, lief sie davon.

Eigentlich mochte Grace es nicht, gejagt zu werden, es erweckte Angst in ihr, nahm sie zu sehr mit … doch mit Cooper war es anders. Mit Cooper machte es Spaß.

Mit klopfendem Herzen sprang sie Hügel empor, lief über Lichtungen vor ihm davon – dann spürte sie seine Pfoten auf der Schulter, wurde zu Fall gebracht. Normalerweise hätte das die sofortige Unterwerfung der Wölfin erfordert, doch der große Wolf rieb nur seinen Kopf an ihr und sprang wieder auf. Das hieß nur, er hatte gewonnen, nichts weiter.

Sie wusste das und musste lächeln. Dann richtete sie sich zu voller Größe auf und gähnte ungeniert.

Cooper fletschte die Zähne. Wenn sie doch bloß endlich das Band annehmen würde. Er starrte sie an. Sie starrte ohne Furcht zurück, mit erhobenem Schwanz und leuchtenden Augen. Von außen betrachtet hätte man annehmen können, sie würde ihn herausfordern, doch das war es nicht. Sie zeigte ihm ihre Liebe.

Und plötzlich zerstob sie in einem Funkenregen.

Er verwandelte sich auch und ließ sich überrascht nach hinten fallen, als sie sich wie ein Junges auf ihn stürzte. »Hallo, Cooper.«

Grübchen erschienen auf seinen Wangen, weil seine Geliebte auf ihm lag. »Hallo, Grace.«

»Rate mal.« Sie legte den Kopf schief wie eine Wölfin.

»Was denn?«

Ganz nah an seinem Ohr flüsterte sie: »Ich habe mich entschieden.«

Er bäumte sich auf, als das Band einrastete, so sanft und so kräftig wie seine Grace. Dann warf er den Kopf zurück und stieß ein Wolfsgeheul aus. Die wilden Wölfe heulten ebenfalls Und dann hörte er auch Grace, die mit ihm einstimmte in das Lied, das aus ihren Herzen kam.

IM NETZ DER SINNLICHKEIT

Stammbaum der Laurens

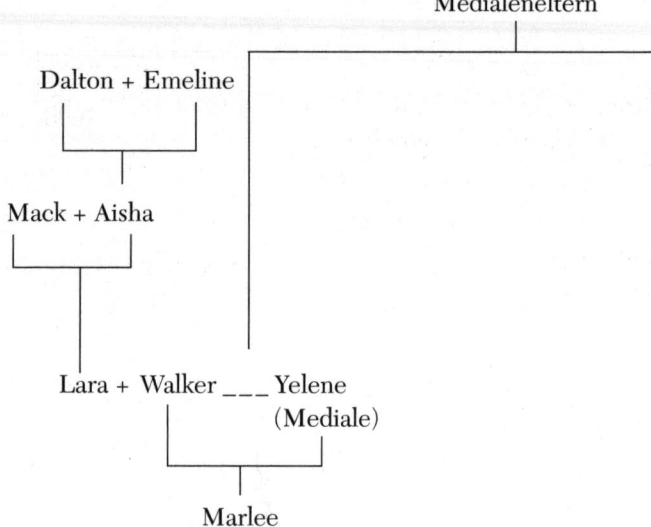

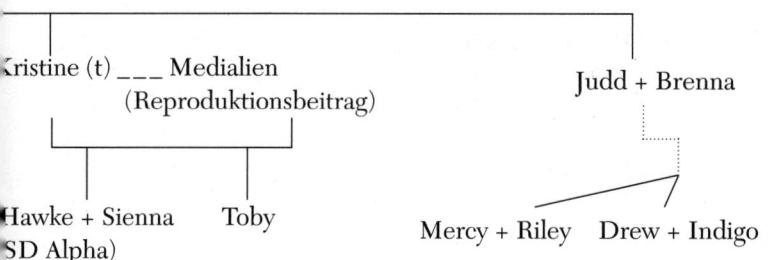

Kristine (t) _ _ _ Medialien
        (Reproduktionsbeitrag)

Judd + Brenna

Hawke + Sienna   Toby
(SD Alpha)

Mercy + Riley   Drew + Indigo

Legende:

+	Gefährten
_ _ _	aufgelöste und/oder
⋅ ⋅	vertragliche Beziehungen
⋯	Geschwister
(t)	tot
SD	Snow Dancer

Atempause

Die Armee der Makellosen Medialen – geschaffen von einem militanten Medialen, der Silentium für die einzig mögliche Rettung ihrer Gattung hielt und glaubte, Gefühle seien gefährlich, da sie für den Gestaltwandler alles Schlechte auf dieser Welt verkörperten – war geschlagen. Den Sieg hatte die Allianz aller drei Gattungen errungen, die es in ebenjener Welt gab.

Menschen.

Mediale.

Gestaltwandler.

Die Grenzen zwischen ihnen hatten sich unwiderruflich verschoben.

Würden sich weiter verschieben … aber nicht gerade jetzt.

Nicht gerade in diesem Augenblick des Friedens, einem Augenblick, wie aus der Zeit gefallen, in dem ein durch Silentium geprägter Medialer und eine zum Heilen geborene SnowDancer-Wölfin sich der Sinnlichkeit hingaben, lustvoll und voller Hoffnung.

1

Lara erwachte in den Armen eines Mannes, fest an ihn geschmiegt, alle Glieder miteinander verschlungen. Straffe Muskeln und raue Wärme umschlossen sie besitzergreifend.

So, wie sie ihn umfing.

Mit geschlossenen Augen genoss sie den Duft von dunklem Wasser und schneebedeckten Fichten ... und das köstliche Band, das sie unwiderruflich an den starken Telepathen fesselte, an den einzigen Mann, den sie je hatte haben wollen.

Er ist mein.

Mit diesem Gedanken schlug sie die Augen auf, strich über Walkers Brust, über die feste glatte Haut mit den feinen dunkelblonden Haaren, die ihre Sinne erregte. Die Wölfin in ihr rieb sich wohlig unter der Haut, wollte den Mann zärtlich berühren.

»Bedingungslose Körperprivilegien.«

Die hatte ihr Gefährte ihr zugestanden. Und sie würde sie ausschöpfen, es verlangte sie so sehr nach dem gefährlich schönen Mann. Der entspannte Schlaf konnte die Kraft nicht verbergen, die in ihm steckte. Die breiten Schultern, der flache muskulöse Bauch und der stahlharte, unbeugsame Wille. Der Mann konnte dem stärksten Sturm standhalten. Und er gehörte ihr, berührte sie mit einer Hingabe, die so aufrichtig war, dass es ihr den Atem nahm.

Die Schönheit der Verbindung ließ sie erschauern, sie reckte sich. Sein Gesicht war kantig, die Haut gebräunt, denn Walker verbrachte viel Zeit außerhalb der Höhle. Aus diesem Blickwinkel warfen die Wimpern halbmondförmige Schatten auf seine Wangen, und die feinen Silberfäden in seinem dunkelblonden Haar leuchteten.

Tausend Schmetterlinge flatterten in Laras Bauch.

Walker gehörte zu den Männern, die im Alter nur noch schöner wurden, weil sich ihre Persönlichkeit noch deutlicher in den Gesichtszügen zeigte. Das würde es für sie nicht einfacher machen, denn bereits jetzt war er der anziehendste Mann, dem sie je begegnet war – ein einziger Blick von ihm genügte, und ihre Knie wurden weich wie gekochte Spaghetti.

Bei der Vorstellung, mit ihm zusammen alt zu werden, wurde ihr ganz warm, ihre dunkle Haut glühte geradezu. Sie platzte beinahe vor Glück, küsste Walker und spürte, wie seine Lippen sich zu einem Lächeln verzogen. »Ich wusste doch, dass du wach bist.« Die Wölfin in ihr tollte spielerisch umher.

Walker streichelte ihr den Rücken. »Müssen wir aufstehen?«

Die Zeit hätte Lara nicht geschert, wenn es nur um sie beide gegangen wäre, doch es gab Junge, die unter Walkers Schutz standen … und nun auch unter ihrem. Marlee und Toby gehörten zur Familie. Marlee war Walkers Tochter, Toby sein Neffe, doch er war beiden ein Vater geworden, hatte sein Leben aufs Spiel gesetzt auf die vage Möglichkeit hin, dass die Kinder Schutz bei den SnowDancer-Wölfen fänden.

»Nein«, sagte sie, nachdem sie sich mit einem kurzen Blick auf die Kommunikationseinheit auf dem Nachttisch vergewissert hatte. »Eine knappe Stunde haben wir noch.« Eine Stunde des Friedens, denn die Schlacht war gewonnen, der Feind so gründlich besiegt, dass es dumm von ihm gewesen wäre, noch einmal zurückzukehren.

Walker schlug die Augen auf, und helles Grün strahlte sie an. Es war kein weicher Blick. Walker würde nie weich sein. Doch er war … so offen, wie er noch nie gewesen war. Einladend.

Sengende Wärme ging von ihm aus. Sie fuhr ihm durchs Haar und fragte: »Ist mit den Kindern alles in Ordnung?«

Er streichelte sie weiter, die Schwielen an seiner Hand waren erotisierend.

So lange hatte sie auf seine Berührung warten müssen.

Als er ihr gesagt hatte, er könne es niemals tun, da sein Herz durch die eisige Kälte von Silentium zu sehr verletzt sei, war der Schmerz in ihr übermächtig gewesen.

Doch nun wusste sie, dass die Konditionierung ihm die Gefühle nie ganz auszutreiben vermocht hatte, denn sein Herz war so stark, dass er selbst im mitleidlosen Medialnet noch geliebt hatte.

Seine Tochter.

Seine Nichte und seinen Neffen.

Seine dahingegangene Schwester.

Seinen Bruder.

Sie waren damals eine Familie gewesen und waren es auch jetzt noch, weil es Walker gab, der sich geweigert hatte, die Bande zerreißen zu lassen, und nie einen von ihnen aufgegeben hatte, ob es sich um einen kalten Auftragskiller oder ein gebrochenes Kind gehandelt hatte.

»Ja, es geht ihnen gut«, beantwortete er ihre Frage, seine Züge verrieten nicht, dass er mit den Kindern telepathisch kommunizierte. »Toby und seine Freunde spielen mit Drew Basketball, und Marlee ist bei Ava.«

»Ava ist eine gute Freundin.« Klatsch verbreitete sich unter den Wölfen wie ein Lauffeuer. Wahrscheinlich hatte Ava schon zwei Minuten, nachdem Walker Laras Schlafzimmer betreten hatte, davon erfahren. Natürlich würde ihre beste Freundin sie nachher bedrängen, ihr alles haarklein zu erzählen, aber in der Zwischenzeit würde sie alles tun, damit Walker und sie ungestört waren.

»Marlee sagt, Ben schnarche in Wolfsgestalt, sie habe ihn müde gespielt.«

Lara musste über die Vorstellung eines zusammengerollten erschöpften Wolfswelpen lachen. »Der arme Ben.«

Ayas Sohn bewunderte Marlee, die ungewöhnliche Freundschaft zwischen beiden war von spielerischer Unschuld. Ben war fünfeinhalb und Marlee vier Jahre älter, doch trotz des Altersunterschieds konnten sie einander zum Lachen bringen, bis sie auf dem Boden lagen und sich die Bäuche hielten. Lara war nicht die Einzige im Rudel, die sich fragte, ob die Freundschaft zwischen beiden nicht auf eine ganz andere Beziehung in der Zukunft hinauslief. Doch noch waren sie Kinder.

Bevor sie den Gedanken äußern konnte, sah Walker ihr tief in die Augen. »Ich werde kein einfacher Gefährte sein.«

Das kam unerwartet, doch sie hatte eine Antwort parat. »Du bist wunderbar. Einfach vollkommen.«

»Denk immer daran«, sagte er und sah sie immer noch mit einem so intensiven Blick an, dass ihre Haut kribbelte. »Vor allem in Zeiten, in denen du dich fragst, was du eigentlich mit mir zu schaffen hast.«

Plötzlich wurde Lara kalt, Angst stieg in ihr auf, da er so sicher schien, dass Schwierigkeiten auf sie zukämen. Sie schob die Befürchtungen beiseite, die Wölfin fletschte die Zähne und hielt an dem wunderbaren Band fest, das sich aus einem Ort ohne Furcht und Zweifel speiste, an dem die Schatten der Vergangenheit keine Macht besaßen.

»In Ordnung«, sagte sie. Sie kannte Walker. Er war gezeichnet von dem Leben, das er früher hatte führen müssen, von den Entscheidungen, die er damals getroffen hatte. Er brauchte Zeit, um dem Glück zu vertrauen, zu akzeptieren, dass von nun an immer jemand an seiner Seite war. »Aber versprich mir eines.«

Aufmerksam hielt er mit dem Streicheln inne.

»Rede mit mir, wenn es ein Problem gibt. Verschließ dich nicht.« Davor fürchtete sie sich am meisten. Im Medialnet hatte Walker die Fassade von Silentium aufrechterhalten, war allen erbarmungslos, eiskalt und herzlos erschienen, obwohl er für seine Familie gekämpft hatte. Nie hatte er in seiner Treue gewankt, hatte sich ihrer Rettung vollkommen verschrieben. Dennoch hatte niemand auch nur vermutet, dass Walker der herrschenden Ordnung nicht loyal gegenüberstand.

Eine solche Selbstkontrolle konnte jemanden in Stein verwandeln.

Walker stimmte nicht sofort zu. »Ich werde es versuchen.« Er drückte sie an sich. »Doch die Stille, wenn auch nicht Silentium, ist ein Teil von mir.«

»Ich liebe deine Stille.« Er ruhte so in sich, stand so fest auf dem Boden, dass er ihr Anker geworden war. »Es würde mich nur verletzen, wenn du die Stille als Waffe nutztest.«

»Das wird nie geschehen.« Ein Schwur.

Sie lächelte, zeigte ihm offen, was sie für ihn empfand. Ein Außenstehender hätte leicht annehmen können, dass sie in der Beziehung den Kürzeren zog, weil sie ihre Gefühle so offen zeigte, während er die seinen kontrollierte, doch sie wusste es besser. Nie würde sie den Tag vergessen, an dem er ihr sein Herz geschenkt hatte.

»Es ist geheilt, solange du dich nicht an den vielen Narben störst.«

Vernarbt und geschunden war sein Herz ein Geschenk, dessen Wert sie gar nicht hoch genug schätzen konnte.

»Marlee muss eine große Überraschung für alle gewesen sein«, sagte sie von Gefühlen überwältigt. Walkers Tochter redete viel, war immer fröhlich und hatte ein ansteckendes Lachen. Sie zeigte so offen und unschuldig ihre Freude, dass sie jünger wirkte, als sie war – doch ihre Arbeiten in der Schule zeugten von großer Intelligenz. Marlee liebte das Leben, so einfach war das.

»Ich weiß auch nicht, woher sie das hat.« Das leichte Lächeln auf Wolkers Lippen verschwand. »Die Marlee, die du kennst, ist eine andere als das Mädchen im Medialnet.«

Lara erinnerte sich an den Tag, als die Laurens in die Höhle gekommen waren. Mehr als drei Jahre war das her. Sienna hatte die bewusstlose Marlee getragen, Walker Toby. Der Junge war so viel kleiner und zarter gewesen als jetzt. Beide Kinder hatte die Trennung vom Medialnet schwer getroffen: der brutale Schnitt von dem geistigen Netzwerk, das die Medialen mit dem überlebenswichtigen Biofeedback versorgte und sie gleichzeitig gefangen hielt, der Gnade des Rates und eines Programms ausgeliefert, das Freude und Liebe verbot. Die Laurens hatten die Trennung nur überlebt, weil sie sich sofort in einem kleinen Familiennetzwerk miteinander verbunden hatten.

Als Ersten hatte Lara Judd gesehen, dessen Killerblick die grimmigen Wolfssoldaten nicht aus den Augen ließ, die die Familie zur Krankenstation brachten. Sie wusste sofort, dass er töten würde, um die anderen zu schützen. Dann traf sie ein Blick aus den blassgrünen Augen eines Fremden, der ein Kind in seinen Armen hielt, und sie begriff, dass der äußerlich ruhig erscheinende Mann eine noch größere Gefahr sein konnte.

Als Marlee aus ihrer Ohnmacht erwachte, stand sie unter Schock, die großen Augen hatten dieselbe Farbe wie die Augen ihres Vaters und leuchteten in dem blassen Gesichtchen. Erst Monate später war ihre lebhafte Persönlichkeit zum Vorschein gekommen. Walker hatte jahrelang mit ansehen müssen, wie seine Tochter zu einem funktionierenden Rädchen der gut geölten Medialenmaschinerie gedrillt wurde, wie man ihren Geist zerstörte.

Sie nahm sein Gesicht in beide Hände. »Du hast sie dort herausgeholt, nie mehr wird sie ihre Persönlichkeit Silentium unterordnen müssen.«

Unerwartet blitzte Belustigung in seinen Augen auf. »Ihr jetzt noch Silentium aufzudrücken, das sollte erst einmal jemand versuchen.«

Lara lachte und schnappte nach Luft, als sie seine Hände auf ihrem Hinterteil spürte. »Du scheinst ganz wach zu sein.«

»Hmm.« Das tiefe Brummen war ihr schon vertraut, so hörte sich ihr Gefährte an, wenn er an etwas ganz Bestimmtem Interesse hatte.

Sie küsste ihn, als er sie auf sich zog und seine Hand in ihrem Haar vergrub. Ihre Brustwarzen rieben sich an rauen Härchen, und sie wollte sich gerade der schönsten Art des Aufwachens hingeben, als es an der Kommunikationseinheit läutete.

Stöhnend richtete sie sich auf. »Ich muss rangehen.« Sie war die Heilerin der Wölfe und nahm jeden Anruf entgegen.

Walker streckte schon die Hand zum Touchscreen aus. »Es ist aber kein Notruf.«

»Das heißt gar nichts. Es gibt Jugendliche, die sich das Bein brechen und dann nicht den Notruf wählen, weil sie den Schmerz aushalten können.« Sie legte sich auf den Rücken und versuchte ihre Enttäuschung zu überwinden. Walker drückte den Audiokanal und meldete sich: »Ja, bitte?«

Überraschtes Schweigen, dann die zögerliche Stimme einer Jugendlichen. »Emm … kann ich Lara sprechen?«

Lara wusste sofort, wer es war, und setzte sich auf. »Silvia?« Das Mädchen gehörte zu den stabilen Jugendlichen im Rudel, sie würde nicht anrufen, wenn es nicht wichtig wäre. »Was ist passiert?«

»Ich bin gerade mit einem der Evakuierungstransporte zurückgekommen.«

Die Wölfin in Lara stimmte ein Freudengeheul an, denn immer mehr Junge kehrten aus den gefahrlosen Gebieten, wo sie während der Kämpfe untergebracht waren, in die Höhle zurück. »Weiter«, ermutigte sie das Mädchen, als diese zögerte.

»Ich weiß, dass ihr erschöpft seid.« In jeder Silbe lag eine Entschuldigung. »Doch das Junge, für das ich zuständig bin, weint ununterbrochen, weil Vater und Mutter nicht da sind. Ich hätte auch im Kindergarten anrufen können, aber ich weiß ja, wie sehr Mason dich mag …«

»Bin gleich da.« Lara war schon aufgestanden und zog eine Jeans über, Walker tat es ihr gleich. »Sag Mason, dass es seinen Eltern gut geht. Ihr seid ein wenig zu früh zurück, seine Eltern sind noch an der Grenze.«

Als sie sich umdrehte, hielt Walker ein Handy hoch. »Ich rufe die beiden an.«

Heute Nacht würde sie sich der schönen Brust widmen, nahm Lara sich vor und warf ihm eine Kusshand zu. Dann begab sie sich zu den Neuankömmlingen.

»Lara!«, wimmerte Mason und hing sofort an ihrem Hals wie ein kleiner Affe.

»Schon gut, mein Kleiner.« Sie drückte ihn und hielt ihn dann ein wenig von sich weg, um ihm in die Augen sehen zu können. Im Gegensatz zu Silvia war sie eine Erwachsene, und die Rollen waren klar definiert – Masons Wolf war sofort aufmerksam, auch wenn seine Augen noch in Tränen schwammen. »Deine Eltern sind auf dem Weg«, sagte Lara, denn sie war sicher, dass Walker dafür sorgen würde. »Es geht ihnen gut.«

Seine Unterlippe zitterte. »Kommen sie her?«

»Ja, und sie freuen sich auf dich.« Sie küsste die feuchte Wange und flüsterte verschwörerisch: »Dein Bus ist unglaublich früh hier gewesen, damit hatten sie nicht gerechnet. Hattet ihr Flügel?«

Der Junge schüttelte den Kopf. »Nein ,,, ich hab keine gesehen.«

»Sollen wir mal nachschauen?«

Zu dritt liefen sie um das gepanzerte Fahrzeug herum, und Mason inspizierte jeden Winkel auf Flügel, bis zwei Erwachsene außer Atem auf der Lichtung erschienen. »Mason!«

»Mami! Papi!«

Lara lächelte, als das Junge in Wolfsgestalt gleich auf zwei Armpaare sprang. Dann zog sie Silvia an sich. »Hast du gut gemacht, Süße.« Das Mädchen hatte ihren Verstand benutzt und nicht einmal aufgegeben, als unerwartet ein Mann am anderen Ende der Leitung war.

In dem dunkelbraunen Gesicht leuchtete ein erleichtertes Lächeln auf. »Tut mir leid, dass ich dich und Walker gestört habe.«

»Woher weißt du, dass es Walker war?«

Das Lächeln wurde zu einem breiten Grinsen, und Silvia tippte sich auf die Nase. »Ich bin eine Wölfin.« Sie zögerte kurz. »Und ich habe vor einer ganzen Weile gesehen, wie ihr euch heimlich geküsst habt.«

Dann lief die Jugendliche lachend davon, und Laras Wölfin wandte sich dem Duft von dunklem Wasser zu, in dem tausend Geheimnisse verborgen waren.

»Ich werde kein einfacher Gefährte sein.«

Und obwohl sie wusste, wie stark ihre Liebe war, und dass sie nie und nimmer schwach werden oder gar zerbrechen würde, tat ihr das Herz weh, als sie sich fragte, ob er seine Geheimnisse eines Tages mit ihr teilen würde … oder ob ein Teil von ihm ihr für immer verschlossen blieb.

2

Nach der Rückkehr in ihre Wohnung sah Lara Walker unsicher an, denn es bedrückte sie, dass sie vielleicht nie genau erfahren würde, was in dem Mann vorging, der sie tiefer berührte, als es je ein anderer getan hatte oder jemals tun würde. »Ich könnte hier duschen«, sagte sie zögernd, »und dich dann nachher treffen, um nach den Kindern zu sehen.«

Er trat näher, fasste ihr Kinn und sah ihr direkt in die Augen. »Willst du das?«

»Nein.« Heiser, denn weder Wölfin noch Frau wollten sich von ihm trennen. Jetzt noch nicht. Das Band war so neu, so frisch, noch immer war es wie ein Schock, wenn sie sich dessen gewahr wurde.

Sein Lächeln zerstreute alle Ängste, sie spürte ein Kribbeln im Bauch und in den Zehen. »Ich habe noch nie mit jemandem zusammen geduscht«, murmelte Walker.

Nachher konnte sie sich nicht mehr erinnern, wie sie in seine Wohnung gekommen waren. Ihr Gefährte hatte sie mit einem Blick angesehen, den sie nur zu gut kannte. So hatte er auch geschaut, bevor er dazu übergegangen war, »oralen Sex näher zu erforschen«. Sein Forscherdrang hatte sie zu einem vor Lust zitternden Lara-Wackelpudding werden lassen.

Der Mann hatte Zielstrebigkeit zu einer wahren Kunst erhoben.

Was er unter der Dusche gleich wieder bewies, als seifige Hände sie streichelten und er flüsterte, er wolle Sex im Stehen »erforschen«. Obwohl sie natürlich nichts dagegen hatte, unter dem warmen Wasserstrahl die Schenkel um seine Hüften zu legen und diese Spielart von Sex gründlich »erforschen zu lassen«.

Es war auch überhaupt nicht verwunderlich, dass sie danach doppelt so lange brauchte, um sich anzuziehen. »Ich habe dich gar nicht für dermaßen körperbetont gehalten«, sagte sie und küsste seinen nackten Rücken, bevor er ein Hemd überzog. Und auch nicht damit gerechnet, dass der stille, zielgerichtete Walker so fordernd sein konnte, dass er alles in ihr zum Schwingen brachte.

Er schob den Finger unter den BH-Träger, streichelte sie zärtlich. »Ich muss ein ganzes Leben nachholen.« Er zog sie an sich und strich ihr über den Rücken. »Nur mit dir.«

Oje. Sie hatte keine Chance. »Lass das.« Halbherzig, nicht streng. »Hast du die Kinder vergessen?«

Walker legte den Kopf leicht schräg, als würde er lauschen. »Ja, wir sollten sie holen.« Seine Hand lag warm und rau auf ihrem Rücken. »Sie sind nicht beunruhigt, sollten aber ihre Familie um sich haben.«

Laras Wölfin konnte ihm nur zustimmen, schnell zog sie eine frische Jeans und einen dünnen Pullover in ihrer Lieblingsfarbe Grün an. »Dann mal los«, sagte sie und schlüpfte in ihre Schuhe.

Toby, der anscheinend um einige Zentimeter gewachsen war, seit sie ihn das letzte Mal gesehen hatte – es stand außer Frage, dass er mindestens ebenso groß wie seine Onkel werden würde –, legte die dünnen, aber erstaunlich kräftigen Arme um sie, als sie ihn beim Ballspielen aufstöberte. Er freute sich sichtlich, dass Walker und sie Gefährten waren. »Ich bin so froh, dass du nun zur Familie gehörst«, sagte er. »Schon am ersten Tag auf der Krankenstation, als ich vor allem und jedem Angst hatte, habe ich mich nicht vor dir gefürchtet. Deine Hände waren so sanft wie die von Mom.«

Tränen stiegen in Laras Augen auf. »Sie hat dich sehr geliebt.« Tobys Mutter hatte sich für ihn eingesetzt, bis ihre telepathische Gabe sie in den Tod getrieben hatte. Ihr Junge hatte die Gabe geerbt, er hatte die nachtschwarzen Augen eines Kardinalmedialen, weiße Sterne auf samtschwarzem Hintergrund. Doch er war nicht isoliert, musste nicht allein damit fertigwerden – physisch und psychisch unterstützten ihn das Netzwerk der Familie, andere Mediale, Wölfe und Leoparden. »Ich möchte dich auch gerne liebhaben dürfen.«

Tobys Lächeln war sehr süß ... und enthielt eine Spur vom Übermut eines Jungen auf der Schwelle zum jugendlichen Schwerenöter. »Das tust du doch schon – du liebst alle Jungen im Rudel. Das spüre ich.« Er umarmte sie noch einmal und flüsterte: »Aber wenn du Marlee und mir eine Extraportion Liebe schenken willst, werde ich es den anderen nicht verraten.«

»Abgemacht.« Lachend strich sie ihm das Haar aus der Stirn, als Marlee mit Walker um die Ecke bog und in vollem Lauf die Arme um ihren Hals schlang.

»Dad meint, du gehörst nun zu uns.« Mit den großen grünen Augen und den klaren Gesichtszügen war sie ganz offensichtlich die Tochter ihres Vaters, doch eine ganz eigene Persönlichkeit. Die einzigartige Marlee. »Stimmt das wirklich?« Rötlichblonde Strähnen hatten sich aus dem Band im Nacken gelöst und fielen ihr ins Gesicht. »Gehörst du zu uns?«

Alle Sorgen, ob Marlee sie wohl ablehnte, zerstreuten sich bei dieser Begeisterung. »Ja«, sagte Lara und nahm den zarten Körper fest in die Arme. »Ich gehöre zu eurer Familie.«

»Juchhu!!« Marlee tanzte davon, nahm Tobys Hände und ließ sich von ihrem Cousin herumwirbeln. »Schneller, Toby!« Sie quietschte, als ihr Haar flog und sie den Boden unter den Füßen verlor. »Lass mich bloß nicht fallen.«

Toby lachte wie ein netter älterer Bruder – und das war er im Grunde auch, trotz des anderen Verwandtschaftsgrads. Er packte sie fester. »Soll ich aufhören?«

»Nein. Schneller!«

Lara musste auch lachen, sie sah Walker an, auf dessen Zügen ein Schatten lag. Schnell ergriff sie seine Hand und strich ihm über das frisch rasierte Kinn. »Der Rat kann ihnen nie wieder das Recht nehmen, glücklich zu sein.«

Ihr Gefährte sagte nichts. Doch sie liebte ihn und merkte, wie sehr ihn das Gesagte berührte, in der Art, wie er sie in den Arm nahm.

Am nächsten Tag schien sich seine Stimmung aufgehellt zu haben. Als er sie abends verließ, um eine Wache an der Grenze zu übernehmen, sagte er: »Du verwöhnst sie.« Eine Hand an ihrer Wange, die Lippen an ihrem Ohr.

»Ich weiß«, gab sie zu, stellte Schokoladenkekse und Milch auf ein Tablett für die Kinder, die im Wohnzimmer vor dem Bildschirm auf dem Boden saßen und fasziniert ein Quiz verfolgten.

Sie spielte mit seinen Hemdknöpfen. »Ist doch in Ordnung, oder etwa nicht? Nur ein paar Tage noch.«

Sie hatte sich schon oft um Junge gekümmert, meist aber nur kurze Zeit, da hatte es keine Rolle gespielt. »Nach allem, was passiert ist, können sie ein wenig Bemutterung gut gebrauchen.«

Walker hätte gerne das entschuldigende Lächeln weggeküsst … dann wurde ihm klar, dass er es tun konnte. Wo und wann immer es ihm passte. Sie hatte ihm das Recht zugestanden. »Dann muss ich wohl der Gestrenge sein«, murmelte er, als ihre Herzen aus dem Takt geraten waren.

Sie sah ihn böse an, strich aber besitzergreifend über seine Brust. »Ich kann auch streng sein. Frag nur die Jugendlichen.«

Seine Gefährtin war mutig. Er war so stolz auf ihre Kraft und Zielstrebigkeit. Doch sie war auch unglaublich freundlich, vergab schneller als andere und würde sich die Hand abhacken, um einen anderen zu retten. Zweifellos verwöhnte sie die Kinder sehr — aber das taten Mütter nun einmal. Sollten sie jedenfalls. Und er würde sie nicht davon abhalten.

Denn selbst die quirlige, ewig schnatternde Marlee hatte eine schon sehr erwachsene Seite, die er ihr lieber erspart hätte. Seine Tochter hatte Bitteres in einem Alter erfahren, in dem der Geist noch unschuldig und unverletzt sein sollte. Doch der Stich ins Herz war gerade von der Person gekommen, die sie eigentlich mehr als alle anderen hätte schützen sollen.

Nie würde er Yelene den Blick vergeben, mit dem seine Kleine ihn in den schrecklichen Tagen nach ihrer Abkehr vom Medialnet gefragt hatte: *Wollte Mutter nicht mit uns kommen?*

Zum ersten Mal hatte er sein Kind belogen, hatte ihr gesagt, dass es Yelene nicht rechtzeitig herausgeschafft habe. Er brachte es nicht übers Herz, ihr die brutale Wahrheit zu sagen, dass Yelene die Tochter aus ihrem Leben gestrichen hatte, weil sie unbequem und gefährlich für sie geworden war. Doch die kleine, weise Marlee hatte ihn nur kopfschüttelnd umarmt. *Schon gut, Daddy. Ich weiß ja, dass sie uns nicht geliebt hat.*

»Walker?«

Er schluckte die Erinnerung an den Zorn herunter, der ihn damals erfasst hatte, wollte damit nicht das Wunder belasten, das ihm eine Familie und eine Gefährtin geschenkt hatte. »Ich muss los, sonst komme ich zu spät.«

»Pass auf dich auf«, sagte Lara, die tief in ihn hineinschauen konnte, wo niemand sonst Zutritt hatte.

Der fuchsbraune Blick traf auf eine Verletzlichkeit in Walker, doch trotz des Unbehagens verschloss er sich nicht und blockierte das Band zwischen ihnen auch nicht mittels seiner Fähigkeiten. Denn er wollte Lara nicht so tief verletzen, das würde er bewusst niemals tun.

»Seid artig zu Lara«, rief er den Kindern zu, als sie ihn zur Tür brachte.

Sie nickten mit vollem Mund und winkten zum Abschied.

»In einer Stunde geht's ins Bett.«

»Dad!«

»Onkel Walker!«

»In fünfundvierzig Minuten.«

Kein Widerstand regte sich. Lara verbiss sich nur mit Mühe ein Lächeln. Er zeigte mit dem Finger auf sie. »Und du gehst auch früh schlafen.« Er senkte die Stimme. »Dann habe ich keine Schuldgefühle, wenn ich dich bei meiner Rückkehr aufwecke.« Vor Lara war er kein körperbetonter Mann gewesen, er hatte gelernt, sich mit seinem Hunger nach Berührung abzufinden, die Zurückhaltung war ein Teil von ihm geworden, doch nun wollte er die Sinnlichkeit mit ihr erforschen, wieder und immer wieder.

»Dafür musst du dich nie schuldig fühlen«, flüsterte sie, stellte sich auf die Zehenspitzen und küsste ihn. »Ich kann es kaum erwarten, geweckt zu werden.«

Den vertrauten Geschmack auf den Lippen machte er sich auf den Weg. Er wurde nicht oft zur Wache eingeteilt, saß eher auf der Reservebank, denn seine Aufgabe war die Ausbildung der Zehn- bis Dreizehnjährigen. Doch da ein großer Teil seiner Schützlinge sich noch in den gefahrlosen Gebieten befand, war es ihm sinnvoll erschienen, sich zu den Grenztruppen zu melden.

Kontakt zur Jugendgruppe hatte er ebenfalls gehalten und war auf ihre Sorgen und Fragen eingegangen. Es waren gute Jungen und Mädchen, für die er genauso wichtig wie die Eltern war. Erst nach einer ganzen Weile hatte er begriffen, dass sich bei den Wölfen alle um die Jungen kümmerten.

Ein sehr wichtiger Teil seiner Aufgabe war es, sicherzustellen, dass kein Kind – ganz egal, ob dominant oder unterwürfig, ob schüchtern oder angriffslustig – unterging. Oft saßen Kinder auf einer Bank in seiner Werkstatt und machten dort ihre Hausaufgaben oder aßen eine Kleinigkeit. Manchmal brachte er sie auch zu Bett. Zwar war er nicht so offen liebevoll wie die Gestaltwandler-Eltern, doch die Kinder schienen sich bei ihm sicher zu fühlen, und darauf kam es an.

»Rektor, Lehrer, Ausbilder, Vater und Mutter.«

So hatte Hawke Walker den Posten beschrieben, als er ihm das Angebot gemacht hatte.

»Du bist dafür verantwortlich, dass die Jungen das lernen, was sie für das nächste Stadium ihrer Entwicklung brauchen. Wenn du deine Sache gut machst, wirst du für die Jungen eine Art Vater.«

»Ist das nicht deine Rolle als Leitwolf?«

»Schon, aber es gibt nur einen Leitwolf. Darum ist für jede Altersstufe noch jemand anders zuständig – damit die Kinder oder Jugendlichen sich nie allein oder isoliert fühlen, wenn die Eltern abwesend sind. Du wirst eng mit den Müttern und Lehrern zusammenarbeiten, die für die Gesundheit und Ausbildung der Kinder verantwortlich sind, während du alles koordinierst und dafür sorgst, dass jedes Junge alles bekommt, was er oder sie braucht, um sich aufgehoben und glücklich zu fühlen und auch herausgefordert zu werden.«

Walker sog die kühle Nachtluft ein und überlegte, welche Themen bei der Rückkehr der Kinder wohl im Vordergrund stehen würden. Ein scharfer Geruch stieg ihm in die Nase – Asche. Er kam gerade an dem Gebiet vorbei, das Sienna mit ihrer mächtigen Gabe dem Erdboden gleichgemacht hatte, doch es musste schon jemand hier gewesen sein, die Erde war für eine Neubepflanzung markiert.

Sehr gut.

Je eher das Land heilte, desto schneller würde Sienna über ihre Tat hinwegkommen. Seine Nichte trug zwar eine unbekümmerte Miene zur Schau, doch die Toten trieben sie bestimmt um. Dabei spielte es keine Rolle, dass sie Feinde gewesen waren – und gerade weil es ihr etwas ausmachte, verlor Sienna trotz aller Macht ihre Seele nicht, wurde nicht zu dem Bösen, zu dem sie ein Ratsherr von Kindesbeinen an hatte machen wollen, indem er sie zu einer tödlichen Waffe ausbildete.

Zehn Minuten später entdeckte Walker einen großen dunkelhaarigen Mann auf einer kleinen Erhebung, die den besten Überblick über dieses Gebiet an der äußeren Grenze bot. Wieder musste er an mächtige Kräfte denken und daran, welch innere Stärke nötig war, um dagegen anzukämpfen, vom Bösen übermannt zu werden. Die Ausbildung zum Pfeilgardisten war kalt und unmenschlich, nur dazu gedacht, Killermaschinen zu erschaffen.

Bei Judd hatte es funktioniert.

»Das Blut an meinen Händen wird nie verschwinden.«

Brutal, ohne eine Entschuldigung, obwohl sein jüngerer Bruder ein hilfloser Junge gewesen war, als ihre Eltern ihn dem Schrecken der Gardistenausbildung übergeben hatten. Judd hatte Walker gegenüber nie versucht, seine Taten zu rechtfertigen. Er hatte die Verantwortung dafür übernommen, trug schwer daran und fand so Erlösung.

»Hat Riley einen Fehler gemacht und uns beide zur selben Schicht eingeteilt?«, fragte Walker, als er Judd erreichte. Das würde dem so gut organisierten Offizier gar nicht ähnlich sehen, doch als Hawkes rechte Hand war er im Augenblick sicher schwer gefordert.

»Nein, ich bin im Augenblick für die Einteilung zuständig. So kann Riley sich um andere Dinge kümmern.« Die goldenen Einsprengsel in Judds dunkelbraunen Augen schimmerten im Mondlicht. »Ich wollte mit dir reden.« Judd trug ein weißes T-Shirt und Jeans, der Wind fuhr durch sein Haar. Er sah jung aus und so unbekümmert wie die Rekruten des Rudels.

Das schien natürlich nur so, jedoch … »Du bist glücklich.« Es war immer noch eigenartig, so etwas auszusprechen, sich einzugestehen, dass sein Bruder Silentium gebrochen hatte – das eisige Programm, in das man ihn durch gnadenlose Folter gezwungen hatte –, dass er nun frei war, fühlen und lieben konnte.

Walkers Silentium war nie ganz rein gewesen, obwohl er die Defekte mit seinen telepathischen Fähigkeiten so gut verborgen hatte, dass niemand Verdacht schöpfen konnte. Er durfte nicht zeigen, dass er für seine Schwester und seinen Bruder gestorben wäre … und später auch für seine Tochter, seine Nichte und seinen Neffen. So hatte er seine Fähigkeiten immer weiter verfeinert und ausgebaut.

Trotz der fehlerhaften Konditionierung hatten die Jahre der unbarmherzigen Kontrolle ihre Spuren hinterlassen. In vielen Bereichen hatte Judd sogar mehr erreicht als er.

Das Lachen seines Bruders bestätigte Walkers Vermutung. »Brenna hat mich dazu gebracht, mir eine Sendung anzuschauen, in der das perfekte Hochzeitskleid gesucht wurde«, sagte Judd. »Und nicht nur das, ich sollte die Kleider auch bewerten.«

Beinahe unvorstellbar, aber Judd war wirklich nicht mehr derselbe, der kaltblütig mit Walker einen Plan entworfen hatte, um sicher das Medialnet zu verlassen, der bereit gewesen war, Herzen am Schlagen zu hindern, Kehlen aufzuschlitzen und mit Geiseln zu erpressen, falls nötig. An das eigene Leben hatte er damals keinen Gedanken verschwendet, sein Blick war tot und ohne Hoffnung gewesen.

Warum interessiert sich Brenna für so etwas?, fragte Walker telepathisch, obwohl es ihm surreal vorkam, eine solche Frage mit einem ehemaligen Auftragskiller zu besprechen … doch eigenartigerweise tat es gut. Als wären sie ganz normale Männer mit einem ganz normalen Leben und ganz normalen Lieben. *Gestaltwandler wählen doch keine Brautkleider für die Paarungszeremonie.* Brenna hatte ein eisblaues enges Gewand mit Silberschimmer getragen, das Marlee sehr fasziniert hatte.

Judd zuckte die Achseln. *Sie meinte, ich solle es einfach akzeptieren und es als meine Pflicht als Gefährte ansehen, ihr dabei Gesellschaft zu leisten.* Er grinste. *Jede Woche.*

Walker fragte sich, was Lara wohl von ihm verlangen würde. Er wollte auch solche Dinge mit ihr erleben, sie in seinem Gedächtnis aufheben, bis die dunklen Schatten der Vergangenheit unter der leuchtenden Gegenwart endgültig begraben waren. *Und, hast du?*

Was?

Sie bewertet?

Ja. Offensichtlich habe ich keinen Geschmack.

Judd grinste wieder und Walker spürte, wie seine Wachsamkeit endlich nachließ. Trotz seiner tödlichen Gefährlichkeit war Judd immer Walkers jüngerer Bruder gewesen, den er beschützen musste. Doch er war nicht stark genug dafür gewesen, zu jung, um ihn damals festzuhalten, ihm die Verletzungen zu ersparen, die ihn beinahe zerbrochen hätten. Der unschuldige Junge, den Walker gekannt hatte, war hinter einer zornigen Einsamkeit verschwunden, weil er glaubte, seine Familie hätte ihn verlassen.

Seinen Bruder nun so glücklich zu sehen war ein Geschenk. »Worüber wolltest du mit mir reden?«

»Ich habe dir doch erzählt, dass ich Kontakt zu anderen Gardisten habe«, sagte Judd in die nächtliche Stille hinein. »Kannst du dich noch an Aden erinnern?«

3

Walker ging in Gedanken zwei Jahrzehnte zurück zu dem Bild eines kleinen Jungen mit schräggestellten braunen Augen und seidig glänzendem schwarzem Haar, das man kurz geschoren hatte, um es zu bändigen.

Er wirkte zerbrechlich, man sah die Knochen unter der Haut, doch der Junge hatte einen ähnlich starken Willen wie die Laurens und einen Verstand wie Walker. Er war ein Telepath, dessen Stärke man in ihrer Subtilität nicht gleich erkannt hatte. Wie Walker hatte man ihn der falschen Kategorie zugeordnet, er verfügte über weit gefährlichere Kräfte, als offiziell bekannt war.

Adens Augen weiteten sich vor Schreck, als er begriff, dass Walker die Wahrheit erkannt hatte. »*Werden Sie mich verraten?*« Die Stimme eines Kindes, doch der Blick eines Uralten.

»*Nein.*« Er würde nie eines seiner Kinder verraten. »*Ich werde dir beibringen, deine Fähigkeiten besser zu verbergen, damit dich niemand entdeckt.*«

»*Warum?*« Ganz direkt.

»*Weil du weder Schmerz noch Angst haben solltest. Dafür kann ich zwar nicht selbst sorgen, doch ich kann dir eine Waffe geben, damit du dich im Notfall verteidigen kannst.*«

»Ja, ich erinnere mich an Aden.« Er erinnerte sich an jedes Kind, das er in der Gardistenschule unterrichtet hatte, an jede Verletzung, jeden gebrochenen Knochen, dessen Zeuge er gewesen war, an jede Beschwerde, die er als frischgebackener Lehrer dem »Fürsorge tragenden« Teil der Lehrerschaft, seinen Vorgesetzten und sogar dem Rat zu Gehör gebracht hatte, ehe ihm klar geworden war, dass niemand ihm zuhörte.

Das alles hätte ihn zerbrechen können, doch er hatte sich dagegen gewehrt, einfach aufzugeben, denn er hatte herausgefunden, dass er seinen Schützlingen geistige Waffen zur Verfügung stellen und sie sogar manchmal beschützen konnte, wenn auch nur für kurze Zeit. Mehr als einen hatte er nach den Schulstunden dabehalten – offiziell als Strafe oder zu Nachhilfestunden –, nur damit das Kind schlafen, sich ausruhen und heilen konnte, soweit es möglich war, in dem sicheren Wissen, dass niemand es aus dem Schlaf reißen und dem unsagbaren Schrecken aussetzen würde, der aus Kindern Killermaschinen machen sollte.

Viele der Jüngsten, deren Gefühle noch nicht durch Silentium erstickt worden waren, waren weinend in seinen Armen zusammengebrochen, weil sie plötzlich ein wenig Freundlichkeit erfuhren. Er spürte immer noch die kleinen Körper, die Tränen auf seinem Hemd, das Bröckeln der Konditionierung hinter dem telepathischen Schutzwall, in dem er sie einschloss, ihnen einen kurzen Moment der Freiheit verschaffte.

Aden hatte nie geweint, war nicht zerbrochen … und hatte nie seine Seele verloren. »Er schüttelte immer den Kopf, wenn ich versuchte, ihn nach der Schule dazubehalten.« Der Junge hatte Verletzungen erlitten, die kein Kind jemals erleiden sollte, sein Arm war sehr oft gebrochen und wieder gerichtet worden. »Ich solle lieber eines der jüngeren Kinder dabehalten, sagte er dann zu mir.«

»Ich bin stärker. Ich werde überleben. Sie brauchen die Ruhe mehr als ich.«

Judd sah seinen Bruder aufmerksam an. Walker sprach nur selten über seine Zeit als Lehrer der Garde, und Judd hatte ihn nie dazu gedrängt. Was er auch heute Abend nicht tat.

»Aden hat sich nicht verändert«, sagte er. »Er führt die Garde, schützt jene, die gebrochen sind, und wacht über die Kinder.«

Walker spürte Stolz auf den Jungen, dessen Lehrer er gewesen war.

»Er hat mich gebeten, dir in seinem Namen zu danken«, fuhr Judd fort. »Ich soll dir sagen, dass deine Lehren ihm geholfen haben, Leben und Verstand vieler Gardisten zu retten.«

Das bedeutete Walker viel. »Ich würde gern mit ihm sprechen, wenn er dadurch nicht in Gefahr gerät.« Er wollte den Mann kennenlernen, zu dem der Junge herangewachsen war.

»Ich sage ihm Bescheid.« Judd zog einen schwarzen Datenkristall aus der Hosentasche und reichte ihn ihm. »Das sind die Namen und Adressen der Kinder, die sich in der Ausbildung befinden. Falls die Pläne der Gardisten scheitern, müssen wir sie rausholen.«

Walker nahm den Kristall entgegen. Aden setzte großes Vertrauen in ihn, und in altem Zorn keimte neue Hoffnung. Schweigend betrachtete Walker die unter dem von Sternen übersäten Himmel liegende Landschaft, bis sein Blick an ein paar Wölfen hängen blieb, die auf einer Lichtung herumtollten. »Lake, Maria, Ebony und Cadence«, sagte er, denn er erkannte sie an der unterschiedlichen Größe und Fellzeichnung.

Lake hob den Kopf und nickte ihnen grüßend zu.

Walker grüßte zurück, und Judd sagte: »Gut, wieder zu Hause zu sein, nicht wahr?«

»Ja.« Zweifellos betrachteten die Mächtigen im Medialnet ihre Familie umso mehr als Bedrohung, seit sich Siennas mächtige Gabe gezeigt hatte. Sie würden versuchen, ihnen zu schaden, doch zum Kampf würde es erst später kommen. Im Augenblick waren Walkers Lieben sicher, und er war der Gefährte einer Frau, durch ein Band an sie gebunden, das so stark und zart wie Lara selbst war.

Er hoffte nur, dass Lara nicht eines Tages bereuen würde, sich an einen Mann gebunden zu haben, der in sich die Schatten von Silentium trug.

Ein Kuss auf den Nacken weckte Lara, kühle Hände strichen rau über die warme Haut. »Du bist zurück.« Sie drehte sich um, in Walkers Arme hinein, legte den Kopf an seine Kehle und sog den geheimnisvollen Duft nach dunklem Wasser ein. »Wie spät ist es?«

»Gerade sechs.« Noch ein Kuss, heiß und feucht. Er legte sich auf sie, schob das schenkellange Seidennachthemd hoch – dunkles Pflaumenblau, fast schwarz. »Das gefällt mir.«

»Weiß ich.« Schläfrig und doch erregt ließ sie sich den Slip ausziehen und wartete, bis Walker wieder zwischen ihren Schenkeln lag. Sie stöhnte und hob ihm das Becken entgegen. »Komm.«

Er hatte nichts dagegen, überzeugte sich nur kurz mit dem Finger, ob sie bereit war, und drang dann langsam in sie ein. Ein Kuss schluckte ihr Stöhnen, rau spürte sie die Brusthaare an den Brustwarzen, als er ihr das Nachthemd auszog.

Seit ihr Gefährte die Zurückhaltung ihr gegenüber aufgegeben hatte, gefiel ihm der Hautkontakt außerordentlich gut, das war ihr schon aufgefallen, und zwar unabhängig davon, ob es nun dabei um Sex ging oder nicht. Bei den meisten Leuten würde es ihm wahrscheinlich nie leichtfallen, Köperprivilegien zuzulassen, doch bei ihr war er so fordernd und gab so viel, dass ihr das Herz wehtat.

Spielerisch fuhr sie mit den Fingerspitzen durch den Haaransatz, verschränkte die Beine auf seinem Rücken und stöhnte leise, weil er sie so wunderbar ausfüllte. Als er den Kopf senkte und mit der Zunge über die Brustwarzen fuhr, drückte sie die Nägel in seinen Rücken. »Mehr.«

Sie hörte keinen Laut, und doch war ihr, als würde er flüstern, dann tat er, worum sie ihn gebeten hatte. Sie bäumte sich auf, krallte sich in sein Haar. Als die Lust übermächtig wurde, zog sie ihn hoch, küsste Hals und Kinn, dann die Stelle unter dem Ohrläppchen, die ihm immer Schauer über den Rücken trieb. Eine heisere Bitte, und aus den langsamen Bewegungen wurden unerbittliche Stöße.

Wellen der Lust durchströmten sie – ein weicher, nicht enden wollender Orgasmus durchflutete ihren Leib. Dann spürte sie seine Anspannung, streichelte ihn unter Küssen, bis er schwer auf sie fiel.

»Was für eine herrliche Art, geweckt zu werden«, sagte sie später leise, als er auf dem Rücken lag und sie halb auf ihm.

Mit den Fingern malte er Kreise auf ihren Rücken. »Schön, dass es dir gefallen hat. Schließlich war ich vor Kurzem noch Jungfrau.«

Sie musste lachen, weil er sie damit neckte, dass sie ihm angeboten hatte, ganz vorsichtig zu sein. »Sie lernen schnell, Mr Lauren.« Gähnend zog sie die Decke hoch. »Wie war die Schicht?«

»Problemlos«, war die Antwort, doch das war nicht alles. »Judd war eine Weile da.«

Sie spürte, dass damit mehr gemeint war, und strich leicht über seine Brust. »Wollte er das Neuste über uns wissen?«

Walker schwieg eine Weile. »Wir haben über einen Jungen geredet, den ich früher gekannt habe. Ein Gardistenschüler namens Aden.«

Und während die letzten Schatten der Nacht langsam verschwanden, erzählte ihr der Gefährte von dem Klassenzimmer, in dem er so viele Jahre unterrichtet hatte, berichtete von Dingen, die er sicher niemandem sonst erzählt hatte, nicht einmal seinem Bruder. Ihre Kehle schnürte sich zu vor ungeweinten

Tränen über alles, was er hatte mit ansehen müssen, über den Schmerz der Kinder … und über die Erkenntnis, dass ihr Gefährte sie in einen Teil seines Lebens einlud, den sie bislang nur flüchtig gesehen hatte, sie zur Mitwisserin eines seiner Geheimnisse machte.

An diesem Morgen schaltete das Rudel einen Gang höher – innerhalb der nächsten zwei Tage sollten alle Evakuierten zurückkehren. Lara musste zwar keine Verletzungen heilen, wurde aber ebenso gebraucht wie Walker. Die Woche verging rasend schnell, sie halfen den Jungen, wieder heimisch zu werden, beruhigten sie, und Lara suchte das Zwiegespräch mit den Gefährten, die so schwer verwundet worden waren, dass sie beinahe gestorben wären.

Tai war ihr auf Wolfsart ausgewichen, doch gegen Ende der Woche trieb sie ihn beim Wasserfall in die Enge. Mit einem Schädelbruch, katastrophalen inneren Verletzungen und durch Laser halb verbrannt hatte der junge Wolf so zwischen Leben und Tod geschwebt, dass sie sich kurz in ihrem Büro eingeschlossen und in Tränen ausgebrochen war, weil sie befürchtet hatte, er könnte ihr entgleiten.

Sie setzte sich neben ihn auf den Felsvorsprung über den donnernden Wassermassen, ließ die Beine in der Luft baumeln und atmete tief durch. Der Himmel über den Bergen leuchtete blau, der feine Wassernebel legte sich kühl auf ihre Haut, doch sie achtete nur auf den jungen Mann neben ihr. »Wie geht es dir?«

»Gut.« Reine Verwunderung. »Jetzt mal ehrlich, Lara. Sehe ich so aus, als würde ich ein Gespräch brauchen?«

Nein, wirklich nicht. Lebendige blaugrüne Augen, eine golden gebräunte Haut und breite Schultern – stark und jung sah er aus, wunderbar lebendig. Doch ein dominanter Wolf würde

lieber die Zähne zusammenbeißen, als eine Schwäche zuzugeben. Deshalb drängte sie ihn nicht weiter, sondern schlug einen
lockeren Ton an. »Die meisten Gestaltwandler müssen sich erst
mit ihrer Sterblichkeit auseinandersetzen, wenn sie dafür bereit sind.« In Tais Alter glaubten Männer und Frauen gleichermaßen, sie seien unverwundbar, und so sollte es auch sein. »Du
bist früh dazu gezwungen worden.«

Tai starrte auf den Wasserfall hinunter. Sie dachte schon, er
würde sich einfach weigern, darüber zu sprechen. Dagegen
konnte sie wenig tun, obwohl sie eine höhere Stellung einnahm.
Doch bei einem so willensstarken Wolf wie Tai würde ihr das
nichts nutzen. Er musste selbst entscheiden, ob er sich ihr an-
vertrauen wollte.

»Weißt du, was mich am meisten bekümmert hat, als ich den
Schlag auf den Kopf bekam?«, fragte er fast zehn Minuten später. »Und als mir klar wurde, dass ich vielleicht nicht lebend
rauskomme?«

Mit einem stillen Seufzer schüttelte Lara den Kopf. »Was
denn?«

»Dass ich nie wieder einen dummen Streit mit Evie ausfech-
ten könnte.« Er sah sie mit einem schiefen Grinsen an, und aus
dem gut aussehenden Jüngling wurde plötzlich ein schöner
Mann. »Blöd, was?«

Ihre Sorgen schwanden, denn Tai klang nicht verbittert.
»Magst du den Streit oder das, was danach kommt?«

Er lächelte über das ganze Gesicht. »Darüber spricht ein
Gentleman nicht.« Das Lächeln verschwand, und sie sah etwas in seinen Augen aufscheinen, das sie daran erinnerte, dass
Hawke vor ungefähr zwei Jahren zu ihr gesagt hatte, Tai habe
das Zeug zum Offizier. Dann blickte der Wolf wieder auf den
schäumenden Wasserfall. »Es gibt so viel, was ich in meinem
Leben noch tun möchte, aber Evie steht ganz oben auf jeder

Liste, seit dem Tag, als ich gemerkt habe, dass wir keine Welpen mehr sind.«

Evie hing mit der gleichen Hingabe an Tai. »Du hast dir aber viel Zeit gelassen, ehe du etwas unternommen hast«, sagte Lara und dachte an den Mann, der ebenso beständig in seiner Liebe war, vollkommen sicher … doch mit einer Leidenschaft, die immer stärker wurde.

»Ich musste erst genug Mut fassen, um Indigo standhalten zu können«, murrte Tai. »Als ich Evie das erste Mal auch nur angeschaut habe, hat mich ihr eiskalter Blick erwischt, und alles hat sich in mir zusammengezogen.«

Die Offizierin war Evies ältere und sehr beschützende Schwester. Lara lachte und stupste Tai mit der Schulter an. »Lügner. Ich wette, du hast dich schon mit Evie fortgeschlichen, ehe jemand das mit euch überhaupt aufgefallen ist.«

Die Antwort war ein sehr selbstzufriedenes Lächeln.

»Es geht mir wirklich gut, Lara«, sagte Tai. »Ich weiß ja, dass die meisten in meinem Alter noch nicht über den Tod und so was nachdenken, doch in meiner Generation hatten wir keine Wahl. Wir wurden kurz vor oder kurz nach dem Gewaltausbruch geboren.«

Die durch ein hässliches »Experiment« der Medialen hervorgerufenen heftigen Kämpfe im Rudel hätten die SnowDancer-Wölfe beinahe vernichtet. Viele waren gestorben, viele Welpen hatten Vater oder Mutter verloren, waren im schlimmsten Fall zu Vollwaisen geworden. Tais Eltern lebten noch, doch auch er hatte Verluste hinnehmen müssen – sein Onkel, der beste Freund seines Vaters, eine Cousine der Mutter, die Rekrutin gewesen war, und so weiter. Natürlich kannte er den Tod.

»Hat das … dein Leben irgendwie …«

Instinktiv legte der dominante Wolf den Arm um sie, um sie zu trösten, und zog sie an sich. »Du weißt doch, was für Scheiße wir gebaut haben, als wir noch jünger waren,« Sein Grinsen war ansteckend. »Wir waren weder traumatisiert noch starr vor Angst. Wir sind stolz aufgewachsen, denn die Wölfe haben nicht nur überlebt, sondern es auch ihren Feinden heimgezahlt, indem wir so stark geworden sind, dass sie uns fürchten müssen.«

Lara dachte an den jugendlichen Tai, dem die Mütter gerne die Ohren lang gezogen hatten, und ein Knoten in ihrem Magen löste sich. »Hast du mit Evie darüber gesprochen?« Selbst wenn er viel über den Tod nachgedacht hatte, war die Konfrontation mit der eigenen Sterblichkeit doch ein harter Schlag, und er brauchte eigentlich jemanden, mit dem er darüber sprechen konnte.

Tai knurrte. »Glaubst du, sie hat mir eine Wahl gelassen? Von wegen unterwürfig, du meine Güte.«

Laras Lippen zuckten, unter dem Knurren lag große Zuneigung, und auch ihre letzten Befürchtungen zerschlugen sich. »Sie ist nur bei dir so.« Evie war eine unterwürfige Wölfin und überließ Tai gern die Führung. Doch sie liebte ihn genauso leidenschaftlich wie er sie.

»Ich weiß, und ich will sie auch gar nicht anders haben.« Er küsste Lara auf den Scheitel. »Kann ich jetzt damit aufhören, mich vor dir zu verstecken?«

Lachend nahm sie sein Gesicht in beide Hände und küsste ihn liebevoll auf den Mund wie eine Rudelgefährtin, die mit ihm als Baby gespielt und den Jugendlichen verarztet hatte. »Du Schlauberger. Bring mich nach Hause …« Sie unterbrach sich und lächelte dem Mann zu, der unter den Bäumen auftauchte. »Lieber nicht, mach dich am besten schnell aus dem Staub.«

»Ich fühle mich abgeschoben.« Tai winkte Walker zu, stand auf und lief zur Höhle.

»Welch nette Überraschung«, sagte Lara, als ihr Gefährte Tais Platz einnahm, sie seinen Schenkel an ihrem spürte.

Glücklich wollte ihre Wölfin sich an ihn schmiegen, rieb den Pelz von innen an ihrer Haut.

»Ich habe nur fünf Minuten.« Er nahm ihre Hand und küsste sie, eine so unerwartete zärtliche Geste, dass ihr der Atem stockte. »Du hast Tai geküsst«, sagte Walker.

Sie legte den Kopf schräg. »Du bist doch schon einige Jahre im Rudel. Wir sind eben einander sehr zugewandt.«

»Aber nun gehörst du mir.«

Lara wollte schon lachen und ihn mit seiner Eifersucht aufziehen, doch der Ausdruck auf seinem Gesicht ließ sie innehalten. Berührung war etwas sehr Wertvolles für Walker, das ihm nicht leichtfiel. Und ein Kuss auf den Mund ... so etwas gab es nur zwischen ihr und ihm. »Ich wusste nicht, dass es dich verletzt«, sagte sie und küsste nun auch seine Hand. »Es tut mir leid.«

Als sie seine Hand freigab, legte er sie auf ihren Schenkel und drückte ihn fest. »Das war keine gute Reaktion«, gab er zu. »Du bist die Heilerin, und das Rudel hat bestimmte Rechte.«

Sie lehnte sich an ihn und umarmte ihn. »Meine Zuneigung kann ich nicht verstecken«, sagte sie und hoffte auf sein Verständnis. »Das wäre gegen meine Natur.«

»Das würde ich auch nie von dir verlangen.« Ein Versprechen. Wind im Haar, Augen in der Farbe von jungen Blättern im Sonnenschein. »Ich weiß, wer du bist, und ich bin stolz darauf, dein Gefährte zu sein.«

Tränen standen in ihren Augen. »Und ich die deine«, sagte sie zittrig.

Er strich mit dem Daumen über ihre Wange. »Aber ... keine Küsse auf den Mund erwachsener Männer. Damit kann ich nicht gut umgehen.«

Sie spürte einen Stich ins Herz bei dieser Ehrlichkeit. »Nur auf deinen«, versprach sie, doch es war kein Opfer. Zuneigung war Zuneigung. Sie würde schon einen anderen Weg finden, sie erwachsenen Männern zu zeigen. »Einzig auf deinen.«

Er legte seine Stirn an ihre. »Tut mir leid – ich weiß, dass ich ein schwieriger Partner bin.« Ein Satz, in dem viel Ungesagtes mitschwang.

Spielerisch rieb sie ihre Nase an seiner, die Vergangenheit sollte ihn nicht belasten. »Mehr als ein Gestaltwandler hat schon gegrummelt, weil seine Gefährtin einen anderen Mann berührte – dagegen bist du richtig vernünftig.«

Die hochgezogene Augenbraue verriet ihr, dass ihm die Worte nicht besonders gefielen. Was ein Kuss nur Sekunden später deutlich machte. »Heute Nacht werde ich dir zeigen, wie ›vernünftig‹ ich sein kann«, drohte er, als er sich von ihren Lippen löste, damit sie nach Luft schnappen konnte.

Der glühende Unterton drang in jede Faser ihres Körpers, und als er sie erneut küsste, wurde ihr klar, dass ihr komplizierter und faszinierender Gefährte einen weiteren Schild gesenkt und ihr eine weitere Tür zu seinem Herzen geöffnet hatte.

4

Vier Tage später setzte Walker seine Seite eines Sofas im neuen Quartier der Familie ab und nickte Judd zu, der das andere Ende trug. Trotz der telekinetischen Kräfte seines Bruders war der Umzug mit Muskelkraft erfolgt, denn Judds Fähigkeiten wurden für Notfälle gebraucht.

Judd streckte den Rücken und sah sich um. »Nett hier. Mehr Platz als in den alten Räumen.«

Und zwar bedeutend mehr Platz. Hätte Lara eine andere Stellung im Rudel eingenommen, wären sie in den Räumen geblieben, die Walker mit den Kindern bewohnte, doch Lara musste in der Nähe der Krankenstation bleiben. Deshalb hatte ein Bautrupp schnell entschlossen die Wände zwischen Laras Wohnung und zwei anderen eingerissen und das Ganze in eine Wohnung für eine Familie umgewandelt. Für eine große Familie.

Lara hatte Walker erzählt, dass dieser Bereich schon immer für diesen Zweck vorgesehen war. »Heilerinnen haben stets Kinder um sich«, hatte sie gesagt, als er sie auf die enorme Größe angesprochen hatte. »Unsere eigenen, adoptierte, Rudelgefährten … zum Glück bist du das schon gewohnt.« Ein herzliches Lächeln. »Vielleicht übernachten einige auch hier. Das macht dir doch nichts aus, nicht wahr?«

»Nein.« Sie heilte ebenso mit ihrer sanften Zuneigung wie mit ihren anderen Fähigkeiten. Für ihn war es keine Last, dass sich das Rudel in seinem Heim willkommen und angenommen fühlte. »Die Familie ist auch mir sehr wichtig.« Und das Rudel gehörte zur Familie.

Das jüngste weibliche Mitglied ihrer eigenen kleinen Familie stellte gerade in ihrem Zimmer ein Puppenhaus auf, und Toby hängte Poster an seine Wände. »Beaufsichtigt« wurden beide von den neuen Urgroßeltern. Auch Laras Mutter Aisha kam immer mal wieder vorbei, wenn es ihre Verpflichtungen zuließen, und brachte jedes Mal etwas zum Naschen mit.

Walker hatte eigentlich nie eine Mutter gehabt und war schon als junger Mann in die Rolle des Patriarchen hineingewachsen, weshalb er überrascht war, dass Aisha ihn manchmal wie einen Sohn behandelte. Das war eigenartig, aber nicht unangenehm, da Aisha niemals vergaß, dass er ein erwachsener Mann war.

Witzigerweise war das bei seinem Auftragskiller-Bruder ganz anders, den sie wie einen Jugendlichen behandelte.

»Du mästest uns«, sagte Judd, als sie im Türrahmen auftauchte, und nahm sich zwei Erdnussbutterkekse vom Teller.

Aisha schnaubte und kniff in Judds feste Oberarmmuskeln. »Dann werde ich dich auf Diät setzen. Ab sofort …« Sie gab ihm noch zwei Kekse, reichte auch Walker ein paar und ging dann in die offene Küche. »Toby! Marlee! Auf dem Tresen stehen Kekse.«

Judd grinste, als die begeisterten Dankesrufe der Kinder zu hören waren. »Darf ich dich als Großmutter adoptieren?«

Aisha gab ihm einen Klaps auf den Hinterkopf, als sie die Wohnung verließ. »Wirst schon sehen, was du davon hast, wenn du mich zu einer alten Großmutter machst, mein Junge.«

Lachend rieb sich sein Bruder den Kopf, und Walkers Mundwinkel hoben sich.

Kurz danach kamen Lara und Brenna herein, die die letzten Kleidungsstücke aus der alten in die neue Wohnung transportierten. Walker spürte einen Stich im Herzen, als er Laras Lächeln sah und die wilden Locken, die sie mit einem smaragdgrünen Seidenschal zurückgebunden hatte und die im künstlichen Sonnenlicht der Höhle glänzten. Seine Gefährtin schien es nicht zu scheren, dass er anders war als die Gestaltwandler, mit denen sie aufgewachsen war, und auch niemals wie diese sein würde, wie lange er auch unter ihnen leben mochte.

Doch ein Teil von ihm war auf der Hut, achtete auf das kleinste Anzeichen, das darauf hindeutete, dass sie in ihrer Beziehung unglücklich sein könnte. Er wusste, dass dieser Teil in den Jahren entstanden war, in denen Glück ein ferner Traum und Überleben sein einziger Antrieb gewesen war, doch er konnte es nicht einfach auslöschen, konnte nicht plötzlich ein anderer werden.

Laras Blick traf ihn, Falten erschienen auf ihrer Stirn. Sie trat zu ihm, küsste ihn leicht auf den Mund und flüsterte: »Ich liebe dich, so, wie du bist.« Als hätte sie gehört, was er gedacht hatte.

Er legte die Hand um ihren Nacken, bedeckte den Mund mit seinen Lippen, um die Frau zu schmecken, die Teile von ihm sah, von denen er gar nicht mehr gewusst hatte, dass sie noch existierten.

»Vergiss das ja nicht.« Ein heiserer Befehl, ehe seine Gefährtin mit Brenna in ihrem großen Schlafzimmer verschwand.

Als Walker sich umdrehte, sah er in goldgesprenkelte Augen. »Es tut dir gut, eine Gefährtin zu haben«, sagte Jud, und tiefe Bewegung zeigte sich auf seinem Gesicht. *Nur deinetwegen bin ich noch am Leben und kann Brenna lieben. Und ich hielt es immer für ausgesprochen unfair, dass du nicht eine solche Liebe leben konntest.*

Davon hatte Walker bislang nichts gewusst. *Vor Lara war mir gar nicht bewusst, was mir fehlte.* Die Sicherheit der Familie hatte für ihn immer im Vordergrund gestanden.

Wieder hörte er Judds klare telepathische Stimme. *Aden sagte, es gebe ihm Hoffnung, dass wir es geschafft haben, uns ein richtiges Leben aufzubauen. Allerdings hat er andere Worte da-*

für gebraucht. Ich weiß nicht einmal, ob er überhaupt verstehen würde, was Hoffnung ist. Judd schwieg, während sie den Esstisch an die richtige Stelle rückten. *Klingt vielleicht grausam, doch irgendwie bin ich auch froh, dass er nicht begreift, was es uns bedeutet, mit Brenna und Lara zusammen zu sein.*

Walker dachte an das Leben, das Aden führte, das auch Judd einst geführt hatte. *Meinst du, es könnte ihm den Verstand rauben?*

Wäre es uns nicht so gegangen, wenn wir gewusst hätten, wie viel wir niemals erleben würden?

Walker schüttelte den Kopf. *Eine hypothetische Frage. Man muss es erleben, um es zu begreifen.* Worte konnten niemals beschreiben, wie herrlich Gefühle sein konnten.

»Stellt es da links ab«, sagte er, als Drew und Hawke mit dem zweiten Sofa hereinkamen, gefolgt von Indigo, die einen Stapel von sechs Kissen vor sich her trug und an der Seite vorbeischauen musste.

Die leuchtend blauen Augen der Offizierin, denen sie ihren Namen verdankte, sahen Walker an. »Eins muss ich ja sagen«, sagte sie mit übertrieben spitzer Stimme. »Für einen Typen, der Zierkissen mag, hätt ich dich nie gehalten.«

»Die habe ich gekauft«, sagte Sienna, die mit einer Tasche hereinkam. »Marlee und ich haben die Muster ausgesucht.« Walker sah in ihrem Blick die Erinnerung an die Freude, weil sie zum ersten Mal ihre Umgebung selbst gestalten konnte. Marlee und sie hatten Kataloge gewälzt und waren ganz aufgeregt gewesen, als sie die Kissen dann ganz nach Belieben überall verteilten.

Nur eine kleine Sache, aber doch etwas sehr Wertvolles.

»Alles erledigt?«, fragte er und strich ihr über die einzigartigen dunkelroten Haare. Kristine hatte auch solches Haar gehabt.

Sienna lehnte sich an ihn, die Sterne in den Kardinalenaugen funkelten. »Ich habe durchgefegt und aufgehoben, was noch herumlag, werde aber morgen mit Evie und den Kindern noch einmal durchwischen, damit alles für die nächsten Bewohner bereit ist.«

»Danke, meine Süße«, sagte Lara, die gerade aus dem Schlafzimmer kam. »Doch jetzt …« Sie ging zum Kühlschrank und holte eine Flasche Sekt und perlenden Traubensaft heraus. »Ein Dankeschön für alle.«

Das Anstoßen weitete sich zu einem improvisierten Abendessen aus, zu dem Riley und Mercy nach Beendigung eines Sicherungslaufs in San Francisco Essen mitbrachten und Laras Mutter den Nachtisch beisteuerte. Laras Vater gesellte sich ebenfalls dazu, als er von seinem Seminar für junge Ingenieure im Wasserwerk zurückkam.

Walker lauschte dem Stimmengewirr und dem Lachen am Tisch, ein unerwarteter Klang in seinen Ohren. Seine Familie war in wenigen Jahren um das Mehrfache angewachsen. Jeder Laurengefährte hatte seine Familie und Freunde mitgebracht, die an ein Band anknüpften, das Judd, Sienna und ihn selbst miteinander und mit den Kindern verband. Und diese Beziehungen würden sich weiterentwickeln, das Leben aller würde sich miteinander verschränken, ineinandergreifen.

Ihr Netzwerk war außergewöhnlich, wunderschön und sehr stark. Niemals mehr musste ein Mitglied seiner Familie allein kämpfen, allein Verletzungen ertragen.

Er sah die wilden Locken der Frau, die die schmerzhafte Einsamkeit vertrieben hatte, die ihn so lange erfüllt hatte, dass er glaubte, sie sei ein Teil von ihm. Lara unterhielt sich mit Indigo, lachte über etwas, das die Offizierin gesagt hatte, und doch lag ihre Hand auf seinem Schenkel, spürte er die nun schon vertraute Wärme. Er legte den Arm auf ihre Rückenlehne, streife mit den Fingern ihr Haar. Was auch immer die Zukunft für sie bereithielt, eines wusste er genau: Er konnte nie wieder zu den Zeiten zurück, in denen sein Körper nur ein nützliches Werkzeug gewesen war. Nun war er so viel mehr, war eine Quelle der Lust für sich und die Gefährtin.

Fuchsbraune Augen sahen ihn an. »Glücklich?«

Instinktiv wickelte er sich eine ihrer Strähnen um den Finger. »Ja.«

Lara lächelte nur für ihn … wie auch in der Nacht, als sie ihn drängte, sich auf den Rücken zu legen, und ihn leidenschaftlich und besitzergreifend erkundete, bis alle Synapsen feuerten und die Lust so übermächtig wurde, dass sie wie eine donnernde Welle über ihm zusammenschlug.

Ein paar Nächte nach dem Umzug knurrte Lara, als sie ihr Hemd beim Ausziehen zerriss, weil die Krallen ausgefahren waren.

Walker hielt beim Aufknöpfen inne und sah sie in einer Weise an, wie er es oft tat. Als könne er durch ihre Haut hindurchschauen. »Musst du jagen?«

»Heilerinnen fällt es schwer zu jagen«, murrte sie und spürte urplötzlich Ärger, weil er sie durchschaute, ihr aber vieles in ihm immer noch verborgen war. »Jagen widerspricht dem Instinkt zu heilen. Aber ein langer Lauf würde mir guttun.« Sie holte tief Luft, um den Nebel aus ihrem Kopf zu vertreiben.

Die Wölfin kratzte von innen an ihrer Haut, wollte in den Wald, den Wind im Pelz spüren, Nachtdüfte riechen und einatmen. Beinahe spürte sie schon die kühle Brise um die Nase, das Rascheln der Blätter unter den Pfoten – das Bedürfnis, sich zu verwandeln, war übermächtig geworden.

Walker knöpfte sein Hemd wieder zu, verbarg einen Anblick,

der sie trotz ihrer Verärgerung erfreut hatte. »Ich werde Judd bitten, ein Auge auf die Kinder zu haben.«

»Nein, du bleibst hier«, sagte sie, streifte die Schuhe ab und zog den Rock aus. »In einer Stunde bin ich zurück.« Wenn sie den Frust losgeworden war, der erbarmungslos an ihr nagte.

Gespannte Stille, dann sagte ihr Gefährte in ruhigem, aber dennoch warnendem Tonfall: »Glaubst du wirklich, ich lasse dich allein da draußen herumlaufen, wo noch vor knapp zwei Wochen unsere Feinde vor der Tür gestanden haben?«

Lara ließ sich nicht einschüchtern. »Glaubst du etwa, du könntest meine Intelligenz beleidigen?« Sie knurrte, bereit zum Kampf. »Ich bin kein Kind und weiß genug, um mich nur in den gefahrensicheren Abschnitten aufzuhalten.«

Walker schrie sie nicht an, er wurde auch nicht wütend, was ihren Zorn aber nur verstärkte. Stattdessen trat er zu ihr und zog ihren steifen Körper an sich. Nackte Haut traf auf rauen Stoff. Das war zu viel für sie, und sie schob ihn von sich. »Ich kann das jetzt nicht ertragen.«

Er ließ sie los, doch der entschlossene Ausdruck auf seinem Gesicht machte deutlich, dass sie nicht allein gehen würde. *Na schön*, dachte sie, *zum Teufel mit der Unterwäsche*. In einem Funkenregen verwandelte sie sich in die Wölfin.

Mit gesträubtem Fell tappte sie aus der Wohnung und aus der Höhle. Dann rannte sie los, sollte er doch sehen, ob er mitkam. Ihr Gefährte war nicht so schnell wie sie, aber sehr klug. Er folgte trotz allem ihrer Spur. Der Wölfin gefiel das, sie mochte seine Zielstrebigkeit. Deshalb wich sie ihm nicht mehr aus, sondern lief schließlich Seite an Seite mit dem gefährlichen Mann, der ihr gehörte, unter den glitzernden Sternen der Sierra. Die nächtlichen Waldwesen erstarrten kurz, als die Wölfin mit ihrem Gefährten vorbeikam, und wandten sich dann wieder ihren Geschäften zu.

Jedes Haar an Walkers Leib richtete sich auf bei dem gespenstischen Heulen, das in die Luft stieg, als Lara und er auf einem Hügel stehenblieben. Ihre Herzen klopften schnell, als sie hinunter auf die silbrig glänzenden Fichten und das sich sanft wiegende Gras schauten.

Die Wölfin stand wie ein Schattenriss vor dem tief hängenden Mond, dann warf sie den Kopf zurück und stimmte in den Gesang ein. Noch nie hatte Walker etwas ähnlich Schönes gehört, es klang so lebendig, so wild, als hätte sich die dünne Schicht der Zivilisation aufgelöst und nur die innerste Seele zurückgelassen – nur zu gerne hätte er mit eingestimmt.

Erst nachdem das Heulen verklungen war, als eine Stille eingesetzt hatte, die so dicht und geballt war, dass er begriff, dass Lara weit mehr als er in ihr vernahm, setzte er sich zu ihr, legte ihr die Hand auf den Rücken, auf das dichte Fell, das so herrlich weich war. »Irgendetwas ist doch nicht in Ordnung, und du solltest es mir erzählen.«

Sie legte den Kopf auf eine Art schief, die er verstand, obwohl er kein Wolf war.

»Ja, das ist ein Befehl.« Er ertrug es einfach nicht, wenn sie unglücklich war. »Du hast mich gebeten, mich nicht vor dir zu verschließen. Nun bitte ich dich darum, es auch nicht vor mir zu tun.« Niemand anders konnte ihn so tief verletzen wie sie, konnte so großen Schaden in ihm anrichten, doch am schlimmsten traf es ihn, wenn sie ihm die Liebe vorenthielt, die ein Teil seines Lebens geworden war.

Die Wölfin sah fort … dann spürte er einen Luftzug unter den Fingern, sah den Funkenregen. Er erstarrte, sein Herz schlug schnell. Das große Vertrauen machte ihn fassungslos, er konnte kaum glauben, wie viel er ihr bedeutete. *Niemals werde ich dich enttäuschen.* Das hatte er sich schon geschworen, als er sie in Besitz genommen hatte.

Einen Herzschlag … oder auch ein ganzes Jahrhundert später lag seine Hand auf kühler Haut, und eine Frau mit fuchsbraunen Augen kniete vor ihm, nahm sein Gesicht in beide Hände. »Es hat nichts mit uns zu tun. Du bist mein Ein und Alles.«

Etwas in ihm zerbrach, er hätte nicht sagen können, was es war, spürte nur einen Kloß im Hals. »Komm her«, sagte er mit rauer Stimme.

Auf seinem Schoß streichelte er sie, bis sie sich zusammenrollte und die Hand auf sein Herz legte. Obwohl er wusste, dass sie Kälte gut vertragen konnte, zog er sein Hemd aus und reichte es ihr.

Sie wies es nicht zurück, legte den Kopf an seine Schulter. Er strich über die seidige Haut der Beine, und sie seufzte wohlig. »Niemand wird mich je davon überzeugen können, dass es einen schöneren Ort auf Erden gibt.«

Walker konnte ihr nicht widersprechen. Die nächtliche Sierra war von fast schmerzhafter Schönheit, doch alle Aufmerksamkeit galt seiner Gefährtin, er wollte wissen, was sie dazu gebracht hatte, ihn auf diese ungewöhnliche Art anzuknurren. Ihm fiel nur eine mögliche Erklärung ein.

5

»Handelt es sich um Alice?« Von Unbekannten war die Wissenschaftlerin vor über hundert Jahren in einen Kälteschlaf versetzt worden, und nun lag die Menschenfrau im Koma auf der Krankenstation der Wölfe. Sie kannte Geheimnisse, die Sienna bei der Kontrolle ihrer Fähigkeiten helfen konnten, doch niemand konnte sagen, ob sie je wider das Bewusstsein erlangen würde und wie klar ihr Kopf dann sein würde.

Lara ballte die Faust, und ein Schauer lief durch ihren Körper. »Ganz egal, was ich auch versuche, ich kann sie einfach nicht erreichen.« Das war nicht nur frustrierend, sondern auch schmerzhaft. »Sie darf nicht sterben, ohne wieder gelebt zu haben, das hat sie nicht verdient. Heute habe ich festgestellt, dass man sie in meinem Alter in diesen Zustand versetzt hat – sie konnte ihre Forschungen nicht beenden, konnte weder Liebe finden noch Kinder haben. Das alles haben ihr diese Mistkerle genommen.« Tränen rollten über Laras Wangen. »Ich möchte ihr so gerne das Leben zurückgeben, doch ich kann es nicht.«

Er zog sie noch näher an sich. »Was sie Alice angetan haben, war mit großen Risiken behaftet, es war ein Experiment – schon allein, dass du sie am Leben erhältst, ist ein Beweis für deine Fähigkeiten.«

»Aber vernünftige Überlegungen helfen mir nicht, meine Wölfin will sie einfach nur heilen.«

Gegen diese Gefühle kam er nicht an. Für eine solch starke Frau wie Lara, die sich mit ganzem Herzen dem Heilen verschrieben hatte, musste es ein furchtbarer Schlag sein. Wahrscheinlich dachte sie fast ununterbrochen an Alice, und obwohl es sie so sehr bedrückte, konnte er nichts dagegen tun, denn der Drang, sich um andere zu kümmern, war Teil ihrer Persönlichkeit, die er weder ändern konnte noch wollte.

»Erzähl mir alles«, sagte er, hielt sie fest und hörte einfach nur zu.

Sehr viel später, als sie wieder in der Höhle waren und zusammen im Bett lagen, küsste sie ihn auf den Hals. »Danke fürs Zuhören.« Ein weiterer Kuss, streichelnde Finger, weiche Schenkel auf seinen Beinen. »Ich werde da sein, wann immer du etwas Ähnliches brauchst.«

Noch nie hatte er seine Alltagssorgen mit jemandem geteilt – er war der Kopf der Familie, zu ihm kamen sie alle, wenn sie Rat brauchten, und er hatte nichts dagegen. Die Rolle passte zu ihm. Doch in Laras Leben nahm er diese Rolle nicht ein und wollte sie auch gar nicht einnehmen.

»Morgen treffe ich mich mit Sienna«, sagte er, und es war, als würde er unwiderruflich einen neuen Weg einschlagen mit der Frau, die ihn mit all seinen Verletzungen genommen und ihm dadurch gezeigt hatte, dass in ihm viel mehr steckte, als er je geglaubt hatte. »Ich mache mir Sorgen um sie.«

Er hatte nichts von dem vergessen, was Lara und er besprochen hatten, als er am frühen Nachmittag mit Sienna auf einer kleinen Lichtung saß. Sechs Monate nach ihrer Ankunft bei den Wölfen hatten sie den abgeschiedenen Ort entdeckt, und im Laufe der Zeit war es der inoffizielle Treffpunkt für Familiengespräche geworden.

Jemand klopfte höflich telepathisch an.

Walker meldete sich und hörte Judds Stimme. *Bin spät dran. Komme in einer Viertelstunde.*

Walker antwortete und sagte dann laut: »Es überrascht mich,

dass Hawke nicht bei dir ist, gerade wenn es um dieses Thema geht.« Da Sienna gerade erst dem Tod ins Auge geblickt hatte, war der Leitwolf besonders beschützend.

Nachdenklich band Sienna ihren Zopf fester. »Er kann die Höhle im Augenblick nicht verlassen, denn viele sind noch beunruhigt.«

Hawkes Anwesenheit gab den Rudelgefährten offensichtlich ein Gefühl von Sicherheit. »Ihr habt bestimmt nicht viel Zeit für euch allein.« Das bereitete Walker Sorgen, denn sowohl Sienna als auch der Leitwolf brauchten eine Gelegenheit, um sich entspannen, einmal richtig durchatmen zu können.

Sienna sah ihn an, er brauchte nicht laut zu sagen, was ihn bewegte. »Ist schon gut. Hawke ist überzeugt, dass sich alles in höchstens einer Woche wieder beruhigt hat.«

Hawke erfasste instinktiv die Stimmung im Rudel. Walker nickte. »Und wie geht es dir?«

»Alles im Lot.« Sie biss sich auf die Unterlippe. »Jedenfalls soweit ich es beurteilen kann.«

Er kannte den Grund für die vorsichtige Antwort. Ihr Leben lang hatte Sienna die Kraft gefürchtet, die in ihr steckte – erst allmählich würde sich die Erkenntnis durchsetzen, dass sie nun in einem gewissen Maß kontrolliert werden konnte. Er betrachtete das geistige Netzwerk, das sie miteinander verband, und konzentrierte sich auf Siennas Geist. Blutrot und goldfarben strömte die wunderschöne, tödliche Kraft über ein Band zu Walker und floss in die Spirale in seinem Kopf.

Vor der Schlacht hatte niemand gewusst, wozu er ein solches Gebilde entwickelt hatte. Nun war klar, dass es als Filter für Siennas Kraft diente und ihr die zerstörerischen Elemente nahm. »Kein Anzeichen einer gefährlichen Ballung.« Von tödlicher Synergie, die sie zu einer tickenden Zeitbombe von katastrophalem Ausmaß machte.

»Aber ich habe mich doch erst vor Kurzem vollkommen ent-
laden«, sagte Sienna so leise, dass er sie nur mit äußerster Kon-
zentration verstand – ihre Augen waren nachtschwarz, weil
sie versuchte, ihre Gefühle im Zaum zu halten. »Nach meiner
Schätzung können wir frühestens sechs Wochen nach einer solchen Entladung eine richtige Analyse machen.«

»Einverstanden.«

»Und ich muss das kalte Feuer auch langfristig beobachten.«

»Sicher.« Er fing den überraschten Blick des Mädchens auf,
das für ihn ebenso eine Tochter war wie Marlee. »Jeder Mediale mit starken Kräften muss das tun – Judd kennt immer
den genauen Stand seiner telekinetischen Kräfte.« Sein Bruder
musste sich schon lange nicht mehr bewusst dabei anstrengen,
es klappte quasi automatisch. »Das verringert das Risiko, dass
er jemanden unabsichtlich verletzt. Und PS-Mediale müssen
ihre psychometrischen Kräfte täglich überprüfen, um nicht in
den Erinnerungen und Gefühlen anderer zu ertrinken.« Diese
Kategorie hatte verschiedene Fähigkeiten, doch der Grund-
stock war die Möglichkeit, »Echos von Erinnerungen« aus Ob-
jekten zu holen, selbst aus Türklinken oder Knöpfen.

Walker schaltete auf telepathische Kommunikation um. *Telepathen halten jeden Augenblick ein Schild gegen äußere Ein-
flüsse aufrecht – das hast du doch schon als Kind gelernt.*

Sienna stieß hörbar den Atem aus, die Sterne kehrten in ihre
Augen zurück. »Das hört sich so normal an.« Ihre X-Fähigkeit
war nie auch nur annähernd normal gewesen. »Ich werde also
ganz bewusst aufpassen müssen, bis sich der Automatismus
einstellt.«

»Das ist bereits geschehen.« Das kalte Feuer hatte sie von
dem Tag an gezeichnet, als das X aktiv und zu einem bestim-
menden Faktor in ihrem Leben geworden war. »Du musst nur
lernen, dich davon nicht dominieren zu lassen, wenn es nicht

notwendig ist.« Sie hatte ein Recht auf ein Leben ohne Furcht, und er würde alles in seiner Macht Stehende tun, damit sie auch danach griff.

Nie mehr wollte er das Mädchen sehen, dem er nach dem Tod seiner Mutter Kristine begegnet war. Mit fünf hatte Ratsherr Ming LeBon Sienna zur »Ausbildung« zu sich genommen und jeglichen Kontakt zur Familie verboten, ausgenommen ein begrenztes Besuchsrecht der Mutter. Nach dem Selbstmord seiner Schwester konnte Walker nur Zugang zu Sienna erlangen, indem er kaltblütig geschäftliche Interessen geltend machte, denn das Mädchen war eine Lauren, und ihre Fähigkeiten gehörten der Familie. Als Nachlassverwalter von Kristine hatte Walker gewissermaßen ein Anrecht auf Sienna.

Wenn Ming sich dagegen gesträubt hätte, wäre das ein Affront gegen die Grundfesten der medialen Gesellschaft gewesen, und zu diesem Zeitpunkt trug er noch eine Maske, die ihn zivilisiert erscheinen ließ. Walker durfte Sienna also sehen, allerdings unter strenger Bewachung. Doch das Mädchen war nur noch ein Schatten des lebendigen Kindes, an das er sich erinnerte.

Ihr Blick war kalt und ausdruckslos, die Stimme flach … ohne Hoffnung.

Nur durch Judds Fähigkeit, heimlich zu ihr zu teleportieren, und Walkers Fähigkeit, telepathische Verliese zu schaffen, in denen sich Sienna geistig von der dauernden Überwachung durch Ming erholen konnte – eine Fähigkeit, die er Judd beigebracht hatte, der sie an Sienna weitergab –, waren sie hinter die stumpfe Fassade gelangt, die Sienna der Welt zeigte.

Walker riss sich von der Vergangenheit und dem Zorn los, der in ihm aufgestiegen war. »Das kalte Feuer ist ein Teil von dir, aber nicht mehr länger die bestimmende Facette in deinem Leben.«

»Nein«, flüsterte Sienna, und auf ihrem Gesicht breitete sich Erstaunen aus. »Jetzt nicht mehr, nicht wahr?« Ihre Mundwinkel hoben sich, sie lachte laut, und in seinem Kopf tauchten wieder Bilder des Kindes auf, dessen leuchtende Augen ihn schon Tage nach ihrer Geburt gefangen genommen hatten.

»Falls mir irgendetwas zustößt«, hatte Kristine gesagt und das Laken zurechtgezupft, in dem das kleine Kind in Walkers Armen lag – ein kleiner Beweis ihres unvollkommenen Silentiums, *»wirst du dann über sie wachen?«*

»Bis zu meinem letzten Atemzug.«

Als Sienna sich lächelnd erhob, stand er ebenfalls auf und nahm sie so fest in die Arme wie einst das Kind, das seine Schwester geboren hatte. *Frei wie ein Vogel wirst du fliegen,* telepathierte er. Es tat so weh, dass Kristine nicht miterleben konnte, welch unglaubliche Frau ihre Tochter geworden war. *Höher und weiter, als sich diejenigen hätten vorstellen können, die dich einsperren wollten.*

Laras Wölfin tapste glücklich in ihr umher, als das Paarungsband pulsierte. Dann fiel ihr Blick auf ein Stück aus blauem und grünem Glas, das Walker einst repariert hatte.

»Es ist wieder heil, wenn dich ein paar Schrammen nicht stören.«

Wie immer zog sich ihr Herz zusammen. So war das mit Walker: Er sagte nicht viel, war kein Mann von großen Gesten, doch wenn er dann etwas sagte … »Ich liebe dich so sehr«, flüsterte sie und dachte an die Art, wie er sie im Bett in den Armen hielt, ihr zuhörte und mit ihr sprach.

Schritt für Schritt kam ihr stiller und starker Gefährte ihr näher.

Wenn nur Geduld auch bei Alice zu den gleichen Ergebnissen führen würde. Die Wissenschaftlerin regte sich nicht, als

Lara sie untersuchte. Die Haut war blass, die Knochen viel zu deutlich sichtbar. Lara suchte zwar immer noch nach Lösungen für eine Heilung, doch da sie ihre Frustration nun abgeladen hatte, würde sie sich wieder auf andere Sachen konzentrieren können, wenn sie das Krankenzimmer verließ.

Gemeinsam mit der Krankenschwester Lucy hatte sie beschlossen, die relative Ruhe zu nutzen, die ihr das gesunde Rudel momentan verschaffte, um ein paar praktische Dinge zu erledigen. Lucy hatte sich freiwillig bereit erklärt, die Vorräte zu ordnen. Während der Schlacht hatten sie Wichtigeres zu tun gehabt, und eine Inventur war dringend notwendig.

Lara brachte die Patientenakten auf den neuesten Stand. Sie selbst brauchte keine Aufzeichnungen, denn wie die meisten Heilerinnen behielt sie jeden Fall im Gedächtnis, hätte jede Verletzung oder Krankheit aus dem Stegreif referieren können. Doch sie musste an die Zukunft denken – falls sie aus irgendwelchen Gründen von der Bildfläche verschwände, brauchte ihr Nachfolger Informationen.

Nach zwei Stunden brannten Laras Augen, und sie gähnte pausenlos. Da tauchte Riordan auf der Schwelle zur Krankenstation auf. Der junge Mann hielt sich den Arm auf eine ihr sehr vertraute Weise, und die Langeweile machte der Sorge Platz. »Gebrochen?«, fragte sie und stand auf.

Er wurde über und über rot. »Nicht richtig.«

»Nicht richtig?« Sie stand inzwischen neben ihm und sah die charakteristische Schwellung und Verfärbung der Haut. »Etwa nur ein bisschen?«

Er zog den Kopf ein.

Das war ungewöhnlich – normalerweise war Riordan jungenhaft forsch. Sie begleitete ihn in den Behandlungsraum und setzte ihn auf die Untersuchungsliege. »Willst du darüber reden?«, fragte sie und tastete den Arm vorsichtig ab. Als Rekrut musste Riordan so schnell wie möglich wieder einsatzfähig sein.

»Nein.«

Sie merkte sofort, wie schlimm der Bruch war. Stirnrunzelnd befühlte sie die zersplitterten Kanten und bat Riordan, sich auf den Rücken zu legen. Er weigerte sich erst, gehorchte dann aber doch, als sie eine Augenbraue hob. Die hierarchische Ordnung war ihnen beiden klar.

»Ich muss das richten«, sagte sie, sobald er richtig lag, dann spritzte sie ihm ein starkes Schmerzmittel, bevor er es zurückweisen konnte. Dominante Gefährten waren immer die schlimmsten – ganz egal, ob sie jung oder alt waren. Als Indigo sich einmal verletzt hatte, musste Lara ihr erst drohen, ihre Mutter zu rufen, ehe sie bereit war, einzulenken.

Riordan zuckte schon beim leichten Druck der Injektionsnadel zusammen, sodass ihr noch deutlicher bewusst wurde, wie schlimm es um ihn stand. Da sie seinen Stolz kannte, dämpfte sie den Schmerz noch ein wenig mehr mit ihren Fähigkeiten. Erst als der Wolf sich ein wenig entspannte, griff sie erneut nach seinem Arm, um die genaue Lage des Bruchs zu lokalisieren.

»Ist das so, als hättest du einen Scanner im Kopf?«, fragte Riordan, und seine Stimme klang schon wieder normal.

»Hmmm?« Ein ungewöhnlicher Bruch – als wäre der Knochen zermalmt. Wäre Riordan kein Gestaltwandler mit den starken Knochen ihrer Gattung, hätte sie wahrscheinlich nur feine Splitter vorgefunden anstelle von Knochenstücken.

»Ich habe mich schon immer gefragt, was du siehst, wenn du auf Heilmodus schaltest.«

»Es ist nicht wie bei einem Scanner«, murmelte sie und richtete die heilenden Kräfte auf die Bruchstellen. »Viel weniger visuell.« M-Mediale dagegen sahen es tatsächlich so wie auf einem Scan, das wusste Lara, weil sie im Medizinstudium Gelegenheit gehabt hatte, mit einer ganzen Reihe von ihnen lange Gespräche zu führen.

Vor allem deshalb hatte sie die Medialen schon differenzierter gesehen, bevor die Laurens zu ihnen gekommen waren. Die medialen Studenten, die sie kennengelernt hatte, hatten zwar eher in technischen Termini als gefühlsbetont gesprochen, doch wollten sie ausnahmslos Kranken und Verletzten helfen. Aufgrund dieses Engagements war die Kategorie der M-Medialen die bekannteste und am meisten anerkannte der medialen Kategorien.

»Es ist mehr ein Spüren«, fuhr sie fort. »Schwer zu beschreiben. Einen Augenblick lang werde ich beinahe ein Teil deines Körpers und kann genau bestimmen, was verletzt ist.«

Riordan sah seinen Arm an. »Wow, ist ja irre«, sagte er, fast euphorisch von den Schmerzmitteln. »Tut gar nicht weh, obwohl du das mit meinem Arm machst.«

Sie achtete auf Venen und Blutgefäße, als sie die Knochen wieder an die richtigen Stellen rückte, denn sie wollte ihm keinen weiteren Schaden zufügen. »Das ist ein schlimmer Bruch, Rory.«

Er verzog das Gesicht. »Sei bloß still. Meine Freunde haben den Kindernamen doch schon fast vergessen«, flüsterte er.

Ihre Lippen zuckten. »Ich werde sie nicht daran erinnern, aber nur, wenn du mir sagst, wie du das geschafft hast.« Riordan gehörte nicht zu den Gefährten, die oft Unfälle hatten.

Seine Wangen röteten sich, und er blickte bedeutungsvoll auf die Tür. Lara schloss sie und machte sich dann wieder an die Arbeit. Dabei tat sie auch etwas gegen die eher negativen Effekte der Medikamente, damit er klar denken konnte, ohne Schmerzen zu haben.

Erst nach fünf Minuten sagte Riordan wieder etwas.

»Ein blöder Fehler«, murrte er. »Nichts Weltbewegendes. Ich habe in einem der kleinen Trainingsräume Gewichte gestemmt. Krafttraining.«

Sie bemühte sich um einen neutralen Ton. »Verstehe.« Da die größeren Knochenstücke jetzt an der richtigen Stelle lagen, wandte sie sich den übleren Schäden zu, holte feine Knochensplitter heraus, bevor sie in die Blutbahn gelangen konnten. Sobald ein kleines Stück eines Splitters aus der Haut schaute, zog ihn Lara mit einer feinen Pinzette heraus.

Riordan stöhnte auf.

»Sieh nicht hin.«

»Ich kann nicht anders.« Er schien die Zähne zusammenzubeißen. »Werden mir diese Stücke fehlen?«

»Nein, ich rege deinen Körper zur Selbstheilung an.« Was nicht ganz stimmte, denn die heilende Energie kam von ihr, doch es kam dem nahe, was passierte. »Nachher wirst du sehr hungrig sein. Hol dir etwas mit vielen Kalorien.«

»In Ordnung.«

Nachdem die gefährlichen Splitter draußen waren, wandte sich Lara wieder der Heilung zu. »Du wolltest mir doch erzählen, was du gemacht hast.«

Wieder trat Stille ein, dann sagte er: »Ich wollte noch mehr Gewichte auflegen, muss aber den falschen Knopf erwischt haben. Plötzlich wog das Ding eine Tonne und kippte bedenklich zur Seite. Ich konnte mich nur noch entscheiden, ob es die Brust oder den Arm zerschmetterte.«

Lara runzelte die Stirn. Er sprach vom Bankdrücken. »Warum hast du allein trainiert?« Ein Helfer war Pflicht an diesem Gerät, und Riordan war nicht so dumm, sich leichtsinnig über Regeln hinwegzusetzen.

»Ich wollte nachdenken.« Das klang so gepresst, als wollten die Worte ihm kaum über die Lippen kommen.

6

Lara konzentrierte sich auf die Knochen und verkniff sich jeden Kommentar. Sie sah auf die Uhr am Kopfende der Liege, vierzig Minuten waren schon vergangen. Riordan hatte die Lider geschlossen und lächelte. »Rory?«, flüsterte sie.

»Ich bin wach.« Er öffnete die Augen, das Lächeln in den großen braunen Augen hatte ihn schon als Kleinkind Herzen brechen lassen. »Wenn du heilst ... ist es wie Sonnenstrahlen. Richtig schön.«

Nun lächelte auch sie. Sie küsste ihn auf die Wange, strich über die schokoladenbraunen Locken und richtete sich dann wieder auf. Rieb sich den schmerzenden Rücken. »Was hat dir denn Sorgen gemacht?« Als Teenager war sie seine Babysitterin gewesen, er hatte sie mit seinem unbekümmerten Charme um den Finger gewickelt. Dann war er erwachsen geworden, ein verantwortungsvoller Rudelgefährte, der sich aber den Spaß am Leben nicht nehmen ließ. Noch nie hatte sie ihn so angespannt erlebt.

»Ach, es ist nichts.«

»Du weißt doch, dass alles, was du sagst, unter uns bleibt.« Menschenärzte schworen einen Eid auf ihr Schweigen. In einem Rudel sah es ein wenig anders aus, denn da gab es Situationen, in denen es Lara aufgrund der Hierarchie erlaubt war, Informationen weiterzugeben, man erwartete es sogar von ihr. Dennoch verriet sie nie etwas, wenn sie um Vertraulichkeit gebeten wurde.

Ein langer Blick. »Obwohl du nun einen Gefährten hast?«

»Walker weiß genau, wer ich bin«, sagte sie und wandte sich den Muskeln, Sehnen und Blutgefäßen zu, die angerissen waren. »Er erwartet nicht, dass ich Vertrauliches preisgebe.«

Das war ihr so wichtig gewesen, dass sie es schon während der Werbung angesprochen hatte. *»Ein paar Geheimnisse werde ich für mich behalten«,* hatte sie gesagt, denn sie wusste, wie wichtig Walker nach den Erfahrungen mit Yelene absolute Ehrlichkeit war. *»Dinge, die mir unter dem Siegel der Verschwiegenheit anvertraut worden sind. Kannst du das verstehen?«*

Walker hatte ihr mit einer vertrauten Geste eine Strähne aus der Stirn gestrichen. *»Die Informationen sind vertraulich und nur für dich bestimmt. Sie gehen mich überhaupt nichts an.«*

Riordan atmete tief ein und wieder aus. »Erinnerst du dich noch daran, wie Hawke im *Wild* aufgetaucht ist?«, fragte er. Das *Wild* war eine Bar nicht weit von ihrem Revier, die jüngere Gefährten gerne aufsuchten – seit der Schlacht war aber niemand mehr dort gewesen.

Im Augenblick wollten alle beim Rudel sein.

»Die Geschichte ist legendär.« Wie ein Lauffeuer hatte sich die Nachricht im Rudel verbreitet, dass Hawke Sienna auf seinen Schultern aus der Kneipe getragen hatte. »Das wird niemand jemals vergessen.«

Riordan lächelte verschmitzt. »Das war vielleicht eine Nacht.« Dann verschwand das Lächeln ebenso schnell, wie es gekommen war, und unerwartete Reife zeigte sich auf dem Gesicht des jungen Mannes.

So sah der Mann aus, der er einmal sein würde. Jemand, der schnell zum Lachen zu bringen war und ein großes Herz hatte, doch wer nur die Oberfläche sah, würde nie so tiefe Gefühle in ihm vermuten.

»Ich habe jemanden kennengelernt«, erzählte er. »Eine Leopardin.«

»Ach.« Sie untersuchte die feineren Blutgefäße und bemerkte zu ihrem Erstaunen, dass sie bei Weitem nicht so erschöpft war wie sonst bei schwierigen Heilungen.

»Führt sie dich an der Nase herum?«

»Nein, darum geht es nicht. Ich spiele ja auch gern mit ihr.« Diesmal grinste der Wolf in ihm. »Aber es könnte etwas Ernstes werden.«

»Na gut, und wo liegt das Problem?« Er sah sie nur an. »Selbst wenn sie Leopardin ist – solche Beziehungen sind nicht mehr tabu. Bei Mercy und Riley klappt es tadellos.«

»Aber sie ist Wächterin und er Offizier«, stellte Riordan fest. »Hawke hat mit uns über die Unterschiede zwischen den Rudeln gesprochen und dass wir darauf achten sollen, dass bei einer Werbung beide Partner demselben Stand angehören.«

»Aber?«

»Aber ich weiß doch nicht, ob wir die Alphatiere informieren müssen, wenn es etwas Ernstes ist, ob es Regeln gibt, an die wir uns halten sollten, damit wir die Allianz zwischen den Rudeln nicht in Gefahr bringen, falls irgendetwas schiefläuft. Riley und Mercy wussten Bescheid, sie saßen an der Quelle … und hatten auch die Möglichkeit, eventuelle Probleme selbst zu beseitigen, bevor Hawke oder Lucas davon Wind bekamen.«

Lara wusste, worauf Riordan hinauswollte. Die Allianz zwischen Wölfen und Leoparden stand zwar auf soliden Füßen, doch in einigen speziellen Bereichen gab es noch Unsicherheiten im Umgang miteinander. »Wie ich Hawke kenne, hat er es schon mitbekommen.« Der Leitwolf hatte sein Ohr stets am Puls des Rudels. »Aber ich werde ihn dennoch darauf aufmerksam machen. Nicht auf dich und dieses Mädchen, sondern auf die Sache mit den Liebesbeziehungen zwischen den Rudeln.«

Riordan streckte den gesunden Arm aus. »Danke, Lara, ich hätte es selbst getan.« Das war sicher die Wahrheit. »Aber ich wollte die Aufmerksamkeit der Alphatiere nicht so früh auf uns lenken. Es ist alles … noch zu frisch.«

»Verstehe.« Es war ihr auch ganz recht gewesen, dass Walkers Werbung lange Zeit eine Angelegenheit nur zwischen ihnen beiden gewesen war. Sie konnte Riordans Zurückhaltung gut verstehen. »Magst du mir denn von ihr erzählen?«

Ein warmer Blick aus den braunen Augen. »Sie heißt Noelle.«

»Die Schwester von Zach?« Das war ein Soldat der Leoparden.

»Genau. Er ist ziemlich beschützend, was Noelle und Lissa angeht«, murrte Riordan genervt, wie alle jungen Männer, die um jüngere Schwestern warben. »Lissa und Noelle sind Zwillinge.«

»Stimmt ja.« In Laras Kopf stiegen Bilder von zwei Mädchen auf, eine wie die andere mit langem schwarzem Haar, lebhaften wasserblauen Augen und kupferbrauner Haut. »Süß sind sie.« In den letzten beiden Jahren waren sie aus ihren fohlenhaften Körpern herausgewachsen. »Wie alt sind die beiden jetzt? Achtzehn?«

Riordan nickte. »Nur ein Jahr jünger als ich.« Er zögerte. »Lissa ist ein richtiger Tornado, aber Noelle ist lieb und still. Ein Ruhepol in der Welt, doch sie weiß sich zu behaupten.« Der Wolf zeigte sich in seinen Augen. »Wenn man die beiden das erste Mal sieht, könnte man meinen, dass Lissa den Ton angibt, doch wenn es um etwas Wichtiges geht, fragt sie immer zuerst Noelle.«

Er war offenbar schwer in Noelle verliebt. »Weiß Zach, dass ihr euch trefft?«

»Nein, aber Lissa weiß es – Noelle hat keine Geheimnisse vor ihr.«

»Machst du dir darüber Sorgen?«

Er nahm sich Zeit für die Antwort. »Nein, ich wusste ja von Anfang an, wie nahe sie sich stehen.« Er hielt den Arm unter den Scanner, damit Lara überprüfen konnte, ob alles in Ordnung war.

»Aber ich hasse die Heimlichtuerei«, sagte er, als sie fertig war. »Darum brauchen wir auch klare Angaben von Hawke und Lucas. Noelle möchte Zach jetzt nicht zusätzlich belasten.«

Lara runzelte die Stirn. »Warum denn nicht? Zach kann als Soldat eine Menge vertragen.«

»Das ist wahr, aber er macht sich schon völlig verrückt, weil Annie schwanger ist.«

»Was? Seit wann denn?« Lara kannte zwar Zach nicht besonders gut, Annie jedoch umso besser. Sie war Lehrerin an einer Schule, in die auch Gestaltwandlerkinder gingen, und seit der Allianz zwischen beiden Rudeln waren so viele Wölfe in die Gegend gezogen, dass nun auch einige Wolfsjunge dorthin gingen.

Lara hatte Annie auf einem Elternabend kennengelernt, den sie in Vertretung eines Paares besucht hatte, das gerade verreist gewesen war, und seither war der Kontakt zwischen ihnen nie mehr abgerissen.

»Sie wissen es erst seit einer Woche«, sagte Riordan grinsend.

»Ich freue mich für die beiden.«

Als sie eine Stunde später Walker zum Mittagessen traf, lächelte sie immer noch in sich hinein. Sie hatten sich an einer Wegbiegung mit Blick über den See getroffen.

Die Sonne schien, und die ersten beiden Klassen der Wolfsschule waren gerade draußen. Die Welpen spielten überglücklich am Strand unter den Augen der Lehrer, die das Gewimmel auch genossen. Sehr zufrieden öffnete Lara die Dose, die Walker mitgebracht hatte, und lachte laut auf. »Du steckst wohl wieder mit meiner Mutter unter einer Decke?«

Walker schüttelte den Kopf, als Lara ihm eine Gabel mit Pilzrisotto hinhielt, das er mitgebracht hatte. Aisha und er waren sich vollkommen einig, was die Sorge um Lara anging, auch wenn seiner Gefährtin das nicht immer gefiel. »Ich widme mich lieber meinem langweiligen Hühn-Schinken-Sandwich.«

Sie schmiegte sich an ihn, er spürte ihre Hüfte und roch den sanften, weiblichen Duft. »Wirst du mir bis in alle Ewigkeiten vorhalten, dass ich das gesagt habe?«, fragte sie.

Er aß ein paar Bissen und trank dann einen Schluck Kaffee, den Lara mitgebracht hatte. »Nein.« Eigenartig, aber irgendwie auch genau richtig kam es ihm vor, sie ein wenig zu necken, sie wissen zu lassen, dass er auch diese Fähigkeit besaß.

Sie rümpfte die Nase und aß noch etwas Risotto. »Kannst du für mich mal ins Netz schauen?«

»Was immer du wünschst.«

Sie sah ihn mit Wolfsaugen an. »Ich liebe dich.«

Es machte ihn sprachlos wie immer, doch vielleicht würde er sich mit der Zeit an diese tiefe Liebe gewöhnen. Nie würde er sie für selbstverständlich halten, aber doch allmählich damit vertraut werden. Und das war so schön, dass es beinahe wehtat, ein wahres Geschenk war es für ihn, dass er auf ihre Liebe und ihre Sanftmut rechnen konnte. »Was möchtest du denn wissen?«

»Ich habe gerade einen sehr komplizierten Bruch geheilt, fühle mich aber überhaupt nicht ausgelaugt.« Sie trank einen Schluck aus der Tasse, die er ihr an die Lippen hielt.

Das war sehr interessant. »Du hältst es für möglich, dass die Wesenheit im Netz dich mit Siennas überschüssiger Energie speist?« Jedes geistige Netzwerk verfügte über einen »Kopf«. Im Netz der Wölfe, das seine ganze Familie einschloss, war diese Wesenheit nur ein winziger Punkt, kaum vergleichbar mit dem Netkopf, dem Wächter und Bibliothekar des Medialnets.

Doch die Wesenheit existierte, und nach der Schlacht hatte sich gezeigt, welchen Einfluss sie im Netz hatte.

Lara aß erst auf, bevor sie antwortete. »Ist mir so durch den Kopf gegangen.«

Walker öffnete sein geistiges Auge und sah sich die energetischen Ströme im Netz der Familien- und Blutsbande an. Am Morgen hatte eine Veränderung stattgefunden. »Du hast jetzt Priorität«, sagte er leise und legte seine Hand auf ihr Knie. »Sobald du mehr Energie brauchst, fließt alles nur zu dir.«

»Gut zu wissen. Falls ich mich einmal zwischen mehreren Möglichkeiten entscheiden muss, wird es mir dadurch leichter fallen.« Lara stellte die leere Dose in die Isoliertasche zurück.

»Bitte«, sagte sie und überreichte Walker ein zweites Sandwich. »Ich hoffe, du hast noch mehr für dich dabei. Du bist viel zu groß, um mit zwei Broten zu überleben, langweilig hin oder her.«

Als sie sich über die Tasche beugte, erwachten Teile in ihm begeistert zum Leben, die er schon lange begraben geglaubt hatte. Niemand hatte sich je Sorgen um ihn gemacht, jedenfalls nicht in der Weise, wie Lara es tat. Wenn er sich so etwas vorgestellt hätte, bevor sie ein Paar geworden waren, hätte es ihn vielleicht unangenehm berührt – doch nun machte es ihm nichts aus, wenn seine Gefährtin für ihn sorgte.

Denn auch er spürte das Bedürfnis, sich um sie zu kümmern.

»Hier haben wir ja was.« Sie holte eine Dose heraus, in der zwei weitere Brote lagen. »Das ist nicht dein Ernst!« Sie lachte. »Aber, Moment mal, sogar eines mit Käse und Tomaten. Wie gewagt.«

Er zog sie an sich und küsste sie, nahm ihr Lachen in sich auf. »Iss dein Obst«, sagte er und biss in ihre Unterlippe, saugte sogar daran, denn Beißen reichte ihm nicht.

Irgendwie geriet das Essen plötzlich in Vergessenheit, und

Lara lag plötzlich unter ihm. Sie küssten sich leidenschaftlich, doch als seine Hand über ihren seidenzarten Bauch wanderte, spürte er Wasserspritzer auf seinem Kopf und Rücken.

Walker fuhr hoch und sah in die unschuldigen Augen eines Welpen, der sich trockenschüttelte, weil er in den See gesprungen und zu ihnen gelaufen war. Er erkannte den Schlingel gleich, griff ihn im Nackenfell und hob ihn hoch. »Du hast dir ganz schön Ärger eingebrockt.«

Ben knurrte und schlug mit den kleinen Krallen nach ihm, ohne ihn zu verletzen.

Heiseres Lachen mischte sich in das Knurren.

Lara hatte sich aufgesetzt und zog sich den grünen Pullover zurecht. »Gib ihn mir.« Mit einer abwehrenden Handbewegung hielt sie den Lehrer auf, der sich gerade auf den Weg zu ihnen hoch gemacht hatte, um den Ausreißer einzufangen.

Der Lehrer lächelte erleichtert und ging wieder zum See zurück. »Und du isst jetzt auf, bevor die Mittagspause um ist«, sagte sie.

Ihnen blieben nur noch zwanzig Minuten, weshalb Walker keine Einwände erhob. Lara gab Ben einen lauten Kuss und setzte ihn mitten in den warmen Sonnenschein. »Geschmust wird erst, wenn du trocken bist.«

Ben seufzte schwer, blieb aber mit aufgestellten Ohren und zu Walker gewandter Schnauze sitzen. Beinahe hätte Walker laut gelacht, er teilte sein Brot in zwei Stücke und hielt dem Jungen eines hin.

Lara lehnte sich an ihren Gefährten und sah zu, wie Ben das Brot vorsichtig mit den Zähnen packte, ins Gras legte und dann ordentlich abbiss. »Ein süßes Alter.« Tiefe Zuneigung sprach aus jeder Silbe.

»Willst du auch eines?«

Sie drückte Walkers Arm und machte große Augen. »Meinst

du das ernst? Ich war mir nicht sicher ... nach allem und habe dafür gesorgt, dass ich nicht zufällig schwanger wurde.«

Er legte die Hand an ihre Wange und schüttelte den Kopf. Ihre tiefe Liebe und Großzügigkeit beschämte ihn erneut. »Das kann man nicht vergleichen.« Das schmerzhafte Erlebnis mit Yelene, der Verlust des ungeborenen Kindes, weil sie aus Berechnung die eigene »genetische Linie reinhalten wollte«, hatte seine Augen nicht für die Tatsache verschlossen, dass Lara ihr Leben für den Schutz ihrer Kinder hingeben würde. »Ich will noch mehr Kinder haben, und zwar mit keiner anderen als mit dir.«

Es schimmerte feucht in ihren Augen, ihre Stimme zitterte. »Gestaltwandler sind nicht so fruchtbar wie Menschen oder Mediale, es kann also etwas dauern, obgleich ich hoffe, dass es schnell passiert.« Sie schlang die Arme um seinen Hals und ließ Küsse auf sein Gesicht regnen. Ihr Glück wärmte sie beide. »Marlee und Toby werden ganz wunderbare ältere Geschwister sein. Ich möchte nicht, dass der Abstand zu groß wird.«

Er hielt sie fest, hatte einen Kloß im Hals. Niemand hätte es ihr übelnehmen können, wenn sie Marlee und Toby in einem solchen Moment vergessen hätte, doch das hatte sie nicht. Lara besaß ein großes Herz.

Eine kalte Schnauze stupste sie an, dann drängte sich ein kleiner Körper zwischen sie. Ben freute sich mit ihnen, doch der neugierige Blick sagte deutlich, dass er nicht begriff, was gerade geschehen war. Lachend schloss Walker den Welpen mit in die Umarmung ein.

»Ja«, sagte Lara liebevoll. »Genau so einen will ich haben ... mit den grünen Augen seines Vaters.«

7

Sobald sie wieder auf der Krankenstation war, sorgte Lara
dafür, dass nichts mehr ihre Fruchtbarkeit behinderte. Jede
Zelle ihres Körpers summte erwartungsvoll bei der Vorstellung,
neues Leben in ihrem Schoß zu nähren, das der Liebe zu ihrem
Gefährten entsprungen war. Heilerinnen waren nicht frucht-
barer als der Rest der Gattung, doch sie hoffte von ganzem
Herzen, dass es bald so weit sein würde.

Doch selbst wenn es länger dauerte, war das nichts gegen
die Tatsache, dass die schreckliche Wunde in Walkers Herzen
vielleicht geheilt, aber zumindest nicht mehr hinderlich war.
Langsam, Stück für Stück warf ihr faszinierender Gefährte die
Reste von Silentium ab und zeigte ihr Teile von sich, die er begraben hatte, um zu überleben.

Er hatte über Ben gelacht, hatte sie lange zum Abschied geküsst. Ein seliges Lächeln stahl sich auf ihr Gesicht.

»Mein Gott«, stöhnte Ava und ließ sich auf den Stuhl auf
der anderen Seite des Schreibtischs fallen. »Du bist so was von
verliebt. Das ist dermaßen süß, dass ich davon Löcher in den
Zähnen bekomme.«

Lara warf ihrer besten Freundin ein Kuscheltier an den
Kopf, das ein Patient ihr geschenkt hatte. »Ich bin gerade erst
seit Kurzem mit meinem Gefährten zusammen. Da darf man
doch wohl noch verliebt sein.«

Seufzend fuhr sich Ava mit der Hand durch die dunklen
schulterlangen Haare. »Stimmt, du bist noch keine zynische
alte Matrone wie ich.«

»Oh, bitte. Hab ich dich nicht erst gestern Nachmittag ziemlich derangiert aus dem Büro kommen sehen, an der Seite eines gewissen Mr Stone, dessen Nacken ein verdächtiger roter Fleck zierte und dessen Hemd falsch geknöpft war?«

Ava lächelte unbeeindruckt. »He, wir haben ein Baby und einen Fünfeinhalbjährigen, der sich gerade in einer ziemlich neugierigen Phase befindet. Wir müssen kreativ sein.«

Da sie selbst Bens Neugierde vor erst einer Stunde zum Opfer gefallen war, lächelte Lara ebenfalls. »Da hast du aber Glück, einen solch kreativen Mann zu haben.«

Spencer »Spence« Stone war der Fotograf des Rudels – nicht nur zuständig für freudige Ereignisse, sondern auch für Fälle von Schmerz und Verlust. Er war auf dem Schlachtfeld gewesen, hatte die bislang einzigen Aufnahmen von Siennas X-Feuer gemacht und sie direkt in die Höhle übermittelt, bis die Flammen auch ihn erreicht hatten. Als ihm klar geworden war, dass sie ihn nicht verbrannten, hatte er die Kamera in die Höhe gehalten und ein Bild von der Feuersäule gemacht, die Hawke und Sienna umschlossen hatte.

»Ja.« Ava seufzte und richtete den Blick träumerisch in die Ferne. »In Bezug auf Kreativität hat der Mann einiges zu bieten.«

Ihre beste Freundin sprach sicherlich nicht von Spence' Künsten als Fotograf. »Hat er schon jemals Aufnahmen gemacht, wenn ihr … du weißt schon?«

Ava wackelte mit den Augenbrauen, ihre Augen waren ebenso dunkel wie die ihres Sohnes und blickten ebenso schalkhaft drein. »Kein Kommentar. Aber warte nur, bis du ein Neugeborenes und einen Teenager hast. So süß Toby auch sein mag, dann wird er sicher verrücktspielen. Dann werde ich mich darüber lustig machen.«

Bei der Vorstellung, ein Kind von Walker zu haben, flatterte es wie wild in Laras Magen. »Ich bin so was von verliebt.«

»Hab ich ja gesagt«, sagte Ava und las eine SMS auf dem Handy. Begeisterung blitzte in ihren Augen auf. »Tut mir leid, ich muss dich sitzenlassen. Mr Stone ist gerade in die Höhle zurückgekehrt, das Baby ist bei der Tante, Ben in der Schule, und ich bin fertig mit meiner Arbeit. Adios.«

Das Lächeln über den überstürzten Aufbruch von Ava war noch nicht von Laras Gesicht verschwunden, als Riley sie zehn Minuten später abpasste, nachdem sie kurz mit Lucy im Lager gesprochen hatte.

Der erfahrene Offizier hielt ein Datenpad hoch. »Habt ihr euch schon entschieden, wann ihr euren Bund feiern wollt? Wäre schön, wenn das Rudel Bescheid wüsste – viele von ihnen würden sehr gerne zu der Feier herkommen.«

Ihre Wölfin hätte gern den Kopf zurückgeworfen und ein Freudengeheul angestimmt. »Gerade gestern haben wir darüber gesprochen.« Sie zeigte auf ein Datum. »Wie wäre es an dem Tag?«

»Das wäre nur zwei Wochen nach der Feier von Hawke und Sienna«, sagte Riley. »Passt euch das?«

»Aber ja.« Wenn Walker wüsste, dass seine Nichte offiziell ihre neue Stellung innehatte, würde es ihm sicher leichter fallen, sich auf die eigene Feier zu freuen. Und als Heilerin wusste Lara, wie wichtig es für das Rudel war, Hawkes Bund ausgiebig zu feiern. Sie brauchten die Gelegenheit zum Tanz, um das Blut und den Schmerz der Schlacht zu vergessen und sich mit dem Leitwolf zu freuen, der sich schon auf der Schwelle zum Erwachsensein für das Rudel aufgeopfert hatte.

»Irgendwelche Pläne für die Feier?« Riley sah ihr ruhig in die Augen. »Ich habe schon eine lange Liste von Freiwilligen, die ihre Hilfe angeboten haben.«

Ihr wurde ganz warm bei seinen Worten. »In einer Woche hast du einen ersten Entwurf.« In diesen Dingen legte Walker ein typisch männliches Verhalten an den Tag. Er stimmte allem zu, was sie vorschlug. Frustriert hatte sie Tänzer mit eingeölter Haut, Schlagsahne und strategisch platzierten Troddeln ihrem Vorschlag hinzugefügt und dann endlich eine Antwort erhalten. Ein klares »Nein«.

Riley schob das Datenpad in die Hosentasche und nickte. »Klingt gut.« Seine Gesichtszüge wurden weicher. »Ich freue mich so für dich. Walker ist ein guter Mann.«

»Das weiß ich«, sagte sie mit einem Lächeln, das ihre Begeisterung deutlich zum Ausdruck brachte. Riley nahm sie liebevoll in den Arm, und sie schlang die Arme um den Rudelgefährten, den Fels in der Brandung. »Wohin gehst du jetzt?«

»Zur Aufforstung, ich werde beim Graben helfen.«

Lara machte ein finsteres Gesicht. »Na dann, viel Vergnügen. Ich muss mich wieder an die Sklavenarbeit der Patientenakten machen.«

Bis zehn nach fünf hatte sie mit dem Schreibkram zu tun, ausgenommen die Viertelstunde Pause, in der Toby und Marlee vorbeikamen und etwas aßen, bevor sie zu ihren Nachmittagsbeschäftigungen aufbrachen. Obwohl Toby alt genug war, um auf seine Cousine aufzupassen, verbrachte Lara gern diese Zeit mit ihnen.

Die Kinder wollten auch gern bei ihr sein und besuchten sie sogar, wenn sie wussten, dass sie auf der Krankenstation war. Voller Freude dachte Lara an die Abschiedsküsse und beschloss, dass sie genug gearbeitet und mehr als ihre Schuldigkeit getan hatte.

»Geh nach Hause, Lucy«, rief sie und schlug die Akte zu, die sie gerade vor sich hatte.

Eine Minute später kam die junge Frau aus dem Lager und zog sich das Band aus den Haaren, um den Pferdeschwanz neu zu richten. »Die Zeit fliegt nur so dahin, wenn ich Vorräte durchgehe«, sagte sie trocken. »Ein Drittel habe ich geschafft. Soll ich das Fehlende jetzt schon bestellen oder erst, wenn ich alles durchgesehen habe?«

»Am besten gleich. Es ist besser, manches nicht zu haben als von allem zu wenig.«

»Dann werde ich mein Geheimrezept für Brownies rausrücken und jemanden bei der Beschaffung bestechen, die Bestellung möglichst schnell auszuführen.«

»Das habe ich schon versucht.« Um Lucy zu helfen, die sich sicher darüber gefreut hätte. »Keine Chance – die Leute haben alle Hände voll zu tun.« Die Wölfe hatten die Schlacht zwar gewonnen, doch Teile der Ausrüstung waren zerstört, ein Stück Wald musste wiederaufgeforstet werden, in der Stadt gab es Schäden an den Häusern von Rudelgefährten, manche Leitungen waren unterbrochen, Reste von feindlichen Flugzeugen mussten entsorgt werden und so weiter. Die Liste war sehr lang.

»Verdammt. Wir brauchen wirklich jemanden für den Bürokram.« Lucy stemmte die Hände in die Hüften und bog sich nach hinten, um die beanspruchten Muskeln zu strecken.

Lara nickte. »Ich habe schon mit Ava gesprochen.« Ava war in der Personalführung ausgebildet und dafür zuständig, die passenden Leute für vakante Posten im Rudel zu finden. »Sie stellt uns eine Liste zusammen, doch wir sollten warten, bis sich alles ein wenig beruhigt hat, bevor wir Einstellungsgespräche führen.«

»Ich hoffe, dass Ava uns viele heiße Männer aus anderen Regionen schickt.«

Lara lachte. »Sitzt du auf dem Trockenen?«

»Du machst dir keine Vorstellung – alle mögen mich, aber ich will, dass jemand verrückt nach mir ist! Die nette Lucy möchte einen ganzen Kerl, der sich die sexy Lucy krallt.« Kopfschüttelnd verließ sie mit Lara die Krankenstation, ihr Zimmer lag auf der anderen Seite des Flurs. »Heute haben ein paar Soldaten vorbeigeschaut. Sie haben mir geholfen, und wir sind ins Gespräch gekommen.«

Das machte Lucy zu einer so guten Krankenschwester: Sie wusste, dass Heilung nicht nur auf der Krankenstation stattfand, und dass sie Lara über den Zustand des Rudels auf dem Laufenden halten musste.

»Junge Männer«, fügte Lucy hinzu, als Lara sie bat, mit zu ihr zu kommen.

Die Wohnung war leer, die Kinder würden erst später zurückkommen, doch man sah deutlich, dass hier eine Familie lebte. Schulrucksäcke, Arbeitshefte und elektronische Spiele lagen auf dem Wohnzimmertisch herum, Walkers Jacke hing neben der von Lara an der Garderobe. Unter der leichten Witterung der Kinder lag der schwere Duft von dunklem Wasser und schneebedeckten Fichten.

Wölfin und Frau waren glücklich, zu Hause zu sein.

»Setz dich«, sagte Lara zu Lucy. »Ich mach uns einen Kräutertee – Kaffee hatten wir heute schon genug.«

»Hast du noch den Pfefferminztee mit Schokoaroma vom letzten Mal?« Die blonde Frau strahlte, als Lara die Blechdose hochhielt, dann setzte sie sich an den Küchentisch und kam auf das vorherige Thema zurück. »Die Jungs konnten leichter mit mir reden, weil wir zusammen aufgewachsen und Freunde geworden sind.«

»Und weil du gute Arbeit machst.« Lucy besaß eine sanfte Herzlichkeit, die Alt und Jung beruhigte. »Wie geht es ihnen?«

»Ganz allgemein gut, aber sie bewegt, worüber wir schon gesprochen haben: Beide sind durch den Sonar ausgeschaltet worden, waren vollkommen hilflos. Das Erlebnis verfolgt sie immer noch.«

Gestaltwandler hielten Mediale für arrogant, doch Lara wusste auch um die Arroganz ihrer eigenen Gattung, vor allem was körperliche Stärke anging.

Die Erkenntnis, dass eine dieser Stärken, das besonders gute Hörvermögen, sich als schmerzhafte Schwäche erweisen konnte, war sicher ein Schock gewesen. »Wie bist du darauf eingegangen?«

»Ich habe ihnen zugehört. Meistens genügt es, einfach mal darüber zu reden.« Sie nahm die Tasse, die Lara ihr hinhielt, und sog den köstlichen Duft des Tees ein. »Dann habe ich ihnen gesagt, dass sie, da sie nun ihre Schwäche kennen, Gegenmaßnahmen ergreifen können.«

Lara setzte sich auch an den Tisch und gab sich ebenfalls dem köstlichen Aroma ihres Tees hin. »Sehr gut. Dadurch gelingt es ihnen, wieder die Kontrolle zu übernehmen.« Das war bei dominanten Wölfen sehr wichtig.

»Ich glaube, es klappt, aber ich habe ihnen versichert, dass sie jederzeit zu mir kommen können, wenn es nötig ist.«

»Was für ein Glück, dass du dich für die Arbeit im Rudel entschieden hast.« Lara mochte die junge Krankenschwester sehr. »Und was Verabredungen angeht … hast du dich mal bei den Raubkatzen umgesehen? Ich will nämlich nicht, dass jemand aus einer anderen Gegend verrückt nach dir wird und dich uns ausspannt.«

Bevor Lucy etwas antworten konnte, öffnete sich die Eingangstür und der Wirbelwind Marlee kam hereingestürzt und warf sich in Laras Arme. »Ich verhungere! Gibt es Kuchen?«

Lachend umarmte Lara das Mädchen. »Ein wenig Obst wird dich bis zum Abendessen über die Runden bringen.«

Keineswegs verlegen nahm sich Marlee einen Apfel und umarmte dann Lucy. »Hi, Lucy. Bleibst du zum Essen? Willst du dir mein Projekt ansehen?«

»Ja, bleib doch«, sagte Lara. »Ich hätte Lust zu kochen, und du könntest mir dabei helfen.«

Es wuchs sich zu einer kleinen Party um sieben aus. Einer von Tobys Freunden durfte bei ihnen essen, und Walker brachte eine Zwölfjährige mit, deren Eltern erst spät von der Arbeit außerhalb des Reviers zurückkommen würden.

Als sie um den Tisch herum saßen, streckte Laras Gefährte die Hand aus und strich ihr liebevoll über die Wange. Die Wölfin rieb sich wohlig von innen an der Haut. »Hallo«, flüsterte sie.

Er hob ihr Kinn und küsste sie zur Freude der Kinder. Als alle etwas auf dem Teller hatten, bemerkte sie, dass Walker Toby und Marlee beobachtete. Marlee kicherte mit dem Mädchen, das Walker mitgebracht hatte, und die Jungen unterhielten sich mit Luca über eine Wendung in einem Film, der gerade rausgekommen war. Alle waren bester Laune, doch in Walkers Blick zeigte sich derselbe Schmerz, den sie auch schon an dem Tag, nachdem sie Gefährten geworden waren, dort gesehen hatte, als Toby Marlee herumgewirbelt hatte. Noch vor der Abkehr vom Medialnet musste etwas passiert sein, von dem sie nichts wusste.

»Walker?« Sie legte die Hand auf seinen Oberschenkel. »Was bedrückt dich?«

Er nahm ihre Hand in seine. »Wenn ich Marlee lachen sehe«, sagte er so leise, dass nur sie es hören konnte, »dann erinnere ich mich manchmal an die Zeit, als sie gar nicht wusste, was es heißt, glücklich zu sein. Sie kannte nur den Schmerz.« Er sah den bis über beide Ohren grinsenden Toby an, und noch immer lag derselbe Schmerz in seiner Stimme. »Und nach Kristines Selbstmord stand es so schlimm um Toby, dass ich Angst hatte, wir würden den Sohn meiner Schwester auch verlieren.«

Es tat ihr weh, Walker so traurig zu sehen. Sie verschränkte ihre Finger mit seinen, »sprach« durch das Band, durch ihre Verbindung zu ihm, hüllte ihn in ihre Liebe ein, in die Freude über ihren Bund, in das Glück, das ihre Wölfin in den Kindern spürte. Der Schatten verschwand aus seinem Blick, aus dem nun tiefe Freude sprach.

Sie würde ihn nicht drängen, ihr noch mehr zu enthüllen, nicht heute Abend. Sie würde ihn lieben und der Traurigkeit mit Zuneigung und Lust begegnen. Wenn er dazu bereit war, würde er ihr schon alles enthüllen – inzwischen verband sie ein so starkes Vertrauen, dass sie nicht mehr fürchtete, das Herz dieses unglaublichen Mannes vielleicht niemals ganz zu kennen.

Vielleicht brauchte er noch mehr Zeit, vielleicht musste sie noch mehr Geduld haben … es lag ja noch ein ganzes Leben vor ihnen.

Um Mitternacht erwachte Walker an Laras Seite. Er konnte sich nicht vorstellen, jemals wieder eine Nacht ohne sie zu verbringen. Allein der Gedanke löste unglaublichen Schmerz aus. Das war überraschend für jemanden, der lange allein in seinem Bett gelegen und ein selbstgenügsames Leben geführt hatte, doch Walker wollte es gar nicht anders haben. Wollte für alle Zeit Laras warme Haut spüren, ihre Hand auf dem Herzen, ihre Locken unter dem Kinn.

Vorsichtig beugte er sich über sie, strich leicht über die zarte Ohrmuschel. Lara war so wunderbar, so sanft. So gut. Deshalb war sie Heilerin. Selbst einem Feind, selbst einem Mitglied des Rates hätte sie geholfen, obwohl ihr natürlich bewusst war, dass derjenige auch sie hätte töten können.

So war sie nun einmal.

Deshalb brauchte sie ihn auch. Denn er war nicht so gut. Er würde alles tun, um sie zu schützen, würde Blut vergießen und sogar töten. Lara wusste, dass er töten konnte, sie begriff, dass er andere Moralvorstellungen hatte als sie, liebte ihn aber dennoch.

Womit hatte er sie bloß verdient, diese leidenschaftliche Liebe, diese warmherzige Großzügigkeit? Bis zum letzten Atemzug würde er dafür kämpfen, sie zu behalten. Lara gehörte ihm.

8

Sanft schob er eine Strähne zur Seite, die sie im Schlaf kitzelte, und musste lächeln, als sie die Nase rümpfte und wieder einschlief. Das tat sie immer, wenn er eine Strähne wegstrich – und es gefiel ihm sehr, dass er das wusste. Wie er auch wusste, dass sie seufzen und sich ihm zuwenden würde, wenn er zärtlich über ihren Hals strich. Er spürte den Druck ihrer Finger auf seiner Brust, und Begierde flammte in ihm auf, obwohl sie erst vor zwei Stunden voller Leidenschaft Körperprivilegien miteinander geteilt hatten.

Mit der rauen Fingerspitze strich er über die zarte Haut unter dem Träger ihres Nachthemds. Er wusste, dass es kratzte, zog sich aber nicht zurück, denn Lara hatte ihm sehr deutlich zu verstehen gegeben, dass sie die Berührung seiner Hände mochte. Sanft schob er den Träger nach unten und küsste die heiße Haut – der Sucht nach ihrem köstlichen Duft würde er sich bis zum Ende seines Lebens mit Freuden hingeben.

Schläfrig fuhr sie mit der Hand in sein Haar und zog ihn an sich, als er unter dem kurzen Satinhemd über ihren Schenkel strich. Seit Walker das Medialnet verlassen hatte, hatte er die verschiedensten Dinge gespürt, doch jedes Mal, wenn er Lara berührte, stellte er fest, dass es noch weit mehr zu erleben und zu erforschen gab.

Er küsste ihren Hals, die pulsierende Halsschlagader, spürte die feste Brust in seiner Hand.

»Ahh.« Sie hielt den Atem an, dann sagte sie heiser: »Nicht aufhören.«

Er strich mit dem Daumen über die Brustwarze. »Früher habe ich zwar gewusst, wie ein solcher Akt vonstattengeht«, flüsterte er an ihren Lippen, »aber richtig verstanden habe ich es nie.« Es konnte ganz leicht oder sehr intensiv sein, weich oder wild … es gab so viele Variationen und Gefühlszustände, die jedes Mal etwas vollkommen Neues ergaben.

Heute Nacht war es langsam und ein wenig spielerisch.

Sie griff fester in sein Haar und küsste ihn weich und lustvoll. »Weißt du, was ich besonders sexy finde? Die Pyjamahosen, die du trägst.« Ihre Fußsohle strich über die dünne blaue Baumwolle mit den feinen schwarzen Streifen.

Er wusste genau, wann sie ihn auf den Arm nahm, und biss in ihre Unterlippe. In ihr Lachen hinein sagte er: »Die sollen verhindern, dass unser jüngstes Kind einen Schock erleidet, wenn es nach einem schlimmen Traum zu uns ins Bett flüchtet.« Im Gegensatz zu den ersten Wochen ihrer Abkehr vom Medialnet hatte Marlee nur noch selten Albträume, aber sie war noch nicht völlig frei von den Verletzungen, die das Medialnet in ihrer Psyche hinterlassen hatte. Nach einem solchen Traum lief sie sofort zu Walker. Deshalb war die Schlafzimmertür des Nachts nie verschlossen – nur wenn Walker die Fernbedienung drückte, was er eben getan hatte.

Lara küsste seinen Nacken und öffnete die Schenkel. »Sie wächst in einem Gestaltwandlerrudel auf.« Er spürte ihre Zähne am Hals. »Möchte wetten, es stört sie kein bisschen.«

Wahrscheinlich hatte Lara recht. Gestaltwandler achteten zwar persönliche Freiräume und nahmen sich bei Unbekannten auch keine flüchtigen Körperprivilegien heraus, doch Nacktheit galt als natürlicher Zustand, eine logische Folge der Tatsache, dass junge wie alte Gestaltwandler nach der Verwandlung nackt waren.

»Nun«, murrte er. »Mich würde es aber stören.«

Lara lachte, er spürte ihren heißen Atem. »Mein schüchterner Liebling.«

Er zog sie an seine Lippen, trank ihr Lachen und schob die Hand über ihren Nabel auf den Spitzenbesatz des Höschens. Dann küsste er sie so lange, bis sie feucht wurde und er ihre Erregung roch. Doch er behielt das langsame Tempo bei, bis sie den Unterleib ungeduldig gegen seine Hand presste.

Sie ließ sich das Höschen ausziehen, seufzte zufrieden, als er sich auch auszog. Dann beugte er sich erneut über ihren Mund, und sie rieb die halb entblößten Brüste an seinem Oberkörper. Sie zu küssen war eine seiner größten Freuden. Das Nachthemd war ihr bis zur Taille hochgerutscht, und sie schlang die Beine um seine Hüften.

Ganz weich umfing sie ihn, nahm ihn in Besitz. Er musste nur seine Erektion dorthin bringen, wo sie heiß und feucht auf ihn wartete. »Ja?«, fragte er.

»Oh bitte.« Ihr Becken hob sich.

Erschauernd stieß er ganz in sie hinein, stützte sich mit einem Arm ab, schob mit der anderen Hand die Träger ihres Nachthemds vollends herunter und strich über die bloßen Brüste. Sie stöhnte auf, krallte sich in seine Schultern und hieß ihn in sich willkommen. »Es fühlt sich so gut an, wenn du in mir bist.«

Ihre Worte waren ebenso betörend wie die sanft massierenden Scheidenmuskeln.

Er küsste ihren Mund, den Hals, die Brüste, biss leicht zu, kitzelte sie mit der Zunge und bewegte sich langsam und leicht in ihr. Sie waren erst seit Kurzem zusammen, doch er spürte genau, was sie brauchte, vergaß nie, was ihr Lust bereitete.

»Du denkst nach«, beschwerte sie sich.

Er zwickte mit den Zähnen die empfindliche Brustwarze, ließ von ihr ab, als sie nach Luft schnappte. »Nur ganz kurz.« Denn bald würden die Empfindungen zu stark werden.

»Du weißt doch, dass mich das wahnsinnig macht.« Sie stöhnte leise auf, als er sich langsam zurückzog und ebenso langsam wieder in sie hineinglitt.

»Hmmm.« Wieder schob er eine Hand nach unten und berührte sie dort, wo es ihr am meisten Lust bereitete. Sie hatte es ihm leise verraten, als er sie darum gebeten hatte, denn sie versagte ihm nie etwas. »Ist das besser?«

Ihr Körper wurde steif, und dann entlud sich die Lust in ekstatischen Wellen, zog ihn mit sich. Er biss die Zähne zusammen, hielt sich zurück – heute wollte er es nicht schnell –, und als sie ganz weich und nachgiebig in seinen Armen wurde, küsste er sie ganz lange und streichelte sie, bis die Erregung langsam abebbte.

Schwere Lider hoben sich über im Dunkeln glühenden Augen. »Ich nehme an, diese Geduld ist ein Nebeneffekt der Kontrolle, die du im Medialnet besessen hast«, murmelte sie und küsste ihn.

Er drückte sie an sich und hielt den Atem an, als sie eine besonders empfindliche Stelle am Hals leckte. »Möglicherweise.«

Er spürte, wie sie lächelte. »Ich Glückspilz.«

Er sah in die noch leicht abwesenden Augen und flüsterte: »Nein, ich bin der Glückliche.«

Dann hielt er ihre Augen mit seinem Blick fest, während er langsam in sie hineinstieß, sie ihn an sich zog, bis sich die Wolfsaugen erneut vor Lust verschleierten und ein Sturm der Leidenschaft sämtliche Synapsen in ihm kurzschloss.

Er kam mit ihr, fiel dann seitlich aufs Bett, die Schenkel über ihren Beinen, den Arm über ihren Brüsten, das Gesicht ihr zugewandt. Das Atmen fiel ihm schwer, doch da Lara dasselbe Problem zu haben schien, war er es zufrieden, verschwitzt und glücklich neben ihr zu liegen.

Glücklich.

Das falsche Wort zum falschen Zeitpunkt brachte erneut die schmerzhaften Erinnerungen zurück, die schon am Abendbrottisch aufgetaucht waren.

Zärtliche Finger in seinem plötzlich verspannten Nacken. »Walker?«

Die Vergangenheit drängte sich hervor, er musste mit aller Macht dagegen ankämpfen. »Was einmal war, soll die Gegenwart nicht verderben.«

Lara drückte gegen seine Schultern, bis er sie so weit freigab, dass sie ihn anschauen konnte. »Wir sind stärker als die Erinnerungen, mächtiger als aller Schmerz.« Ein strahlendes Lächeln. »Wir sind Gefährten, eine Familie.«

Die einfachen und doch kraftvollen Worte ließen den Damm brechen, doch es dauerte noch eine ganze Weile, bis er über die schrecklichen Erinnerungen sprechen konnte. Lara drängte ihn nicht. Sie schmiegte sich nur an ihn, hielt ihn fest, als wüsste sie, dass er ihre Berührung mehr als je zuvor brauchte.

»An dem Tag, als der Befehl zur Rehabilitation kam«, sagte er schließlich mit rauer Stimme, »hatte Yelene schon die Koffer gepackt, als ich das Haus betrat, denn sie wollte nicht, dass ihre Gene mit meinen untergingen.« Deshalb hatte sie auch ihr ungeborenes Kind abgetrieben. »Sie wollte gerade Marlee und Toby in der Schule anrufen, damit sie nach Hause kamen.« Scharfkantig schnitten die Worte in seine Kehle.

»Schon gut«, sagte Lara beunruhigt. »Du musst es nicht erzählen, wenn es so wehtut.«

Er streichelte ihr Haar, suchte Halt in ihrer Wärme und Herzlichkeit. »Doch, ich muss.« Denn sie musste ihn trotz der Fehler, die er begangen hatte, akzeptieren, trotz der Schmerzen, die diese Fehler hervorgerufen hatten. »Yelene wollte beiden Kindern sagen, sie sollten ihre Sachen für wohltätige Zwecke spenden, da sie nach der Rehabilitation sowieso nur noch als Gemüse dahinvegetieren würden und keine Verwendung mehr dafür hätten.«

In Laras Augen stand abgrundtiefes Erschrecken. »Das ist kein Silentium, das ist pure Grausamkeit.«

Walker spürte, wie der Zorn sie schüttelte. »Als wäre sie nie ihre Hüterin gewesen, hätte nie geschworen, für sie zu sorgen.« Genauso war es, damals hatte er es nicht fassen können.

Lara knurrte. »Für Heilerinnen ist es nicht leicht zu töten, aber falls diese Frau je vor mir steht, reiße ich ihr das Herz bei lebendigem Leibe raus.«

Er deckte sie mit seinem Körper zu, rieb seine Wange an ihrer und sprach das Schlimmste endlich aus. »Ich selbst habe Yelene zu meiner Partnerin gemacht, habe sie als Mutter für meine Kinder ausgesucht.« Er war sorgfältig vorgegangen, hatte die medizinischen Befunde der Kandidatinnen gelesen, Hintergrundrecherchen betrieben, die Persönlichkeitsprofile verglichen, ehe er sich für Yelene entschieden hatte.

Und doch hatte er versagt, hatte die ihm anvertrauten Kinder nicht beschützen können.

»Das werde ich mir nie vergeben.« Tiefes Bedauern wühlte wie scharfe Messer in seinem Inneren. »Marlees Blick, als sie bemerkte, dass ihre Mutter sie verlassen hatte – er war so schrecklich verletzt und trostlos. Und Toby verstummte vollkommen, als ihm seine zweite Mutter innerhalb kurzer Zeit abhandenkam. Das habe ich zu verantworten.«

»Du darfst dich von dem Bösen in ihr nicht auffressen lassen«, sagte seine Gefährtin und nahm sein Gesicht in beide Hände, zwang ihn so, in bernsteinfarbene Wolfsaugen zu schauen. »Du gehörst nicht zu den Hellsichtigen, die in die Zukunft sehen können, hast dich in der Situation nach bestem Wissen und Gewissen entschieden.«

Er spürte ihre Krallen, als die Wölfin an die Oberfläche kam. »Es war allein Yelenes Feigheit. Sie hätte standhalten sollen und ist stattdessen geflohen. Du aber hast dein Leben aufs Spiel gesetzt und alles in deiner Macht Stehende getan, um deine Familie zu schützen. Daran sollest du denken, nicht an die Frau, die ihre eigene Haut retten wollte und damit alles verloren hat.«

Walker wollte etwas sagen, doch Lara schüttelte den Kopf. Die nächsten Worte klangen sehr bestimmt. »Du musst dir vergeben.« Ein Befehl, nichts anderes. »Denn sonst werden unnötige Schuldgefühle dein Glück vergiften. Und noch etwas: Die Kinder folgen dir. Wenn du nicht ganz ins Licht trittst, werden sie es auch nicht tun.«

Sie hatte recht, zitternd legte er seine Stirn an ihre. »Sie sollen unartig sein«, flüsterte er. »Sollen Widerworte geben und bockig und trotzig sein.« Die beiden benahmen sich so gut, dass er Angst hatte, sie fürchteten sich immer noch vor Zurückweisung. »Wenn das geschieht, glaube ich vielleicht, dass alles in Ordnung ist.«

Laras Lächeln traf ihn tief ins Herz. »Das geschieht schon, keine Angst. Hab Vertrauen in ihre Stärke und unsere Liebe.« Sie zog die Krallen ein und liebkoste seine Wange. »Schließlich haben sie Sienna als Vorbild.«

Seine Nichte war in ihrer Jugend ein richtiger Teufelsbraten gewesen, wenn man Aisha glauben wollte, die ein Herz für den besagten Teufelsbraten entdeckt hatte, als Sienna zur Strafe für ihre Missetaten zum Abwaschen in die Küche abkommandiert worden war. »Sie werden sich mächtig anstrengen müssen, um auf das gleiche Strafmaß zu kommen.« Er hatte es Sienna gegenüber nie zugegeben, doch bei manchen Nummern, die sie abgezogen hatte, hatte er innerlich stolz gelächelt.

»Ich setze auf Marlee«, sagte Lara. »Die hat etwas von einem

Teufelsbraten in sich. Meine Mutter behauptet, es brodele nur so unter der Oberfläche.«

Walker rieb sich das Kinn. »Ich habe läuten hören, dass man auf die Stillen besonders achtgeben sollte.« Das hatte Lara vor nicht allzu langer Zeit mit von Lustschreien heiserer Stimme zu ihm gesagt. »Mein Favorit ist Toby.«

»Alles klar, Mr Lauren.« Krallen auf seinem Rücken, doch ein sanftes Lächeln auf ihren Lippen. »Schon gut. Lass die Vergangenheit los. Damit verbindet dich nichts mehr.«

Eigentlich war er zu schwer für sie, doch nun ließ er sich erschauernd auf sie fallen. Sie legte Arme und Beine um ihn, strich ihm durchs Haar. »Schon gut, mein Liebling, alles ist gut.«

Mit allen Sinnen umarmt, mit der Wärme seiner Gefährtin im Herzen folgte er ihrem Befehl, zerbrach die letzte rostige Kette, die ihn an das Leben vor seiner Abkehr vom Medialnet kettete, und tat den ersten Schritt auf der Straße der Versöhnung.

9

Am nächsten Tag fühlte sich Walker gestärkt durch das Gefühl, genau das Richtige getan zu haben. Nachdem er sein Telefongespräch mit dem Gefährten der Heilerin der Leoparden beendet hatte, ging er nach draußen, um das Training der jungen Wölfe zu überwachen. Nach einer halben Stunde gesellte sich Hawke zu ihm. Der Leitwolf hob eine Augenbraue, weil zwei Jungen und ein Mädchen mit finsterem Gesicht und verschränkten Armen am Rand saßen. »Warum machen sie nicht mit?«

»Strafauszeit.« Walker hatte früh herausgefunden, dass Gestaltwandlerkinder es überhaupt nicht mochten, von körperlichen Aktivitäten ausgeschlossen zu werden. »Seit die Evakuierten zurück sind, gibt es ein paar Probleme.« Die Kinder waren durcheinander, weil sie fort gewesen waren, in Sicherheit zwar, aber in Sorge um Familie und Rudelgefährten, die kämpften und verletzt wurden. »Einige glauben, sie hätten hierbleiben und helfen müssen.«

Hawke seufzte tief und fuhr sich mit der Hand durch das silbrig-goldene Haar, das dieselbe Farbe hatte wie sein Fell als Wolf. »Zukünftige Dominante, nehme ich mal an. Es ist hart für sie, sich beschützen zu lassen, wenn ihre Gefährten sich in Gefahr begeben.«

Walker verstand das besser, als die Kinder je begreifen würden. Es war schrecklich für ihn gewesen, die Höhle und damit Lara, Sienna und Judd zu verlassen. Doch es war seine Aufgabe, die Verletzlichen im Rudel schützen. »Willst du mit ihnen reden?«

»Du bist verantwortlich, entscheide du.«

»Überlass es mir.« Walker würde sich jeden einzeln vornehmen.

Hawke nickte, die hellen Haare glänzten im Sonnenlicht. »Du bist nicht der Einzige, der Probleme hat. Am schlimmsten sind die älteren Jugendlichen auf der Schwelle zum Erwachsensein.«

»Hast du ihnen Vernunft gepredigt?«

»Nein.« Ein Lächeln, bei dem der Wolf die Zähne zeigte. »Das habe ich Sienna und den anderen Rekruten überlassen. Nichts ist schlimmer, als von denen zurechtgestutzt zu werden, denen man nacheifern will.«

Walker rief zwei übenden Jungen etwas zu. »Ich glaube nicht, dass es etwas Ernstes ist«, sagte er und deutete mit dem Kinn auf die drei Kinder. »Mit ein wenig Disziplin und durch die Stabilität des Rudels werden sie sich schon beruhigen.«

»Wie läuft es mit Marlee und Toby? Haben sie Probleme?«

Walker hatte das Gefühl, im Augenblick nicht den Mann, sondern den Leitwolf vor sich zu haben, der sich um sein Rudel kümmerte, obwohl es nichts in Hawkes Verhalten gab, an dem er das hätte festmachen können. Vom ersten Augenblick an hatte der Leitwolf trotz des Misstrauens, mit dem er den Erwachsenen ihrer Familie am Anfang begegnet war, ein Auge auf die Lauren-Kinder gehabt. Und das hatte ihm den Respekt Walkers eingebracht.

»Marlee ist jung genug, um Sorgen abschütteln zu können.« Obwohl sie alles tiefer und feiner wahrnahm, als die meisten vermuteten. »Aber für Toby ist es schwierig.« Lara hatte bemerkt, dass sein Neffe manchmal eigenartig niedergedrückt wirkte. »Ich habe mit ihm darüber gesprochen, er wird es hinkriegen.«

»So viele Gefühle schießen hoch«, hatte der Junge gesagt.

»Glück und Erleichterung, Sorgen darüber, was die Zukunft bringt. Es ist schwer, sie von mir abzuhalten, aber meine Schutzschilde werden immer besser.«

»Sienna ist glücklich«, sagte Walker und wechselte damit das Thema. Er hatte seine Nichte am Morgen getroffen und festgestellt, dass sie immer stabiler wirkte.

Und sofort sprach er wieder mit dem Mann, nicht mit dem Leitwolf. »Ich bin ihr Gefährte«, knurrte Hawke. »Ich würde sie nie unglücklich machen. Das weißt du hoffentlich.«

Natürlich wusste Walker das, und dennoch … »Du weißt sicher, dass Vernunft hier überhaupt keine Rolle spielt.« Sienna stand unter seinem Schutz, daran änderte ihr neuer Status nichts. Und das würde auch immer so bleiben.

»Schon gut«, murrte Hawke. »Ich bin nicht beleidigt, der Beschützerinstinkt hält sich nicht an vernünftige Überlegungen.«

Nein, wirklich nicht. Das hatte er noch nie getan.

»Es gibt noch mehr wie mich.« Das hatte Walker begriffen, als er zum ersten Mal gesehen hatte, wie ein Elternteil einem Kind die Tränen abwischte. »Im Medialnet findet man viele, deren Silentium nach außen hin perfekt ist, die aber dennoch für ihre Kinder sterben würden.« Und zwar nicht, weil diese Kinder das genetische Erbe trugen, sondern weil es den Eltern ein instinktives Bedürfnis war.

»Das weiß ich.« Der Leitwolf, der die schlimmste Seite der Medialen als Kind erlebt hatte, verschränkte die Arme. Die blassblauen Wolfsaugen sahen in eine Zukunft, die mit jeder Minute näher rückte. »Die Morgenröte naht. Kannst du es spüren?«

»Ja.« Mediale mit gebrochenem Silentium zog es nach San Francisco, ungebrochene Gardisten sprachen von Veränderung, und die korrupten Führer versuchten immer verzweifelter, an der Macht festzuhalten.

Unaufhaltsam veränderte sich die Welt.

Für einige würden die Konsequenzen verheerend sein, für andere bedeuteten sie die ersehnte Freiheit. Manche würden dagegen kämpfen, manche das Neue mit offenen Armen willkommen heißen, aber niemand würde der Veränderung entkommen können. Walker hatte niemals damit gerechnet, dass er so viel Freude darüber empfinden würde, doch jetzt würde er sie mit eisernem Griff festhalten.

In den folgenden Wochen wurde Lara immer zufriedener. Walker lächelte immer öfter, das Band zwischen ihnen wurde vielschichtiger und enger. Ganz vertraut war ihr nun die ruhige Stimme des Gefährten, wenn sie abends miteinander sprachen, nachdem die Kinder zu Bett gebracht waren.

Fast war sie schon überzeugt davon, dass ihre Befürchtungen überflüssig gewesen waren, als es doch passierte.

Zwei Tage vor der Feier für Hawke und Sienna, mitten in einer neuerlichen genauen Diagnose von Alice' Zustand spürte Lara ein Stottern in dem pulsierenden Band zu Walker.

Dann war es ganz still, geradezu eiskalt.

Völlig außer sich durch die völlige Abwesenheit von Gefühlen rannte sie zu der kleinen Kommunikationseinheit auf dem Schreibtisch und rief ihn auf dem Satellitentelefon an. Nach dem Klingeln meldete sich sofort der Anrufbeantworter, aber Walker hob nicht ab, was Lara keineswegs beruhigte. Er hatte gesagt, er wollte am Nachmittag mit einer Gruppe seiner Kinder wandern, um ein neues Projekt in einer stressfreien Umgebung zu entwickeln.

Niemals würde er Kinder einem Risiko aussetzen, indem er mit ihnen in eine Gegend ging, die noch nicht von den Wolfssoldaten für sicher erklärt worden war, und es hatte auch keinen Alarm gegeben. Dennoch war Walker hinter einer eisernen

Kontrolle verschwunden, sodass es sich anfühlte, als wäre die Verbindung zwischen ihnen abgewürgt worden.

Lara konnte nur mit Mühe atmen, musste sich zum ruhigen Nachdenken zwingen und beschloss, dem Band zu folgen, um Walker zu suchen. Es konnte sich als etwas ganz Harmloses herausstellen, doch … »Nein, daran will ich gar nicht denken.« Sie schaffte es gerade noch, Lucy Bescheid zu sagen, und rannte hinaus.

Mitten in der Weißen Zone, dem sicheren Spielareal für die jüngsten Wölfe, brach Walker durch die Bäume, lief auf sie zu, den leblosen Körper eines Kindes auf den Armen. Sofort sprangen ihre Heilerinstinkte an. Ohne groß nachzudenken, rannte sie zu ihm hin, so schnell sie konnte.

»Was ist passiert?« Der Junge hieß Tyler, auf der dunklen Haut schimmerte Schweiß, der »krank« roch.

»Soweit ich es beurteilen kann, ist es eine allergische Reaktion«, sagte Walker. Er atmete schwer vom schnellen Lauf. »Ein Insektenstich, vielleicht auch der Kontakt mit einer Pflanze. Tyler klagte erst über Schwierigkeiten beim Atmen und Benommenheit – kaum dreißig Sekunden später brach er dann zusammen.«

Das Rudel lebte schon so lange in dieser Umgebung, dass die Gefahr einer allergischen Reaktion sehr gering war, doch vielleicht hatte sich der Junge bislang eher in der Nähe der Höhle aufgehalten. »Leg ihn auf den Boden.« Sie konzentrierte sich ganz auf den Jungen, legte die Hände an seinen Hals und öffnete so die Luftröhre, die sich fast völlig geschlossen hatte. Wenn Walker den Jungen nicht sofort zu ihr gebracht, sondern auf Hilfe gewartet hätte, wäre Tyler vermutlich nicht mehr am Leben.

»Die Atemwege sind erst einmal frei.« Sie hatte ihm kurzfristig Erleichterung verschafft und suchte nun nach Hinweisen, was die beinahe tödliche allergische Reaktion hei vorgerufen haben könnte. Insektenbisse oder Schlangengifte erforderten eine andere Behandlung als pflanzliche Auslöser.

»Hier.« Am Knöchel über dem Sockenrand. »Da ist ein Stich.«

Lara sorgte weiter dafür, dass der Junge atmen konnte und sein Herz weiterschlug, und bat Walker, ihn zur Krankenstation zu tragen. »Wo ist Judd?« Walker hätte sicher seinen Bruder alarmiert und für eine schnelle Teleportation gesorgt, wenn es möglich gewesen wäre.

»Bis heute Abend um acht am anderen Ende des Landes. Es hätte ihn völlig ausgelaugt, herzukommen, seine Energiereserven sind erschöpft. Er hätte Tyler nicht helfen können.«

»Ich glaube nicht, dass ein TK-Medialer ihn schneller zu mir gebracht hätte als du.« Lara holte den Scanner, und Walker legte Tyler auf die Behandlungsliege.

Er sah Lara an. »Ich muss los, die Jungen sind allein und stehen unter Schock.«

Lara nickte, sie war ganz auf ihren Patienten konzentriert. »Dann geh. Ich sage dir Bescheid, wenn er außer Gefahr ist.«

Walker ging, nicht ohne Tyler noch einmal über die schwarzen Locken zu streichen und die Hand kurz an Laras Wange zu legen. Als die Eltern des Jungen kamen, sorgte Lucy dafür, dass sie Lara nicht störten.

Denn diese verstand zwar die Sorge der Eltern, musste sich jetzt aber ausschließlich um den Jungen kümmern. Der Scanner hatte ihren Verdacht bestätigt, dass Insektengift den allergischen Schock ausgelöst hatte. Eine solch heftige Reaktion hatte sie noch nie erlebt. Normalerweise spürten Gestaltwandler, selbst wenn sie noch Kinder waren, höchstens den Stich und vielleicht eine Stunde ein Jucken an der Stelle, aber damit hatte es sich dann.

Doch bei Tyler drohten sämtliche Körperfunktionen zu versagen.

»Ich hab dich. Wird schon wieder«, murmelte sie und injizierte ein Medikament, das die gefährlichsten Auswirkungen mindern sollte, bevor sie mit ihren Fähigkeiten den Jungen weiter stabilisierte. Sie kümmerte sich dabei nicht nur um die akuten Auswirkungen, sondern sorgte auch dafür, dass Tyler nie wieder so stark auf einen solchen Stich reagieren würde.

Einem M-Medialen oder Menschenarzt hätte sie nicht erklären können, was sie da tat. Sie spürte einfach ein Ungleichgewicht, das die Reaktion ausgelöst hatte, und musste dann nur noch Tylers Körper wieder ins Gleichgewicht bringen.

Es dauerte fast drei Stunden, bis sie es geschafft hatte.

»Ich habe das Risiko einer erneuten heftigen Reaktion beseitigt«, erklärte sie den Eltern und rieb sich den steifen Nacken. »Das müsste ihn auch vor anderen Allergenen schützen, aber ich werde ihn noch hierbehalten, um zur Sicherheit eine Reihe von Tests durchzuführen.«

»So lange, wie du es für richtig hältst.« Sie umarmten Lara und setzten sich dann an das Bett ihres Jungen.

»Hast du mit Walker gesprochen?«, fragte Lara Lucy, als sie unter sich waren. Sobald sie sicher war, dass Tyler durchkommen würde, hatte sie der Krankenschwester Bescheid gesagt.

»Ja«, antwortete Lucy. »Er ist noch bei den anderen Kindern, will sich davon überzeugen, dass es allen gut geht.«

Etwas anderes hatte Lara auch nicht von ihrem Gefährten erwartet. »Und Hawke?«

»Der ist nicht in der Höhle, aber ich habe ihn informiert.« Lucy trat Lara in den Weg, als sie das Büro verlassen wollte. »Du musst dich hinsetzen und ausruhen. Im Aufenthaltsraum befinden sich frischer Kaffee und belegte Brote. Ich sorge schon dafür, dass Tyler und seine Eltern alles haben, was sie brauchen.«

Lara widersprach ihr nicht, sie war sehr erschöpft … doch sie konnte sich nicht entspannen, sosehr sie es auch versuchte. Das Band war auf Walkers Seite immer noch eiskalt. Sie hätte schreien mögen, die Wölfin schlug die Krallen von innen gegen ihre Haut. In Walkers Augen hatte sie gesehen, dass die Sorge ihn fast zerrissen hatte, doch in ihrem Band wirkte er vollkommen unbeeindruckt von der Tragödie, die sich beinahe ereignet hätte.

Lara schluchzte laut.

Oh Gott, sie war so wütend auf ihn.

Walker hatte gerade die letzten Schützlinge zu ihren Eltern gebracht und wollte in der Krankenstation nach Tyler sehen, als er Marlee und Toby in der Weißen Zone entdeckte. Beide waren in ihre Beschäftigungen versunken und bemerkten ihn nicht, wofür er sehr dankbar war. Er lehnte sich an die Höhlenwand, die zur Tarnung mit Farnen bewachsen war, atmete tief ein und unterdrückte das Bedürfnis, die beiden Kinder sofort in die Arme zu schließen. Er hätte Tyler heute verlieren können.

Walker seufzte, wandte sich um und sah eine Frau auf sich zukommen. Bestürzt registrierte er, dass er gar nicht bemerkt hatte, dass sie sich genähert hatte.

»Tyler ist aufgewacht.« Sie lehnte sich neben ihn an die Mauer. »Er kann sich an nichts erinnern, und das halte ich für einen Segen.«

Er nahm ihre Hand, die ganz kalt war. »Wie geht es dir?« Sie sah angestrengt aus, tiefe Falten hatten sich um ihren Mund eingegraben. »Hat Siennas Energie dir nicht geholfen, dich zu regenerieren?«

»Ich habe sie nicht gebraucht, musste mich nur sehr konzentrieren.« Sie ließ seine Hand los und winkte Marlee zu, als diese zu ihnen herüberschaute.

»Und du?«, fragte sie sanft, sobald Marlee sich wieder dem Gespräch mit ihren Freundinnen zugewandt hatte. »Es muss doch beängstigend gewesen sein, als Tyler zusammenbrach und kaum noch Luft bekam.«

Walker war sofort in einen extrem ruhigen Zustand gefallen und hatte sämtliche Gefühle ausgesperrt. Er hatte dafür gesorgt, dass die Luftröhre des Jungen sich nicht vollkommen schloss, hatte die ältesten Jungen angewiesen, auf die anderen aufzupassen, und war zu Lara gerannt. Während der ganzen Zeit hatte unter der äußeren Ruhe ein beschützender Zorn gelauert. Er würde niemals mehr ein Kind verlieren, das unter seinem Schutz stand.

Denn er hatte viel zu viele Gardistenkinder verloren, die körperlich und geistig unter dem gnadenlosen Regiment der Ausbildung zerbrochen waren, trotz allem, was Walker unternommen hatte, um ihr Leiden zu lindern. Er konnte sich an jedes Gesicht und jeden Namen erinnern. Sie verfolgten ihn, und er würde die Schar der Geister nicht um einen einzigen mehr erweitern.

Doch als er jetzt den Mund öffnete, sagte er nur: »Mir geht es gut.« Eine automatische Reaktion, in den Jahrzehnten ausgebildet, die er im Käfig von Silentium verbracht hatte. »Ich würde Tyler gerne sehen.« Er griff nach Laras Hand, denn er brauchte jetzt ihre Berührung.

Doch sie verschränkte die Arme.

Er erstarrte und hörte kaum, was sie sagte, so sehr rauschte das Blut in seinen Ohren. »Tyler freut sich sicher über Besuch.«

»Was ist denn los?« Erst einmal hatte Lara sich ihm entzogen, und das war während ihrer turbulenten Werbung gewesen und hatte ihn damals in tiefe Verzweiflung gestürzt. Heute schoss Wut in ihm hoch. Denn so etwas tat sie nur, wenn sie verletzt war. Doch sie erzählte ihm nicht, was es war. »Lara.«

»Du tust es schon wieder«, flüsterte sie schließlich. Zorn und Schmerz in ihrer Stimme schnitten ihm ins Herz. »Ich weiß genau, dass du wütend bist, und doch spüre ich es nicht.« Sie schlug mit der Faust auf ihre Brust. »Da sehe ich immer nur das ruhige Bild, mit dem du verhinderst, dass ich merke, was in dir los ist.« Eine Träne rollte über ihre Wange. »Warum tust du das?«

Schon ihre ersten Worte hatten ihn so vollkommen gelähmt, dass ihm der verirrte Fußball willkommen war, der sein Bein traf. Er zuckte zusammen, schoss den Ball zurück und ergriff Laras Arm, bevor sie weggehen konnte. »Du wusstest doch, wer ich war, als ich anfing, um dich zu werben.« Wenn sie ihn nicht so annahm, wie er war, würden die Brüche in ihm niemals heilen.

»Und du wusstest, wer ich bin.« Bernsteinfarbene Wolfsaugen im braunen Gesicht. »Ich bin nicht so zart. Ich breche nicht zusammen, wenn du mir deinen Schmerz, deine Wut und deine Sorgen zeigst.«

Es war wie ein Schlag gegen die Brust. »Ich habe dir Sachen erzählt, die niemand sonst weiß.« Er wollte schreien, klang aber ganz ruhig.

»Stimmt.« Tränen glänzten in ihren Augen, sie konnte nur noch flüstern. »Und es bedeutet mir unsagbar viel, dass du deine Geheimnisse mit mir geteilt hast. Mehr als alles auf der Welt.«

Die Worte ließen seine Panik schwinden, doch nur zum Teil. »Aber warum dann?« Warum wandte sie sich ab und riss ihm das Herz aus der Brust?

»Es reicht nicht, nur die Vergangenheit zu kennen, wenn du mich in der Gegenwart ausschließt. In unserer Gegenwart«, sagte sie sanft. »Ich muss an deiner Seite sein, muss dich beschützen, wie du mich beschützt. Ich kann es nicht ertragen, ausgeschlossen zu werden, wenn ich genau spüre, dass dich etwas schmerzt.«

Das Herz schlug ihm bis zum Hals, ihm wurde erst heiß und dann wieder kalt. »Und wenn ich nicht so offen sein kann?« Zu früh hatte er lernen müssen, sich ständig unter Kontrolle zu haben, seine Gefühle zu verstecken, vor allem in angespannten Situationen.

»Nein, Walker.« Sie sagte es laut, und die Locken, die sich aus der Spange gelöst hatten, schimmerten im orangeroten Abendlicht, als sie den Kopf schüttelte. »So einfach darfst du es dir nicht machen, du musst es wenigstens versuchen. Ich weiß besser als jeder andere, was du mit deinem starken Willen erreichen kannst.«

10

Walker wusste nicht, wie ihm Lara begegnen würde, als er am Abend nach einem Treffen mit Rudelgefährten nach Hause kam. Mütter, Lehrer, Ausbilder und andere »Aufpasser« kamen regelmäßig zusammen, damit alle Jungen die Aufmerksamkeit bekamen, die sie brauchten. Er war mit den Gedanken diesmal nicht ganz dabei gewesen, hätte die Einsamkeit vorgezogen, doch er hatte sich beherrscht, denn im Augenblick waren diese Treffen noch notwendiger als vor der Schlacht.

Weil so viel zu besprechen gewesen war, war es spät geworden, und es war schon still in der Wohnung, als er heimkam. Er schaute in Marlees Zimmer, die mit weit ausgestreckten Armen und Beinen schlief. Der Anblick rief ein stilles Lächeln auf seinem Gesicht hervor. So hatte sie schon als kleines Kind geschlafen. Auch Silentium hatte das nicht verändern können, als die Familie noch im Medialnet gewesen war.

Er deckte sie wieder zu, küsste die weiche, warme Wange, klopfte dann leise bei Toby an und wartete, bis er hereingebeten wurde. In Tobys Alter brauchte man eine Privatsphäre, woran sich Walker ständig erinnern musste, denn Toby würde für ihn stets der kleine Junge seiner Schwester bleiben, auf den er aufpassen sollte.

»Hi.« Sein Neffe legte den Spionageroman zur Seite. Auf dem digitalen Cover des Readers sah man schwarze Schatten vor leuchtend orangefarbenem Hintergrund.

Walker setzte sich auf das Bett. »Bist du denn schon alt genug für so etwas?«

Toby grinste nur.

Dann sprachen sie eine Weile über alles Mögliche. Toby erzählte, dass man ihm die Führung der jüngeren Fußballmannschaft anvertraut hatte. »Die Jungen glauben, Regeln hätten nur Empfehlungscharakter.« Er verdrehte die Augen, doch Walker wusste, dass Toby die Verantwortung gefiel.

Er zauste ihm das Haar und erhob sich. »Du machst das gut.« Worte konnten nicht ausdrücken, wie stolz er auf den Jungen war.

Ein fester Blick. »Weiß ich. Ich mache es einfach so wie du, denn ich möchte wie du sein.«

Walkers Herz zog sich zusammen, er umarmte den schlaksigen Körper des Jungen, der auch die Arme um ihn schlang. Er konnte viel von Toby lernen. Solch ein offenes, mutiges Herz besaß nicht jeder. »Bleib nicht zu lange wach«, sagte er, als er sich aus der Umarmung löste. Toby lachte, er wusste genau, welchen Platz er im Herzen der Familie hatte.

»Gute Nacht, Onkel Walker.«

»Gute Nacht, Toby.«

Lara las ebenfalls noch im Bett, als Walker ins Schlafzimmer trat.

Eigentlich neigte er nicht zum Zögern, doch jetzt ertappte er sich dabei, denn er wusste nicht, wie er ihr Schweigen deuten sollte. Sie sprach sonst immer mit ihm, selbst wenn sie wütend auf ihn war. Ohne etwas von sich aus zu sagen, kleidete er sich im Bad aus und stellte sich unter die heiße Dusche. Wollte nicht daran denken, wie sie sich am Nachmittag getrennt hatten, sondern an ihre unerschütterliche Liebe.

Erschauernd legte er die Hände auf die Wandkacheln und ließ sich das Wasser auf den Kopf prasseln.

Doch er wusste nicht, ob er der schlichten und unbedingten Gewissheit ihrer Liebe noch sicher sein konnte. Er trocknete sich ab, schlang sich ein Handtuch um die Hüften und ging zurück ins Schlafzimmer. Lara hatte das Lesegerät weggelegt und die Nachttischlampe auf ihrer Seite gelöscht. Sie lag auf dem Rücken, einen Arm über dem Kopf nach hinten gelegt ... und nun sah er auch, was ihm vorher nicht aufgefallen war.

Sie trug das Nachthemd, das ihm am besten gefiel.

Und er erwachte wieder zum Leben, denn sie hatte doch mit ihm gesprochen. Er hatte nur nicht gut genug hingehört. Den Fehler würde er nicht noch einmal machen.

Er warf das Handtuch auf einen Stuhl und schlüpfte zu ihr unter die Decke, löschte auch auf seiner Seite das Licht und zog sie an sich. Sie ließ es zu, so warm und weich und ganz sein. »Hatten wir gerade unseren ersten Streit als Gefährten?«, fragte er.

Bei der leisen Frage wich auch die letzte Anspannung von Lara. Als Walker schweigend unter die Dusche gegangen war, wäre sie fast in Tränen ausgebrochen. Nun schmiegte sie sich an ihn, sog den sauberen Männerduft ein. Die Wölfin rieb sich an ihrer Haut. »Ja, und das hier ist die Versöhnung.«

Er schob sich zwischen ihre Schenkel. »Wenn das so ist, freue ich mich schon auf den nächsten Streit.«

»Tut mir leid, dass ich dich erst angeschrien habe und dann fortgelaufen bin«, sagte sie. Sie fühlte sich ganz schlecht, weil sie sich nicht hatte anfassen lassen. Unbewusst hatte sie Schmerz vermeiden wollen, doch sobald sie wieder klar denken konnte, hatte sie begriffen, dass sie damit ihren Gefährten verletzt hatte. Und war darüber fast verzweifelt. »Ich wollte mich dir nicht verweigern.«

Er rieb den Kopf an ihr, küsste ihre Schläfe. »Weiß ich doch.« Bartstoppeln rieben über ihr Haar. »Vergibst du mir auch?«

Ihre Augen brannten, weil er sie so unumwunden darum bat. »Aber ja, das weißt du doch.«

Heiße Lippen auf ihrem Mund, ein leidenschaftlicher Kuss, das zärtliche Gewicht auf ihrer Haut. Sie gab sich hin, gab sich ihm ganz, liebte ihn, wie er sie liebte, so vollkommen miteinander verschlungen, dass sie nicht mehr wusste, wo sie aufhörte und wo Walker anfing. Und dann schlugen Wellen der Lust über ihnen zusammen, und sie fielen gemeinsam.

Als Lara wieder zu sich kam, lag ihre Wange auf der Brust des Gefährten, ihr Bein auf seinem Leib, und er hielt sie fest im Arm. Ihre Herzen schlugen wild, und die Haut war schweißbedeckt. »Du wirst noch einmal duschen müssen.«

Er brauchte so lange, um zu antworten, dass sie fast schon eingeschlafen war, als seine Stimme zu ihr drang.

»Die Schilde fahren instinktiv hoch.« Eine leise abgegebene Erklärung. »Ich musste sie schon als junger Mann entwickeln, nachdem ich begriffen hatte, dass mein Silentium nicht vollkommen war.«

Denn er liebte seine Geschwister und später auch seine Kinder stark genug, um für sie zu kämpfen, um zu einem Gardisten und einem jungen Mädchen vorzudringen, das ein Ratsherr zur gefährlichen Waffe ausbildete.

Lara war sofort hellwach. »Du musstest selbst die kleinste Gefühlsregung unterdrücken.« Das hatte sie schon erkannt, nachdem sie ihre heftige Reaktion überwunden hatte. Ihre Wolfsaugen sahen sein Nicken auch im Dunkeln.

»Nach unserer Abkehr vom Medialnet war mir natürlich klar, dass ich die Kinder und auch Sienna emotional unterstützen musste, damit sie sich entwickeln konnten, doch obwohl ich unter normalen Umständen ohne Schilde auskomme, habe ich sie unter Stress nicht vollkommen im Griff.«

»Ich weiß, das habe ich mitbekommen.« Wie Schuppen war es ihr von den Augen gefallen, dass ihr Gefährte Narben von

Verletzungen hatte, die sich nicht offen zeigten, die er verbarg, um ein sicherer Hort für die Kinder zu sein. »Ich habe so reagiert und mich gewehrt, weil ich Angst bekommen habe«, gestand sie und sah ihn an. »Zum ersten Mal hast du dich so zurückgezogen, dass ich dich fast nicht mehr spüren konnte, und das hat die Wölfin furchtbar erschreckt.«

»Tut mir leid.« Er zog sie zu einem Kuss an sich.

Sie streichelte seine Brust. »Konntest du ja nicht ahnen. Nun weiß ich um die Schilde und werde keine Angst mehr bekommen.« Sie würde sich Sorgen machen, es aber ertragen und ihm beistehen, wenn er zu ihr kam. Denn er würde immer zu ihr kommen. So wie heute. »Aber mach es bloß nicht bewusst.« Sie strich ihm ein paar Strähnen aus der Stirn. »Ich verspreche auch, dass ich mich dir niemals mehr so entziehen werde wie heute.«

Walker schwieg lange, er sah ihr tief in die Augen, bis sie sich in dem durchscheinenden Grün verlor. »Warum hast du nur eine solche Geduld mit mir?«, fragte er schließlich mit rauer Stimme. »Es muss doch frustrierend sein, dass ich nicht so bin wie die Gestaltwandler.« Die zeigten alle Gefühle offen und hielten sich nicht zurück in der Liebe zu ihrer Gefährtin.

Lara lachte so laut, dass es ansteckend war. »Ich liebe dich doch, gerade weil du so bist, wie du bist, du wunderbarer Mann.« Ihr leidenschaftlicher Kuss weckte in ihm das Bedürfnis, sich genüsslich wie eine Katze zu räkeln.

»Ich mag alles an dir«, fuhr sie unter Küssen fort. »Du bist so integer, kannst tief und wahrhaft lieben, bist mutig. Ich mag selbst die Tatsache, dass dir jeden Tag nur eine begrenzte Anzahl von Worten zur Verfügung steht.« Sie kicherte, als er sie auf den Rücken drehte.

»Ziehst du mich wieder auf?«

»Könnte sein.«

Er küsste die lächelnden Lippen, rieb das stoppelige Kinn zur Strafe an ihrer Wange. Sie beschwerte sich und wollte ihn von sich fortschieben, hielt ihn aber gleichzeitig mit den Schenkeln fest … als es an der Schlafzimmertür klopfte.

Lara wurde still und lauschte mit gespitzten Wolfsohren.

Walkers telepathische Sinne nahmen seine Tochter wahr.

»Ein Albtraum?«, fragte Lara, die schon neben dem Bett stand und das Nachthemd zurechtzog.

»Nein, aber etwas ganz Ähnliches.« Walker stieg auch aus dem Bett und zog seine Pyjamahose an.

Sie erreichten die Tür gleichzeitig. Walker öffnete sie und nahm Marlee auf den Arm. Sonst wehrte sie sich immer dagegen, weil sie doch schon groß war, doch heute sagte sie nichts.

Lara murmelte beruhigende Worte. »Was ist denn los, Süße?«, fragte sie, nachdem sie sich alle drei aufs Bett gesetzt hatten.

Marlee weinte sonst nie, doch nun hielt sie Laras Hand fest, als hinge ihr Leben davon ab, und schluchzte so heftig, dass sie kaum sprechen konnte.

»Wir sind ja bei dir, Süße.« Lara schob Marlee die feuchten Strähnen aus der Stirn. »Erzähl uns, was dich bedrückt.« Ein besorgter fuchsbrauner Blick.

Walker legte den Arm um seine Gefährtin und versuchte seine Tochter telepathisch zu erreichen. *Marlee?*

Ich habe solche Angst. Mehr brachte sie nicht heraus, dann flossen wieder Tränen.

Es überraschte Walker nicht, dass in diesem Moment Toby auf der Türschwelle erschien. Der Junge wachte jedes Mal auf, wenn Marlee etwas beunruhigte. »Weine nicht, Röschen, sonst verschrumpeln alle Blätter.«

Marlee lächelte unter Tränen und schniefte, das Schluchzen

ebbte ab. Doch sie hing weiter wie eine Klette an Walker und hielt Laras Hand so fest, dass alles Blut aus ihren Fingern wich. »Was ist passiert?«, fragte Walker, und Lara streckte einladend die Hand nach Toby aus.

»Ich hatte so schlimme Gedanken«, antwortete Marlee. »Ich bin aufgewacht und konnte nicht mehr einschlafen, weil die schlimmen Gedanken einfach nicht weggehen wollten.« Sie spürten alle, wie furchtbar es gewesen sein musste. »Ich konnte nichts dagegen tun.«

»Magst du uns davon erzählen?«, fragte Lara leise.

»Ich hatte Angst, der Rat könnte kommen und uns wegholen. Dann könnten wir keine Familie mehr sein.«

Walker sah Lara an. Man brauchte keinen Psychologen, um die Quelle der Ängste zu erkennen: Marlee hatte Angst bekommen, weil sie glücklich war. Das verstand Walker gut. Auch er wachte manchmal nachts auf und war sich sicher, dass sein neues Leben nur ein Traum war, dass er wieder in der sterilen Koje lag und nicht neben dem warmen Körper Laras, dass seine Familie nicht in Sicherheit war.

»Das wird niemals geschehen«, sagte er mit fester Stimme. Lara ließ Toby kurz los und wischte die letzten Tränen von Marlees Wangen, strich ihr übers Haar. »Wir gehören zum Rudel, und die Wölfe stehen uns bei.« Niemand würde je einem Kind der Wölfe ein Leid antun und ungeschoren davonkommen.

»Genau«, sagte Toby und sank zurück in Laras Umarmung. »Außerdem hat der Rat viel zu viel Angst vor Onkel Walker und Onkel Judd, vor Sienna und Hawke.«

Walker kniff die Augen zusammen, als ein echtes Lächeln auf Marlees Gesicht erschien. Der Sturm war schneller vorbei, als er gedacht hatte. *Was tust du, Toby?* Selbst ein Empath mit geringen Kräften konnte negative Gefühle von jemandem fortnehmen.

Ich habe ihr nur ein wenig geholfen. Habe die schlimmsten Ängste weggenommen, damit sie wieder klar denken kann.

Wie geht es dir jetzt? Empathen zahlten einen Preis für ihre Gabe, sie erlebten die dunklen Gefühle selbst, die sie anderen abnahmen.

Gut. Ich weiß ja, was Marlees Ängste auslösen können, deshalb stellt sich bei mir keine Panik ein.

Walker würde Lara später berichten, was er erfahren hatte. Sie hob gerade das Glas hoch, das Toby mitgebracht hatte. »Trink ein wenig Milch, Süße.«

Marlee ließ Laras Hand los und krabbelte von Walkers Schoß. »Ich bin doch schon groß«, sagte sie mit roten Wangen.

Doch sie ließ sich von Lara in den Arm nehmen und lehnte sich an sie, während sie trank. »Ich habe wie ein Kleinkind geheult«, sagte sie, als sie halb ausgetrunken hatte.

Toby stupste sie. »Du bist doch auch die Kleinste der Familie, Röschen.«

»Gar nicht.« Sie starrte ihren Cousin böse an, trank aus und stellte das Glas auf dem Nachttisch ab. »Und du bist kindiger als Sienna.«

»So ein Wort gibt es gar nicht.« Marlee stürzte sich auf Toby, der sie festhielt und so tat, als müsse er sich gegen Marlees »Krallen« verteidigen. Beide lachten ausgelassen.

Lara lächelte und lehnte sich an Walker. Er legte die Arme um sie, vergrub das Kinn in ihren schwarzen Locken und sah den Kindern zu. Die unschuldige Freude der Kinder zauberte auch ein Lächeln auf sein Gesicht. Dann lachte Lara, weil Marlee so perfekt wie ein kleiner Wolf knurrte, Toby sich vor Lachen kaum noch halten konnte und so zur leichten Beute ihrer Krallen wurde. Walker lächelte innig.

Meine Familie. Meine Gefährtin.

Ein fuchsbrauner Blick traf seinen, als Lara sich umwandte,

als hätte sie seine Gedanken gehört. »Nett, nicht wahr?« Ein Kuss streifte sein Kinn. »Unser eigenes kleines Rudel.«

»Oh ja.«

Epilog

Lara konnte überhaupt nicht fassen, dass sie tatsächlich schon ihren Bund feierten. In den Armen ihres Gefährten tanzte sie zu den Klängen einer Jazzband und ließ den Blick über den Festplatz schweifen. Rund um die Tanzfläche standen hölzerne Picknicktische, auf denen Köstlichkeiten standen, die Jung und Alt entzückten. Ihre Mutter hatte zweifellos schon mit der Planung für dieses Fest begonnen, seit Walker und Lara Gefährten geworden waren.

An mehreren Bäumen hingen riesige bunte Schmetterlinge. Marlee hatte die Idee gehabt, Toby und seine Freunde hatten die Formen aus Holz ausgesägt und zusammengeleimt, und Marlee hatte sie zusammen mit Sienna, Evie, Brenna und ein paar jüngeren Gefährten bemalt, unter ihnen auch der wilde, recht talentierte Ben.

»Schau dir bloß an, was mein Kleiner fabriziert hat«, hatte Ava am frühen Abend gesagt und auf einen Schmetterling gezeigt, der beinahe lebendig schien. »Das künstlerische Talent der Stones setzt sich durch.«

Nun glänzten die Schmetterlinge im Schein der Lichterketten in der Dämmerung, die Stimmen der Rudelgefährten und das Lachen der Kinder verbanden sich mit der Musik zu einer unvergleichlichen Harmonie.

»Glücklich?« Walkers Atem streifte ihre Stirn, ihre Wölfin wollte sich an dem heißen Mann reiben, wie sie es am Morgen nach der Verwandlung zu einem Lauf getan hatte.

»Sehr glücklich.«

Schon seit das Rudel von Walkers Werbung Wind bekommen hatte, war deutlich geworden, dass alle froh über die Verbindung waren, doch richtig klar geworden war es Lara erst an diesem Abend. Ununterbrochen wurde sie geküsst und umarmt, wurden Glückwünsche und Geschenke überreicht. Auch Walker hatte viele Hände geschüttelt und jede Menge Kinder umarmt.

»Macht es dir auch Spaß?«, fragte sie ihn, denn sie wusste, dass er nur ungern im Scheinwerferlicht stand.

»Ich werde dir noch zeigen, was mir Spaß macht.« Seine Mundwinkel hoben sich. »Diese Nacht ist gerade richtig dafür.«

»Walker!«

Er senkte den Kopf und küsste sie ausdauernd … bis alle um sie herum heulten. Doch ihr Gefährte ließ sich nicht stören, gab sie erst frei, als es ihm selbst genug schien. Puterrot und zufrieden ballte sie die Finger auf dem feinen weißen Baumwollhemd und holte zitternd Luft. »Immer wenn ich glaube, ich könnte vorhersagen, was du als Nächstes tust, dann …«

Walker strich mit dem Daumen über ihre Lippen und hielt sie mit der anderen Hand fest an sich gedrückt. »Ich liebe dich mehr, als ich dir je sagen kann. Du bist mein Licht in dunkler Nacht.«

Ihre Augen brannten, das war so wunderschön und so romantisch. »Du hast es gerade getan«, flüsterte sie.

Er wurde ganz starr. »Hast du es gehört?«

»Ja, natürlich«, sagte sie und seufzte vor Glück. »So laut ist die Musik doch nicht.«

Walkers Mundwinkel hoben sich, und dann grinste er so breit, wie er es sich sonst nur in ihrem Heim gestattete. *Hörst du das auch?*

»Ja, ich …« Sie riss die Augen auf, als ihr bewusst wurde, dass er die Lippen nicht bewegt hatte. »Das ist unmöglich.«

Sie wusste zwar von zwei Gestaltwandler/Medialen-Paaren, die wirklich telepathisch kommunizieren konnten, doch in beiden Fällen hatten ungewöhnliche Umstände dazu geführt. »Ich habe doch keine Medialengene.«

Walker nahm ihr Gesicht in beide Hände und ging ein wenig in die Knie, um ihr in die Augen zu sehen. »Aber du hast eine Gabe, die auch Mediale haben. Es ist nur logisch, dass eine Verbindung besteht, selbst wenn Heilen heute nicht mehr als geistige Gabe gilt.«

Lara versuchte, seinen Gedanken zu folgen, verlor aber den Faden, weil sie verwirrt war. »Über diese Logik müssen wir später sprechen.« Aufgeregt küsste sie ihn, biss in seine Unterlippe und saugte daran, die Wölfin platzte fast aus der Haut. »Kannst du auch hören, was ich denke?«

Walker legte den Kopf schief und runzelte die Stirn. »Nein, aber vielleicht kommt das noch mit der Zeit.«

Dass ihre telepathische Verbindung im Augenblick nur in eine Richtung möglich war, dämpfte Laras Begeisterung nicht, denn gerade erst war ihr ein kostbares Geschenk gemacht worden: Nun konnte sie all die wunderbaren Dinge hören, die Walker über sie dachte. »Denk was«, bat sie ihn leise und schmiegte sich an ihn. »Ich mag es, wenn ich dich in meinem Kopf höre.«

Auf seinen Wangen erschienen Grübchen. *Hab ich dir schon gesagt, dass mir dein Kleid sehr, sehr gut gefällt?*

»Nein.« Sie verschränkte die Hände in seinem Nacken, er legte die Finger um ihre Taille zwischen dem weiten roten Rock und dem Neckholder-Oberteil. »Und habe ich dir schon gesagt, wie sexy du in deinem Anzug aussiehst?« Stahlgrau war die perfekte Farbe für ihn. »Am liebsten würde ich dich am Schlips packen und sofort ins Schlafzimmer ziehen.«

Ich würde mich nicht wehren.

Sie spielte mit seinen Hemdknöpfen, während sie sich weiter im Takt wiegten. »Dein Licht?«, fragte sie verwundert.

Mein Ein und Alles.

Leseprobe

KENDRA LEIGH CASTLE
Erben des Blutes
Dunkler Fluch

Grimmig knurrend sprang Ty vom Baum. Noch bevor er auf dem Boden ankam, hatte er sich bereits wieder in einen Mann verwandelt. Rasch machte er sich auf den Weg ins Stadtzentrum. Eigentlich sollte er dankbar sein, dass ihn *irgendetwas* davon abgehalten hatte, die Zähne in Lily Quinns Hals zu versenken. Hätte er das getan, hätte er seine vermutlich einzige Chance vergeben, seine Mission doch noch erfolgreich zu Ende zu bringen.

Dass er die Gedanken dieser Frau nicht mal ansatzweise lesen konnte, hätte ihm schon auffallen müssen, bevor er ihr so nahe kam, dass er nur noch an ihren Hals denken konnte. Ein Gehirn, in das man nicht eindringen konnte, war ein untrügliches Zeichen für einen Seher. Lilys außerordentliche Schönheit war nur eine Zugabe, und eher eine ungute. Hätte er sie gebissen, hätte sie all die Fähigkeiten verloren, die er so dringend suchte.

Er musste sich unbedingt wieder auf das Wesentliche konzentrieren.

Mit übernatürlich schnellem Schritt eilte Ty weiter. Ohne stehen zu bleiben, zog er das Handy heraus und rief die einzige Frau an, der er sich wirklich verpflichtet fühlte. Die Gnade seiner Königin hatte ihn weit über das hinausgehoben, was jemand mit seinem minderwertigen Blut normalerweise erwarten konnte. Sie hatte ihn in den inneren Kreis ihrer Vertrauten aufgenommen, wo man noch nie zuvor jemanden seiner Abstammung geduldet hatte. Wobei die anderen ihn nur äußerst widerwillig duldeten, und so hatte er schon früh gelernt, sich die Informationen, die er brauchte, notfalls auch durch Täuschungsmanöver zu besorgen. Dennoch – die Tatsache, dass er einen direkten Telefondraht zu einer Vampirkönigin hatte, konnte ihn, zumindest im Moment, nicht dafür entschädigen, dass er allein war. Wieder einmal. Und hungrig auf eine Art, die er irgendwie befriedigen musste.

Arsinöe hob bereits nach dem ersten Klingeln ab. Ihr freundlicher Tonfall konnte ihre Erbitterung nicht verschleiern, und ihm stellten sich die Haare an Armen und Nacken auf. Er würde sehr vorsichtig vorgehen müssen.

Diese Frau war eine Naturgewalt. Und wenn sie in Wut geriet, konnte sie alles und jeden zerstören, der ihren Weg kreuzte.

»Tynan. Ich nehme an, du willst mir von einem weiteren ereignislosen Abenteuer berichten?«

Ihre Stimme war ein sanftes Schnurren, und Tynan konnte sich gut vorstellen, wie sie sich auf ihrer Chaiselongue zurücklehnte, die mit Kajal umrandeten Augen zusammenkniff und mit den langen roten Nägeln auf dem Stoff herumtrommelte. Auf ihre Art war sie immer nett zu ihm gewesen, auch wenn er oft genug miterlebt hatte, wie brutal sie sein konnte. Ohne das ging es nicht, wenn man Herrscherin der größten Vampirdynastie sein wollte. Aber in letzter Zeit hatte er eine Veränderung bei ihr gespürt, Anspannung und kaum verhüllte Wut, die er den Morden zuschrieb und ihrer Unfähigkeit, sie aufzuhalten. Ty hoffte, das würde sich ändern, jetzt, wo er Lily entdeckt hatte … falls sie tatsächlich eine Seherin war.

Eigentlich hätte er in diesem Punkt ganz zuversichtlich sein können – wäre da nicht diese seltsame kleine Verzierung auf ihrer Haut gewesen.

»Diesmal nicht«, erwiderte er, trat auf den Bürgersteig und machte sich auf den Weg in die hell erleuchtete Innenstadt. Er ging jetzt ein wenig langsamer, weil er hier, wo keine Menschen unterwegs waren, ungestörter reden konnte. Dieses Gespräch war nicht für andere Ohren bestimmt.

»Erzähl.« Sofort klang ihre Stimme anders, äußerst interessiert und gleichzeitig fast schon verzweifelt. Ty fragte sich, was seit ihrem letzten Gespräch alles passiert sein mochte. Vermutlich hatte es weitere Tote gegeben. Ty konnte kein großes Mitleid empfinden. Den meisten Ptolemy hätte er nicht mal näherkommen wollen, wenn sie keinen großen Bogen um ihn gemacht hätten. Und das taten sie, weil sein Geschlecht dafür bekannt war, dass es eiskalte Mörder hervorbrachte. Die Cait Sith waren Vampire niedrigster Rangordnung, gnadenlose Jäger ohne Anführer und ohne Skrupel, was ihnen eine Aura der Unnahbarkeit verlieh. Ty war das nur recht. Blaublütler waren ein nervtötender Haufen mit ausgeprägtem Besitzstandsdenken, dem es Spaß machte, auf andere hinabzusehen – auf Promenadenmischungen wie ihn.

»Es gibt hier eine Frau«, fuhr Ty leise fort. »Ich kann ihre Gedanken nicht lesen. Ich höre nicht das Geringste, und Ihr wisst ja, dass ich das sonst sehr gut kann.«

»Schön und gut, aber hat sie seherische Fähigkeiten?«

Der aggressive Ton, in dem sie das sagte, verwunderte ihn. Eigentlich hatte er mit ein paar anerkennenden Worten für seine monatelange Suche gerechnet. Andererseits – die Königin hatte sich seit dem Mulo sehr verändert. *Vielleicht*, dachte Ty frustriert, *wird das jetzt immer so bleiben.*

Vielleicht war sie aber auch immer schon so, und du hast es nur nicht sehen wollen.

Er schob die verräterischen Gedanken beiseite und konzentrierte sich wieder auf das Gespräch.

»Da bin ich mir noch nicht sicher«, gab er widerstrebend zu, froh, so weit außerhalb der Reichweite von Arsinöes gefährlichen Klauen zu sein. »Aber eine wie sie habe ich bisher noch nie gefunden.« Wieder musste er an das seltsame Mal an Lilys Hals denken, und beinahe hätte er es Arsinöe gegenüber erwähnt. Doch irgendetwas hielt ihn zurück. Vor seinem geistigen Auge tauchte Lilys unschuldiges, offenes Gesicht mit den geschlossenen Augen und den einladend geöffneten Lippen auf. Einen kurzen Moment lang verspürte Ty das Bedürfnis, sie zu beschützen, als würde ein alter, bislang unbekannter Instinkt in ihm erwachen.

Ein Instinkt, der einen Vampir wie ihn das Leben kosten konnte.

Daher hielt er den Mund. Ein weiterer Blick auf Lilys erotische kleine Tätowierung würde mit Sicherheit zeigen, dass sie völlig harmlos war. Und falls er sich irrte – nun, damit würde er sich auseinandersetzen, falls das wirklich nötig würde.

»Tynan«, sagte die Frau am anderen Ende der Leitung.

Die Anspannung in ihrer Stimme ging ihm nun doch nahe. Arsinöe und er kannten sich schon sehr lange. Trotz des Klassenunterschieds hatten sie sich immer gemocht. Und für all das, was sie für ihn getan hatte, schuldete er ihr so manches.

»Natürlich freue ich mich, dass du glaubst, jemanden gefunden zu haben«, fuhr sie fort. »Aber letzte Woche haben wir fünfzig Angehörige unserer Dynastie verloren, ganz zu schweigen von einer Reihe unbezahlbarer Kunstgegenstände. Der Mulo muss gestoppt werden, und ich befürchte, dass uns die Zeit davonläuft. Möglichkeiten reichen mir nicht, ich brauche Tatsachen. Vergewissere dich erst, bevor du sie herbringst. Meine Leute sterben, da kann ich kein weiteres hübsches Spielzeug brauchen. Wie lange wirst du brauchen?«

»Kommt darauf an«, erwiderte er. »Wollt Ihr, dass sie freiwillig mitkommt?«

»Du solltest doch allmählich wissen, dass mir das völlig egal ist«, entgegnete sie herablassend.

Wieder beschlich ihn ein ungutes Gefühl. Die Dinge an Arsinöes Hof hatten sich gewaltig verändert. Und irgendetwas fühlte sich seltsam an, aber er wusste nicht, ob es an ihr lag oder einfach daran, dass er jetzt schon so lange von allem abgeschnitten war. Genau deswegen war er nicht sonderlich begeistert gewesen, als sie ihn für diese Jagd ausgewählt hatte. Obwohl sie sie ihm als etwas Besonderes dargestellt hatte, war er sich vorgekommen, als würde man ihn ausstoßen.

Natürlich hatte sie großes Aufheben um diesen Auftrag gemacht, hatte ihm geschmeichelt, wie viel zuverlässiger als die anderen seiner Herkunft er sei und wie viel fähiger, diese Nadel im Heuhaufen zu finden, als die meisten ihrer Höflinge, die das bequeme Leben am Hof zu Nichtsnutzen gemacht hatte. Das war einerseits ein großes Lob, andererseits eine schallende Ohrfeige für seine zutiefst verhasste Dynastie – aber daran war Ty natürlich gewöhnt. Das waren alle Cait Sith. Trotz Arsinöes Lobhudelei hatte man ihn nie mehr zu Besprechungen dazugerufen und ihn nie mehr mit einbezogen. Nach all den Jahrhunderten, in denen er alles für sie getan hatte, schob Arsinöe ihn nun mehr und mehr ab.

Und die Ptolemy-Höflinge, die im Laufe der Jahre, die er unter ihnen verbracht hatte, immer verbitterter und bösartiger geworden waren, hatten keinen Hehl aus ihrer Freude über seine Abreise gemacht. Dass diese minderwertige Kreatur, die es irgendwie geschafft hatte, sich in ihre exklusive Gesellschaft einzuschleichen, ausgestoßen wurde, riss sie zu regelrechten Begeisterungsstürmen hin.

Um sich selbst machte Ty sich keine großen Sorgen, aber darum, wie es seinen Blutsbrüdern und -schwestern in seiner Abwesenheit ergehen würde. Im Lauf der Jahre war Arsinöe den Cait Sith gegenüber, die sie in ihre Dienste berufen hatte, immer toleranter geworden, vor allem im Vergleich dazu, wie schlecht es noch zur Zeit seiner eigenen Zeugung ausgesehen hatte. Doch auch wenn die Königin eine starke Frau war, gegen die Einflüsterungen der Blaublütler in ihrem Umfeld war sie nicht immun. Und er selbst hatte ja dermaßen die Schnauze voll von Politik!

»Eine Woche, höchstens zwei«, antwortete Ty nach kurzem Überlegen. »Im Moment weiß ich nichts über sie. Und Leuten ein Gefühl von Geborgenheit zu geben, ist nicht gerade meine Stärke. Aber da sie vermutlich nicht den ganzen Tag nur rumsitzt und Visionen hat, werde ich mir wohl ein paar zwischenmenschliche Fähigkeiten aneignen müssen.«

Er hatte das witzig gemeint, aber Arsinöe war nicht in der Stimmung für Witze.

»Zwei Wochen ist zu lang«, sagte sie. In ihrer Stimme schwang ein drohender Unterton mit. »Und wenn sie ist, was du vermutest, wird sie tun, was ihr befohlen wird. Natürlich erhält sie eine Entschädigung. Sag ihr, sie kann anschließend wieder nach Hause. Sag ihr, wenn sie mir diesen Dienst erweist, wird hinterher wieder alles wie vorher. Und wenn das nicht reicht, biete ihr zusätzlich Geld an. Das wirkt immer.«

»Ihr würdet sie hinterher wieder gehen lassen?«, fragte Ty überrascht.

»Natürlich nicht. Aber das heißt nicht, dass ich sie nicht gut behandeln werde. Vielleicht kommt sie uns ganz gelegen, wer weiß. Aber das kann dir schließlich egal sein, Tynan.« Arsinöes beiläufige Herabsetzung traf ihn bis ins Mark. Schon viele Jahre hatte sie nicht mehr offen auf seine niedere Herkunft angespielt.

Die Monate, die er jetzt schon fort war, fühlten sich allmählich wie Jahre an. Was war bloß passiert?

Sie schien nicht vorzuhaben, ihm das zu erzählen. Stattdessen schaltete sie übergangslos auf die Rolle um, die sie häufig sowohl Dienern als auch Höllingen gegenüber spielte: die neckische Verführerin. »Ist sie hübsch, deine Neuentdeckung?«, fragte sie, und Ty konnte sich gut vorstellen, wie sie durchtrieben lächelte.

Ty fuhr sich mit den Fingern durch das Haar und sah zum sternenübersäten Himmel hinauf. *Sie weiß Bescheid.* Natürlich tat sie das. Diese Frau war uralt, war geboren, um zu herrschen, Menschen zu manipulieren, ihre Motive zu verstehen und sie sich zunutze zu machen. Seine drei Jahrhunderte auf Erden dagegen hatten ihn nicht viele Tricks gelehrt. Normalerweise war ihm das egal, und so überraschte es ihn, wie sehr es ihm missfiel, dass Arsinöe sein Interesse an Lily bemerkt hatte. Arsinöe hatte ihn nie zu ihrem Liebhaber gemacht, aber sie war von Natur aus eifersüchtig. Immer musste sie die Einzige sein, selbst für ihn, ihren Jäger aus der Unterschicht.

Was leicht zu erfüllen war, da keine Vampirin mit auch nur ein bisschen Selbstachtung einen Cait Sith mehr als einmal in ihr Bett ließ.

»Sie sieht recht gut aus, würde ich sagen«, erwiderte er möglichst unbeteiligt, weil ihm das sinnvoller schien, als bei einer Lüge erwischt zu werden. Niemand, der Lily Quinn sah, würde ihm glauben, dass er sie für unattraktiv hielt.

»Hmm«, sagte Arsinöe. »Vielleicht sollte ich dir jemanden zur Verstärkung schicken, damit du nicht abgelenkt wirst.«

Ty runzelte die Stirn. Er wusste nur zu gut, dass sie nicht ganz unrecht hatte. »Wenn Ihr jemanden schicken wollt, dann am besten Jaden.« Jaden war sein engster Blutsbruder, ein nur wenige Jahre jüngerer Cait Sith. Er war nicht der sympathischste Vampir, aber er war außerordentlich zuverlässig.

Als Arsinöe leise lachte, stellten sich ihm erneut die Haare im Nacken auf. Sie schien andere Pläne zu haben.

»Du bist schon eine ganze Weile auf der Jagd, nicht wahr?«

»Ist irgendwas nicht in Ordnung?«, fragte er zurück und biss die Zähne zusammen. Er hatte heute Abend wirklich keine Lust auf Spielchen, zumal Arsinöe gerade etwas gefährlich Unberechenbares an sich hatte.

»Frag Jaden, wenn du ihn siehst«, erwiderte sie leichthin – zu leichthin. »Aber ich bezweifle, dass du ihn sehen wirst. Er hat uns verlassen.«

Jaden, du Dummkopf. Egal, wie sehr die Ptolemy die Dienste der Cait Sith schätzten, sie blieben immer nur Diener. Und die Möglichkeit, die Arbeit aufzukündigen, bestand für Diener nicht. Genauso gut konnte man Selbstmord begehen.

Noch etwas, worüber Ty sich Sorgen machen musste. Aber nicht jetzt. Im Moment war nur wichtig, dass er keine Hilfe von einem Blutsbruder bekommen würde – die einzige Hilfe, die er vielleicht angenommen hätte.

Als ob die Königin seine Gedanken lesen könne, fuhr sie fort: »Ich habe an Nero gedacht. Er wird rasch mit ihr fertig werden, so oder so.«

Ty kniff die Augen zusammen und blieb stehen. Allmählich wurde ihm klar, was los war. *Aha*, dachte er. *So läuft die Sache also.* Während seiner Zeit am Hof hatte Arsinöe nur selten jemanden zu ihrem Liebhaber gemacht, aber jedes Mal hatte das eine Herausforderung bedeutet. Nero war allerdings mehr als das. Ty hatte schon lange die Vermutung gehegt, dass das eiskalte, berechnende Ptolemy-Blaublut nicht nur Arsinöe wollte, sondern auch ihre Macht. Und Nero hatte nie ein Geheimnis daraus gemacht, dass er sich auf den Tag freute, an dem die Cait Sith endlich wie Sklaven niedrigsten Ranges behandelt würden. Wenn Arsinöe ihn jetzt auf diese Weise ins Spiel brachte, konnte das nur bedeuten, dass Nero es endlich geschafft hatte, sie auf sich aufmerksam zu machen. Und das bedeutete auch, dass er Einfluss auf sie hatte. Alle Zweifel, die sie jemals gehegt haben mochte, was Tynans Anwesenheit in ihrem Kreis anging, würde Nero genährt und verstärkt haben. Seit Monaten.

Ty fühlte sich plötzlich richtig krank.

»Wieso wollt Ihr einen Blaublütigen losschicken? Ihr habt doch deutlich zum Ausdruck gebracht, dass ein Jäger dieser Aufgabe besser gewachsen ist, außerdem macht Nero sich nicht gern die Hände schmutzig.« Ty zwang sich, nicht noch mehr zu sagen, so gern er das auch getan hätte. Bis zu einem gewissen Grad würde sich die Königin Widerspruch von ihm gefallen lassen, aber er durfte nicht zu weit gehen – und er war sich plötzlich nicht mehr sicher, wo für ihn die Grenze lag.

»Ich habe einen Jäger losgeschickt«, fuhr sie ihn an. »Und Monate später – unzählige wertvolle Leben später – stehe ich noch immer mit leeren Händen da. Für manche Aufgaben sind Blaublütige einfach besser geeignet, Tynan. Und allmählich glaube ich, in diesem Fall trifft das auch zu.«

Seine Kehle schmerzte von all den Worten, die er ihr am liebsten an den Kopf geworfen und für die man ihn sofort umgebracht hätte, wenn ein Blaublütler anwesend gewesen wäre – egal, wer dieser Blaublütler war. Aber er hatte diese Welt nicht geschaffen, rief er sich ins Gedächtnis. Er konnte nur zusehen, dass er in ihr überlebte. Und das würde er auch weiterhin, egal was für unsägliche Dämpfer dies für die Überreste seines Stolzes bedeuten würde.

»Wie lange gebt Ihr mir noch, Hoheit?«, fragte er mit rauer Stimme. Diese offizielle Anrede, die er schon seit vielen Jahren nicht mehr benutzt hatte, schien sie endlich zu berühren.

»Eine Woche, Tynan«, sagte sie leise, um dann mit einer Wärme, die er während des gesamten Gesprächs vermisst hatte, hinzuzufügen: »Eine Woche, dann gebe ich Nero den Auf trag. Aber ich weiß, dass du mich nicht enttäuschen wirst. Das hast du noch nie.«

Tynan gab sich zufrieden mit dem, was man als liebevoll gemeinte Worte durchgehen lassen konnte, und machte sich wieder auf den Weg Richtung Stadtzentrum. Doch seine Wut war noch nicht verflogen, und er wusste nicht, wohin mit ihr. Er hatte wissen wollen, was in seiner Abwesenheit passiert war, aber jetzt, wo er es wusste, fühlte er sich auch nicht gerade besser. An einem großen Hof voll gelangweiltem Vampirhochadel, der genauso durchschaubar wie gewalttätig war, konnte man sich auf eins immer verlassen: auf den ständigen Machtkampf unter den blaublütigen Hofschranzen, die als Höflinge, Ratgeber und gelegentlich auch als Liebhaber dienten.

Wie es aussah, hatte Nero es endlich an die Spitze geschafft. Ty hatte nicht die geringste Ahnung, wie er den Schaden wiedergutmachen sollte, den der clevere Ptolemy mit Sicherheit bereits angerichtet hatte.

Verdammte Blaublütler.

Am Rand der weitgehend menschenleeren Straße entdeckte Tynan einen erstklassigen Ort für ein Abendessen, eine zwielichtige kleine Kneipe namens *Jasper's*, aus der gelegentlich ein Gast in die kalte Nacht hinauswankte. Jedes Mal, wenn die Schwingtür aufgestoßen wurde, dröhnte mittelmäßiger 80er-Jahre-Rock aus dem dunklen Innenraum heraus. Tys Jagdinstinkt nahm all dies wahr, aber seine Gedanken waren noch immer bei Nero. Wie der ehrgeizige Ptolemy vorging, war ihm durchaus bekannt. Und was er über Vampire der unteren Klasse und ihre Rolle auf Erden dachte, wusste er ebenfalls nur zu gut.

Schnapp dir das Mädchen und fahr nach Hause, sagte er sich. Lily Quinn würde entweder mit den Ptolemy zurechtkommen oder eben nicht. Ihn ging das nichts an. Ihn hatte lediglich zu interessieren, dass die wenigen seiner Rasse, die noch unter dem Kommando der Ptolemy-Dynastie lebten, nicht endeten wie der Rest: tot, oder so gut wie.

Als er die Kneipe betrat, schlugen ihm ein Schwall warmer Luft und der Geruch nach schalem Bier und billigem Parfüm entgegen. Einen Moment lang – nur einen einzigen Moment – erlaubte er es sich, seine ganze Existenz zu verachten und sich zu wünschen, er wäre in jener lange zurückliegenden Nacht gestorben. Er wünschte sich, seine Königin hätte ihn nicht bemerkt, sondern ihn einfach seinem Schicksal überlassen.

Aber das hatte sie nicht getan. Er war noch am Leben, und seinem Schicksal konnte er nicht entfliehen.

Und er war schon viel zu lange unterwegs.

Stunden später, um die Zeit, wenn die Welt in Erwartung der Morgendämmerung den Atem anzuhalten scheint, sah Tynan auf die Frau hinab, die ihm schon so viel Schwierigkeiten bereitet hatte und ihm, wie er fürchtete, auch noch einige mehr bereiten würde.

Seinen Hunger hatte er längst gestillt, an einer unattraktiven kleinen Wasserstoffblondine, die so betrunken gewesen war, dass sie kaum mitbekommen hatte, wie er sie gebissen, ausgesaugt und anschließend in ein Taxi nach Hause gesetzt hatte. Das mit reichlich Alkohol angereicherte Blut hatte ihm einen angenehmen Kick gegeben. Dennoch musste er ganz zu seinem Missfallen feststellen, dass der liebliche Duft, den Lilys Haut verströmte, seinen ewigen Hunger rasch wieder entfachte. Dass er sich satt getrunken hatte, änderte nichts an der seltsamen Anziehungskraft, die sie auf ihn ausübte.

Allmählich wünschte er sich, er hätte sie nicht so schnell gefunden, hier in dem kleinen, alten viktorianischen Haus in der Nähe des College, an dem sie unterrichtete. Aber sie war ganz leicht aufzuspüren gewesen. Einen Moment lang tat sie ihm leid, weil er ihr Leben bald komplett auf den Kopf stellen würde – unabhängig davon, wie lange dieses Leben noch dauern würde.

Lily bewegte sich im Schlaf und seufzte tief, als wolle sie ihm zustimmen. Sie lag auf der Seite und hatte die Knie unter der Steppdecke hochgezogen, sodass ihr Körper ein S formte. Die zarten Hände hatte sie unter das Kinn gestemmt, und ihr dichtes, glänzendes Haar, das er im Mondlicht so sehr bewundert hatte, hob sich blutrot von ihrem weißen Kissen ab. Ihre langen Wimpern ruhten übereinander, und ihre Lippen, die er die ganze Nacht vergeblich zu vergessen versucht hatte, waren leicht geöffnet.

Wie schön sie ist, dachte Tynan mit einem ihm bisher unbekannten Gefühl, das immer stärker wurde. Und er musste eine Möglichkeit finden, sie so schnell wie möglich mitzunehmen. Dass er sie verraten würde, ihr vermutlich auch wehtun würde, war unvermeidlich. Dagegen würde er sich nicht groß auflehnen. Wenn er nicht tat, was man ihm befahl, würde er sterben, und dazu war er nicht bereit.

Bevor ihm bewusst wurde, was er da tat, hatte er schon mit einem seiner langen, schlanken Finger über Lilys nackte Schulter gestrichen. Ihre helle Haut war genauso weich, wie sie aussah. Die sanfte Berührung ging ihm durch und durch und weckte etwas in ihm, das ihm nur hinderlich sein konnte. Auch Lily durchlief ein Schauder, als würde sie spüren, welche Wendung seine Gedanken nahmen.

Er wollte sie. Aber Lily war ihm – wie so vieles andere – jetzt verboten.

Vorsichtig strich Ty die Haare von ihrem Schlüsselbein weg und beugte sich so nah zu ihr hinunter, wie das möglich war, ohne sie aufzuwecken. Eigentlich wollte er es gar nicht sehen –

es war, als wüsste ein Teil von ihm, dass er sich vorhin nicht getäuscht hatte.

Ein hellgrünes Pentagramm, um das sich eine einzelne Schlange wand, glitzerte schwach in der Dunkelheit.

Ohne sich dessen bewusst zu sein, rieb Ty über sein eigenes Mal, das schwarze keltische Knäuel aus Katzen, verwoben mit dem Anch, dem ägyptischen Kreuz der Ptolemy. Als die Königin ihn ausgewählt hatte, hatte sie ihn eigenhändig gebrandmarkt, indem sie ihm einen einzigen Tropfen ihres Bluts auf die Zunge geträufelt hatte. Sie war so alt und so mächtig, dass ein Tropfen ausgereicht hatte, damit sich das Anch der Ptolemy in sein ursprüngliches Mal mit hineinmischte und ihn für immer als Diener und Sklaven kennzeichnete.

Jetzt war er die glücklichste und bemitleidenswerteste aller Katzen.

Blut ist gleich Schicksal, dachte Ty. Das Glaubensbekenntnis der Vampire. Von dem Moment an, in dem man gezeugt wurde, bestimmte das Mal den Weg: das Leben, das man führte, die Kreise, in denen man sich bewegte. Der Platz, den man im Reich der Nacht einnahm, war so festgelegt und starr wie der der Sonne, die er niemals wiedersehen würde.

Er hatte nicht mehr den geringsten Zweifel. Lily Quinn trug solch ein Mal. Aber wieso und warum und was es bedeutete, musste er unbedingt herausfinden, bevor er sie in die Höhle der Löwin schleppte. Er würde nicht riskieren, sich Arsinöes Zorn zuzuziehen – nicht jetzt, wo er wusste, wie viel auf dem Spiel stand.

Ich werde nicht zulassen, dass diese Frau in Stücke gerissen wird, nur weil ich einen Fehler gemacht habe.

Das war ein dummer Gedanke, der sich da ungebeten in

seinen Kopf schlich, und den er – ein wenig peinlich berührt – sofort beiseiteschob. Dass Lily Quinn von einer wütenden Königin in Stücke gerissen wurde, war im Moment die geringste seiner Sorgen. Und er würde weiß Gott nie wieder versuchen, einen Menschen zu beschützen. Das war beim letzten Mal nicht gerade gut ausgegangen.

Ty legte Lilys Haar wieder über das Mal und warf rasch einen Blick aus dem Fenster hinter ihm. Er spürte nichts, aber solange er nicht wusste, was das Mal bedeutete, würde er kein Risiko eingehen. Er kannte die Male der Dynastien und die der Unterschichten, die ihnen dienten, genauso wie die Male, mit denen die elenden Nachtkriecher gekennzeichnet waren, die sich am Rand der Gesellschaft herumtrieben, wo sie jagten und gejagt wurden.

Das Mal entsprach keinem von ihnen.

»In was hast du mich da reingezogen, Lily Quinn?«, fragte er leise und erhob sich. Aber natürlich bekam er keine Antwort. Als er spürte, wie ihn die Müdigkeit überkam, mit der sich für ihn das Tageslicht ankündigte, verließ er ihr Schlafzimmer, verwandelte sich noch in der Tür in eine Katze und schlich auf leisen Pfoten den Flur hinunter. Im Keller gab es genügend Verstecke, und er hatte nicht vor, sich weit zu entfernen.

Er würde sie auch bewachen, während er schlief.

Denn er hatte das ungute Gefühl, dass Lily, bis all dies vorüber war, allen Schutz brauchen würde, den er ihr bieten konnte.

In ihren Träumen wanderte Lily durch die Ruine eines Tempels, der schwarz und verkohlt war von dem Feuer, das sie so oft gesehen hatte. Sie war auf der Suche nach jemandem, aber sie wusste nicht, nach wem. Sie wusste nur, sie hatte diese Menschen für immer verloren. Sie waren Vergangenheit, genau wie das Feuer.

Traurig und verwirrt hielt Lily Ausschau nach etwas, das nie mehr zurückkehren würde. Der Wind trug die Stimme eines Manns heran. Er flüsterte ihren Namen. Lily drehte sich um, denn das einfache Wort war wie eine sanfte Berührung.

Und das Mal auf ihrer Haut begann zu brennen.

Kendra Leigh Castle

Erben des Blutes
Dunkler Fluch

Roman

Das Blut bestimmt ihr Schicksal

Der Jahrhunderte alte Vampirclan der Ptolemy wurde einst mit einem finsteren Fluch belegt. Königin Arsinoë beauftragt den Vampir und Gestaltwandler Tynan MacGillivray, eine Seherin ausfindig zu machen, die dem Clan endlich Frieden bringen soll. Als der attraktive Außenseiter auf Lily Quinn trifft, ist er sich sicher, die Richtige gefunden zu haben. Da versuchen die Feinde der Ptolemy, Lily zu töten, und es wird klar, dass die junge Frau weit mehr Macht besitzt, als angenommen.

368 Seiten, kartoniert mit Klappe
€ 9,99 [D]
ISBN 978-3-8025-8652-1

Band 2: Verborgene Träume
384 Seiten, kartoniert mit Klappe
€ 9,99 [D]
ISBN 978-3-8025-8653-8

www.egmont-lyx.de

LYX
EGMONT

LYX *up your life!*